Allan Ballmann

Tod im Schatten

Laumanns letzter Albtraum

Kriminal-Roman

Die Zitate an den Kapitelanfängen stammen aus ›*Die Kunst des Krieges*‹ des chinesischen Generals, Militärstrategen und Philosophen Sun Tsu (um 544 – um 496 v. Chr.), zitiert nach der Ausgabe des Anaconda-Verlags, Köln 2016

Bibliografische Information der Deutschen Nationalbibliothek: Die Deutsche Nationalbibliothek verzeichnet diese Publikation in der Deutschen Nationalbibliografie; detaillierte bibliografische Daten sind im Internet über *www.dnb.de* abrufbar.

Allan Ballmann, ›*Tod im Schatten*‹
Originalausgabe

Titelabbildung: Shutterstock
Gestaltung und Verlag: Ganymed Edition, Hemmingen
ISBN 978-3-946223-60-3
(auch als eBook: ISBN 978-3-946223-59-7)

Printed in Germany

Für meine einzige Liebe, meine Frau Andrea,
die viele Stunden, Tage und Wochen auf mich verzichtet hat.
Danke

Und für meine Eltern Fred und Ulla,
die schwere Zeiten hinter sich und noch vor sich haben.

1. Kapitel
Nichts zu vergessen

›*Greife an, wenn der Gegner unvorbereitet ist, mache einen Schachzug, wenn er es am wenigsten erwartet.*‹

Sun Tsu, ›*Die Kunst des Krieges*‹

Eduard Ramanov sitzt am Tisch. Er nippt an einem Bier. Täglich kommt er in das schäbige Bordell auf der Reeperbahn mit den alten, schmuddeligen Sitzmöbeln.

Die Luft riecht nach abgestandenem Bier, kaltem Rauch und dem Schweiß geiler Freier. Vereinzelt sitzen abgerissene Typen in dunklen Ecken. Ein halbnacktes Mädchen tanzt gelangweilt an der Stange. Klebrige Ringe alter Getränke auf den Tischen spiegeln sich im roten Licht der Bar.

Die letzte Reinigung liegt Wochen zurück, doch niemand scheint sich daran zu stören, auch Eduard nicht. Immer wieder fragt er sich, warum er hierher kommt. Er findet keine Antwort. Gelegentlich nutzt er die privaten Dienste der Frauen, deren Preis er kennt. Er muss nur einem der Mädchen zunicken und sie macht sich mit ihm auf den Weg in eines der hinteren Zimmer. Jetzt stehen sie alle plaudernd am Tresen. Sie haben kein Interesse an zusätzlichen Einnahmen.

Umständlich fingert Eduard eine Zigarette aus der Schachtel. Verstohlen beobachtet er die leicht bekleideten Mädchen, die anscheinend kein Schamgefühl mehr besitzen. Er empfindet geringen Genuss bei ihren Dienstleistungen. Es geht doch nur ums Geld. Sein Verlangen nach Liebe, Zweisamkeit und Leidenschaft können sie nicht stillen. Heute hat er die Dienste von Colette in Anspruch genommen, aber sie war der größte Reinfall der letzten Zeit. Sie machte sich nicht einmal die Mühe, ihm einen Hauch von Liebe oder Verzückung vorzuspielen. Er ließ sie machen. Sie erledigte ihre Arbeit eilig und verschwand zügig wieder zu den anderen an die Bar.

Gemeinsam kichern die Mädchen unentwegt. Eduard fühlt die aufkeimende Wut in seinem Bauch. In solchen Lebenslagen beschleicht ihn das Gefühl, dass sie über ihn lachen. Keines von ihnen schaut zu ihm herüber.

Angewidert schiebt er sein Bierglas weg. Gerne hätte er Frau und Kinder, aber welche Frau sollte sich freiwillig mit ihm abgeben? Er sieht nicht aus wie Adonis. Einen regelmäßig bezahlten Job kann er nicht vorweisen. Eduard ist ein Verlierer, der nur von einer Karriere und Geld träumt. Aber das will er sich selbst nicht eingestehen.

Seinen Lebensunterhalt bestreitet er als Gelegenheitskrimineller, der Jobs zugespielt bekommt. Ein Handlanger, der Befehle entgegennimmt. Ein kleines Rädchen im System. Eine Schachfigur, die vom Meister über das Brett geschoben wird. Er stellt nie Fragen, keine Forderungen und erledigt zuverlässig jeden Job. Er ist nicht hochintelligent, aber auch nicht dämlich.

Neugierde kann in diesem Geschäft tödlich sein. Daher schweigt er die meiste Zeit. Häufig hat er tote Fragesteller gesehen. Den einen oder anderen Neugierigen hat er selbst ins Jenseits befördert. In den letzten Jahren konnte er sich hocharbeiten, stieg vom einfachen Befehlsempfänger zum gefragten ›Problemlöser‹ auf. Hierbei verdient er viel Geld, aber unregelmäßig. Zwischen diesen Aufträgen führt er schlechtbezahlte Handlangerdienste aus, um sich über Wasser zu halten: als Türsteher, als Botenjunge oder einfach nur als Schläger.

Er ist auf Aufträge angewiesen, unfähig, etwas Eigenes auf die Beine zu stellen. Jemand muss ihm sagen, wann er was und wie zu erledigen hat. Dann ist er gut. Wochenlang sitzt er vor seinem Handy, wartet auf eine Anforderung. Dann muss er sich Geld pumpen oder lässt anschreiben. Gelegentlich führt er aber auch innerhalb weniger Tage mehrere Aufträge aus. Im Anschluss hat er reichlich Geld, das er zügig für vollbusige Frauen, Wetten und zur Tilgung der Schulden ausgibt. Kredite bei den falschen Leuten haben fatale Folgen, besonders für das persönliche Wohlergehen. Dieses Risiko vermeidet er.

Gerade jetzt geht sein Geld mal wieder zur Neige. Er kann sich nur noch zwei oder drei Tage über Wasser halten, bevor er wieder anschreiben lassen muss. Anfang letzten Jahres hat er einen Job ausgeführt, bei dem die Bezahlung großzügig ausfiel. Den Job hat er gemeinsam mit einem gewissen Mikael erledigt, der eine Übergabe oder etwas Ähnliches filmte. Dieser Mann war ihm merkwürdig vorgekommen, passte nicht zum Auftrag. Er hatte die elegante und teure Kleidung eines Geschäftsmannes getragen.

Eduard fragt sich immer noch, warum der Typ bei der Ausführung dabei gewesen war. Doch die Frage behält er wieder für sich, wegen der Gesundheit. Eduard war wie befohlen in alten, dunklen, abgerissenen Klamotten gekommen. Er war nur als Begleitung und Fahrer angestellt. Mikael hatte ihm gesagt, was er wie zu tun hatte. Er sollte einen Text sprechen. Eduards Worte sollten auf der Aufnahme zu hören sein. Stirnrunzelnd hatte er den Anweisungen zugehört. Stundenlang hatte er üben müssen, bis der Text sattelfest saß und glaubwürdig klang. Aber er hatte nicht gefragt und alle Befehle exakt ausgeführt. Die Übergabe, oder was immer dort ablaufen sollte, hatte auf einem Feldweg stattgefunden. Unvermittelt hatte er mehrere Schüsse gehört. Dann gab es zwei Leichen.

Das hatte ihm Probleme bereitet. Nicht die Morde an sich.

Aber das Töten hatte er nicht vorausgesehen. Er musste sich zuvor gedanklich auf einen solchen Auftrag vorbereiten. Vor seinem geistigen Auge spulte er dann den Ablauf immer wieder ab und bekam mit der Ausführung keine Probleme. Überrascht zu werden, sich auf andere verlassen zu müssen und die Absicherungen nicht zu kennen, das bereitete ihm erhebliches Unbehagen. Diese Morde waren im gelernten Text nicht vorgekommen. Er hatte improvisieren müssen. Aber seine

Reaktionen hatten durch die Überraschung echt und glaubwürdig gewirkt. Die Auftraggeber waren zufrieden gewesen, lobten ihn überschwänglich. Er hatte das Geld genommen und war verschwunden. Nichts sehen, nichts hören und nichts sagen – die Verhaltensregeln für ein langes Leben.

Seine vage Hoffnung, die Karriereleiter mit diesem Job höher hinaufzusteigen, wuchs zunächst mit jeder Stunde in ihm, doch vergeblich. Er blieb nur ein Gelegenheitsarbeiter, ein Verlierer. Die Hoffnung, in die höheren Ränge aufzusteigen, zerschlug sich. Die Erwartung von Ruhm und Ehre musste er begraben, abgestellt wie ein altes, nicht mehr gebrauchtes Fahrzeug auf dem Schrottplatz.

Sein letzter Auftrag hatte ihn vor einigen Wochen nach Wien geführt. Finanziell hatte ihm das etwas Luft verschafft. Zwei Bauunternehmer mussten von der Rücknahme ihrer Angebote für ein Ausschreibungsverfahren überzeugt werden. Den beiden brach er die Arme, worauf sie jede Lust verloren, ein unterschriebenes Gebot einzureichen. Fotos ihrer Ehefrauen und ihrer Kinder auf dem Schulhof hatten ihr spontanes Desinteresse am Ausschreibungsverfahren weiter gesteigert. Die Bezahlung für diesen Auftrag war in Ordnung gewesen.

Seitdem wartet Eduard sehnsüchtig auf einen Anruf, der frisches Geld in seine Tasche spült. Seit vier Wochen hat er nichts gehört. Das Schweigen des Telefons raubt ihm den letzten Nerv. Eduard kann selbst keinen Kontakt aufnehmen. Er wird angerufen, wenn seine Fähigkeiten für den Auftraggeber nützlich erschienen. So ist das auf den unteren Stufen der Nahrungskette. Jetzt sitzt er wieder hier in dieser Spelunke und kann nur warten. Selbst der Sex ist lausig. Er legt 20 Euro auf den Tisch. Langsam schlendert er Richtung Ausgang. Zwei der Frauen winken ihm zum Abschied zu. Er bringt ein kurzes Lächeln zustande, das sein Gesicht wie eine Grimasse aus einem Werk von Mario Peinze erscheinen lässt.

»Käufliches Pack«, murmelt er von sich hin. »Für euch geht es doch wirklich nur ums Geld. Heuchlerinnen.«

Ein leichter Kopfschmerz macht sich bemerkbar. Er schlendert einen kleinen Flur entlang. Der Türsteher schaut regelmäßig durch einen winzigen Spion in der Tür.

»Bis morgen?«, fragt er Eduard.

»Mal sehen, vielleicht. Eure Frauen sind langweilig«, gibt er bissig zurück. Er reibt sich die Stirn.

»Seit wann öden dich denn unsere Mädels an?«

»Ach, ich weiß auch nicht. Ich bin einfach nur scheiße drauf.«

»Morgen ist ein besserer Tag, du wirst sehen. Also bis dann.« Er öffnet für Eduard die Tür.

»Ja, wir werden sehen. Vielleicht bis morgen.«

Eduard klopft dem Türsteher, dessen Name er nicht einmal kennt, auf die Schulter. Ein kalter Windhauch empfängt ihn, als er über die zwei Stufen hinab auf den Gehweg tritt. Einzelne Tropfen klatschen ihm auf die Stirn. Langsam rinnen sie auf der Haut hinunter. Seine Stimmung fällt weiter. Die Kühle des Regens mildert immerhin die Kopfschmerzen. Er will sich nur noch zuhause in den Sessel setzen, die Reste der Pizza vom Vortag aufwärmen, sich einige Bierchen genehmigen und das Handy anstarren. Für den Fall, dass es heute klingelt und jemand ihm einen lukrativen Job anbietet.

Langsam schleicht Eduard mit hängendem Kopf die Straße hinunter. Vorbei an Schaufenstern mit nackten Frauen, die ihn anlächeln. Sie preisen ihre vollbusigen Vorteile mit einem kräftigen Wippen an. Er weicht einigen Passanten aus, die sich den Fenstern nähern. Sie wechseln leise Worte mit den Damen. Vertragsverhandlungen nennt er dies immer. Er bevorzugt ein Bordell, wo ihm solche peinlichen Gespräche erspart bleiben. Kurz überlegt er, wo er den Wagen geparkt hat. Er merkt, dass er ein Bier zu viel getrunken hat. Oder auch zwei. Den Autoschlüssel findet er nach intensiver Suche in der Jackentasche. Seine 9 mm im Schulterhalfter stößt ihm gegen die Rippen. Die Pistole gehört zu ihm wie eine Hose.

Ein Parkhaus taucht vor ihm auf. Ihm fällt wieder ein, dass er den Wagen dort abgestellt hat. Ein leichtes Lächeln umspielt seine Lippen. Die dunkle Einfahrt liegt wie das aufgerissene Maul eines Ungeheuers vor ihm. Er schleicht am Wachhäuschen vorbei. Ein Wachmann sitzt auf einem wackligen Bürostuhl und schläft. Eduards Schritte auf dem Betonboden bemerkt er nicht einmal.

Eine Neonröhre am Fahrstuhl flackert unentwegt. Quietschend öffnet sich die Fahrstuhltür. Eduard betätigt den Knopf für die dritte Parkebene. Überraschend sanft stoppt der Lift in der gewünschten Etage. Ein Signalton ertönt. Eduard drückt die Tür auf.

Ausgesprochen spärlich ist das Licht auf der Ebene. Die meisten Lampen sind seit langer Zeit zerschlagen. Nicht einmal Glasscherben liegen noch auf dem Boden. Eduard wendet sich nach rechts. Langsam nähert er sich der Dunkelheit. Fahrzeuge stehen hier nicht mehr. Das Ende des Parkhauses ist in der Finsternis nicht auszumachen. Seinen Wagen hat er in einer dunklen Ecke geparkt, da er nicht gesehen werden will. Außerdem fühlt er sich hier besser geschützt vor überraschenden Angriffen. Er marschiert an einem Stützpfeiler vorbei. Die Gestalt, die lautlos hinter dem Pfeiler kauert, bemerkt er nicht. Er steckt den Schlüssel in das Schloss. Eine helle, klare Stimme dringt aus der Dunkelheit zu ihm.

»Eduard? Eduard Ramanov?«, fragt jemand.

Erschrocken dreht er sich um. Eine kleine Gestalt steht neben dem Pfeiler. Sie verharrt in der Dunkelheit und hat die Kapuze tief ins Gesicht gezogen. Dämmerlicht trifft nur die dunklen Hosenbeine mit den zierlichen blauen Turnschuhen.

Eine Frau? Was hat eine Frau allein hier zu suchen, fragt sich Eduard. Dann erkennt er die Waffe mit dem Schalldämpfer in ihrer rechten Hand, die zu Boden zeigt. Träge hebt sie die Pistole in seine Richtung. Sie hat ihm aufgelauert und die Dunkelheit, die er als Schutz empfunden hat, gegen ihn ausgenutzt.

»Was wollen Sie, Lady?«, fragt er die Gestalt.

Er fürchtet sich nicht vor der Frau. Zittern der Frau nicht die Hände? ›Scheiß auf die Knarre‹, denkt er.

»Eduard Ramanov?«, will die Frau erneut wissen.

»Ja verdammt. Wer will ...«

Er hört das leise Ploppen des Schalldämpfers. Rasender Schmerz explodiert augenblicklich in seinem linken Oberschenkel. Mit einem Schrei rutscht er an der Fahrzeugtür entlang. Er fällt seitlich zu Boden. Die Hände presst er gegen das blutende Bein. Mühselig setzt er sich auf. Das Sitzen bereitet ihm Qualen. Warmes Blut durchtränkt den Stoff seiner Hose. Er kann nur noch an seine eigene Schusswaffe im Schulterhalfter denken.

Ihn beschäftigt die Frage, ob die Gestalt exakt gezielt oder nur versehentlich sein Bein getroffen hat. Wahrscheinlich ein zufälliger Treffer. Er will die Pistole ziehen, wenn sich die Chance bietet. Als er zur Waffe greift, führt die Frau ihm seinen fatalen Denkfehler vor Augen. Die zweite Kugel trifft die Schulter. Schmerzen explodieren im Oberkörper. Die Wucht des Einschlags schleudert ihn wieder zu Boden. Er hat noch den Griff der Waffe erwischt. Jetzt rutscht sie mit einem kratzenden Geräusch unerreichbar für ihn über den Betonboden.

Der Schmerz macht ihn wahnsinnig. Keuchend schaut er die Gestalt an.

Fassungslos.

»Scheiße verdammte! Was soll das?«, schreit er der Frau zu.

Er bleibt auf dem Rücken liegen. Die Entspannung mildert die Qualen nur wenig.

»Eduard Ramanov, Sie sind für schuldig befunden und zum Tode verurteilt worden«, entgegnet die Gestalt.

»Was?«, schreit er. »Wer sind Sie und was ...«

Mit dem dritten Ploppen kommt er nicht mehr drum herum: Seine Zeit ist abgelaufen. Die Kugel bohrt sich in die andere Schulter, durchtrennt Sehnen und lässt Knochen splittern. Sein lautes Schreien hallt auf der ganzen Parkebene wider. Er beginnt zu wimmern und Urin durchtränkt die Hose, vermischt sich mit dem Blut. So hat er sich sein Ableben nicht vorgestellt. Vollgepisst und erschossen im Dreck zu liegen, empfindet er als erniedrigend. Eine kleine Träne rinnt an seiner Wange hinunter. Die Arme kann er nicht mehr bewegen.

Er dreht sich auf den Bauch, versucht, von der Gestalt wegzukriechen. Der angeschossene linke Oberschenkel versagt ihm den Dienst. Mühselig drückt er sich mit dem rechten Bein vom Boden ab, entfernt sich nur Millimeter von der Gestalt. Der Schmerz im Fuß tritt ein, noch bevor er das vierte Ploppen hört. Er wimmert und bettelt. Rotz läuft seine Nase hinunter, der den Uringestank nicht überdeckt. Wie kann ihm das nur passieren? Was ist aus ihm geworden, und warum?

»Lady, bitte. Ich gebe Ihnen alles, was Sie wollen.«

»Das ist gut«, flüstert die Stimme, »denn ich will dein Leben.«

Tränen laufen in langen Bahnen Eduards Wangen hinab. Für ihn steht nun fest, dass sein Flehen ungehört bleibt. Aber er will nicht sterben. Nicht jetzt. Nicht auf diese Weise. Die Gestalt macht einen Schritt auf Eduard zu, der trotz der Verletzungen versucht, wegzukriechen. Sein Oberkörper fährt kurz hoch, als der fünfte Schuss sein Gesäß trifft.

»Schuldig des Mordes.«

Ein weiteres Geschoss trifft Eduards andere Gesäßhälfte. Er schreit nur noch. Sämtliche Fluchtversuche scheitern kläglich.

»Schuldig der Beihilfe zum Mord«, spricht die Gestalt, die den sechsten Schuss auf ihn abfeuert. »Schuldig der Mitgliedschaft in einer kriminellen Vereinigung.«

Die siebte Kugel trifft das linke Knie.

Das ist das Letzte, was Eduard noch mitbekommt. Er versinkt in eine gnädige Bewusstlosigkeit.

»Schuldig. Schuldig. Schuldig.«

Der achte Schuss trifft Eduards Hinterkopf, der wie eine reife Frucht zerplatzt. Ein Knochenstück des Schädels knallt gegen das Fahrzeug, Hirnmasse verteilt sich auf dem Kotflügel und dem dreckigen Boden. Sein Körper liegt in einem dunklen See aus Blut, der sich immer weiter vergrößert.

Die Gestalt beugt sich über Eduards Leichnam und zieht einen Schlüssel aus seiner Jackentasche. Sie schaut sich um, kann jedoch keine unliebsamen Zeugen sehen oder hören. Langsam schlendert sie die Ausfahrt des Parkhauses hinunter. Vereinzelten Kameras weicht sie aus.

Sie zieht sich die Kapuze noch tiefer über das Gesicht, schaut vorsichtig um die Ecke. Der Parkhauswächter sitzt noch immer schlafend auf seinem Stuhl. Von dem Treiben in der dritten Parkebene hat er nichts mitbekommen. Gemächlich schleicht die Gestalt am Kassenhäuschen vorbei. Sie verschwindet in die dunkle, nasskalte Nacht.

Die kleine Kamera am Häuschen übersieht sie.

***

Der kleine Vorort von Frankfurt gleicht einer typischen amerikanischen Vorstadt aus einem Hollywood-Film. Künstlich, geometrisch, eben langweilig.

Ein herrlicher Tag. Der blaue Himmel und die Sonnenstrahlen treiben die Kinder mit ihren Fahrrädern ins Freie. Eine leichte Brise weht über die Straße. Der Wind bläst die Kinderjacken auf, die für die Zwillinge Boris und Vladimir Temenov trotz des milden Wetters nötig sind.

Sie hören, wie ein Wagen auf die Garagenauffahrt fährt. Ihre kleinen, trippelnden Füßchen fliegen über den gepflegten

Rasen. Ihre winzigen Hände greifen nach der Klinke der Gartenpforte. Laut johlend laufen sie ihrem Vater entgegen.

»Karussell! Karussell!«, schreien beide im Chor.

Mikael Temenov kennt die Verspieltheit seiner Kinder. Er macht sich den Spaß, sich hinter dem Fahrzeug zu verstecken, bevor die Kleinen den Gartenzaun erreichen. Leise kichert er in sich hinein. Die Jungs stehen sprachlos vor dem Auto.

»Papa?«, fragt einer der Zwillinge. »Papa ... bist du?«

Enttäuscht stellen sich die beiden Dreijährigen auf die Zehenspitzen. Sie schauen durch das Fenster auf der Fahrerseite. Kein Papa zu sehen. Vladimir, der Erstgeborene, scheint den Tränen nahe.

»Papa ... bist du? Hallo?«, ruft der Junge immer wieder.

Die deutsche Sprache macht den beiden Schwierigkeiten. Das hat Mikael sich anders vorgestellt. Russisch lernen die Kleinen zwar viel schneller. Aber als Vater sorgt er sich darum, dass die Zwillinge am Ende keine Sprache perfekt beherrschen. Natasha erscheint am Küchenfenster. Sie sieht ihren Mann hinter dem Fahrzeug knien. Gleich wird er aus seinem Versteck springen und mit den Kindern Karussell spielen. Sie öffnet das Fenster und ruft den Kindern zu, dass sie ins Haus kommen sollen.

»Papa kommt später«, fügt sie noch grinsend hinzu.

In diesem Moment springt Mikael laut schreiend aus dem Versteck. Boris und Vladimir erschrecken. Sie laufen lachend in seine ausgestreckten Arme. Riesige Pranken umschließen die kleinen Körper. Langsam, um Hilfe rufend, gleitet Mikael mit den Zwillingen auf den gepflegten Rasen.

»Karussell! Karussell!«, schreien die Kinder wieder.

Das Spiel beginnt zur Gewohnheit zu werden, aber sie alle haben ihren Spaß daran. Die Kleinen hängen sich an Papas muskulösen Oberarme. Er dreht sie im Kreis, bis ihre Füße die Bodenhaftung verlieren. Dabei quietschen sie aufgeregt. Sie können von dem Spiel nicht genug bekommen.

»Meine Arme werden ja immer länger. Bald muss ich wie ein Affe laufen«, lacht er.

»Schneller! Schneller!«, erhält er zur Antwort.

Vorsichtig stellt er die Kinder auf dem Boden ab, die lachend in den Garten rennen. Wieder ruft Natasha die Zwillinge ins Haus. Mikael schließt die Haustür auf. In der Küche küsst er seiner Frau auf die Lippen. Mit einer Tasse Kaffee setzt er sich an den Wohnzimmertisch. Die Kinder kommen kreischend ins Haus.

»Wollen wir denn gleich zum Fest fahren«, fragt er sie mit einem schelmischen Grinsen.

»Kirmes! Kirmes!«, ruft Boris.

»Oder wollt ihr lieber ins Bett?«

Er schmunzelt über die bestürzten Kindergesichter.

»Gleich«, sagt Mikael. »Lasst Papa nur noch den Kaffee austrinken.«

Vladimir verfolgt auf einem Stuhl stehend das Gespräch. Er schiebt Mikael langsam die Kaffeetasse hin. Lachend schnappt der sich Vladimir und setzt ihn auf seinen Schoß.

»Das kannst du verstehen, wenn du willst, nicht wahr?«

»Was? Papa trinken jetzt.«

Boris steht vor der Couch. Mit seinen kleinen Fingern zupft er an Mikaels Hose.

»Okay, okay«, sagt Mikael resignierend. Er stellt Vladimir auf den Boden und nippt an der Tasse.

»Holt schon mal eure Schuhe. Wir ziehen uns an und fahren gleich.«

Die Kinder rennen in den Flur. Boris kommt postwendend mit den neuen Sportschuhen zurück. Mikael zeigt ihm, wie eine Schleife gebunden wird. Den Jungen interessiert es nicht. Natasha beobachtet Vater und Sohn. Vladimir kommt um die Ecke. Er hält seine Pantoffeln in den Händen.

Mikael lacht auf. Er runzelt die Stirn und schaut Vladimir an.

»Also bleiben wir zu Hause? Ich dachte, wir fahren zur Kirmes?«

»Schuh?«

»Nein, das sind deine Pantoffeln. Du brauchst richtige Schuhe, also bring mir die neuen Turnschuhe. Dann können wir auch gleich fahren. Okay?«

Der Junge trippelt wieder in die Diele. Mikael hört, wie er die Latschen auf den Boden wirft. Dann steht er lächelnd im Türrahmen und hält die Sportschuhe in die Höhe.

»Schuh?«

»Ja, die sind richtig. Komm her, damit ich sie dir anziehen kann.«

Vladimir schmeißt ihm die Schuhe vor die Füße, breitet seine Arme aus und erwartet, dass Mikael ihn auf den Schoß nimmt.

»Soll ich mich auch fertig machen oder willst du erst noch in Ruhe Kaffee trinken?«, fragt Natasha.

Mikael zieht die Schleifen zu. Er stellt Vladimir auf den Boden, der sofort zu seinem Bruder in die Küche rennt.

»Wir können gleich fahren. Ich kann später noch einen Kaffee trinken«, gibt er zur Antwort.

Mikaels Handy klingelt. Er zieht es aus der Tasche, geht ins Arbeitszimmer und verschließt die Tür. Natasha kennt diese Abläufe. Er hat geschäftliche Sachen zu besprechen, die sie nichts angehen. Sie interessiert sich auch nicht dafür. Meist erhält er Anrufe von einem der Väter, die viel Geld mit dubiosen Angelegenheiten verdienen.

Mikael soll später die Organisation ihres Schwiegervaters in Wien übernehmen. Ihre Ehe verbindet zwei Clans zu einer Familie, die damit den Machtbereich erheblich erweitert. Im letzten Sommer waren sie deshalb nach Frankfurt gezogen. Dort arbeitet Mikael für Natashas Vater, der ihn auf das Geschäft und die Führungsrolle vorbereitet. Bis zu ihrer Rückkehr nach Wien.

Natashas Aufgaben beschränken sich auf die Kinder und den Haushalt. Sie muss ihrem Ehemann den Rücken freihalten. Eine unausgesprochene Vereinbarung zwischen ihren Eltern und den Schwiegereltern, die die Ehe arrangiert haben. Sie liebt ihren Mann nicht, aber sie mag und schätzt ihn. Er behandelt sie fürsorglich und schlägt sie niemals. Mikael kümmert sich vorbildlich um die Kinder. Alles in allem ist sie zufrieden und froh darüber, dass sie sich nicht gegen die arrangierte Ehe gewehrt hat. Es hätte eh nicht viel geholfen. Die Entscheidung des Familienoberhauptes gilt. So kennt sie es.

Das Haus in Frankfurt und die Umgebung empfinden ihre Familien als nicht standesgemäß. Doch Mikael und Natasha wollen unauffällig leben. Die Kinder sollen in der Nachbarschaft Freundschaften schließen. Und Mikael hat das gegen die Vorbehalte seiner Eltern durchgesetzt. Jetzt kommt er aus dem Arbeitszimmer zurück und lächelt sie freundlich an.

»Ich muss am Wochenende nach Berlin. Allein. Tut mir leid.«

»Das macht nichts. Ich fliege mit den Kindern zu deiner Mutter. Sie hat die Kleinen schon lange nicht mehr gesehen.«

Sie verschwindet im Schlafzimmer und öffnet den Kleiderschrank.

»Ich warte unten auf dich«, ruft er ihr zu.

»Ich brauche nur fünf Minuten«, verspricht sie.

Boris und Vladimir rennen ins Wohnzimmer.

»Mama zieht sich noch um, dann können wir losfahren. Wo sind eure Jacken?«

Er zieht ihnen die Anoraks an. Die roten Baseballkappen verdecken ihre Haare. Einen Schal wollen beide Kinder nicht.

»Kratzt«, ruft Boris.

»Piekt«, pflichtet Vladimir mit ernstem Nicken bei.

So hängt Mikael die Schals, für die es vielleicht doch zu warm ist, wieder an die Garderobe. Er zieht sich eine leichte Jacke über.

»Wir gehen zum Auto«, ruft er laut in Richtung Schlafzimmer. »Boris und Vladimir werde ich fesseln ... und knebeln ... und in den Kofferraum sperren«, fügt er noch lachend hinzu. Boris und Vladimir kreischen kurz auf. Sie jagen zur Haustür.

»Bin in einer Minute unten«, ruft sie. Sie schaut die Treppe hinunter und legt sich Ohrringe an. »Du kannst die Frechdachse auch in einen Sack packen. Der liegt in der Garage«, ruft sie laut, da sie die Kleinen an der Haustür stehen sieht.

Die beiden nehmen sich in den Arm, stampfen gemeinsam mit den Füßen auf den Boden und lachen. Mikael sieht die Kinder an. Er ist glücklich mit seinem Leben, mit Natasha und den Kleinen. Die Zwillinge toben viel und machen Krach, aber sie versprühen immer gute Laune. Er bedauert, dass sie später einmal erwachsen sein und in die Welt hinaus ziehen müssen.

Er packt die Kinder in ihre Kindersitze und schnallt sie fest. Dann öffnet er die Fahrertür. Als er einsteigen will, bemerkt er einen kleinen Zettel hinter dem Scheibenwischer auf der Fahrerseite. An der offenen Tür bleibt er stehen. Er schaut sich um. Die Straße ist leer. Niemand ist zu sehen. In den Fenstern der Nachbarhäuser sieht er keinen Menschen. Eine leichte Brise zieht durch die Bäume. Die Hecken der Nachbarn wackeln. Er vernimmt das leise Rascheln der Blätter. Eine Gänsehaut bildet sich auf seinen Armen.

Natasha kommt die Treppe hinunter und zieht sich die Schuhe an. Mikael greift sich den Zettel, der in der Mitte gefaltet ist, und liest die Worte:

›Schuldig der Beihilfe zum Mord‹

Erneut dreht er sich um die eigene Achse und beobachtet die Straße. Seine Augen suchen die Umgebung ab. Nichts. Niemand zu sehen. Leichte Falten legen sich auf die Stirn. Der Zettel hing auf keinen Fall vorher schon am Auto, das hätte er bemerkt. Jemand muss ihn erst vor wenigen Minuten hinter den Scheibenwischer gesteckt haben. Eine Hand legt sich auf seine Schulter. Er erschreckt.

»Was ist los? Du siehst aus, als hättest du ein Gespenst gesehen.«

Natascha sieht ihn sorgenvoll an. Mikael ist kreidebleich. Er zerknüllt heimlich den Zettel und steckt ihn in die Hosentasche.

»Nichts. Ich war in Gedanken und habe dich nicht gehört«, lügt er. »Alles in Ordnung. Können wir?«

Natasha schaut ihn eindringlich an. Sie erkennt sofort, wenn er lügt, widerspricht ihm aber nicht. Es macht keinen Sinn, den eigenen Mann zur Rede zu stellen.

»Ja.«

Sie zieht die Beifahrertür auf und steigt ein. Mikael sucht mit seinen Augen noch einmal die unmittelbare Umgebung ab.

»Können wir jetzt fahren?«, fragt sie ihn. Sie beugt sich zu ihm hinüber.

»Entschuldigung«, entgegnet Mikael und steigt ein.

Er startet den Wagen und fährt rückwärts aus der Garageneinfahrt. Die Kinder klatschen in die Hände. Mikael ist tief in Gedanken versunken. Wer hat ihm den Zettel an den Scheibenwischer gesteckt? Von welchem Mord sprach der Kerl? Natürlich hatte Mikael gemordet, mehrfach. Aber die Nachricht erscheint zu subtil für einen Racheakt. Verfeindete Organisationen kämen mit vielen Männern und würden ihm eine Kugel in den Kopf jagen. Peng! Schluss! Aus! So einfach. Er kann sich keinen Reim auf den Zettel machen.

Während der Fahrt schaut er immer wieder in den Rückspiegel, beobachtet die anderen Fahrzeuge und Passanten am Straßenrand. In Gedanken kehrt er zurück zu dem Zettel mit den kryptischen Worten. Schuldig der Beihilfe zum Mord.

»Hörst du mir überhaupt zu?«, fragt Natasha.

»Äh, bitte?«

»Wo bist du mit deinen Gedanken?«

»Nirgends. Was hast du gesagt?«, fragt er erstaunt. Er hat ihr nicht zugehört.

»Dass du an der Straße vorbeigefahren bist und die Kinder glauben, dass wir nicht zur Kirmes fahren.«

Erst jetzt bemerkt er das Geschrei der Zwillinge.

»Schon gut, schon gut. Ich habe mich nur mit dem Kindergarten vertan. Alles okay, ich drehe sofort.«

Er wendet das Fahrzeug in einer Auffahrt. Die Kleinen schweigen. Mikael fährt auf den Jahrmarktplatz zu. Die Kinder strahlen. Ihre Augen leuchten. Aus der Ferne erkennt man die Fahrgeschäfte und Buden, sieht die Ballons und die bunten Zelte. Mikael stellt das Fahrzeug ab.

Halbherzig schimpft er mit den Zwillingen, die die Sicherheitsgurte bereits gelöst haben, obwohl das Auto noch nicht steht. Natasha beschwört sie, sich nicht unbemerkt wegzuschleichen und immer in ihrer Nähe zu bleiben. Trotzdem, es wird schwierig werden, die Knirpse im Zaum zu halten.

Der Duft von Popcorn und gebrannten Mandeln weht bis zum Parkplatz. Sie spazieren über den Jahrmarkt, lassen die Kinder Karussell fahren oder auf einem Pony reiten. Natasha kauft Lose. Sie will einen riesigen Bären für die Beiden gewinnen. Doch die interessieren sich nur für die Fahrgeschäfte, Teddybären haben sie genug.

»Jungs, sollen wir etwas trinken?«, fragt Mikael.

»Ja, ja.«

Sofort rennen sie zu einem Getränkestand. Mikael bestellt den Kindern Orangensaft und sich selbst ein Bier. Natasha will wie immer nur Mineralwasser. Sie setzen sich an einen kleinen Tisch in der Nähe des Kamelgeheges. Erstaunt beobachten die Kinder die Tiere, die kein Interesse am Trubel um sie herum zeigen.

»Also ich möchte jetzt etwas essen. Was ist mit euch?«

»Eis«, schreien beide. »Eis! Eis! Eis!«

Natasha lächelt Mikael an. »Sie hatten bereits Mittagessen. Eis ist okay.«

»Schokolade und Erdbeere für die Herren?«

Sie nicken.

»Doch nicht zwei Kugeln?«

Mikael setzt dabei eine ungläubige Miene auf. Die Kinder nicken wieder heftig mit dem Kopf und grinsen.

»Ich hole das Eis. Bleibt solange hier und haltet den Platz für mich frei.«

Mikael geht über den Jahrmarkt, findet den Eisstand und kehrt zurück zu dem Tisch, wo die Kinder bereits gierig auf ihr Eis warten.

»Ich könnte etwas zu Essen vertragen. Was ist mit dir?«

»Nein, danke«, antwortet Natasha. »Holst du dir Pizza?«

»Natürlich, was denn sonst?«

Er sucht einen Pizzastand auf dem Jahrmarkt. Pizza gehört für ihn zwingend zu jedem Kirmesbesuch. Schließlich findet er eine kleine Bude, anscheinend die einzige auf der Kirmes. Kurz schaut er sich die angebotenen Variationen an. Die Bedienung trägt eine rötliche Uniform, die eine Nummer zu groß scheint. Sie trägt eine Mütze mit der Aufschrift ›Pizza Now‹ auf dem Kopf. Wenige Kunden besuchen den Stand. Aus ihrer leicht erhöhten Position sieht die Frau zu Mikael herab und wartet auf seine Bestellung.

»Was können Sie mir empfehlen?«, fragt er die Bedienung. Hungrig schaut er auf die Pizzableche.

»Ich habe hier eine frische Spinatpizza mit Krabben. Sehen Sie, sie dampft noch.«

Mikael sieht den Dampf von der Pizza aufsteigen. Er riecht den Spinat und den Knoblauch.

»Sieht verdammt lecker aus. Ich nehme zwei Stücke.«

»Gerne, gute Wahl. Die anderen sind so ... lala«, gibt sie zu verstehen und macht mit ihrer rechten Hand diese ›so là là-‹Geste. Sie schneidet zwei extra große Streifen ab und packt jeden auf einen eigenen Teller.

»Soll ich die Teller in Alufolie wickeln, damit die Pizzen noch einen Moment heiß bleiben?«

»Ja, danke.«

Er reicht ihr 10 Euro über den Tisch. Sie wickelt die Pizzastücke ein, bedankt sich und wünscht ihm noch einen schönen Tag. Mit den Tellern in der Hand stiefelt Mikael zurück. Boris und Vladimir sind über und über mit Eiscreme beschmiert. Boris sieht verheult aus. Unter seiner Nase sammelt sich eine kleine Pfütze. Mikael runzelt die Stirn und schaut Natasha an.

»Boris hat sich die Kamele angeschaut und eines wollte das Eis. Eine lustige Aktion kann ich dir sagen. Boris' Reaktion weniger«, erklärt sie.

Mikael lacht auf. Er kann sich den verdutzt blickenden Jungen vorstellen, der zum eisfressenden Kamel hinaufschaut.

»Sie dürfen gleich noch ein Eis essen«, sagt Natasha.

»Karussell?«, fragt Vladimir.

Die Kinder kennen einfach keine Grenzen. Mikael schon.

»Willst du mit den beiden noch einmal zum Kettenkarussell gehen? Ich esse nur die Pizza. In einigen Minuten komme ich nach.«

Natasha steht auf. Sofort ertönt das Freudengeschrei der Kinder. Die drei ziehen los. Mikael sieht ihnen hinterher und stürzt sich auf sein Essen. Die Pizza ist lecker, frisch und heiß. Mit viel Knoblauch, wie er es liebt. Mit den Servietten wischt er sich den Mund ab. Gedanklich ist er schon in Berlin. Er schaut sich kurz um und sieht den Mülleimer in der Nähe des Kamel-Geheges. Er will die Pappteller hineinwerfen, da stutzt er. Steht da etwas auf dem oberen Teller? Er wischt die Reste der Pizzasoße zur Seite. Jemand hat mit Kuli etwas auf den Teller geschrieben. Mikael starrt einige Sekunden auf die Worte, versteht sie nicht sofort.

›Schuldig des Mordes‹

Die Farbe weicht ihm aus dem Gesicht. Sein Herz rast. Die Hände beginnen zu zittern. Langsam zieht er den Zettel von vorhin aus der Hosentasche. Die gleiche Schrift! Dort hat der Unbekannte nur von der Beihilfe gesprochen, jetzt spricht er von Mord.

»Was zum Himmel geht hier vor?«, fragt Mikael sich leise. Er greift nach dem anderen Teller, wischt auch den sauber und findet eine zweite Botschaft:

›Schuldig der Mitgliedschaft in einer kriminellen Vereinigung‹

Er wischt beide Pappteller mit der Serviette ab, die noch oben auf dem Müll liegt. Die Teller faltet er und stopft sie in die Jackentasche. Mit zusammengekniffenen Augen sondiert er die Umgebung, kann aber niemanden ausmachen, der ihn beobachtet. Langsam, als Reflex, schiebt er seine Hand unter die Jacke, zur Schulter. Verärgert stellt er fest, dass er die Waffe nicht eingesteckt hat.

Natürlich nicht.

Er hat nie eine Pistole dabei, wenn sie mit den Kindern unterwegs sind.

Die Finger kribbeln. Durst macht sich bemerkbar. Zurück am Tisch trinkt er das restliche Bier aus. Er bekleckert sein Hemd. Ein leiser Fluch kommt ihm über die Lippen. Er findet kein Taschentuch und wischt das Hemd mit dem Jackenärmel ab. Der Durst steigert sich ins Unerträgliche. Das Kribbeln weitet sich auf die Arme aus.

»Blöde Schlampe«, sagt er leise. »Dir werde ich es geben.«

Zielstrebig steuert er den Pizzastand an, wo einige Jahrmarktbesucher anstehen. Hungrige Kunden schimpfen über die Wartezeit, darüber, dass sich niemand um ihre Wünsche kümmert. Langsam schreitet Mikael auf die Auslage zu, an den anstehenden Menschen vorbei.

Er drängelt sich durch die Warteschlange und stolpert. Ein Mädchen kichert beim Anblick des stolpernden Mannes. Mit einer Hand stützt er sich am Stand ab. Im letzten Moment kann er einen Sturz noch vermeiden. Er greift in die Jackentasche und will die Pappteller herausnehmen. Doch er findet die Taschen nicht, verheddert sich mit dem Ärmel am Reißverschluss.

Schwer auf die Auslage gestützt, schaut er in die Bude. Keine Bedienung zu sehen. Sein Mund ist taub. Sein Ruf nach der Pizzabäckerin von vorhin verwandelt sich in ein unverständliches Nuscheln. Zwei Jugendliche in der Warteschlange schütteln den Kopf. Sie fragen laut, wie man sich um diese Zeit nur so volllaufen lassen kann.

Schweißperlen bilden sich auf Mikaels Stirn. Seine Handflächen sind feucht. Ein Bein knickt ein, doch er hält sich soeben noch am Mantel des neben ihm stehenden Mannes fest. Dieser schüttelt Mikaels Hand ab, der zu Boden stürzt und ein unverständliches Grunzen von sich gibt. Mikael rappelt sich auf, stolpert um die Verkaufsbude herum und sieht den Anbau dahinter. Mit verschwommenem Blick findet er zufällig den Zeltreißverschluss. Immer wieder rutscht er mit den feuchten Fingern ab, sucht mehrfach die Griffplatte des Verschlusses und bekommt das Zelt schließlich auf. Ein dumpfes, weit entferntes Wimmern dringt an sein Ohr. Er sieht eine ältere, dunkelhaarige Frau halbnackt auf dem Boden liegen. Isolierband verklebt ihren Mund. Sie strampelt mit den Füßen. Der schmierige Holzboden verdreckt ihre Unterwäsche.

Sein Herz hämmert, sein Puls rast immer schneller. Er versteht nicht, warum die Frau gefesselt auf dem Boden liegt. Sie hat ihm die Pizza nicht gegeben. Die hat er von einer anderen Angestellten bekommen. Er dreht sich teilnahmslos um und torkelt über den Jahrmarkt zum Auto. Kirmesbesucher weichen dem breitbeinig gehenden, anscheinend betrunkenen Mann aus. Mikael nuschelt ständig vor sich hin. Der Schweiß fließt in Strömen.

Umständlich zieht er die Jacke aus, die er zu Boden fallen lässt. Mehrfach stützt er sich an verschiedenen Fahrzeugen ab. Er rutscht aus, will den Sturz abfangen und reißt einen Außenspiegel herunter. Dunkle Schweißränder durchziehen das Hemd. Sein Atem geht stoßweise. Er setzt den Weg fort. Schließlich findet er den Wagen. Mikael greift zum Fahrzeugdach, verfehlt jedoch den Holm. Mit dem Oberkörper schlägt er schwer auf die Motorhaube. Langsam rutscht er die Haube hinunter. Vor dem Kühler bleibt er liegen. Er hechelt, bekommt keine Luft, sein Puls rast wie nach einem Mittelstreckenlauf.

Mit letzter Kraft setzt er sich auf. Mit dem Rücken lehnt er an der Stoßstange. Die Beine zucken unkontrolliert. Er erbricht sich auf das Hemd und die Hose. Feine Speichelfäden hängen von den Lippen hinunter, Mikael bleibt hechelnd sitzen. Sein Herz trommelt immer heftiger. Den Kopf kann er nicht mehr bewegen. Er kotzt erneut. Den Schwall lässt er einfach aus dem Mund fließen. Er bringt nicht mehr die Energie auf, sich den Mund abzuwischen. Seine Augen starren auf die Füße.

Zwei Füße tauchen in seinem verschwommenen Blickfeld auf. Mühsam hebt er den Kopf, der immer wieder auf die Brust zurücksinken will. Er sieht eine kleine zierliche Person, eine Frau. Mehr kann er nicht erkennen, sie hat die Kapuze zu tief ins Gesicht gezogen. Er versucht, gleichmäßig zu atmen, will sie ansprechen und um Hilfe bitten. Doch er bringt einfach keine Worte heraus. Speichel fließt unkontrolliert aus seinem Mund.

»Mikael Temenov. Sie sind für schuldig befunden und zum Tode verurteilt worden. Das Urteil wird vollstreckt.«

Die Stimme der Frau erkennt er sofort. Die Pizzabedienung. Sie starrt auf ihn herab. Jetzt versteht er. Sein Weg ist hier zu Ende. Er wird Natasha und die Zwillinge niemals mehr wiedersehen.

Die Gestalt tritt einen Schritt zurück. Mikael sieht, dass sie eine Jacke, seine Jacke in der Hand trägt. Liebend gerne will er ihr den Hals umdrehen, sie schlagen, foltern und quälen. Aber er kann sich einfach nicht bewegen.

Die letzten Gedanken drehen sich um die Frage, wie die Frau an seine Jacke gekommen ist, wann und wo er sie ausgezogen hat. Mikael sackt in sich zusammen. Den gebrochenen Blick auf die Füße gerichtet. Die Gestalt kniet sich neben den Toten, nimmt die Pappteller und den Zettel aus seinen Taschen. Unbemerkt verschwindet sie zwischen den geparkten Fahrzeugen.

***

Es ist kühl für den Frühlingsanfang. Nieselregen dringt durch die Kleidung. Der Wind treibt neben der Nässe auch die Kälte durch die Jacke. Der Rhein führt ein wenig Hochwasser mit sich, was den Schiffsverkehr aber nicht beeinträchtigt. Touristenströme streifen trotz des Wetters durch die Düsseldorfer Altstadt, auf der Suche nach der längsten Theke der Welt.

Piotr Wozniak ist bleiern müde. Die Augen brennen wegen des fehlenden Schlafes. Der Hunger treibt ihn in die Altstadt; ›Scheiß auf die Müdigkeit‹, denkt er, aber es hilft nicht. Er verkriecht sich in eine dunkle Ecke seiner Stammkneipe.

Piotr bestellt Rheinischen Sauerbraten, den er in Deutschland lieben gelernt hat und gerne isst. Dazu trinkt er ein Pils, da er Altbier nicht ausstehen kann. Gierig nimmt er einen Schluck. Aber er ist nicht bei der Sache, sein Blick geht in die Ferne. Die Gedanken schweifen ab. Seine polnische Familie, die er als Jugendlicher verlassen hat, kommt ihm in den Sinn. In Deutschland hatte er arbeiten wollen, Karriere machen und die Eltern finanziell unterstützen.

Laute Musik ertönt. Sie bringt Piotr zurück in die Gegenwart. Die vorletzte Nacht ist arbeitsreich gewesen, aber auch sehr erfolgreich. Er hat endlich wieder auf eigene Rechnung gearbeitet und mit seinen Partnern den Tresor eines Juweliers geknackt. Die perfekte Planung hat fast drei Monate gedauert.

Zufällig haben sie den Einbruch einige Tage früher als geplant starten können. Innerlich dankt Piotr der Stadt für die Errichtung einer Baustelle am passenden Ort. Das war zu verlockend gewesen. Solch eine Chance lässt man nicht verstreichen.

Die Beute ist mindestens 6 Millionen Euro wert: Diamanten und Edelarmbanduhren. Den Coup hatte er lange ins Auge gefasst. Er musste die Durchführung aber wegen zu hoher Risiken, fehlender Fachleute oder Informationen mehrmals verschieben.

»Nur intensive Vorbereitung garantiert den Erfolg« sagt er sich häufig. »Nur nichts überstürzen und Fehler vermeiden.«

Die Planung eines solchen Bruchs nimmt immer mehrere Monate in Anspruch. Für Eventualitäten hat Piotr keinen Platz. Den Zufall gibt es für ihn nicht. Er sucht die Leute für die Ausführung selbst aus. Niemand, der mit ihm arbeitet, darf polizeibekannt sein. Und die Beteiligten können sicher sein, nicht übers Ohr gehauen zu werden. Für sein Team bleibt immer ein nettes Sümmchen, da er sich ausschließlich auf gewinnbringende Jobs einlässt.

Alle beachten daher das eiserne Schweigegebot, das Piotr seinen Kumpanen stets auferlegt. Bisher hat das auch funktioniert. Keiner seiner Einbrüche wurde je aufgeklärt, keiner der Beteiligten jemals überführt. Er bleibt bei der Kriminalpolizei ein dunkler Geist, ein namenloser Schatten.

Der Aufbau einer Baustelle direkt vor dem Juweliergeschäft hatte ihn überrascht. Aber er roch die Chance, und entschied schnell. Das Ding musste einfach früher als geplant über die Bühne gehen. Eine bessere Chance konnte es nicht geben.

Penibel achtete er auf den Zeitplan und die Durchführung. Sorgfältig darauf bedacht, keine Spuren zu hinterlassen. Den

Vortag hatte er damit verbracht, die Beute in Sicherheit zu bringen. Er nahm Kontakt mit dem Hehler auf. Die Übergabe musste vereinbart werden, aber zuerst sollte der Medienrummel abflauen. Die Medien überschlugen sich und brachten ausschweifende Berichte über den Einbruch. ›*Ein wahres Meisterwerk des klassischen Diebstahls*‹, schrieb die Zeitung, ›*elegant, leise, lukrativ und ohne Spuren zu hinterlassen.*‹ Den Wert der Beute nannten die Zeitungen nicht. Das kannte Piotr schon. Die Polizei verheimlichte die Summe, da sie Nachahmer verhindern wollte. Die Kripo tappte völlig im Dunkeln, stand jedoch erst am Anfang der Ermittlungen.

Piotr glaubt fest daran, dass keine Gefahr besteht. Noch nie ist ihm jemand auf die Spur gekommen. Mit Einbrüchen konnte Piotr sich in den letzten Jahren ein ansehnliches Polster schaffen. Er hat vorsichtig begonnen, den eigenen Lebensstil zu ändern. Zuerst kaufte er sich eine Eigentumswohnung mit Rheinblick in Düsseldorf. Danach erfüllte er sich den Traum von einem Porsche. Seine Computerkenntnisse nutzte er in einer Scheinfirma, die er vor einigen Jahren eröffnet hatte. Für das Finanzamt wies er als selbständiger Softwareentwickler geregelte Einnahmen nach. Das stärkte die Reputation bei den Banken. Die Geldeingänge hinterfragten sie nicht. Niemand schöpfte Verdacht.

Piotr braucht das Geld aus seinen Coups nicht mehr. Er kann auch so ein ruhiges und bequemes Lebens führen. Nicht im überschwänglichen Luxus, doch beruhigt und ohne verpflichtende Arbeit. Aber er will sich beweisen, dass auch das Unmögliche möglich ist. Er braucht den Nervenkitzel, die Anerkennung, egal ob von Kriminellen, der Polizei oder den Medien.

Auch von Dimitri, einem Russen, den er schon in seiner Jugend kennengelernt hat, bekam er Aufträge. Anfangs freute ihn das Geld, das er dringend brauchte. Dankbar nahm er jeden Job an. Er zerstreute früh aufkommenden Bedenken, solange die Bezahlung stimmte. Nach und nach stieg der Lohn, aber dafür nahm die Gefährlichkeit der Aufträge zu. Im Laufe der Zeit erkannte Piotr aber, dass er für eine durch und durch russische Organisation arbeitete. Für diese hatte Verschwiegenheit, Schnelligkeit, Loyalität, fehlerfreies Arbeiten und totale Skrupellosigkeit oberste Priorität.

Früh bemerkten sie sein Talent für Sicherungsanlagen und Computer. Der Preis für die langjährige Zusammenarbeit brachte ihn jedoch in eine Abhängigkeit, die nicht wie ein Mietvertrag gekündigt werden konnte. In Gedanken spielte er verschiedene Variationen durch, wie er die Beziehung zu Dimitri beenden konnte und trotzdem überlebte.

Dimitris letzten Job hatte er vor ungefähr einem Jahr mit einem Russen ausgeführt, den er noch nie gesehen hatte, dessen Name er nicht kannte. Dieser Mann hatte ihn am Dortmunder Hauptbahnhof mit einem schwarzen Golf abgeholt. Wortlos waren sie nach Gelsenkirchen in ein kleines Wohnviertel gefahren. Sie hatten einen Kerl beobachtet und verfolgt, der Piotr an einen ewigen Studenten erinnerte.

Er hatte sich gewundert, dass sie ihn für einen solchen Einsatz ausgewählt hatten. Bisher war er nur als Einbrecher oder Softwarespezialist eingesetzt worden. Observationen fand er langweilig. Darin war er kein Fachmann. Vielleicht hatte der Student Schulden und der Russe sollte der Forderung Nachdruck verleihen? Piotr wusste es nicht. Schweigend waren sie dem jungen Mann hinterhergefahren. Sie hatten dabei bemerkt, dass ein weiteres Fahrzeug dem Mann folgte. Ein schwarzer BMW, den der Russe mit einem leichten Lächeln zur Kenntnis nahm, aber ansonsten ignorierte.

Der Student stellte seinen Wagen in der Wattenscheider Innenstadt auf einem Parkplatz ab. Piotr bekam ein Handy und folgte ihm zu Fuß, während der Russe im Fahrzeug blieb. Der Verfolgte betrat ein kleines Café.

Wenige Sekunden später rief Piotr den Russen per Handy und beschrieb ihm den Weg. Sie trafen sich unmittelbar vor dem Café, ohne gesehen zu werden. Der Student hatte inzwischen mit einem Mann gesprochen, der sich kurz zuvor zu ihm an Tisch gesetzt hatte. Piotr dachte sich, dass es sich vielleicht um den Typen mit dem schwarzen BMW handelte. Aber das war nur eine Vermutung. Wenig später stand der Mann auf und verschwand aus dem Sichtfeld. Der Russe nickte. Jetzt war die Situation günstig. Er wollte zuschlagen, lächelte Piotr zu und drückte ihm eine Pistole in die Hand.

Piotrs Hände begannen zu zittern, da er Schusswaffen und Brutalität nicht ausstehen konnte. Er musste jedoch nur die Türen des Cafés im Auge behalten.

Der Russe betrat den Laden und eröffnete sofort das Feuer auf einen alten Mann. Menschen schrien. Piotr versperrte den Eingang und beobachtete die kleine Einkaufsstraße. Schweißperlen standen auf seiner Stirn. Er bekam Angst. Mit weit aufgerissenen Augen hatte er das bisherige Geschehen betrachtet. An einem kaltblütigen Mord hatte er nicht beteiligt sein wollen. Doch nun fand er sich mitten drin in den entsetzlichen Ereignissen und gehörte zu den Bösen.

Zitternd stand er an der Eingangstür. Er schaute kurz die kleine Einkaufsstraße hinunter, aber dann drehte er sich um und schaute wieder ins Innere des Cafés, wo der Russe gerade auf den schlaksigen Studenten zuging. Auch ihn streckte er eiskalt nieder, ohne ein einziges Wort zu sprechen. Hirnmasse und Knochenfragmente verteilten sich auf der Wand hinter dem Mann, der wortlos mit einem erstaunten Gesichtsausdruck zu Boden fiel. Auf den Fliesen bildete sich um den Kopf oder vielmehr, was davon übrig war, eine Blutlache. Piotrs Nackenhaare stellten sich auf. Er fragte sich, was der Student angestellt hatte, dass er so hingerichtet wurde. Trotzdem beeindruckte ihn die Zielstrebigkeit und Konsequenz des Russen beeindruckt.

Auch seine Kaltschnäuzigkeit. Der Russe folgte dem Mann, der zuvor mit dem Studenten gesprochen hat, zur Toilette. Piotr hörte keine Schüsse mehr, aber seine Unruhe wuchs. Zunächst sorgte er sich darum, dass er alleine an der Tür stand. Die Bullen konnten jeden Moment aufkreuzen. Dann durchfuhr ihn plötzlich der schreckliche Gedanke, dass er diesen Tag nicht überleben würde. Entweder starb er durch die Hand dieses Killers oder durch die Kugeln der Polizei.

Er stellte sich vor, dass er in einer dunklen Ecke in die Knarre des Russen schaute und erschossen im Rinnstein landete. Panisch wollte er das Café verlassen. Da tauchte der russische Mörder wieder auf. Noch immer hielt er die Pistole in der Hand. Mit der anderen Hand umklammerte er eine kleine Eisenstange. Piotr fragte sich, woher er die nun wieder hatte. Er starrte den Russen voller Angst an und glaubte, dass er noch weitere Leute erschießen wollte. Wollte er auch ihn auf der Stelle umlegen? Doch der Killer grinste ihn nur kurz an. Gemeinsam verließen sie das Café.

Der Russe verklemmte mit der Stange die Eingangstür. Sie bogen nach rechts ab, dem Ende der Einkaufsstraße entgegen. Zügig, aber nicht zu eilig überquerten sie eine Kreuzung. Ihr Wagen stand in einer Seitenstraße an einem kleinen Park. Unbehelligt verschwanden sie aus Bochum. Piotrs Puls wollte sich nicht beruhigen. Die Waffe legte er in das Handschuhfach, das er mit seinen zittrigen Händen fast nicht aufbekommen hätte.

Auf der Flucht sprach der Russe nicht mit ihm. Am Dortmunder Hauptbahnhof ließ er ihn aussteigen. Er verabschiedete sich mit russischen Worten, die Piotr nicht verstand. Der Wagen schoss vorwärts und bog an der nächsten Kreuzung ab. Piotr atmete beruhigt auf. Natürlich war er nicht in Sicherheit, jederzeit konnte er an einer Ecke den Tod finden. Doch mit jedem Tag, der verstrich, nahm seine Angst ab.

Aber sie hatten einen Fehler gemacht. Die Videoüberwachung im Café hatten sie nicht bemerkt. Piotr fand das eigene Gesicht und das des Russen auf Fahndungsfotos in den Medien, später auf Plakaten an öffentlichen Plätzen. Er verschwand nach Polen. Fünf Monate später kehrte er mit verändertem Aussehen zurück. Nur langsam traute er sich wieder unter Menschen.

Er gewöhnte sich an sein geändertes Erscheinungsbild. Aber die Erinnerung an den Vorfall im Café blieb. Er bereute es, diesen Auftrag angenommen zu haben. Aber hatte er wirklich eine Wahl gehabt? Schließlich hatte Dimitri nie von Auftragsmorden gesprochen. Den Auftrag hatte er nur vage beschrieben. Die Bezahlung fiel immerhin außerordentlich aus. Piotr wünschte sich trotzdem, er hätte auf sein Bauchgefühl gehört. Doch es war zu spät, nichts ließ sich mehr ändern. Mit dem Aufenthalt in Polen und dem Schweigen erkaufte er sich Sicherheit.

Diesen Job hatte er überlebt. Es zahlte sich eben aus, keine Fragen zu stellen, das Maul zu halten und geduldig zu sein. Den Russen hat er nie wieder gesehen. Darauf legte er auch keinerlei besonderen Wert. Später begannen die Planungen für den Einbruch in das Juweliergeschäft und er fand eine willkommene Ablenkung. Die Erinnerungen an den Russen verblassten.

Ausgerechnet heute kommen sie wieder hoch. Piotr schüttelt den Kopf. Er ist bereits seit 24 Stunden auf den Beinen, hat dunkle Ränder unter seinen blutunterlaufenen Augen. Er sehnt sich nach einem gemütlichen Bett, schiebt den leeren Teller zur Seite, bestellt noch ein Pils und bezahlt die Rechnung mit einem großzügigen Trinkgeld. Dann wünscht er der Bedienung eine angenehme Nacht und verlässt das Lokal. Der hochgestellte Kragen seiner Jacke hält die kalte Feuchtigkeit nicht ab. Eine leichte Gänsehaut bildet sich auf seinen Armen. Gerne hätte er sich eine Zigarette angezündet, doch dieses Laster hat er aufgegeben. Aus einer Dokumentation im Fernsehen hat er gelernt, wie viele Informationen die Polizei allein aus einer weggeworfenen Kippe ziehen kann.

Der Verkehr auf der Flinger Straße nimmt ab, je weiter er sich von der Altstadt entfernt. Von der Kasernenstraße biegt er rechts ab, um zum Parkhaus zu gelangen. Vereinzelt fahren Taxen an ihm vorbei. Seine Aufmerksamkeit lässt nach.

Er überquert die Fahrbahn. Das heranrasende Fahrzeug bemerkt er nicht. Der Wagen rammt ihn seitlich. Er wird hochgeworfen, hört die eigenen Knochen brechen. Schmerzen fluten seinen Körper. Hart schlägt er mit einem Ellenbogen auf die Kühlerhaube. Sein Kopf zertrümmert die Windschutzscheibe. Grelle Lichtblitze tauchen vor den Augen auf. Die Welt dreht sich im Kreis.

Er prallt ab, fliegt über das Fahrzeugdach und knallt auf den Kofferraum, bevor er auf der Straße landet. Sein Körper rutscht rasant über den Asphalt, der ihm die Kleidung und die Haut von Armen und Beinen brennt. Die Blutspur, die er dabei auf der Fahrbahn hinterlässt, reicht bis zu dem Punkt, an dem er schließlich bewusstlos liegen bleibt.

Blutüberströmt liegt Piotr bewegungsunfähig da, kommt langsam zu sich, sein Körper brennt wie Feuer. Das Blut verteilt sich gleichmäßig auf den Resten seiner Kleidung. Verschwommen sieht er den Fahrer aussteigen und näherkommen. Eine zierliche Gestalt hockt sich neben ihn, doch er kann den Kopf nicht bewegen, um der Gestalt in die Augen zu sehen. Er sieht nur kleine Turnschuhe. Eine weibliche Stimme spricht ihn an.

»Schuldig des Mordes und der Beihilfe zum Mord. Das Urteil wird vollstreckt.«

Er glaubt zu halluzinieren. Oder hat er die Worte falsch verstanden? Die Gestalt erhebt sich und tritt einen Schritt zurück. Mit letzter Kraft dreht Piotr den Kopf, gegen die rasenden

Schmerzen in seinem geschundenen Körper. Er sieht die Pistole mit dem Schalldämpfer. Die Kugel durchbohrt seinen Oberkörper, zerreißt Muskeln und zersplittert Knochen, noch bevor er das Ploppen hört. Eine zweite Kugel zerfetzt seine Eingeweide. Der Schmerz nahm ein Ende. Die Gestalt sprach zu ihm, aber er hörte die Worte nicht mehr.

Für einen kurzen Augenblick sieht er die goldglänzende Kugel im schwarzen Lauf. Die Welt um ihn verschwindet in einem Nebel und mit ihm die Geräusche der Umgebung.

Dann wird alles dunkel.

2. Kapitel
Vergangenes bestimmt Gegenwärtiges

›Daher besteht die höchste Vollendung beim Aufstellen einer Armee darin, Formlosigkeit zu erlangen. Wenn du keine Form hast, kann auch die geheimste Spionage nichts herausfinden, und auch die größte Weisheit vermag keine Strategie zu ersinnen.‹

Sun Tsu, ›*Die Kunst des Krieges*‹

Das kleine Kaminfeuer in der Suite spiegelt sich in dunklen, kalten Augen. Mit drei Fingern dreht Wasilij Charatov den russischen Pass im Kreis. Er betrachtet das Papier, sieht sein Gesicht auf dem Passbild, flüstert leise seinen Namen. Oder besser: den, der auf dem Ausweis steht.

Lange überlegt er, ob Anatol Parujew wirklich sterben muss. Viel Arbeit und Mühe hat er in die Erschaffung dieser Tarnexistenz gesteckt. Er hat Parujew extra nur für die illegalen Waffen- und Geldgeschäfte geschaffen. Nicht einmal zur Eröffnung der Konten oder Scheinfirmen trat er öffentlich mit dieser Legende auf. Aber jetzt muss er sie aufgeben.

Die Entscheidung ist gefallen. Zu lange hat er an der Identität festgehalten. Mit jedem Tag wächst die Gefahr der Enttarnung. Es wird immer riskanter, diesen Namen weiterhin zu nutzen. Seine Finger streicheln das gefälschte Papier. Eine erstklassige Arbeit, die er vor Jahren in Auftrag gegeben hat. Einmal nur war er als Parujew aufgetreten. Dafür gab es damals einen Grund: Klaus Schramm. Nur für ihn musste er Anatol Parujew sein, nur dieses eine Mal. Doch es bedeutete das endgültige Aus für seinen liebgewordenen Aliasnamen.

Mit einer kurzen Handbewegung wirft er den Ausweis ins Feuer. Kleine bläuliche Flammen umzüngeln das Papier, fressen die Sicherheitsfolie auf. Wasilij wartet, bis der Pass verbrannt ist, stochert mit einem Schürhaken in der Asche. Er vernichtet selbst das letzte Stückchen, das einen Hinweis auf einen verkohlten Pass hinterlassen könnte.

Anatol Parujew ist tot.

Wasilij Charatov lebt sein Leben weiter. Obwohl ... auch Wasilij Charatov ist eine künstlich geschaffene Existenz. Allerdings eine, mit der er in der Öffentlichkeit lebt, eine Identität, die eine Kindheit hat, die Geschäfte abschließt, Steuern zahlt und eine Krankenversicherung vorweisen kann. Seinen wahren Namen kennt niemand mehr. Selbst in ihm verblasst die Erinnerung an die eigene, echte Vergangenheit Jahr für Jahr mehr.

Langsam trottet er zur Tür des Hotelzimmers, dreht sich kurz prüfend zum Kamin, ob der Pass restlos verbrannt ist. Schwungvoll öffnet er die Tür. Im Flur steht Nikolas, sein persönlicher Begleiter, sein Vertrauter, sein Ziehsohn. Nikolas betätigt den Knopf und fordert den Fahrstuhl an. Gemeinsam fahren sie in die erste Etage, wo der Konferenzsaal liegt. Ein Hotelangestellter öffnet die Saaltür. Wasilij betritt zuerst den Raum. Die anwesenden Personen stehen in kleinen Gruppen zusammen, ihre Gespräche verstummen augenblicklich. Zügig setzen sie sich auf ihre zugewiesenen Sitzplätze.

Charatov nimmt neben seinen Geschäftspartnern am runden Konferenztisch des Berliner Luxushotels Platz. In der Mitte des Tisches stehen warme und kalte Getränke. Gebäck wird, edel angerichtet, in mehreren Schalen gereicht. Umständlich setzt Charatov sich auf seinen Sessel zurecht. Nikolas gießt ihm den Kaffee ein. Lange verrührt er mit einem kleinen Löffel die Milch. Niemand gibt einen Ton von sich, die Spannung liegt spürbar in der Luft. Keiner will sich durch das erste Wort Wasilijs Zorn zuziehen.

Wasilij schlürft seinen Kaffee und schaut in die Runde. Ein Platz ist noch immer leer. Keiner kann ihm sagen, warum Jurij Temenov noch nicht da ist. Jurij ignoriert die vielen Anrufe. Charatov kann sich nicht vorstellen, wieso Jurij schweigt. Es muss etwas Schwerwiegendes vorgefallen sein. Anatol schaut einem nach dem anderen in die Augen. Nacheinander weicht jeder Geschäftspartner dem kalten Blick aus.

»Niemand hat von Jurij gehört? Wirklich niemand?«

Ein drohender Unterton schwingt in Wasilijs Stimme mit. Einige starren auf ihre Kaffeetassen, andere schauen auf die Bilder an der Wand, doch niemand ergreift das Wort. Wasilij sieht auf das Display seines Handys. Keine Nachrichten oder Anrufe.

»Nikolas?«, fragt er in den Raum hinein.

Nikolas steht in einer abgedunkelten Ecke und beobachtet schweigend die Geschäftsrunde. Die Stille im Konferenzraum bereitet ihm Sorgen. Niemand will etwas gehört haben. Keiner der Anwesenden traut sich, Stellung zu diesem fragwürdigen Umstand zu beziehen. Ungewöhnlich ist die beste Beschreibung, die ihm einfällt. Die Teilnehmer führen die Organisation in unterschiedlichen Ländern an. Jurij ist nur für den österreichischen und schweizerischen Raum zuständig, aber dass niemand das Verschwinden von Jurij erklären kann, ist kaum zu glauben.

Langsam steuert er den Konferenztisch an und das Tageslicht erhellt seine imposante Gestalt. Nachdenklich schaut er zu Wasilij, der erneut den Augenkontakt zu den Geschäftspartnern sucht.

»Ja?«, fragt Nikolas.

»Versuche bitte, Jurij zu erreichen. Vielleicht hat sein Flug Verspätung.«

»Selbstverständlich.«

Nikolas dreht sich zur Eingangstür. Brisante Telefonate werden im Stillen geführt, nicht vor allen Teilnehmern.

Jemand klopft leise an der Tür, die sofort aufschwingt. Einer der bewaffneten Leibwächter steht im Türrahmen und schaut Nikolas erschrocken an. Der Störenfried flüstert ihm etwas zu und achtet peinlich genau darauf, dass niemand im Saal seine Worte versteht. Nikolas nickt, dreht sich um und der Bodyguard verschwindet durch die Eingangstür, die sich hinter ihm schließt.

Nikolas gesellt sich zu Wasilij und spricht ihm leise etwas ins Ohr. Wasilij zeigt keine Regung, schaut jeden Teilnehmer einzeln an und sagt: »Jurij checkt soeben im Hotel ein und ist auf dem Weg nach oben. Es gab einige Minuten Verspätung am Flughafen. Er wird jeden Moment hier sein.«

Leises Gemurmel entsteht in der Runde, doch niemand stellt Fragen. Mit Sicherheit nicht an Wasilij, den Stellvertreter in der kompletten Organisation und den designierten Nachfolger auf den Thron.

Einige Anwesende hatten sich im letzten Jahr heimlich Hoffnung auf seinen Platz gemacht. Wasilij steckte in Schwierigkeiten. Er drohte zu straucheln und erschien angreifbar. Leise Gerüchte über eine Erpressung kamen auf. Zwei ambitionierte Männer rechneten sich eine Chance auf den Stellvertreterposten aus. Zwei, die jetzt nicht mehr unter den Lebenden weilen, hatten die Initiative ergriffen und an Wasilijs Stuhl gekratzt. Wasilij rief seine treuen Gefolgsleute zu sich, schaltete die drohende Konkurrenz aus und überstand die Sache unbeschadet. Niemand kann mehr sagen, ob die Gerüchte um eine Erpressung der Wahrheit entsprechen.

Aber die Geschichten, die sie nur flüsternd in Abwesenheit von Wasilij austauschen, besagen, dass etwas im Ruhrgebiet geschehen ist, das ihn fast an den Abgrund gebracht hat. Die Presse veröffentlichte Berichte von Leichen, Hinrichtungen und einem toten Polizisten. Fahndungsfotos von Nikolas nach einem Mordanschlag in einem Café mit dem Hinweis, dass ihn die Polizei als Tatverdächtigen wegen Mordes sucht, hängen noch immer überall aus.

Nikolas ist im letzten Jahr kräftiger geworden, hat sich deutlich mehr Muskelmasse antrainiert. Die Haare sind dunkler. Er hat sich angewöhnt, Bartstoppeln stehen zu lassen. Seit Kurzem trägt er auch gefärbte Kontaktlinsen. Mit den Fahndungsbildern aus dem Café, die heute noch in Bahnhöfen oder Flughäfen aushängen, hat er nur noch bedingt Ähnlichkeit. Nikolas kann sich unbehelligt in Deutschland bewegen und muss keine Festnahme fürchten. Die deutsche Polizei sorgt ihn nicht sonderlich. Jetzt steht Nikolas seelenruhig bei den Teilnehmern im Konferenzraum. Er arbeitet nur auf Anweisung und nach Befehl. Im Laufe der Zeit ist das Gerücht entstanden, Wasilij habe das Massaker angeordnet. Er äußert sich nicht zu den Geschichten und der öffentlichen Fahndung nach Nikolas. Nur gegenüber der Nummer Eins der Organisation erklärt sich Wasilij. Dazu ist er verpflichtet.

Glücklicherweise konnte er die Erpressung elegant auflösen, besser als er zu hoffen wagte, und er fiel nicht in Ungnade. Sein umsichtiges und überlegtes Handeln führte zur Sicherung erheblicher Geldsummen. Dieser Erfolg und der marginale Schaden stimmten die Nummer Eins milde, auch wenn der Big Boss den Schilderungen nicht vollständig Glauben schenkte.

Aber Wasilij darf nicht wieder stolpern. Dies würde unweigerlich sein endgültiges Aus bedeuten. Fehler werden nicht akzeptiert. Bestrafungen enden regelmäßig tödlich. Begnadigungen sind in der Organisation nicht vorgesehen.

Wasilij hat die Konsequenzen für alle Schäden zu tragen. Die Hyänen am Konferenztisch lauern nur auf ihre Chance, aber niemand hat mehr den Mut, das Interesse öffentlich zu bekunden. Wasilij legt den Löffel auf den Tisch. Mit der Tasse in der Hand stellt er sich ans Fenster, schaut auf die Straße. Nikolas gesellt sich zu ihm. Beide beobachten schweigend den Straßenverkehr in der Hauptstadt.

Der strahlend blaue Himmel lädt zu Spaziergängen ein. Touristenströme fließen durch das Brandenburger Tor. Kleine, nichtsnutzige, fremdgesteuerte Ameisen, geboren um zu dienen. Der Macht und dem Geld unterworfen, nicht ahnend, dass sie nur künstlich geschaffenen Verlockungen folgen. Armselige Kreaturen.

Wasilij lächelt.

»Kann ich irgendetwas für Sie tun?«, fragt Nikolas.

Wasilij schaut ihn kurz an und schüttelt den Kopf.

Erneut klopft es an der Eingangstür, die unmittelbar geöffnet wird. Jurij Temenov kommt herein und Wasilij erschreckt bei dem Anblick des ansonsten immer gepflegten Jurij. Tiefe, schwarze Ringe umgeben gerötete Augen. Der Anzug sitzt lausig, ist zerknittert und die Schuhe brauchen eine Reinigung.

Jurij Temenov sagt kein Wort und geht sofort auf Wasilij zu, der noch immer mit Nikolas am Fenster steht. Er begrüßt ihn mit einem brüderlichen Kuss. Wasilij riecht den Wodka in Jurijs Atem.

»Ich muss dich sprechen. Dringend. Alleine. Ist das möglich?«, beginnt Jurij.

Die trockene, krächzende Stimme überrascht Wasilij. Er sieht die sorgenvollen Augen seines Freundes und erkennt, dass Jurij in einer schrecklichen Situation stecken muss. Er wendet sich an die Gruppe, die gespannt am Konferenztisch sitzt und dem Geschehen aufmerksam folgt. Hyänen. Sprungbereit. Die immer kontrolliert und überwacht werden müssen.

»Wir beginnen in einer halben Stunde«, sagte Wasilij in die Runde.

Die Gruppe am Tisch schaut sich an. Einige nicken mit dem Kopf. Er greift Jurij am Arm und gibt Nikolas ein Zeichen, damit er ihnen im gebührenden Abstand folgt.

»Wir gehen auf mein Zimmer. Dort können wir reden und du kannst dich ein wenig frisch machen.«

Jurij nickt nur. Für einen kurzen Augenblick glaubt Wasilij, Tränen in Jurijs Augen zu sehen. Jurijs tiefer Seufzer lässt Schlimmes erahnen. Wasilij spricht die Leibwächter an.

»Bringt seine Sachen auf meine Suite.«

Einer greift sich die beiden Koffer und verschwindet im Treppenhaus. Im Fahrstuhl herrscht eisiges Schweigen. Jurij schluckt immer wieder, eine Träne löst sich aus dem rechten Auge. Wasilij legt eine Hand auf seine Schulter.

»So schlimm?«, fragt er.

Jurij nickt nur und kann die Tränen nicht mehr zurückhalten. Für einen kurzen Augenblick sieht es so aus, als wollte er den Kopf an Wasilij Schulter lehnen. Nikolas reicht ihm ein Taschentuch. Die Fahrstuhltür schwingt auf. Nikolas eilt voraus und öffnet mit der Keycard die Suite. Jurij lässt sich in einen dunklen Ledersessel fallen, schlägt die Hände vor sein Gesicht und hört nicht mehr auf zu weinen. Wasilij reicht ihm ein großes Glas Cognac und setzt sich zu ihm.

»Erzähl. Was ist los?«

Jurij sieht ihn mit seinen blutunterlaufenen Augen an. Er versucht zu sprechen und bringt doch kein gescheites Wort zustande. Wasilij wartet, bis er sich beruhigt hat.

»Mikael ist tot«, stürzt es aus ihm heraus.

Wasilijs Atmung setzt aus, sein Blutdruck fällt und ein leichtes Zittern der Hände zeigt den Schrecken, der ihm in diesem Moment in die Glieder fährt. Mikael ist tot. Der Sohn des engsten Freundes. Das einzige und geliebte Patenkind. Er hat die Patenschaft vor so vielen Jahren gerne übernommen. Er liebt Mikael wie Nikolas, seinen geliebten Ziehsohn. Doch sein kaltes Herz bevorzugte Mikael schon immer. Einer der wenigen Menschen, die so etwas wie Gefühle in Wasilij hervorrufen kann. Oder konnte.

Gedanken an die gemeinsamen Versteckspiele und an Fußball, den Mikael liebt, geliebt hat, tauchen aus dem hintersten Winkel seines Geistes auf. Tausend Erinnerungen jagen gleichzeitig durch den Kopf. Leicht zitternd versucht er, Jurijs Worte zu verarbeiten.

Nikolas kommt zu ihrem Tisch herüber und setzt sich zu ihnen. Auch er ist sehr blass und bestürzt.

»Was ist passiert?«, fragt er Jurij.

»Sie besuchten den Jahrmarkt, Natasha, Mikael und die Kinder. Keiner weiß etwas Genaues. Natasha stand mit den Kleinen am Karussell und wartete vergeblich auf Mikael. Sie fand ihn dann später auf dem Parkplatz am Wagen. Tot, vollgekotzt, die Augen fast aus den Höhlen getreten.«

Wieder fließen Tränen über seine Wangen.

»Er ist elendig verreckt, Wasilij. Einsam und qualvoll, in seiner eigenen Kotze«, schreit er. »Kannst du dir das vorstellen?«

Seine Trauer ist nicht mehr zu beherrschen. Jurij bricht zusammen. Wasilij ist bestürzt, kann aber mit den wenigen Informationen kaum etwas anfangen.

»Jurij, was genau ist passiert?«, fragt er daher.

Er spricht die Worte bewusst langsam und ruhig aus. Die leise Ansprache scheint ihre Wirkung nicht zu verfehlen. Jurij putzt sich die Nase und kippt das Glas Cognac in sich hinein. Nikolas schenkt nach.

»Sie wollten einen schönen Ausflug mit den Kindern machen. Ich habe kurz vorher noch mit Mikael telefoniert und ihm gesagt, dass wir heute dringend nach Berlin müssen. Nichts Außergewöhnliches. Natasha ... Natasha sagt, dass Mikael irgendwie abwesend war, mit den Gedanken nicht da, als sie losgefahren sind. Kurz vorher schien noch alles in Ordnung, er hat mit den Kindern getobt.«

»Und?«, hakt Wasilij nach.

»Er ist vorgegangen, hat die Zwillinge angeschnallt und war völlig in Gedanken, als sie zum Auto kam. Etwas musste passiert sein inzwischen, aber er hat keinen Ton gesagt, berichtete mir Natasha. Dann verfuhr er sich noch, obwohl er den Weg im Schlaf kannte. uf dem Jahrmarkt machte er aber wieder einen normalen Eindruck. Sie hatten Spaß, haben Eis gegessen und sich die Tiere angesehen. Mikael trank ein Bier und holte sich noch Pizza. Natasha ging mit den Kindern zu einem Karussell.

Er wollte nachkommen. Aber er kam nicht. Und später fand sie ihn tot neben seinem Auto.«

»War die Polizei da?«

»Klar. Aber du kannst dir denken, dass sie nicht unglücklich über Mikaels Tod waren, die verdammten Arschlöcher. Sie kannten ihn ja, konnten ihm aber nichts. Wahrscheinlich machten sie sich noch über Mikael lustig, wie er da vollgekotzt vor dem Auto lag.«

Wasilij legt seine Hand auf Jurijs Arm.

»Du übertreibst. Und du weißt, dass ich kein Freund der Polizei bin.«

»Ich weiß, aber ich bin einfach so ... Ich kann nicht anders.«

»Was haben sie gesagt? Gibt es Ergebnisse?«

»Mikael wurde vergiftet. Mit der Pizza, kannst du dir das vorstellen?«, schreit Jurij und schluchzt. »Mit einer gottverdammten Pizza. Jemand hat Gift vom Kugelfisch hineingetan, und zwar jede Menge davon. Hat Mikael voll umgehauen. Wie ein Betrunkener muss er sich aufgeführt haben, konnte kaum noch gehen und nicht mehr sprechen. Er ist qualvoll verreckt.«

Jurij atmet tief ein.

»Ich will das Schwein vor mir haben", flüstert er. „Ich will ihm in die Augen sehen, wenn ich ihn aufschneide. Versprichst du mir das? Kannst du mir das versprechen, Wasilij?«

»Wir werden ihn erwischen, darauf gebe ich dir mein Wort. Konnten sie den Pizzaverkäufer finden?«

»Nein. Da muss sich jemand eingeschlichen haben. Die ›richtige‹ Verkäuferin lag gefesselt und geknebelt hinter der Verkaufsbude im Zelt. Sie wurde betäubt und hat nichts gesehen. Die Polizei erzählte mir, dass sie gerade zu sich kam, als Mikael das Zelt öffnete. Aber er war schwer angeschlagen und reagierte kaum noch. Er hat sie nicht befreit oder etwas gefragt. Er torkelte einfach weiter.«

Wasilij wendet sich Nikolas zu.

»Sitzt Paul noch in Frankfurt?«

Nikolas nickt.

»Ruf ihn an. Ich brauche mehr Informationen und den Namen der Bedienung.«

»Paul? Können wir ihn noch ansprechen?«, fragt Nikolas zweifelnd.

»Er ist mir noch etwas schuldig. Sag ihm, alles ist vergessen, auch die Schulden. Er wird dir jede Information geben, die der Polizei jetzt vorliegt.«

Nikolas begibt sich ins Nebenzimmer der Suite, schließt die Tür und greift zum Telefon. Wasilij bleibt mit Jurij sitzen, der zutiefst erschüttert wirkt.

»Warum hat Sukov nichts gesagt? Mikael ist schließlich sein Schwiegersohn.«

Jurij räuspert sich. Er wischt sich die salzigen Tropfen mit einem Ärmel fort.

»Ich habe ihn darum gebeten. Er hat protestiert, aber ich sagte ihm, dass ich dich persönlich informieren will. Am Telefon wollte ich dir nicht davon erzählen. Du bist doch sein Patenonkel ... warst sein Patenonkel.«

»Du bleibst mit Nikolas hier und siehst zu, dass du halbwegs auf die Reihe kommst. Keine Sorgen wegen der Sitzung heute, für dich ist sie sowieso überflüssig. Nur Frankreich und Spanien machen uns Probleme.«

Jurij nickt nur kurz. Wasilij geht hinunter ins Konferenzzimmer und startet die Sitzung. Zu Jurij sagt er nichts. Aber er findet klare und deutliche Worte für die Leiter der Sektionen in Frankreich und Spanien, die die Drohung begreifen. Sie wissen nicht, warum. Aber sie kapieren schnell, dass ihnen der Zufall überraschend noch eine Gnadenfrist eingeräumt hat. Wie die Lösung bei einem weiteren Versagen aussieht, muss niemand mehr erklären. Wasilij kehrt zur Suite zurück und hört das Rauschen der Dusche.

Nikolas sitzt in einem Sessel und telefoniert. Mit einem Seufzer beendet er das Telefonat.

»Und?«, fragt Wasilij.

»Wir werden bald eine Antwort bekommen. Paul meldet sich bei mir.«

»Gut. Warten wir ab.«

***

Udo Laumann steht in seinem Büro im Polizeipräsidium Bochum. Er schaut auf den grün gestrichenen Förderturm des gegenüberliegenden Bergbaumuseums. Kinder schreien und rufen auf der Plattform. Unbekümmert, frei und sorgenlos. Ohne einen Gedanken an das Morgen zu verschwenden. Laumanns eigenen Planungen hingegen sind durchkreuzt, über den Haufen geworfen. Ohne Zukunft, die einmal so schön ausgesehen hat. Jetzt liegt alles in Scherben. Unendlich weit weg, für immer verloren.

Die Zerstörung seiner Lebensvision begann mit zwei Toten auf einem Feldweg und einem bewusstlosen Freund im Krankenhaus. Klaus Schramm. Im Verlauf der Ermittlungen hatte er eingestehen müssen, dass sich sein Freund Klaus in dunkle Machenschaften verstrickt und schwere Fehler begangen hatte. Dann war es einfach zu spät gewesen, viel zu spät.

Heute kann er es nicht mehr ändern. Er hatte den Fall nicht lösen können. Auch Tatverdächtige identifizierte er nicht. Klaus starb durch Polizeikugeln auf der Straße in seinen, Laumanns Armen. Das Verfahren gegen Schramm stellte die Staatsanwaltschaft ein. Schramm war tot und niemand wollte gegen einen Toten ein Verfahren führen.

Schluss!

Bis heute hat Laumann keine Antwort auf die Frage gefunden, worin Klaus eigentlich verstrickt gewesen war und warum er hatte sterben müssen. Die Ermittlungen verliefen nach und nach im Sande.

Dass Streifenpolizisten Klaus Schramm am Ende erschossen hatten, stufte die Staatsanwaltschaft als Notwehrmaßnahme ein. Das Verfahren stellte sie stillschweigend ein. Niemand schien das zu bemerken oder sich daran zu stören. Die Presseverlautbarungen, die die Polizeipräsidentin nach der Verfahrenseinstellung herausgab, konnte Laumann nicht verhindern. Seine Meinung wollte niemand hören, sie sollte niemals der Öffentlichkeit präsentiert werden. Wutentbrannt hatte er damals eine volle Kaffeetasse gegen die Wand des Büros geworfen, nachdem er die Stellungnahme der Präsidentin in der Zeitung gelesen hatte.

Doch die Politik stellte danach erleichtert fest, dass ihr Ansehen und das des Präsidiums keinen Schaden genommen hatte. Alle schienen zufrieden und glücklich, nur Laumann litt weiter. Die Ungewissheit und Wut frisst ihn langsam auf.

»Niemand hat gesehen, dass Schramm im Café war. Keiner kennt das Video vom Feld und das bleibt auch so«, hatte Dresmer argumentiert, der Leiter der Kriminalpolizei. »Die Staatsanwaltschaft hat den Fall eingestellt, dann ist auch Schluss für uns. Warum sollte sich jemand dafür interessieren, wer die Begegnung filmte? Oder was die Personen da machten?«

»Es ist unser verdammter Job, die Wahrheit zu finden«, hatte Laumann dagegen gehalten.

Aber Dresmer hatte nur geschnaubt. Niemand interessierte sich weiter für die genauen Umstände und ungeklärten Merkwürdigkeiten. Niemand stellte Fragen oder wollte sich die Finger an dem brisanten Fall verbrennen.

Einen bitteren Nachgeschmack spürt nur Laumann noch. Er steht mit seinen Zweifeln und Fragen einsam da. Die Ermittlungen zu den CDs, die Schramms Rechtsanwalt ausgehändigt hatte, sind ergebnislos eingestellt worden. Ohne Hilfe der beteiligten Banken, die sich eisern auf den Schutz des Bankgeheimnisses beriefen, können die Geldverschiebungen nicht geklärt werden. Die Besitzer der Konten und Gelder wurden nie identifiziert. Die Drahtzieher bleiben unerkannt und es gibt keine Hinweise auf diesen Anatol Parujew, den Schramm in seinem Brief an Laumann erwähnte.

Laumann kann kaum noch sachliche Gründe vorbringen, warum die Ermittlungen fortgeführt werden müssten. Die Sache mit Klaus Schramm hat ihn mitgenommen, seelisch und körperlich. Vom Zweifel gezeichnet und getäuscht von seiner Menschenkenntnis leidet er noch heute. Lange hat er gebraucht, die Dinge aufzuarbeiten. Und der Verarbeitungsprozess ist noch nicht abgeschlossen. Mehrfach hat er Claudia Schramm angerufen, wollte reden, suchte nach Vergebung. Er konnte sie nicht erreichen und hinterließ ihr mehrere Nachrichten, doch niemals gab es einen Rückruf. Ein paar Tage später dann war ›der Teilnehmer vorübergehend nicht erreichbar‹, schließlich gar nicht mehr. An dem Punkt gab Laumann auf und rief nicht mehr an.

Aber das schlechte Gewissen nagt an ihm. Natürlich hätte er auch vorbeifahren können. Doch nach der offiziellen Presseerklärung traut er sich einfach nicht, Claudia in die Augen zu sehen. Sie hatte ihr Recht auf Ruhe und Abgeschiedenheit verdient. Und er musste die in ihm schlummernden Dämonen alleine bekämpfen. Seine Frau stand Laumann zur Seite, redete mit ihm und baute ihn Stück für Stück wieder zusammen. Gerade, als es ihm wieder besser ging, da ereilte ihn der nächste Schicksalsschlag. Der Krebs griff nach seiner Frau, unheilbar und tödlich. Das machte ihm einen gewaltigen Strich durch alle Planungen. Die Überlegungen zum vorzeitigen Ruhestand und dem gemeinsamen Lebensabend im Süden traten in den Hintergrund, mussten völlig aufgegeben werden. Bis zu dem Tag ... ja, dem Tag als er seine Frau leblos im Bett fand. Stundenlang lag er weinend vor dem Bett und streichelte ihre Hand, unfähig zu schreien, zu telefonieren oder Hilfe zu holen. Wozu auch? Sie war tot und nichts und niemand konnte sie ihm zurückgeben.

Immer wieder treiben ihm diese Erinnerungen Tränen in die Augen. Häufig irrt er plan- und ziellos durch die Flure des Präsidiums wie ein Geist durch ein altes Schloss. Jetzt steht er als gebrochener Mann im Büro mit dem Ausblick auf den grünen Förderturm. Er dreht sich um und starrt auf die Wand mit dem ausgebrochenen Stück Putz und den Kaffeespritzern. Seine neue Tasse platziert er neben der Tastatur des Computers, der Kaffee dampft. Er greift zum Telefon und wählt Claudias Handynummer. Doch bevor jemand abnehmen kann, unterbricht er die Verbindung. Zu viele böse Erinnerungen verbindet Claudia mit ihm. Claudia wird sich selbst melden, wenn sie bereit für ein Gespräch ist.

Die Ellenbogen liegen auf den Armlehnen des Bürostuhls. Laumann bemerkt erst jetzt, dass sein Schreibtisch völlig leer ist. Die Behörde schiebt ihn langsam ab. Die alten Eisen braucht niemand mehr, schon gar keine abgenutzten Eisen, die eher Ballast als Hilfe für die Dienststelle sind. In einem schleichenden, unmerklichen Prozess hat Brandtner längst das Ruder des Kommissariats übernommen. Der blaue Dunst von Laumanns Zigarette sammelt sich unter der völlig vergilbten Decke. Die letzte Bastion seiner Rebellion, Rauchen in einem öffentlichen Gebäude. Das Telefon klingelt und der Schrecken fährt Laumann in die Knochen. Wann wurde er zuletzt angerufen? Er kann sich nicht erinnern und verharrt einen Augenblick mit der Hand über dem Hörer.

»Laumann«, meldet er sich und versucht, auf den Gesprächsteilnehmer ernst und konzentriert zu wirken.

»Hauptkommissar Laumann?«, fragt die Stimme aus dem Hörer.

»Am Apparat.«

»Peter hier, Peter Falke, Leiter der Mordkommission Düsseldorf. Ich brauche dringend Informationen über einen Vorgang, den du bearbeitet hast. Hast du einen Moment Zeit für mich?«

Automatisch schaut Laumann auf das Display des Telefons. Es zeigt ihm die Behördenkurzwahl aus Düsseldorf und den Namen ›Falke‹ an.

»Sicher. Um welchen Fall geht es?«, fragte Laumann.

»Klaus Schramm.«

Laumann schluckt und seine leicht zitternden Hände verraten ihm, dass er darüber nicht sprechen will. Die Narben sind noch nicht verheilt und empfindlich, können jederzeit wieder aufgerissen werden.

»Was? Ich ...« Laumann stottert. »Was kann ich für dich tun?«

Falke ist leicht irritiert und bemerkt Laumanns Unsicherheit.

»Ich glaube, dass ich etwas für dich tun kann. In Düsseldorf bearbeiten wir ein Tötungsdelikt zum Nachteil eines Piotr Wozniak.«

»Nie gehört. Was hat er mit dem Fall Schramm zu tun?«

»Nun, wir glauben, dass dieser Mann auf den Fahndungsfotos zu sehen ist, die ihr veröffentlicht habt. Der Mann im Café, der an der Tür stand.«

Diese Worte reichen aus, um bei Laumann einen Funken Hoffnung entstehen zu lassen. Hoffnung darauf, bedeutsame Informationen zu erhalten, langersehnte Antworten zu finden. Reichen die Hinweise, um den Fall wieder aufrollen zu können?

»Bist du dir sicher?«

»Ja, der Gerichtsmediziner und unsere Ermittlungen lassen keinen Zweifel zu. Nach einem Jahr hat Wozniak sich etwas verändert, aber ja, wir sind sicher.«

»Was ist passiert?«

»Komische Sache. Er wurde in der Nähe der Altstadt überfahren.«

»Ein Autounfall? Er ist bei einem Unfall verstorben??«

»Nein, nicht direkt. Den Aufprall hätte er überlebt.«

»Also ermittelt ihr wegen eines Versuchs?«

»Äh, nein. Der Unfallverursacher ist ausgestiegen und hat ihn mit drei Schüssen getötet. am Ende den finalen Kopfschuss gesetzt.«

»Ein vorsätzlicher Anschlag?«

»Mit Sicherheit. Wer überfährt gezielt eine Person, steigt aus und erschießt das Opfer?« Laumann überhört den ironischen Unterton in Falkes Stimme.

»Hast du irgendwelche Zeugen oder Spuren, Ermittlungsansätze, irgendetwas?«

Falke wartet einige Sekunden bis er antwortet. Als Laumann den Faden wieder aufnehmen will, unterbricht ihn Falke.

»Warum kommst du nicht nach Düsseldorf? Wir können uns doch die Akten ansehen und vergleichen, was wir an Gemeinsamkeiten haben. Vielleicht finden wir neue Spuren.«

Laumann schaut auf seine Uhr. Es ist noch Zeit bis zur Mittagspause, er hat keine Termine und wittert die Chance, den Fall Schramm wieder zu öffnen.

»Ich fahre sofort los. In einer Stunde bin ich bei dir. Du sitzt im Präsidium?«

»Ja. Melde dich beim Pförtner, er ruft mich an und ich werde dich dann abholen.«

»Okay. Und danke.«

»Wofür? Ich bin für jede Hilfe dankbar.«

»Für die neue Hoffnung in einem kalten Fall.«

Laumann legt auf. Er verlässt das Büro und klopft an die Tür von Hauptkommissar Müller, der erst vor zwei Monaten seine Beförderung erhalten hat. Müller hat nicht mit dem Erscheinen des Leiters gerechnet. Er schaut verdutzt. Zu lange hat sich Laumann nicht mehr gezeigt und die Zügel aus der Hand gegeben. Brandtner hat die Leitung übernommen. Alle warten nur darauf, dass aus der stillschweigenden Übereinkunft eine offizielle Tatsache wird.

»Chef?«, fragt er ihn mit einem Runzeln auf seiner Stirn.

Laumann schließt die Tür und setzt sich vor Müllers Schreibtisch.

»Ich brauche deine Hilfe«, ist Laumanns Eröffnung. »Es gibt eine neue Spur in Sachen Schramm. Der will ich nachgehen und ich würde dich gerne mitnehmen.«

Müller lehnt sich in seinem Bürostuhl zurück und atmet tief aus.

»Ist die Sache nicht abgeschlossen?«, fragt er vorsichtig.

»Ja, aber es gibt Neuigkeiten in dem Fall. Die Düsseldorfer Kollegen haben den Türsteher von der Wattenscheider Schießerei. Piotr Wozniak. Leider tot. Zuerst überfahren und dann mit einem Kopfschuss hingerichtet. Ist dir der Name im Verfahren untergekommen?«

Müller, der die Namensliste aus den Akten in sein Gedächtnis ruft, schüttelt den Kopf.

»Nein. Absolut unbekannt. Vielleicht gehört er zu den anonymen Handynummern.«

»Du meinst die Prepaidnummern?«

»Ja. Möglich. Aber namentlich ist er nicht aufgetaucht, völlig ausgeschlossen.«

»Deswegen will ich nach Düsseldorf und mir die Akten einmal ansehen. Der Ermittlungsleiter hat mich darum gebeten. Er hofft, dass ich ihm aus unseren Erkenntnissen einige Hinweise geben kann. Und du warst der Aktenführer, daher habe ich sofort an dich gedacht.«

Müller mustert Laumanns Augen, die jeden Glanz verloren haben. Er sieht die dunklen Ränder und das eingefallene, unrasierte Gesicht. Laumann könnte einem beliebigen Psychothriller als wahnsinniger Serienmörder entsprungen sein.

»Was sagt Dresmer?«

Laumann schnaubt kurz. Ausgerechnet Dresmer, der sich nur um das Ansehen des Präsidiums und der Präsidentin kümmert, und der in einem kleinen Sachbearbeiter nichts weiter als ein lästiges Übel sieht. Fußvolk, Indianer, Sklaven, eingestellt um zu dienen und den Eliten Glanz und Ehre zu verschaffen.

»Der hat davon keine Ahnung. Ich bin mir nicht sicher, ob ich ihn unterrichten soll oder erst mal die Ergebnisse in Düsseldorf sichte. Sollten wir dort nichts finden, werde ich keine schlafenden Hunde wecken.«

Laumann versucht, seinem Gesicht ein freundliches Aussehen zu geben. Ein erbärmlicher Versuch.

Peter Müller zögert. Er schiebt einige Papiere zusammen. Für ihn stellt sich die Frage, ob er eine Fahrt nach Düsseldorf riskieren kann. Mit Laumann. Laumann steht auf dem Abstellgleis und wird von allen Dingen ferngehalten. Ein untergehender Stern, der ihn mitreißen könnte, wenn die Sache aus dem Ruder läuft. Er antwortet nicht. Der Leiter der Mordkommission rutscht auf dem Stuhl hin und her.

»Hör zu. Du kennst mich. Ich übernehme die volle Verantwortung. Noch stehe ich der Dienststelle vor. Ich werde notfalls Dresmer sagen, dass ich deine Mitfahrt angeordnet habe. Die Düsseldorfer Kollegen benötigen unsere Hilfe. Ich falle dir nicht in den Rücken«, beschwichtigt ihn Laumann, der die Bedenken in Müllers Gesicht sehen kann. »Du kennst mich. Also?«

Müller sagt zu. Vielleicht ein wenig zu schnell. Auch er arbeitet schließlich in dieser Mordkommission und sah damals trotzdem das Ende nicht kommen. Das könnte die letzte Chance sein, eben dieses Ende zu korrigieren. Trotzdem beschleicht ihn eine dunkle Vorahnung.

»Okay. Soll ich die wesentlichen Aktenordner mitnehmen? Auch die Videobänder von den Tatorten?«, fragt Müller.

»Schaden kann es nicht.«

Müller öffnet seinen Büroschrank. Seine Finger laufen über einige Aktenrücken. Berichte, Tatortaufnahmen und mehrere Spurenordner. Er legt einiges davon auf den Schreibtisch. Laumann schaut die Akten an wie das Kaninchen die Schlange.

»Die Spurenordner lasse ich hier. Das wird einfach zu viel. Die Berichte und Tatortaufnahmen dürften ausreichen.«

»Hast du die Überwachungsbilder aus dem Café auch dabei?«, fragt Laumann.

Müller zieht einen dünnen Ordner hervor.

»Die sollten wir auf jeden Fall mitnehmen«, bestätigt Müller.

Er greift sich eine blaue Klappkiste, die in der Ecke des Büros steht und packt die Ordner ein. Laumann verschwindet in Richtung von Brandtners Büro. Der sitzt an seinem Schreibtisch und hebt den Kopf. Misstrauisch beäugt er Laumann, der lächelnd an der Bürotür lehnt. Er kennt diesen Gesichtsausdruck, Laumann heckt irgendetwas aus, aber sicher nichts Gutes.

»Ich bin mit Peter unterwegs und komme erst kurz vor Feierabend zurück.«

Laumann dreht sich bereits um.

Brandtner fragt: »Muss ich irgendetwas Konkretes wissen?«

»Nein. Ich erzähl es dir später. Versprochen.«

Still und heimlich schleichen Laumann und Müller zum Parkdeck. Sie verstauen die Klappkiste im Kofferraum. Müller setzt sich ans Steuer. Schweigend fahren sie in Richtung Polizeipräsidium Düsseldorf.

***

Wasilij sitzt schweigend im Sessel der Suite. Er starrt auf das Cognacglas, das er vor den Augen schwenkt. Bedächtig setzt er das Glas an die Nase und genießt den Hauch von Aprikose und Pfirsich. Der Cognac hat die Wärme seiner Hand noch nicht angenommen. Wasilij wartet, bis die Flüssigkeit das volle

Aroma entwickelt. Als das Glas die benötigte Temperatur erreicht hat, atmet er den Duft ein und nickt. Er benetzt die Lippen und die Zunge mit wenigen Tropfen des wertvollen Cognacs. Nur selten findet er die ausgezeichnete Qualität, die er in allen Dingen sucht und verlangt.

Seine Gedanken kreisen um Mikael, der zwar erwachsen, aber immer noch sein Patenkind war. ›Mein Patenkind war‹, korrigiert er sich innerlich. Er denkt an die Versprechungen und Verpflichtungen, die er mit der Patenschaft eingegangen ist. Insgeheim schwört er sich, den Verantwortlichen zur Strecke zu bringen. Das ist er Jurij, vor allem aber Mikael und seiner Familie schuldig.

Nikolas betritt leise die Suite. Er bleibt im Eingangsbereich breitbeinig stehen. Die Arme verschränkt er vor sich. Wasilij schwenkt wieder das Glas vor den Augen und beobachtet, wie der Cognac langsam an der Glaswand herunterläuft. In diesen Momenten darf Nikolas Wasilij auf keinen Fall stören. Sanft stellt Wasilij den Cognacschwenker auf den Tisch und dreht sich zu Nikolas.

»Wie geht es Jurij?«, fragte er ihn.

»Es geht ihm nicht gut und er ist ziemlich mitgenommen. Ich habe ihn in Ihren Jet gesetzt und nach Hause fliegen lassen. Dem Piloten habe ich gesagt, dass er sofort zurückkommen muss. Heute Abend steht uns die Maschine wieder zur Verfügung.«

Wasilij nickt Nikolas lächelnd zu.

»Sehr gut. Gibt es etwas von Paul zu berichten?«

Wasilij zeigt auf den gegenüberstehenden Sessel und Nikolas setzt sich.

»Ich habe alle Informationen, die Sie verlangten.«

Der gute Nikolas. Er schafft noch immer nicht die Vertrautheit und Nähe, die sich Wasilij wünscht. Nikolas' Förmlichkeit trieft von der Dankbarkeit, die er für Wasilij empfindet. Aber nie hat er gewagt, Wasilijs Sohn oder Ziehsohn zu sein. Für Nikolas gibt es nur Respekt und völlige Loyalität, die Züge von blindem Gehorsam hat. Wasilij zog Nikolas als kleinen Jungen aus der Gosse und gab ihm ein Zuhause. Nikolas wuchs in einer völlig unbekannten Welt auf, voller Reichtum und Macht. Mit einem Lächeln würde Nikolas für Wasilij in den Tod gehen.

»Die Frau aus dem Pizzastand hat keine konkreten Angaben machen können. Der Angriff kam aus dem Hinterhalt und als sie aufwachte, stand Mikael im Zelt. Sie hat nichts gesehen und kann den Angreifer nicht einmal grob beschreiben. Jemand hat sie mit einer Art Narkosemittel ausgeschaltet.«

Wasilij runzelt die Stirn. Er schaut, tief versunken, auf den Cognacschwenker.

»Albaner? Türken? Libanesen? Wer hat ein Interesse an Mikaels Tod? Was glaubst du, Nikolas?«

Nikolas zögert einen Moment, obwohl er sich darüber schon die ganze Zeit Gedanken machte. Der Mord an Mikael ist unlogisch, bringt keine Vorteile und hat keinerlei Auswirkung auf die Organisation.

»Viele versuchen, mit uns zu konkurrieren, kämpfen um den Absatz und greifen uns gelegentlich auch an. Es sind aber nur kleine regionale Probleme, über die wir uns wenig Gedanken machen müssen.«

Er stockt einige Sekunden und sucht die richtigen Worte.

»Es passt nicht zusammen. Warum ausgerechnet Mikael? Okay, er gehört in den inneren Zirkel, aber wahre Macht hatte er nicht. Er war auch kein Entscheidungsträger, sondern nahm Befehle von Jurij oder Ihnen entgegen.«

»Was sollte das dann? Warum greift, wer auch immer, nicht Jurij an oder mich? Warum Mikael?«

Nikolas rutscht unruhig auf seinem Sessel hin und her und schaut Wasilij nicht an. Wasilij kennt dieses Verhalten, das er nur ihm gegenüber gelegentlich zeigt.

Anderen Menschen gegenüber ist Nikolas niemals verlegen oder unsicher.

»Also? Was denkst du?«, fragt Wasilij.

»Ich stelle mir die ganze Zeit die Frage, wie ich solche Aufträge angehen würde. Wenn ich wählen müsste, hätte ich ihn einfach erschossen, erschlagen, in die Luft gejagt, ganz egal. Aber vergiften? Ein stiller, hinterhältiger Mord? Niemals. Keiner würde einen Giftanschlag in Auftrag geben, unsere Feinde würden eine Hinrichtung anordnen. Ich glaube, dass es etwas anderes ist. Es sieht nach einem persönlichen Racheakt aus.«

Nikolas schüttelt den Kopf und richtet die Augen auf Wasilij.

»Vergiften ist feige, unehrenhaft und ohne jede Außenwirkung. Keine offene Kriegserklärung.«

Nikolas spielt mit seinen Fingern. Wie ein kleiner Schuljunge, der sich nicht traut, die Wahrheit auszusprechen. Wasilij schaut Nikolas lange an.

»Der Verdacht soll nicht auf die Konkurrenz fallen«, fährt Nikolas fort, »ganz und gar nicht. Das sieht nach einer Nachricht aus. Besser kann ich es nicht erklären, aber ich habe ein komisches Gefühl.«

Wasilij hört aufmerksam zu und reibt sich mit der Hand über sein Kinn.

»Eine Frauengeschichte? Ein gehörnter Ehemann?«

Wasilij greift zum Cognacschwenker und hält inne. Nikolas ergreift wieder das Wort.

»Nein, nein. Das passt nicht zu Mikael. Selbst von Prostituierten hielt er sich fern. Es hat etwas mit uns zu tun, etwas ... Vielleicht war Mikael nicht das Ziel, sondern nur das Mittel für eine Nachricht an uns.«

»Woran hat er in den letzten Wochen gearbeitet?«, unterbricht Wasilij Nikolas' Gedankengänge.

»Er hatte schon lange keine Einsätze mehr. Hat eher administrative Dinge erledigt. Jurij hat darauf geachtet, dass

Sukov ihn in Frankfurt nicht mehr mit zweifelhaften Angelegenheiten in Gefahr bringt. Er sollte Mikael so weit aufbauen, dass er später das Geschäft in Wien übernehmen konnte. Mikael hatte nichts Eigenes laufen, davon hätten wir etwas mitbekommen.«

»Aber das passt alles nicht zusammen«, erwidert Wasilij frustriert. »Nehmen wir also an, dass uns jemand ans Bein pinkeln will. Andere Erklärungen scheinen keinen Sinn zu machen. Und weiter?«

»Vor einigen Monaten gab es eine Konfrontation mit einer Rockerbande in Wien. Eine besondere Situation und Mikael wollte unbedingt seinem Vater einen Gefallen tun. Aber er agierte nur im Hintergrund, er zog nur die Fäden. Die beiden Anführer ließen sie liquidieren, und Mikael hat das Verschwinden der Leichen organisiert. Aber eine Rockerbande gibt keinen Giftanschlag in Auftrag und sie sind momentan führungslos. Von dieser Gruppe droht wenig Gefahr, zumindest in den nächsten zwei, drei Jahren.«

»Und sonst?« Wasilij seufzt.

»Nur geschäftliche Sachen, saubere Transaktionen für die Steuer, neue Kontakte knüpfen und alte Beziehungen pflegen, Geschäftsabschlüsse. Er war im Grunde genommen schon einige Zeit aus dem Schussfeld.«

Wasilij, der schweigend zugehört hat, überlegt einen Moment. Er reibt sich die Stirn und sucht weiter nach einer Erklärung.

»Nehmen wir an, dass sich der Anschlag nicht gegen Mikael persönlich richtete, sondern gegen uns. Mikaels Tod wäre dann eine Nachricht an uns. Wenn wir davon ausgehen, dass keine Konkurrenten dahinter stecken, weil sie keinen Giftanschlag anordnen, muss es eine Verbindung zu uns geben. Es muss sich um etwas handeln, woran Mikael mitgearbeitet hat.«

»Wie kommen Sie darauf?«, fragt Nikolas spontan.

»Der Empfänger einer Nachricht muss diese auch verstehen können. Sie muss verständlich sein, sonst erfüllt sie nicht ihren Zweck. Also wählen die Absender jemanden aus, töten ihn, damit wir die Botschaft anschließend entschlüsseln. Womit hatten wir Mikael beauftragt?«

»Mir fällt dabei nur eine Geschichte ein. Vor einem Jahr setzten wir ihn bei dem Videodreh auf dem Feld ein, mit Schramm, dem toten Bullen.«

»Schramm? Werde ich diesen verdammten Namen niemals wieder los?«

Wasilij trinkt einen Schluck Cognac. Er bedauert sofort, dass er das edle Getränk unbeachtet und respektlos in sich hinein geschüttet hat. Gelegentlich denkt er an Klaus Schramm und die unselige Erpressung, die ihn ein wenig Geld, aber deutlich mehr Nerven und Ansehen gekostet hat. Ein leichtes Kribbeln in der Magengegend macht ihm Sorgen. Etwas ist im Busch, etwas nicht Greifbares lauert in einer dunklen Ecke. Sein Bauchgefühl hat ihn noch nie getäuscht. Schwarze Wolken ziehen auf, aber der Moment der Erkenntnis ist noch nicht gekommen.

»Schramm ist tot. Die Bullen sind am Ende mit ihrem Latein und niemand ermittelt mehr.«

Wasilijs Kopf rötet sich. Er bemerkt die Wut, die nach seinem kalten Herzen greift und ihn zu verschlingen droht.

»Verdammt. Ich will nichts mehr von dieser Scheiße hören, verstehst du? Noch so ein Fehler und dann war es das mit uns beiden. Niemand wird einen Finger für uns rühren.«

Nikolas sitzt schweigend auf seinem Sessel. Schramm brachte Wasilij gefährlich nahe an den Abgrund. Nie zuvor hat Nikolas so etwas erlebt. Nicht einmal er hätte ihn damals retten können. Aber Wasilij steht immer auf und kämpft. Dafür zollt ihm Nikolas größte Hochachtung.

»Ich ...«

»Was?«, faucht ihn Wasilij an.

Nikolas zuckt zusammen. Wasilij bemerkt seinen unbedachten Wutausbruch.

»Nikolas, ich ... entschuldige, ich hätte dich nicht so anfahren dürfen. Es tut mir Leid. Verzeih mir.«

Nikolas steht auf und schenkt ihm noch einen Cognac ein.

»Alles gut. Kein Problem. Ich suche nur nach einem Motiv und Sie haben nach den letzten Jobs gefragt.«

»Okay. Wer hatte die Leute für diesen Job zusammengestellt?«, fragt Wasilij.

»Den Auftrag erhielt Mikael von mir, Jurij gab mir damals seine Zustimmung. Aber ich habe auch Dimitri beauftragt, einen zweiten Mann zu finden, ohne Einzelheiten zu nennen. Er konnte nicht wissen, wie brisant der Einsatz war. Einen ausgesprochen zuverlässigen und verschwiegenen Mann wollte er schicken. Ich kannte den Mann selbst nicht, mit dem ich da in das Café fuhr.« Nikolas überlegt kurz und fährt dann fort. »Ich war mit einem Polen in Bochum. Wir sprachen kaum miteinander. Wahrscheinlich stammte er aus der Umgebung von Dortmund, dort hatte ich ihn damals abgeholt.«

»Und du glaubst, dass Mikaels Tod mit dieser Sache in Verbindung steht?«

»Schramm, Kampmann, der Banker und der schmierige Student – alle sind tot. Es ist nur eine Person übrig, die mir im Moment einfällt.«

Wasilij zieht die Augenbraue hoch und wartet, dass Nikolas fortfährt.

»Die Vergiftung spricht für eine Frau.« Nikolas schweigt und spricht den Namen nicht aus.

»Schramm? Claudia Schramm? Das Mauerblümchen aus der Bank?«, fragte Wasilij. Er ist erstaunt.

»Möglich. Warum nicht?«

»Pah.« Wasilij winkt verächtlich ab. »Sie mutiert doch nicht über Nacht zur eiskalten Mörderin. Schließlich haben die Bullen ihren Mann umgelegt und nicht wir. Und überhaupt, woher soll sie die nötigen Informationen haben?«

Wasilij schießt das Blut in den Kopf, leichter Schwindel ergreift ihn. Der Abgrund kommt langsam wieder näher. Das setzt ihm zu. Nicht die Angst vor den Konsequenzen macht ihn nervös. Ihn bedrückt, dass er einen unverzeihlichen Fehler gemacht haben könnte. Doch er wollte damals nicht noch mehr Staub aufwirbeln. Also verschonte er Claudias Leben.

»Das Geld ist nie wieder aufgetaucht. Vielleicht hat sie für Informationen bezahlt«, entgegnet Nikolas. »Soll ich mit Dimitri Kontakt aufnehmen?«

»Tu das. Erkundige dich, ob jemand zu viele Fragen gestellt hat.«

Nikolas erhebt sich aus seinem Sessel.

»Wir werden zusammen nach Köln fliegen. Ich will in ihrer Nähe sein, wenn sich der Verdacht bestätigt«, befiehlt Wasilij.

Nikolas grinst.

***

Sie fahren auf der Autobahn 52 über die Ruhrtalbrücke. Gedankenversunken sitzt Laumann auf dem Beifahrersitz. Er erinnert sich an den Flugzeugabsturz, der sich vor etlichen Jahren dort auf den Wiesen ereignet hat. Wie jung er damals gewesen war und wie hoffnungsfroh er seiner Zukunft entgegengesehen hatte. Selbst im Zentrum der Absturzstelle war seine Hoffnung nicht getrübt worden.

Er brachte damals mit anderen Kollegen die erforderliche Ausrüstung der Fachleute zum Unfallort, sah die Wrackteile der völlig zerstörten Maschine. Zerfetzte Leichenteile lagen verstreut auf der Wiese. Doch es hatte ihm nichts ausgemacht. In diesem Moment fällte er die Entscheidung, dass er sich einer Mordkommission anschließen würde.

Unauffällig schüttelt er den Kopf. Hätte er sich doch damals im Einschlagkrater erbrochen und sich daraufhin für frisierte Fahrzeuge oder Verkehrskontrollen interessiert. Vieles wäre ihm erspart geblieben. Müller beobachtet ihn aus den Augenwinkeln.

»Woran denkst du?«

»Was?«, fragt Laumann erschrocken zurück.

»Ich fragte, woran du gerade denkst.«

Laumann lächelt. Seine Frau hat ihn auch immer danach gefragt, wenn er tief in Gedanken versunken und nicht ansprechbar war. Manche Fälle konnte er nicht im Büro lassen. Sie verfolgten ihn bis nach Hause. Dann saß er meist schweigend auf der Couch.

»Nichts Besonderes. Nur daran, wie jung ich einmal war«, gibt er zur Antwort.

»Du willst mir doch nicht erzählen, dass du einmal jung warst, oder?« Müller lacht. Auch Laumann stimmt ein. Er mag Müller mit seiner unbekümmerten Art.

»Nein. Ich sah schon immer zerknittert aus. Auch als Säugling, selbst meine Mutter war entsetzt. Alle schmerzhaften Versuche, die Falten auszubügeln, scheiterten kläglich.«

Müller kommt kaum noch aus dem Lachen heraus, als er sich den kleinen, schreienden Udo mit dem zerknitterten Gesicht vorstellt. »Jetzt mal im Ernst – Schramm?«, fragt er Laumann.

»Nein. Ich hab mich erinnert, wann ich mich für die Mordkommission entschieden habe. Hier an der Ruhrtalbrücke ist meine Entscheidung gefallen.«

Laumann deutet mit dem Daumen hinter sich.

»Echt? Wieso?«, will Müller wissen.

»Dort ist ein Flugzeug abgestürzt.«

»Da unten? Ist mir gar nicht bekannt. Wann war das?«

»So Ende der 80er. Ich gehörte zu einer Hundertschaft. Wir mussten zur Unterstützung an die Unfallstelle. Damals suchte der Hundertschaftsführer Helfer für das Luftfahrtbundesamt, um die Einsatzmaterialien zu transportieren. Heißen die heute auch noch so?«

»Keine Ahnung.«

»Jedenfalls mussten die Arbeitsmaterialien zur Absturzstelle gebracht werden. Ich habe mich damals gemeldet und stand direkt im Zentrum der Katastrophe.«

»Und? Schlimm?«

»Ja. In den Nachrichten sieht es immer harmlos aus, aber die Realität ist erschreckend. Doch es machte mir wenig aus. Da fiel für mich die Entscheidung, dass ich irgendwann Tötungsdelikte bearbeiten und einer Mordkommission angehören will.«

Für einen Moment schweigen beide.

»Bei mir war es der Zufall«, sagt Müller. »Ich hatte die Wahl zwischen Rauschgift und Mord. Da hab ich mir gedacht, geh doch einfach zu dem zerknitterten alten Vogel, wird bestimmt interessant.«

Laumann lächelt. »Und? Hast du es bereut?«

»Ich? Nein. Ich bin aber auch noch nicht so lange dabei, vielleicht bereue ich es später. Was ist mit dir?«

Nachdenklich schaut Laumann auf die Autobahn. Verschiedene Gedanken und Bilder schießen ihm durch den Kopf. Er findet keine Antwort. Müller unterbricht seine Erinnerungen.

»Die Sache mit Schramm ging mir unter die Haut. Das Ende habe ich nicht kommen sehen. Es hat mich einfach erschüttert, weißt du?«

Laumann nickt. Auch er hat sich das Ende anders vorgestellt und glaubt immer an einen glücklichen Abschluss. »Ja, das war ein beschissenes Jahr«, gibt Laumann leise zu verstehen.

»Du glaubst noch immer an Schramms Unschuld, oder irre ich mich?«

»Schramm ist unschuldig, auch wenn alle Beweise gegen ihn sprechen«, brummt Laumann zurück.

Schweigend setzen sie die Fahrt fort. Müller lenkt den Wagen auf den überfüllten Behördenparkplatz in Düsseldorf und quetscht das Dienstfahrzeug in eine kleine Parklücke. Mit den Ordnern beladen gehen sie zum Eingang und bitten den Pförtner, den Kollegen über ihr Eintreffen zu informieren.

Wenige Minuten später begrüßt Peter Falke von der Mordkommission Düsseldorf die Bochumer Kollegen. Falke wirkt unbedarft, Anfang oder Mitte vierzig. Laumann ist überrascht über den fast jugendlich wirkenden Kriminalbeamten mit seinen blonden Haaren und den stahlblauen Augen. Entweder ist Falke verdammt gut oder er besitzt die nötigen Beziehungen. Mit breiten Schultern und festem Schritt geht Falke voran. Er ist einen halben Kopf kleiner als Laumann. An seinem Ringfinger steckt ein dicker, aber schlichter Ehering, der an seiner Hand fast zierlich erscheint. Laumann beobachtet die zielstrebigen Schritte. Mit dem, denkt er, würde er sich nicht gern anlegen.

In Falkes Büro hängen gerahmte Bilder, die ihn mit einer hübschen, etwas jüngeren Frau zeigen. Ein anderes Foto zeigt ein kleines Mädchen auf Falkes Schulter. Sie ist fünf oder sechs Jahre alt und ihm wie aus dem Gesicht geschnitten. Laumann sieht einen Moment zu lange hin und Falke bemerkt es.

»Das ist Karina, meine Tochter. Mein größtes Glück. Sie kommt im Sommer in die Schule.«

Falke schaut verträumt auf das Bild. Verstohlen mustert Laumann den Schreibtisch. Mehrere Akten zu einem Ermittlungsverfahren verdecken die Tischplatte. Auf einem Aktenordner ist handschriftlich ›Wozniak‹ vermerkt. Laumann brennt darauf, die Berichte einsehen zu können.

»Kannst du mir kurz etwas über deinen Fall erzählen?«, fragte Falke.

Laumann überlegt, was er sagen kann und ob er den kompletten Fall darstellen soll. Er greift sich den Ordner mit den Bildern aus dem Café und legt ihn vor sich auf den Tisch.

»Zunächst muss ich darauf hinweisen, dass alles in diesem Raum bleibt. Nichts, aber auch gar nichts darf nach außen dringen oder in den Akten auftauchen. Vorläufig. Selbst die Mitglieder der Kommission und der zuständige Staatsanwalt dürfen nichts aus meinem Verfahren erfahren. Ich bin ohne Kenntnis und Einverständnis der Polizeiführung hier.«

Falke runzelt die Stirn.

»Ich verstehe nicht. Warum die Geheimhaltung?«

Laumann schaut ihn eindringlich an.

»Die Pressemitteilung und die Verlautbarungen innerhalb der Polizei entsprechen nicht dem Kenntnisstand unserer damaligen Ermittlungen. Die höheren Stellen trafen die Entscheidung, verschiedene Aspekte nicht zu erwähnen. Alle Hinweise verliefen im Sande. Staatsanwaltschaft und Polizeiführung kamen zu dem Entschluss, die Ergebnisse und Verdachtsmomente nicht publik zu machen. Nennen wir es Schadensbegrenzung.«

Falke lehnt sich in seinem Bürosessel zurück.

»Ich kann dir noch nicht ganz folgen, aber es könnte sich als schwierig erweisen, wenn ich deine Informationen nicht bekomme und verwerten kann.«

»Vielleicht sind die Fakten zu einem späteren Zeitpunkt zugänglich. Aber zunächst muss ich darauf bestehen, es steht verdammt viel auf dem Spiel. Eine heikle Angelegenheit, wenn ich es mal so ausdrücken darf.«

»Okay, dann lass uns doch erst einmal anfangen.«

Falke ist gespannt und hochkonzentriert.

»Was kannst du mir über diesen – wie hieß er noch? Wozniak? – sagen?«, beginnt Laumann.

»Piotr Wozniak. 43 Jahre alt, gebürtiger Pole. Besitzt – besaß – eine Softwarefirma, die ihre Umsätze nur im Ausland generiert, hauptsächlich in Polen. Die Firma scheint sauber zu sein. Sie war noch nie Gegenstand eines Verfahrens oder einer Finanzermittlung. Steuermäßig ist auch alles in Ordnung. Die Einnahmen kommen regelmäßig, ordentliche Buchhaltung, keine Auffälligkeiten, zumindest in Bezug auf das, was das Finanzamt uns mitgeteilt hat. Wozniak hat eine teure Eigentumswohnung in Düsseldorf, die mit unserem Gehalt nicht zu bezahlen ist. Natürlich über die Bank finanziert. Einen Porsche, zwei Motorräder und noch einen kleineren Wagen.«

Falke nimmt verschiedene Blätter in die Hand.

»Er selbst scheint eine – wie soll ich es sagen – zwielichtige Person zu sein«, fährt er fort. »Es gab Andeutungen und noch mehr vage Vermutungen, dass er sich als Einbrecher einen Ruf erarbeitet hatte. Niemals war er als Tatverdächtiger bei der Polizei in Erscheinung getreten. Keine Fotos, keine Fingerabdrücke, nichts. Ermittlungsansätze hatten sich nie ergeben. Es gab keine Rechtfertigung, um irgendwelche Maßnahmen einzuleiten. Der Typ ist völlig sauber. Allein das ist schon sehr verdächtig.«

»Wozniak ist ein unbeschriebenes Blatt?«, fragt Müller.

»Kaum zu glauben, aber ja.«

Falke schüttelt den Kopf.

»Und ihr seid sicher, dass das unser Mann aus dem Café ist?«

Falke greift sich eine Akte, schlägt verschiedene Seiten auf.

»Hier sind die Fotos der Gerichtsmedizin und die Überwachungsaufnahmen aus dem Café.«

Laumann und Müller stecken ihre Köpfe zusammen. Sie starren auf die Bilder aus dem Leichenschauhaus. Eindeutig Wozniak, die Übereinstimmung ist deutlich erkennbar, kein Zweifel möglich.

»Wie kommt ein mutmaßlicher Einbrecher, der über Jahre unerkannt bleiben kann, dazu einen Mord zu begehen?«

Falke zuckt mit den Schultern. Er weiß es nicht.

»Habt ihr Hinweise auf den Schützen?«, hakt Laumann nach.

»Wir haben die Wohnung von Wozniak durchsucht und nichts gefunden.«

»Habt ihr euch auch Computer und Handys angesehen?«, schaltet sich Müller ein.

»Da ist leider etwas schief gelaufen«, antwortet Falke mit hochrotem Kopf. »Wir haben einen Laptop gefunden. Er stand im Standby, als wir reinkamen. Ein übereifriger Kollege hat den Rechner runtergefahren und dann vom Netz genommen. Als sich die Auswerter die Festplatte ansehen wollten, war alles gelöscht, nicht einmal mehr das Betriebssystem war drauf. Blank wie ein Kinderpopo und nicht mehr wiederherzustellen.«

»Verfluchte Scheiße«, knurrt Müller.

»Die Handyauswertung brachte uns auch keine Hinweise. Freunde, Verwandte, zwei oder drei Handynummern, die wir nicht zuordnen können. Sonst nichts.«

»Prepaid?«, fragt Laumann, der seit der Sache mit Schramm allein beim Wort ›prepaid‹ die Decke hochgehen könnte. Er sieht sich durch Falkes Schweigen bestätigt.

Müller blättert in den Bildern und betrachtet aufmerksam die Fotos vom Tatort. Blutspuren und Glassplitter schimmern auf der Fahrbahn, die Leiche liegt in einer Blutlache. Im Pullover des Toten sind dunkle Stellen am Oberkörper und in Höhe des Bauches zu sehen, die Müller als Einschusslöcher erkennt. Auf der nächsten Seite sieht er das schwarze Loch in der Stirn. Müller stupst Laumann mit dem Ellenbogen an, zeigt ihm das Bild.

»Wie in unseren Fällen. Da wollte jemand völlig sicher sein.«

»Die Tat zeugt von Kaltblütigkeit und einer Neigung zum Sadismus. Erst überfahren, dann zwei Schüsse in den Körper und zum guten Schluss die finale Lösung«, erklärt Laumann.

»Vielleicht sollte Wozniak mit dem Auto getötet werden und als das nicht klappte, half die Täterin nach«, gibt Falke zu verstehen.

»Die Täterin? Welche Täterin?«, fragt Laumann erstaunt. »Wie kommt ihr auf eine Frau?«

»Wir befragten einen Zeugen. Er konnte eine undeutliche Beschreibung abgeben. Er hat eine Person gesehen, vielleicht 1,70 Meter groß, dunkel gekleidet, die Kapuze tief ins Gesicht gezogen. Daher können wir nichts über Haarfarbe oder Alter sagen. Sportliche Figur, durchtrainiert. Die fließenden Bewegungen, die Gesten – der Zeuge ist hundertprozentig sicher, dass es eine Frau war. Und ...«

Laumann und Müller hängen an seinen Lippen.

»Ein absoluter Profi«, stellt Falke fest.

»Eiskalt. Sie hat den Wagen absichtlich in Wozniaks Richtung gelenkt, ihn also gezielt überfahren. Nach dem Aufprall stoppte sie den Wagen und stieg seelenruhig aus. Der Zeuge hatte den Ernst der Lage nicht begriffen. Er glaubte an einen Unfall und ging langsam auf den Schwerverletzten zu. Die Täterin nahm sich noch wenige Sekunden Zeit. Fast wäre der Augenzeuge zuerst beim Opfer gewesen. Aber dann hätten wir jetzt einen zweiten Toten im Keller. Die Frau kniete sich zu Wozniak und sprach zu ihm. Unser Zeuge blieb ein paar Schritte entfernt stehen, zu seinem Glück. Deshalb hat er aber auch nichts verstehen können. Die Unbekannte erhob sich dann und zog eine Waffe. Ohne Skrupel drückte sie ab, setzte sich dann in den Wagen und fuhr los. Ein Anwohner verständigte die Polizei. Der Zeuge machte sich aus dem Staub, als die Schüsse fielen. Kurze Zeit später meldete er sich bei uns. Aber er war so verängstigt, dass er zuerst nicht einmal etwas über den Wagen sagen konnte. Eine ältere Limousine, die wir brennend ohne Kennzeichen auf dem Parkplatz des Messegeländes fanden. Alle eventuellen Spuren sind verbrannt, also auch da eine Sackgasse. Wir arbeiten im Moment daran herauszukriegen, woher das Fahrzeug stammt. Mehr kann ich aber noch nicht sagen. Die Kollegen sind dran.«

»Sie hat sich nicht von Zeugen beeindrucken lassen?«, fragt Müller.

»Anscheinend nicht, sie ist organisiert, zielstrebig und muss gewusst haben, dass niemand sie in der Dunkelheit erkennen kann. Mehr haben wir nicht. Ich hoffe, dass ihr mir etwas erzählen könnt, was mich in dem Fall weiterbringen kann. Also, was habt ihr?«

Laumann schlägt den Bildordner auf und zeigt Falke ein Bild aus dem Café.

»Die kenne ich, die habe ich selbst in den Akten«, sagte Falke gelangweilt.

Laumann blättert auf die nächste Seite. Auf dem Foto sieht man mehrere Personen in einem Café sitzen, die sich unterhalten. In einer Ecke sitzt ein Mann, der einen Laptop vor sich stehen hat. In der Bildecke ist ein Zeitstempel erkennbar.

»Der Mann am Tisch, mit dem Computer, das ist unser Opfer. Martin Novic. Der ältere Mann hier ist ein Zufallsopfer.« Laumann zeigt auf eine Person in der Bildmitte, dann schlägt er die nächste Seite auf. Er legt seinen Zeigefinger in die Nähe von Novic' Stuhl. »Hier hat ein zweiter Mann am Tisch Platz genommen und beide scheinen sich zu unterhalten. Das ist Hauptkommissar Schramm.«

»Der erschossene Kollege?«

»Ja.«

Falke stößt einen leisen Pfiff aus.

Auf dem nächsten Bild ist Schramm verschwunden. Die Uhrzeit auf dem Zeitstempel ist nur um wenige Minuten fortgeschritten. Ein Mann steht im Raum und ein zweiter Mann, Wozniak, sichert die Eingangstür. In der Hand des Unbekannten ist eine Pistole zu sehen, die auf den Tisch mit dem älteren Mann in der Raummitte zeigt. Der scheint genau in diesem Moment getroffen zu werden. Der linke Arm ist in die Höhe gestreckt, der Oberkörper neigt sich zur Seite.

»Schramm hat die Exekutionen nicht beobachtet. Er war in dem Augenblick auf der Toilette«, erklärt Laumann.

»Und der alte Mann war tatsächlich ein Zufallsopfer?«

»Hundertprozentig, das haben wir überprüft.«

Das nächste Bild zeigt den zweiten Mord.

»Hier hat der Killer Martin Novic am Tisch erschossen. Der Andere steht regungslos mit der Waffe in der Hand an der Eingangstür«, ergänzt Laumann. Er klopft mit dem Zeigefinger auf das Bild. »Wozniak.«

Auf dem Foto liegt Novic am Boden. Die Waffe ist auf ihn gerichtet. Das nächste Bild zeigt Blutspritzer an der Wand und eine rote Pfütze um den Kopf des Erschossenen.

»Die Täter sind abgehauen, mehr gibt es nicht zu sehen.«

»Wo ist Schramm abgeblieben?«, fragt Falke.

»Es gibt keine weiteren Fotos mehr von ihm. Der Zugang zu den Toiletten ist nicht einsehbar. Er ist über das Toilettenfenster geflohen.«

»Chef, sollten wir nicht ...«, setzt Müller an.

Laumanns ausgestreckte Handfläche in seine Richtung lässt ihn verstummen.

»Was?«, fragt Falke sofort. »Kommt mir jetzt nicht wieder mit dem Geheimnisscheiß.«

Laumann blättert einige Seiten vor und zeigt Falke ein Bild, auf dem der Schütze Schramm zu den Toiletten folgt.

»Der ist Schramm nachgegangen!«

Falke sieht sich das Bild genau an und setzt zu einer Frage an. Laumann kommt ihm zuvor.

»Schramm war auf dem Klo, als die beiden Kerle das Café betraten und sofort das Feuer auf den alten Mann eröffneten. Der Schütze folgte Schramm zu den Klos. Dem blieb also keine Zeit für eine Flucht. Mit Sicherheit beobachteten die Typen zuvor das Café. Wir vermuten daher, dass sich der Unbekannte mit Schramm unterhalten wollte. Er hat ihm aber kein Haar gekrümmt.«

»Habt ihr ihn identifizieren können?«, fragt Falke.

»Weder national noch international kamen irgendwelche Hinweise.«

»Was hatte der Kollege mit dem Typen zu schaffen?«

Laumann zögert. Müller schaut verstohlen aus dem Fenster.

›Jetzt fang bloß nicht an zu pfeifen‹, denkt Laumann. Falke beugt sich über den Schreibtisch zu Laumann.

»Also was?«, fragt er leise.

»Wir müssen davon ausgehen, dass Schramm an einer Erpressung beteiligt war. Der Erschossene mit dem Laptop gehörte zu seinen Mittätern.«

Falke lehnt sich im Stuhl zurück und starrt Laumann verwundert an.

»Jetzt langsam verstehe ich eure Entscheidung. Wenn das an die Öffentlichkeit gelangt, mein lieber Schwan.«

»Deshalb die Zurückhaltung.«

»Aber wie kommt ihr auf eine Erpressung?«

»Es gibt CDs, die erhebliche Geldtransaktionen aufzeigen. Alle Transaktionen liefen über Banken im Ausland, die an einer Zusammenarbeit mit der Polizei nicht interessiert waren und sind. Die heilige Kuh des Bankgeheimnisses. Wir tappen völlig im Dunklen, wer hinter den Transaktionen steckt und was das für Gelder sind.«

Falke durchbohrt Laumann mit seinen Augen und beugt sich zu ihm vor.

»Woher habt ihr die CDs?«

»Schramm ließ sie mir über einen Anwalt zukommen, doch erst nach seinem Tod.«

»Wer gab ihm die CDs? Wer war die Kontaktperson, die die Daten aus der Bank geholt hat?«

Laumanns Hände beginnen zu zittern. Die Narben scheinen nun aufzuplatzen. Er will das Büro verlassen, fliehen, sich verstecken und kalte, frische Luft atmen. Doch Falke wird ihn nicht ziehen lassen, dessen ist sich Laumann sicher.

»Du hast einen scharfen und analytischen Verstand«, sagt Laumann. Er blättert in dem Bildordner und hält Falke ein letztes Bild hin. »Anton Bägli. Er arbeitete in einer Schweizer Bank. Die Daten hat er besorgt. Wir fanden ihn tot in einer Gelsenkirchener Wohnung, aus der Schramm kurz zuvor geflohen ist.«

»Heilige Scheiße. Hat er den Typen erschossen?«, fragt Falke. Er hält das Foto des Bankers in den Händen.

»Nein, mit Sicherheit nicht. Bägli war schon länger tot und die Tatwaffe konnte Schramm nicht zugeordnet werden. Wir vermuten, dass ihn ein anderer umgelegt hat. Vielleicht der Typ aus dem Café.«

»Wie kam die Beziehung zwischen Schramm und dem Schweizer zustande?«

›Verdammt‹, denkt sich Laumann. Er erkennt, dass Falke ihm alle Informationen zu entlocken versucht und entschließt sich, jedes weitere Wort genau abzuwägen.

»Das können wir nicht mit Gewissheit sagen. Es ist uns nicht gelungen, die Beziehung zwischen den beiden aufzuhellen.«

»Bochum und Schweiz, das passt einfach nicht zusammen. Da gibt es einen Bruch, jemand hat den Kontakt für sie hergestellt. Vielleicht eine Frau?« Falke trommelt mit zwei Fingern auf seinem Schreibtisch und wartet auf eine Reaktion von Laumann, die nicht kommt. »Weißt du, dein Ruf eilt dir voraus«, sagt Falke herausfordernd. »Du bist so etwas wie eine lebende Legende in Bochum, das hat sich bis nach Düsseldorf rumgesprochen. Ich nahm mir viel Zeit für meine Hausaufgaben und habe in unseren Systemen recherchiert.«

Er öffnet einen Ordner und wirft Laumann verschiedene Seiten hin. Zuerst nimmt der eine Kopie der Vorgangsbearbeitung in die Hand, die sich Falke besorgt hat. Dann folgt der Zeitungsausschnitt mit der Presseerklärung, dass der Mord an einem Mann und einer Frau auf einem Feldweg in Wattenscheid auf einer Beziehungstat beruht.

»Weißt du, was mir zuerst aufgefallen ist?«, fragt er.

»Nein«, haucht Laumann.

Sein Mund ist trocken, Falke ist auf dem richtigen Weg.

»Eine Beziehungstat? Auf einem Feldweg? Ich hatte die eine oder andere Beziehungstat aufzuklären. In Wohnungen der Beteiligten, Hotelzimmern mit noch warmen Betten, sogar schon in einem Wohnwagen. Aber niemals auf einem Feldweg. Kannst du mir eine Antwort darauf geben, warum sich zwei Turteltauben mit einem gehörnten Partner auf einem Waldweg mitten in der Nacht treffen sollten?«

Laumann atmet tief ein. Auf seiner Stirn bilden sich Schweißtropfen. Er muss Falke mehr liefern, wenn er den Fall aufrollen und Schramm rehabilitieren will. Er ist bereit zur Offenheit, jedoch nur bis zu einem gewissen Grad.

»Okay.«

Er legt Falke verschiedene Tatortbilder vor.

»Das ist Laura Kampmann. Eine Angestellte bei einer deutschen Bank. Sie hat anscheinend den Kontakt zu Bägli hergestellt, den wir später in einer Gelsenkirchener Wohnung erschossen aufgefunden haben. Bägli war Banker mit Zugang zu vertraulichen Kundendaten. Es konnte nicht geklärt werden, ob Kampmann und Schramm sich vorher kannten oder wie die Bekanntschaft entstand. Der Tote auf dem Feld ist uns völlig unbekannt. Bis heute. Keine Papiere, keine Ausweise, es gibt keine Fingerabdrücke von ihm im System. Vermutlich Osteuropäer.«

»Ich habe geahnt, dass hinter den Taten mehr steckt.«

»Bleibt alles in diesem Raum? Vorläufig?«, fragt Laumann vorsichtig.

»Ja. Wir können später entscheiden, ob wir etwas davon verwerten dürfen.«

Laumann erzählt die Geschichte von Anfang bis Ende, er berichtet auch die Vermutungen. Er leugnet nicht, dass

Schramm an einer Erpressung beteiligt war, aber er unterstreicht seinen Glauben an Schramms Unschuld, was die Morde angeht. Von dem Video erzählt Laumann jedoch nichts. Er setzt große Hoffnung in Falke und will nicht, dass er durch den Film beeinflusst wird. Er beendet den Bericht. Gedankenverloren zündet er sich eine Zigarette an. Müller schaut ihn fragend an, Falke ignoriert die qualmende Kippe. Er stellt ihm eine leere Getränkedose als Aschenbecher hin.

»Eine solche Geschichte hätte mich umgehauen«, sagt er zu Laumann und verschränkt die Arme hinter dem Kopf. »Ich hätte auch alles daran gesetzt, dass die Öffentlichkeit nichts von der Sache erfährt. Ehrlich gesagt, ich kann das verstehen.«

»Es war nicht meine Entscheidung. Niemals hätte Schramm jemanden getötet«, entgegnet Laumann.

»Schramm war dein Freund. Du bist voreingenommen. Er hatte die Möglichkeit und auch die Fähigkeit die Morde auszuführen, wenn man die Sache nüchtern betrachtet. Und, das dürfen wir nicht vergessen, mit seiner Waffe wurden die Menschen erschossen. Also neige ich dazu, ihn als Beschuldigten anzusehen. Wer einmal die Grenze überschritten hat, ist zu allem fähig. Das weißt du selbst.«

Laumann ist nicht bereit, darauf zu antworten. Er will nicht wieder mit diesen Argumenten konfrontiert werden. Wie ein Häufchen Elend sitzt er im Stuhl, gezeichnet von den Erinnerungen. Er scheint innerhalb weniger Minuten gealtert zu sein. Seine Gedanken kreisen um das Video. Er entschließt sich, zu schweigen und Falke den Film zu einem späteren Zeitpunkt zu zeigen.

»Ist damals Geld geflossen?«, fragt Falke.

»Keine Ahnung. Das ist nicht auszuschließen. Vielleicht wurde Novic getötet, um Schramm unter Druck zu setzen. Oder jemand verlangte die CDs zurück, dann musste der Erpresste Schramm am Leben lassen.«

»Oder er hatte bereits die CDs, wollte jetzt nur seine Kohle wiederhaben. Dieser Jemand dachte, dass Schramm Zugriff auf das Geld hatte. Von welcher Summe reden wir?«

Laumann schaut zu Müller und nickt.

»Wenn wir den Geldfluss auf den CDs betrachten, dürften einige hundert Millionen verschoben worden sein. Mit Sicherheit forderten sie ein angemessenes Lösegeld. Eine genaue Summe kennen wir allerdings nicht«, beantwortet Müller die Frage. »Das Geld ist nie aufgetaucht. Finanzermittlungen bei den Beteiligten und ihren Familien zeigten keine nennenswerten Vermögen, die kurzfristig aufgehäuft wurden.«

»Ihr habt ja nicht viel vorzuweisen. Keine Identifizierungen des Schützen im Café, keine Spuren, die Geldtransaktionen lassen sich nicht rückverfolgen. Ihr konntet nicht ermitteln, ob ein Lösegeld geflossen ist. Dafür könnt ihr einen toten Tatverdächtigen mit einer Dienstmarke vorweisen. Also dürfte Wozniak die heißeste Spur sein, oder sehe ich das falsch?«, fragt Falke.

»Jetzt kannst du dir vorstellen, warum eine solche Presseerklärung abgegeben wurde«, stellt Laumann resignierend fest. »Die Entscheidung ist gefallen, um den Deckel über die Sache zu halten.«

Schweigend sitzen die Kriminalbeamten am Tisch. Laumann kaut an seiner Unterlippe. Falke spricht langsam zu Laumann.

»Hast du noch Kontakt zu Schramms Frau? Kannst du mit ihr reden? Vielleicht gibt es inzwischen etwas Neues.«

»Davon ist nicht auszugehen, sie hätte sich mit absoluter Sicherheit bei mir gemeldet. Sie hat meine Anrufe auch nicht mehr beantwortet. Es könnte schwierig werden.«

»Mir liegt noch eine Kleinigkeit im Magen.« Falke beugt sich noch einmal zu Laumann hinüber. »Manchmal sehe ich Gespenster oder zu viele Krimis, aber eines interessiert mich noch. Eine Frage solltest du dir selbst stellen.«

»Und die lautet?«, will Laumann wissen.

»Kann seine Frau dahinter stecken?«

Laumann wird blass.

»Claudia?«

Falke nickt langsam und beobachtet die Reaktion von Laumann.

»Völlig undenkbar. Sie arbeitet bei der Sparkasse, eine harmlose Frau, kein verkappter weiblicher Bruce Willis aus ›*Stirb langsam*‹. Dazu ist sie nicht fähig, garantiert.«

»Wie Klaus Schramm?«

Laumanns Herz setzt aus. Hat ihn seine Menschenkenntnis verlassen und in die Irre geführt? Jahrelang konnte er auf die eigenen Instinkte vertrauen und hier, bei der wichtigsten Ermittlung seines Lebens, scheint diese Fähigkeit verloren.

Falke macht einfach weiter.

»Ihr Mann wurde erschossen und ich halte es nicht für ausgeschlossen, dass sie Rache nehmen will. Du solltest mit ihr reden. Je eher, desto besser.«

In Laumanns Kopf tauchen wirre Gedanken auf, leichter Schwindel befällt ihn und langsam, ganz langsam beginnt er, sich auf Falkes Denkmodell einzulassen.

»Vielleicht hast du Recht. Schaden kann es jedenfalls nicht. Ich werde Kontakt zu ihr aufnehmen und sehen, ob sich etwas in dieser Richtung ergibt.«

Laumann lässt die Zigarette in die Getränkedose fallen. Er bläst den letzten Rauch aus seinen Lungen.

»Wie geht es weiter? Bleiben wir in Kontakt und tauschen unsere Erkenntnisse aus? Gemeinsam könnten wir in beiden Ermittlungen einen vernünftigen Abschluss hinbekommen.«

»Sicher, theoretisch dürften unsere Vorgänge zusammengehören. Ich habe bisher nur diesen einen Toten. Er war Mittäter in deinem Fall, aber ob er wegen eurer Sache hingerichtet wurde, steht auf einem anderen Blatt.«

Müller packt die Ordner ein und verabschiedet sich von Falke. Laumann hält Falkes Hand länger als üblich.

»Ich will keine Lorbeeren, sondern Schramms Ruf wiederherstellen.«

»Alles klar.«

Laumann und Müller verlassen das Büro. Wortlos fahren sie nach Bochum zurück.

3. Kapitel
Vermutungen

›Jede militärische Operation beinhaltet Täuschung. Selbst wenn du fähig bist, erscheine unfähig. Selbst wenn du tätig bist, erscheine untätig.‹

Sun Tsu, *›Die Kunst des Krieges‹*

Die Dämmerung bricht über Köln herein. Der Regen hat aufgehört. Langsam regt sich wieder Leben in der Stadt. Die Spaziergänger mehren sich am Rheinufer und die Lokale füllen sich mit Touristen und Einheimischen. Das letzte Schiff für die Panoramarundfahrt hat angelegt. Einige Passagiere suchen die Kneipen und Restaurants in der Nähe der Anlegestelle auf. Studenten bedienen die Gäste. Vereinzelt hocken junge Menschen auf den Mauern am Rhein. Weinflaschen werden herumgereicht, Zigaretten gedreht.

Dimitri Petrenkov genießt den mit Hackfleisch gefüllten Pirog, den er in dem russischen Restaurant nahe der Kölner Altstadt gekauft hat. Regelmäßig isst er dort zu Abend. Bei den vorzüglichen Golubtsi, den russischen Kohlrouladen, erinnert er sich an seine Heimat.

Er kennt das Personal, erfreut sich an der Vorzugsbehandlung als Stammkunde, genießt die zuvorkommende Bedienung. Den Inhaber zu kennen hat einen weiteren Vorteil. Jederzeit kann er sich im Restaurant eine Kleinigkeit einpacken lassen und am Rheinufer essen.

Der Pirog ist köstlich. Mit einer Serviette wischt er sich den Mund ab, trinkt einen Schluck aus der Bierdose und sieht den Enten zu, die auf dem Rhein schwimmen. Er will einfach alleine sein und bevorzugt eine stille Ecke am Rande der Promenade. Er liebt die Ruhe und Einsamkeit. Hier kann er nachdenken, über die Vergangenheit und die Zukunft, über sein Leben. Die Gedanken kreisen beim Murmeln des Wassers um seine Heimat, die er vermisst.

›Es wird langsam Zeit, Deutschland zu verlassen‹, denkt er.

Die Ersparnisse reichen, um im Heimatdorf ein angesehenes und bequemes Leben führen zu können. Permanent malt er sich aus, ein großes Haus zu bauen und die Familie unter einem Dach zu vereinen. Doch ständig kommt der nächste wichtige Auftrag dazwischen. Dann verschiebt er die selbstgeschmiedeten Pläne und schwört sich wieder, dass dies der letzte Job ist, endgültig.

Eine innere Unruhe sagt ihm, dass die Zeit gekommen sein könnte. Der Tod wird bald seinen Tribut fordern. Er wischt den Gedanken beiseite, nimmt Teller und Serviette und steht auf. Langsam sucht er einen der vielen Mülleimer auf, die auf der Promenade stehen. Einzelne Spaziergänger, die er kaum beachtet, schlendern an ihm vorbei.

Leise klingelt das Handy in der Tasche. Auf dem Display leuchtet ›N‹ auf. Den richtigen Namen des Anrufers kennt er nicht. Aber solche Anrufe muss er annehmen. Vermutlich werden seine Kontakte für einen dringenden Auftrag gebraucht. Wieder wird er ein spezielles und zuverlässiges Team zusammenstellen müssen. Darin ist er Spezialist. Dimitris Kontakte sind in zwielichtigen Kreisen fast legendär. Sehr gefragt und hoch bezahlt.

›N‹ steht für eine russische Organisation. Sie nehmen gelegentlich seinen Service für heikle Aufträge in Anspruch. Insbesondere, wenn eine Beteiligung der Institution nicht bekannt werden darf, warum auch immer. Natürlich fragt Dimitri nie nach Einzelheiten, schließlich hängt er an seinem Leben. Er muss nur wissen, um was es geht und wählt dann die Leute danach aus. In den zurückliegenden Jahren hat er sich eine lange Liste zuverlässiger Personen angelegt, auf die er jederzeit zurückgreifen kann. Dort führt er nur Spezialisten auf, die strengen Überprüfungen standhalten. Niemand darf polizeilich bekannt oder erkennungsdienstlich behandelt worden sein. Regelmäßig überprüft und aktualisiert er seine Liste. Niemals schaltet er Leute aus eben der Stadt ein, in der ein Auftrag ausgeführt werden muss.

Eigenschaften wie Verschwiegenheit und Loyalität setzt er voraus. Keine Nachfragen, niemand auf der Liste hat seine Kontaktdaten, niemand kann sich um einen Job bewerben. Gnadenlos streicht er jene aus den Kontakten, die einen Auftrag ablehnen. Niemand bekommt eine zweite Chance. Die Kunden schätzen Dimitris Dienste und zahlen hohe Preise für diese Sorgfalt.

Die Erfahrung zeigt ihm aber auch, dass es keine absolute Verschwiegenheit gibt. Immer kann sich eine undichte Stelle auftun. Die Risikominimierung hat oberste Priorität. Er selbst nimmt nie an Einsätzen teil, dazu fehlen ihm die besonderen Fähigkeiten. Ihm mangelt es an der Kaltschnäuzigkeit, der Ruhe und in vielen Dingen kann er das speziell geforderte Wissen nicht aufweisen. Er beschränkt sich auf die Koordination und hat sich damit einen außergewöhnlichen Ruf erarbeitet.

»Ja«, meldet sich Dimitri kurz.

»Es gibt Probleme.« Eine ebenso kurze Antwort.

»Welcher Art?«

»Wir erlitten einen bedauerlichen Todesfall und wollen wissen, woher der Angriff kommt.«

Dimitri schweigt und überlegt, wer gestorben sein könnte. Es muss sich um ein hohes Tier handeln. Aber er hat nichts gehört.

»Was suchst du?«, fragt er den Anrufer.

»Die Quelle.«

»Was?«

»Du hast mich verstanden. Es gibt eine undichte Stelle und ich will wissen, wo ich diesen Verräter finde.«

»Ich verstehe nicht, was meinst du mit einer undichten Stelle und einem Verräter?«

»Es hängt mit einem Auftrag aus dem letzten Jahr zusammen. In Bochum. Kannst du dich erinnern?«, fragt ›N‹.

Dimitri schluckt und ringt nach Worten. Sofort wird ihm klar, dass jetzt sein Kopf rollen kann.

»Ja, sicher. Natürlich erinnere ich mich.«

»Dann zeig dich erkenntlich und nenn mir die Namen deiner Leute. Einer von ihnen hat das Maul aufgerissen und ich ...«

»Das glaubst du doch selbst nicht. Niemand plappert, du kennst mich und weißt, wie ich meine Leute rekrutiere«, gibt Dimitri empört zurück.

»Es gibt keine andere Erklärung. Also?«

Dimitris Gehirn arbeitet wie verrückt. Er sucht krampfhaft nach einem Ausweg. Doch kann er die Antwort verweigern? Welche Überlebenschance hat er dann noch? Blanke Angst ergreift ihn. Der Körper schaltet den Überlebensmodus ein.

»Wie kommst du darauf?«, fragt er ängstlich.

»Das ist nur unser Problem. Und?«

Weitere Sekunden vergehen ohne Antwort. Dimitri setzt sich auf eine freie Bank.

»Nenn mir die Namen!« Die Stimme lässt einen deutlichen, drohenden Unterton erkennen.

»Piotr Wozniak aus Düsseldorf und Eduard Ramanov aus Hamburg. Beide sind hundertprozentig loyal, die reden nicht. Sie entsprachen zwar nicht exakt den benötigten Fähigkeiten, aber ich suchte sie wegen ihrer Zuverlässigkeit aus.«

»Kannst du Kontakt zu ihnen herstellen?«

»Sicher. Jederzeit.«

»Okay. Biete den beiden einen eiligen Auftrag an, hol sie nach Köln. Wir treffen uns in dem bekannten Lokal, dann reden wir. Dann werden wir sehen, ob einer das Maul aufgerissen hat«, fordert ›N‹.

»Ich ...«

Der Anrufer erstickt Dimitris Antwort im Keim.

»Wenn du nicht die undichte Stelle bist, gibt es keine Probleme zwischen uns. Wenn du geredet hast, dann ...«

»Nein, nein. Natürlich rede ich nicht. Das gehört zum Geschäft. Wann soll das Treffen stattfinden?«, fragt Dimitri unsicher.

»Morgen Abend. Acht Uhr.«

»Das könnte knapp werden.«

»Tu es einfach. Sofort.«

»Okay.«

Das Gespräch ist beendet. Dimitri bemerkt seine zitternden Hände.

»Fuck, fuck, fuck«, murmelt er vor sich hin. Er nimmt die fragenden Blicke eines verliebten Paares, das an der Sitzbank vorbeispaziert, nicht wahr. Aus der Organisation ist jemand hingerichtet worden, das steht fest. Leider führen die Spuren zu ihm und seiner Liste. Verdammt!

›Werden sie mich dafür verantwortlich machen? Mich abknallen und in einer schmierigen Ecke abladen wie einen Haufen Müll? Oder in der Erde verscharren, unauffindbar für alle Ewigkeit?‹, denkt er sich. ›Warum bin ich nicht einfach früher abgehauen?‹

Dimitri verlässt die idyllische Rheinpromenade. Er muss dringend telefonieren, doch dazu braucht er den Rechner. Darauf hat er verschlüsselt alle Kontakte gespeichert.

»Scheiße, verdammte Scheiße«, murmelt er immer wieder vor sich hin. Er bemerkt nicht die dunkle Gestalt, die sich an seine Fersen heftet.

»Verfluchte Scheiße.«

Eilig läuft er die Salzgasse entlang in Richtung Gülichplatz. Er erreicht unbehelligt den Wagen und zieht den Schlüsselbund aus der Hosentasche. Klirrend fallen die Schlüssel zu Boden und bleiben kurz vor einem Gullydeckel liegen.

»Schwein gehabt«, redet er vor sich hin.

Urplötzlich bemerkt er einen Stich in seiner Kniekehle. Er kann sich nicht mehr aufrecht halten, stürzt auf die Straße und fühlt eine feuchte Stelle am Hosenbein. Rasender Schmerz breitet sich in dem rechten Bein aus, er stöhnt auf. Unbeholfen versucht er aufzustehen.

Er sieht, wie dunkelrote Tropfen auf den Asphalt fallen und fühlt, wie sich eine Wärme in der Kniekehle ausbreitet. Eine dunkle Gestalt nähert sich ihm, die Kapuze tief ins Gesicht gezogen. Doch er erkennt, dass eine Frau auf ihn zukommt. Seine Beine liegen auf dem Gehweg, sein Körper ein wenig unterhalb auf der Straße. Vorsichtig stützt er sich auf die Ellenbogen. Die Frau spricht ihn an.

»Dimitri Petrenkov?«, fragt eine hohe Stimme.

»Wer, verdammt, will das wissen?«, krächzt er.

Schmerzverzerrt zieht er eine Grimasse. Eine Hand umfasst das verletzte Bein. Er versucht, das Gesicht der Gestalt zu sehen. Sein Kopf bewegt sich hin und her bei dem Versuch, einen kurzen Blick auf das Antlitz der Frau zu erhaschen. Doch die Kapuze verhindert das.

»Der Tod«, haucht die Stimme.

Dimitris Körper wird von einer Gänsehaut überzogen.

»Was?«, kreischt er völlig verängstigt. Ein Hustenanfall überfällt ihn schlagartig. Panisch schiebt er sich mit den Ellenbogen wenige Zentimeter von der Gestalt fort.

»Schuldig der Beihilfe zum Mord und der Mitgliedschaft in einer kriminellen Vereinigung«, schleudert sie ihm entgegen.

»Wissen Sie eigentlich, mit wem Sie sich hier anlegen, Lady?«

Seine Stimme klingt jetzt schrill und voller Angst. Ihm wird schlagartig klar: Das war's. Seine Zeit ist abgelaufen. Die Gestalt antwortet nicht. Dimitri sieht mit Erstaunen, dass sie keine Waffe in der Hand hält. Die schmerzende Wunde schreibt er einer Schussverletzung zu, auch wenn er keinen Knall oder das dumpfe Ploppen eines Schalldämpfers wahrgenommen hat.

›Woher stammt das Blut? Hat sie die Knarre weggesteckt?‹, denkt er sich.

Die Gestalt kommt langsam auf ihn zu. Sie greift hinter sich auf ihren Rücken. Zuerst hört er ein schleifendes Geräusch, dann sieht er die silberne Klinge eines Schwertes aufblitzen. Seine Panik ist auf dem Höhepunkt. Er weiß jetzt, was kommt. Hastig versucht er, auf die Beine zu kommen. Mit der rechten Hand rutscht er aus, knallt mit dem Oberkörper auf den Asphalt. Immer hektischer drückt er sich mit den Ellenbogen ab.

Er will nur noch weg. Weg! Weg!

Aus den Augenwinkeln erkennt er, wie die Frau den nächsten Schritt auf ihn zumacht. Er hört das leise Pfeifen der herabsausenden Klinge. Alles dreht sich vor seinen Augen, die ihm nicht mehr gehorchen. Er kann sie nicht mehr schließen. Die Welt rollt um ihn herum, er sieht den wolkenverhangenen Himmel, dann die Straße, die Autos und die am Straßenrand stehende Gestalt. Sein eigener, kopfloser, blutender Körper auf der Fahrbahn ist das Letzte, was Dimitri sieht.

***

Der Jet setzt im Morgengrauen weich zur Landung in Köln auf. Zielstrebig steuert Wasilij den zugewiesenen Standort zur Abfertigung von Privatmaschinen an.

Nikolas versteht nicht, warum Wasilij selbst fliegen wollte, traut sich aber auch nicht, ihn zu fragen. Wasilij schaut aus dem Fenster. Seine Stimmung ist nicht nur angesichts des morgendlichen Nieselregens betrübt. Nikolas sitzt neben ihm und wartet auf eine Reaktion von Wasilij. Der hat während des gesamten Fluges geschwiegen. Mikaels Tod beschäftigt ihn. Ebenso wie die Aussicht, dass ihn die Vergangenheit einholen könnte.

»Ich werde mich um die Koffer und den Wagen kümmern«, versucht Nikolas ein Gespräch in Gang zu bringen.

Wasilij nickt kurz und schweigt weiter. Nikolas instruiert leise die drei Leibwächter. Er verlässt die Maschine und weist die Leibwächter an, das Gepäck zum gemieteten Maybach zu tragen. Die Bodyguards steigen in einen schweren Mercedes, den ein Angestellter vom Mietservice zum Flugzeug gefahren hat. Nikolas überwacht das Einladen. Wasilij steigt in das Fahrzeug. Er beobachtet still das hektische Treiben rund um den Flughafen.

Mikael ist tot, niemand kann ihn zurückbringen. Er wird fürchterliche Rache nehmen und den Schuldigen bei lebendigem Leib häuten. Nikolas setzt sich neben ihn. Er nickt dem Fahrer zu, der den Wagen langsam zum Grandhotel steuert, das außerhalb von Köln liegt. Eigentlich liebt Wasilij dieses Hotel mit dem dazugehörigen Luxus. Doch heute zeigt er keine Vorfreude.

»Wann ist das Treffen?«, fragt er beiläufig.

»Heute abend«, lautet Nikolas' kurze Antwort.

»Soll ich mitkommen?«

»Auf keinen Fall. Das ist zu gefährlich. Wir werden anschließend reden. Im Hotel sind Sie sicher. Ich habe für morgen ein Abendessen mit Remberg arrangiert, um einen geschäftlichen Termin vorzutäuschen. Sie dürfen kein Aufsehen erregen.«

»Das ist bereits geschehen. Mikaels Tod macht die Runde. Der Anruf aus Moskau war sehr unerfreulich.«

»Und?«, fragt Nikolas.

»Er hat sich alles schweigend angehört. Ich soll mich um die Sache zu kümmern. Unseren Verdacht mit Bochum habe ich natürlich nicht erwähnt. Aber ich kann ihm nichts vormachen. Früher oder später wird er dahinter kommen. Einer der Kriecher wird ihn mit der Nase darauf stoßen.«

Nikolas nickt.

»Die Sache muss geklärt werden. Ihnen bleibt wenig Zeit.«

»Wie lange haben wir?«

Wasilij zuckt mit den Schultern.

»Zwei oder drei Tage. Eine Woche, wenn alles gut läuft. Bis dahin muss der Mist aus der Welt geschafft sein.«

»Heute abend wissen wir mehr. Die Sache ist so gut wie erledigt«, versucht Nikolas, zu beruhigen.

Wasilij lächelt, doch sein Lächeln strotzt vor Ungläubigkeit. Verschämt schaut Nikolas zu Boden.

»Ich weiß, Nikolas, ich weiß.«

Ein Bediensteter des Hotels öffnet die Fahrzeugtür. Er deutet eine Verbeugung an. Nikolas steigt zuerst aus und beobachtet kurz das Umfeld. Die Leibwächter stehen bereits am Haupteingang und beobachten die Umgebung unauffällig. Nikolas hat nicht bemerkt, dass sie von ihnen überholt wurden, damit sie bei der Ankunft ihre Position einnehmen können. Ihn überläuft es heiß. Er ist unkonzentriert. Die Angelegenheit brennt ihm unter den Nägeln. Kein Unglück dieser Welt darf zur Vernachlässigung seiner Pflichten führen. Leise, unhörbar für andere, schwört er, sich nicht wieder ablenken zu lassen.

Der Hotelmanager empfängt Wasilij an der Eingangstür. Überschwänglich erkundigt er sich nach seinem Wohlergehen.

»Wie immer, Herr Krüger, wie immer«, antwortet Wasilij.

»Wir freuen uns über Ihren Besuch, Herr Charatov. Ich hoffe, Ihnen einen angenehmen Aufenthalt bieten zu können.«

»Ich bin davon überzeugt, dass Sie wieder einmal Ihr Bestes geben werden, Herr Krüger.«

»Vielen Dank. Dürfen wir Ihnen auf der Terrasse einen Tee servieren, mit einer kleinen Überraschung aus der Küche? Ihre Koffer bringen wir umgehend in die Suite. Wenn Sie wünschen, wird Ihr persönlicher Diener selbstverständlich die Koffer auspacken.«

»Das wird nicht nötig sein, danke. Bergische Waffeln?«

Ein Lächeln zeigt sich auf dem Gesicht des Hotelmanagers, der die Vorlieben aller Stammgäste im Kopf gespeichert hat.

»Mit heißen Kirschen und Vanilleeis«, antwortet Herr Krüger.

»Mexikanische Vanille?«

»Selbstverständlich.«

»Ich weiß, warum ich gerne hier bin. Sie denken an alles, nicht wahr?«

»Vielen Dank, Herr Charatov. Wir bemühen uns, unseren Gästen jeden Wunsch von den Augen abzulesen und sie die Welt draußen vergessen zu machen.«

›Wenn Sie das nur könnten‹, denkt Wasilij bei sich. ›Ich würde dann für den Rest meines Lebens hier einziehen.‹

»Bringen Sie bitte zwei Gedecke, Herr Krüger.«

Der Hotelmanager führt Wasilij zu einem Platz im Wintergarten, der im Sommer geöffnet werden kann. Nikolas folgt in gebührendem Abstand und wartet, dass sich Herr Krüger verabschiedet. Dann setzt er sich zu Wasilij an dem Tisch. Wohlwollend stellt er fest, dass Wasilij ein wenig abgelenkt erscheint.

»Ich habe einen unauffälligen Wagen geordert«, sagt Nikolas. »Ich fahre gleich los und werde einige Leute kontaktieren. Vielleicht kann ich etwas in Erfahrung bringen. Später treffe ich mich mit Dimitri. Warten Sie nicht auf mich.«

»Gut.«

Wasilij macht sich über die Waffeln her. Nikolas kann nicht nachvollziehen, was an dieser Waffel besonders sein soll. Zu viel Mehl, und die mexikanische Vanille ist einfach zu süß. Anstandshalber leert er den Teller, ohne das Gesicht zu verziehen. Er lobt den Geschmack der Waffeln. Wasilij scheint zufrieden.

»Wann willst du los?«

»Wenn ich Ihre Suite überprüft und die Leibwächter eingewiesen habe.«

Der Manager betritt den Wintergarten und meldet die Bezugsfertigkeit der Hotelsuite. Nikolas erhebt sich. Er begibt sich zum Hotelzimmer, in dem er, wie erwartet, nichts Außergewöhnliches findet. Die Leibwächter nimmt er noch einmal einzeln ins Gebet.

»Mikael wurde getötet und wir wissen nicht, warum und woher der Angriff kommt. Ich will, dass Herrn Charatov kein Haar gekrümmt wird. Erwische ich einen von euch beim Schlafen, wacht er unter Wasser wieder auf. Haben wir uns verstanden?«

Jeder von ihnen versteht Nikolas' Drohung. Sie kennen die Konsequenzen, falls sie ihre Pflichten vernachlässigen sollten. Und nehmen sie sehr ernst. Nikolas verabschiedet sich mit einer leichten Verbeugung von Wasilij, der gerade mit einer attraktiven Hotelangestellten plaudert. Die Frau lacht herzlich auf und hält eine Hand vor den Mund. Wasilij gestikuliert mit seinen Armen.

Nikolas ist beruhigt, dass sich Wasilij ablenken lässt. Er verlässt unauffällig das Hotel und kontrolliert, ob die beiden Leibwächter ihre Positionen bezogen haben. Er hat viel Zeit bis zu seinem Treffen mit Dimitri in Köln.

Doch zuerst will er noch nach Bochum.

Er will Claudia Schramm finden.

***

Karin Hamann sitzt auf der Terrasse ihres Reihenendhauses. Sie beobachtet die Kinder beim Fußballspielen auf der Gemeinschaftsfläche. Immer wieder vernimmt sie das Geschrei der Jungs, die einen Torerfolg feiern wie eine gewonnene Weltmeisterschaft.

Sie hat es aufgegeben, die Kleinen zur Ruhe zu ermahnen. So einfach lassen sie sich nicht bändigen. Um diese Uhrzeit stört der Lärm der Kinder die Anwohner nicht. Bis auf ihre direkten Nachbarn, den griesgrämigen Mann und die kleinwüchsige

Lebensgefährtin mit ihrem schrillen Geschrei. Karin lächelt über deren Dummheit.

Sie macht sich aber Sorgen, dass der Nachbar in seinem Jähzorn rumschreien könnte, sollte der Ball doch versehentlich in seinem Garten landen. Nachbarn wie diese erklärten den niedrigen Preis, den sie für das Reihenhaus gezahlt hatte. Ein Spottpreis für Bochumer Verhältnisse, zudem noch in einer gehobenen Wohnsiedlung ohne Durchgangsverkehr. Die Verkäuferin hatte sie mehrfach auf die Nachbarn hingewiesen und den Preis damit begründet. Einen Vorwurf kann Karin nicht erheben.

»Sind Sie sicher, dass Sie Ihr Haus so günstig abgeben wollen?«, hakte Karin bei den Verhandlungen mehrfach nach.

Sie konnte ihr Glück kaum fassen. Doch führte dies bei Karin zwangsläufig zu einem schlechten Gewissen. Immer wieder fragte sie sich, ob der glückliche Umstand nicht auf dem unverschuldeten Pech der Verkäuferin beruhte.

Doch die Frau lächelte sie nur kurz an, nickte und erklärte: »Auf jeden Fall. Und für Ihre Kinder ist die Entscheidung absolut richtig.«

Karin wollte die Frau nicht übervorteilen, obwohl ihr Einkommen die Zahlung eines angemessenen Preises ohnehin nicht zugelassen hätte. Wegen der beiden Jungen kann sie nur wenige Stunden in der Woche arbeiten. Ihr geschiedener Ehemann zahlt nur einen geringen Unterhalt. Daher konnte sie einfach nicht mehr bezahlen. Doch die Frau tätschelte verträumt ihren Arm und bestand darauf, das Haus zu diesem Preis zu verkaufen.

»Dieses Angebot gilt nur für Sie.«

Das war alles, was sie zu Karin sagte. Also legte Karin ihr schlechtes Gewissen ab und freute sich mit den Kindern über das Glück, die Ruhe und das grüne Umfeld ihres neuen Zuhauses. Und die meisten Nachbarn zeigten sich zuvorkommend und hilfsbereit. Sie halfen beim Tragen der Möbel, brachten Essen oder luden die Kinder zum Spielen ein, damit Karin genügend Zeit für den Umzug hatte. Bis eben auf die direkten Nachbarn.

Erst später erfuhr Karin, dass die Verkäuferin kurz zuvor ihren Mann durch eine Gewalttat verloren hatte. Sie wollte die schmerzlichen Erinnerungen durch den Verkauf der Immobilie ausblenden.

Karins Leben scheint perfekt. Es fehlt nur noch ein Partner, an den sie sich anlehnen und kuscheln kann. Sie vermisst die Liebe, die Vertrautheit eines geliebten Menschen und natürlich den Sex. Aber das würde sie niemals zugeben.

Jetzt sitzt sie am Gartentisch, genießt den heißen Kaffee und beobachtet die Kinder beim Fußballspielen. Sie lächelt über die kurzen Kinderbeine. Wie schnell und flink sie über die Wiese jagen, sobald ihnen jemand einen Ball zuwirft. Mit der Tasse in der Hand stellt sie sich an den Rand des Rasens, um das Spiel der Kinder besser beobachten zu können. Gedankenversunken steht sie dort. Ein Ruf aus heiterem Himmel holt sie aus ihren Träumen.

»Vorsicht!«, schreit jemand in ihrer Nähe.

Vor Schreck verschüttet sie den Kaffee und zieht instinktiv den Kopf ein. Knapp fliegt der Ball an ihrem Kopf vorbei. Sie spürt den Luftzug der Lederkugel, die Tasse fällt zu Boden und das Kinderlachen dringt aus weiter Ferne an ihr Ohr. Max, ihr jüngster Sohn, jagt dem Ball hinterher.

»Nicht so wild«, ruft sie ihm nach.

Sie dreht sich zu dem Privatweg, der oberhalb ihrer Terrasse liegt und zu den Hauseingängen der Reihenhäuser führt. Auf diesem Weg, direkt an ihrem Zaun, steht ein hochgewachsener Mann und lächelt sie an.

Seine muskulösen Arme drohen das Sakko zu sprengen. Der bunte Blumenstrauß wirkt in den Händen winzig. In seinem dunklen Anzug sieht er trotzdem wie ein Banker aus. Nicht wie ein Vertreter, der sein nächstes Opfer sucht. Sie kann sein Alter nicht schätzen. Die Haare scheinen gefärbt und die Bartstoppeln machen eine Einschätzung schwierig. Auf Karin wirkt der Mann anziehend ... und sexy.

Sie lächelt freundlich zurück.

»Danke für die Warnung. Bei Kindern darf man aber auch keine Sekunde unachtsam sein.«

»Dazu kann ich wenig sagen. Ich bin kinderlos und kann daher weder zustimmen noch widersprechen.«

Keine Kinder ... vielleicht auch keine Frau! Ein flaues Gefühl breitet sich in Karins Magengegend aus. Der Mann hat einen leichten Akzent, osteuropäisch, aber sie verdrängt diesen Gedanken sofort wieder.

»Oh. Da haben Sie etwas verpasst. Kinder bereichern das Leben. Für nichts in der Welt würde ich darauf verzichten wollen. Obwohl ...« Sie legt den Kopf ein wenig zur Seite. »Wenn Sie es nicht weitersagen: Ich gebe sie gelegentlich gerne ab und genieße die Ruhe.«

Sie lacht kurz auf und der Mann stimmt in ihr Lachen ein. Er hält sich den Zeigefinger an den Mund.

»Großes Ehrenwort. Meine Lippen sind für immer versiegelt. Ihr kleines Geheimnis ist sicher bei mir. Versprochen.«

»Vielen Dank. Darf ich mich erkenntlich zeigen und Ihnen eine Tasse Kaffee anbieten? Außerdem ist ein interessantes Fußballspiel zu sehen. Wenn ich es richtig verstanden habe, geht es um das WM-Finale.«

»Ein wahnsinnig verlockendes Angebot. Doch ich bin zu Besuch hier und habe wenig Zeit.«

Nikolas schwenkt den Strauß.

›Super! Blöde Kuh‹, denkt sich Karin. ›Was glaubst du eigentlich? Dass ein gutaussehender Mann mit einem bunten Blumenstrauß in der Hand durch die Gegend läuft, bis er die erstbeste Frau findet?‹

Die Gedanken zeichnen sich in Karins Gesicht ab. Ihre Wangen färben sich rötlich. »Verzeihung. Ich wollte nicht aufdringlich erscheinen. Aber ich ...«

»Schon in Ordnung. Alles bestens, kein Problem. Vielleicht können Sie mir ja helfen«, unterbricht sie der Mann. Er hat ihr die Verlegenheit angemerkt. Doch er ist zu galant, um sich zu einer Bemerkung hinreißen zu lassen. Karins Röte verschwindet wieder.

»Gerne. Wie kann ich Ihnen helfen?«

»Ich bin ein ehemaliger Kollege von Claudia, Claudia Schramm. Aber was heißt Kollege. Wir besuchten vor über einem Jahr das gleiche Seminar und haben uns danach aus den Augen verloren. Jetzt bin ich zufällig in Bochum und dachte mir, ich besuche sie ganz spontan.«

Nikolas hält den Blumenstrauß in die Höhe. Er riecht an den Blumen.

»Was glauben Sie? Zu übertrieben?«

»Nein, auf keinen Fall. Sie sind wunderschön. Die würden jede Frau begeistern.«

›Mist!‹, denkt sie wieder. ›Halt einfach deine unverschämte, gottlose Klappe, du blöde Kuh. Frag ihn doch gleich, ob er mit dir ins Schlafzimmer möchte.‹,

Die Röte in ihrem Gesicht kehrt zurück. Nikolas lächelt.

»Oh Gott, verzeihen Sie mir. Ich mag mir gar nicht vorstellen, was Sie von mir denken. Ich bin ... ein wenig aus der Übung.«

Nikolas lacht auf und legt seine linke Hand auf den Gartenzaun. »Das kann ich mir bei Ihnen nicht vorstellen. Bei Ihrem Aussehen werden Sie sich vor Interessenten kaum retten können.«

Karin bemerkt, wie die Röte eine dramatische Farbverstärkung erfährt. Das Blut steigt ihr zu Kopf und ihre Hände fangen an zu zittern.

»Claudia Schramm sagen Sie?«

Hervorragender Übergang ... Sie beschließt, in allernächster Zeit an ihrer Konversation zu arbeiten.

»Ja, Claudia. Sie gab mir damals diese Adresse. Ist sie zu Hause?«

»Frau Schramm wohnt hier nicht mehr. Sie hat mir das Haus vor ungefähr einem Jahr verkauft. Zu einem Spottpreis, wenn Sie mich fragen.«

»Das wundert mich aber jetzt. Ich dachte immer, dass sie mit ihrem Mann glücklich hier ist. Hat sie jedenfalls damals erzählt.« Nikolas mustert das Haus.

›Mit diesem Blumenstrauß würde dich jeder Mann vor der Haustür verprügeln!‹, kommt ihr in den Sinn. ›Andererseits: Bei den Muskelpaketen würde mit Sicherheit nur die Tür zugeschmissen!‹

Sie lacht kurz auf. Langsam tänzelt sie auf den Mann am Gartenzaun zu. Sie ärgert sich über ihren vielsagenden Gang.

›Schlafzimmer! Schlafzimmer! Schlafzimmer!‹, schreit ein kleiner Teufel in ihrem Kopf.

»Hab ich etwas Falsches gesagt?« Nikolas verzieht ein wenig das Gesicht.

»Nein, auf keinen Fall. Wissen Sie nicht, dass ihr Mann verstorben ist?«, fragt sie. Sie ist nur noch ein kleines Stückchen vom Zaun entfernt. »Furchtbare Sache. Der Mann war Polizist. Er geriet in eine Schießerei. Er hat sich in dunkle Machenschaften ziehen lassen, wenn Sie verstehen.«

Karin schaut nach links und rechts. Leise flüsternd beugt sie sich zu Nikolas.

»Aber auch das bleibt unter uns, ja?«

»Aber natürlich«, antwortet Nikolas.

Er hebt abwehrend die Hände.

»Sie sind ja auch nicht so ein Waschweib wie ich«, fährt Karin fort und lächelt. »Aber wie bereits gesagt, sie hat mir das Haus verkauft. Seitdem habe ich sie nicht mehr gesehen oder gehört.«

»Wissen Sie zufällig, wohin sie gezogen ist?«

»Nein, keine Ahnung. Ich kenne Frau Schramm auch nicht näher. Soweit mir bekannt ist, haben auch die Nachbarn keine neue Anschrift. Und einige von ihnen lebten Jahre hier mit den Schramms.«

»Das ist wirklich traurig und schade.« Nikolas dreht den Blumenstrauß in seiner Hand. »Was mach' ich jetzt mit dem Strauß?«

Er schaut Karin tief in die Augen. Sie glaubt, darin ein Funkeln zu erkennen. Der kleine wollüstige Teufel schreit wieder in ihrem Kopf. ›Willst du mit mir ins Schlafzimmer kommen? Mach mit mir, was du willst!‹

Nikolas reicht ihr den Blumenstrauß über den Zaun.

»Sie passen auch eindeutig besser zu Ihnen.«

Das Blut schießt ihr in den Kopf, und in ihrem Unterleib macht sich ein leichtes Ziehen bemerkbar. Viel zu lange hat sie auf die zärtlichen Berührungen eines Mannes verzichtet. Sie sehnt sich nach warmen Küssen und dem Gefühl, wieder begehrt zu werden. Nur dieses Mal, dieses eine Mal will sie sämtliche Vorsätze außer Acht lassen. Aber dafür wird sie sich später in Grund und Boden schämen.

›Nur dieses eine Mal‹, schreit der kleine Teufel erneut. ›Tu es! Jetzt! Sonst geht er einfach, und du liegst wieder heulend alleine im Bett.‹

Eine Hand streift sie am Oberschenkel. Sie zuckt zusammen.

»Mama?«, fragt der kleine Max. »Mama?«

Karin kann nicht sofort antworten und ist verwirrt. Sie hat die Kinder völlig vergessen.

»Ich muss Pipi«, ruft der Kleine.

Karin lächelt und schaut zu Nikolas.

»Und Sie wollen bestimmt keinen Kaffee?«

»Nein, danke. Ich muss weiter. Es war nett, Sie kennen gelernt zu haben, Frau ...?«

»Hamann. Aber Sie können mich Karin nennen.«

Nikolas schaut auf den kleinen Jungen. »Wenn du viel trainierst, wirst du bestimmt ein berühmter Fußballer. Aber du darfst die Schule nicht vergessen. Ein guter Schulabschluss ist sehr, sehr wichtig, verstehst du?«

Max schmiegt sich an den Oberschenkel seiner Mutter. Er weicht Nikolas' Blick aus.

»Vielen Dank für die Einladung. Wenn ich noch einmal in Bochum bin, bringe ich Ihnen einen besonderen Blumenstrauß. Sofern Ihr Mann mich nicht verprügelt.«

»Das wird er nicht tun, dazu wäre er nicht fähig.«

Karin möchte sich am liebsten ohrfeigen. Warum deutet sie an, dass sie einen Mann hat? ›Oh Mann. Bist du total bescheuert? Der wird nie wieder hier auftauchen. Du musst dringend an deiner Technik arbeiten‹, schreit der kleine Teufel. Ihre Gedanken rasen.

Nikolas lächelt, doch der Glanz in seinen Augen ist verschwunden. Er verabschiedet sich und steigt die Treppe am schmalen Weg hinunter. Karin schaut ihm hinterher.

›Dreh dich um. Dreh dich verdammt noch mal um‹, wimmert es in ihrem Kopf. ›Schrei ihm doch endlich nach. Los, du dumme Gans, mach schon.‹

Der Teufel ist hartnäckig.

»Wie heißen Sie?«, ruft sie ihm hinterher.

Nikolas bleibt stehen und dreht sich um. »Tomasz. Ich bin Tomasz. Der seine Versprechen immer einhält.« Er lächelt und geht.

»Ich muss Pipi, Mama«, hört Nikolas den Jungen quengeln.

Still grinst Nikolas vor sich hin. Er wendet sich nach rechts den Parkstreifen zu. Den Wagen hat er in einiger Entfernung abgestellt. Seine Gedanken kreisen um Claudia Schramm und den plötzlichen Verkauf zu einem, wie Karin sagte, Spottpreis. Schramm hat 20 Millionen Euro kassiert und niemand sonst hat überlebt. Claudia hat jetzt Zugriff auf das Geld und könnte es sich sogar leisten, das Haus zu verschenken. Mehrere Häuser.

Der Wagen springt stotternd an und Nikolas steuert Richtung Innenstadt. In der Nähe einer Autovermietung parkt er das Fahrzeug. Er betritt die Filiale der Sparkasse, in der Claudia Schramm arbeitet.

›Sie wird hier noch arbeiten‹, denkt er, ›und nicht jedem auf die Nase binden, dass sie auf einem Vermögen sitzt.‹

Zielstrebig spricht er eine Angestellte am Schalter an.

»Mein Name ist Tomasz Jacek und ich möchte einen Termin vereinbaren«, beginnt Nikolas das Gespräch.

»Darf ich fragen, in welcher Angelegenheit wir Ihnen helfen können?«, fragt die Angestellte höflich.

»Aus beruflichen Gründen bin ich von Düsseldorf nach Bochum gezogen und will das Geschäftskonto hierhin verlegen. Ist das machbar?«

»Selbstverständlich«, lächelt ihn die Angestellte an. »Leider sind heute bereits alle Termine vergeben.« Ihre flinken Finger rasen über die Tastatur. »Einen könnte ich Ihnen für morgen um 13:00 Uhr reservieren.«

»Sehr gerne. Und ich brauche auch noch eine Darlehensberatung. Ich plane den Kauf einer Immobilie in Bochum, da ich in den nächsten Jahren hierbleiben werde.«

»Das notiere ich auch gleich. Sie können alles mit dem Geschäftsstellenleiter besprechen.«

»Danke. Eine Frage hätte ich noch.«

»Wie kann ich Ihnen behilflich sein?«

»Ich habe von einem Bekannten den Tipp bekommen, mich an Frau Schramm zu wenden. Sie soll eine außerordentlich gute Beratung anbieten. Kann ich einen Termin bei ihr haben?«

Die Angestellte lächelt ihn kurz an. »Alle Mitarbeiter bieten eine hervorragende Beratung an. Leider ist Frau Schramm nicht mehr bei der Sparkasse tätig und daher ...«

»Oh, seit wann ist sie nicht mehr hier?«

»Sie hat vor einem Jahr gekündigt.«

»Das ist bedauerlich. Aber ich bin überzeugt, trotzdem gut beraten zu werden. An wen kann ich mich morgen wenden?«

»Herr Maier wird sich Ihren Wünschen widmen. Soll ich Ihnen den Termin reservieren?«

»Gerne. Notieren Sie mir bitte auch die Kontaktdaten von Herrn Maier.«

Nikolas nimmt den Terminzettel entgegen. Er steckt ihn in die Hosentasche. Mit einem kurzen Gruß verlässt er die Filiale, steigt in den Wagen und zieht sein Handy aus der Tasche.

»Wo bist du?«, fragt Wasilij.

»In Bochum«, antwortet Nikolas.

»Was?«

»In Bochum. Ich wollte etwas klären, was mir im Magen liegt.«

»Herrgott, was machst du da? Bist du verrückt? Komm sofort zurück. Dich könnte jemand erkennen.«

»Claudia Schramm ist weg.«

»Wie? Was meinst du mit ›weg‹?«

»Sie hat ihr Haus verkauft und bei der Sparkasse gekündigt.«

»Also steckt sie hinter der ganzen Scheiße?«

Nikolas schweigt.

»Steckt sie dahinter?«, fragt Wasilij eindringlich.

»Es könnte möglich sein. Aber ich brauche Ihre Hilfe.«

»Was kann ich machen?«

Nikolas erzählt ihm von seinem Plan.

»Ich kümmere mich darum. Ich rufe dich gleich an.«

»Gut. Ich warte hier.«

Nikolas legt auf und wählt sofort eine andere Nummer.

»Ja?«, meldet sich der Angerufene.

»Du musst jemanden suchen«, befiehlt Nikolas.

»Wen?«

»Claudia Schramm. Aus Bochum.«

»Wird erledigt.«

»Suchen und finden. Nimm keinen Kontakt zu ihr auf. Melde dich sofort, wenn du sie gefunden hast, okay?«

»Alles klar.«

Nikolas beobachtet den Parkplatz. Haben sie Claudia Schramm unterschätzt? Ist sie für den Tod von Mikael verantwortlich? Der Giftanschlag trägt eine weibliche Handschrift, das könnte passen. Aber um einen Menschen zu töten, braucht man mehr als nur Wut und Trauer.

Die meisten reden nur leichtfertig vor sich hin, wenn sie sagen: ›Ich könnte ihn umbringen.‹ Doch den letzten, entscheidenden, tödlichen Schritt können die Wenigsten gehen. Eine natürliche Hemmschwelle verhindert das Überschreiten der unsichtbaren Grenze.

Hat Claudia Schramm jemanden engagiert?

Mit Wasilijs Geld?

Und warum Mikael?

Nikolas schüttelt den Kopf. Jeder andere Mord würde mehr Sinn machen. Zwei Minuten später klingelt sein Handy, der versprochene Rückruf.

»Alter Zoll 294. Bernd Schneider«, informiert ihn Wasilij.

»Alles klar. Bis nachher.«

***

»Nein, ich habe noch nicht mir ihr gesprochen.«

Laumann hört den enttäuschten, tiefen Atemzug von Falke.

»Schieb es nicht so lange auf. Es ist dringend.«

»Ich fahre gleich vorbei und spreche mit ihr«, erwidert Laumann etwas genervt.

»Wir haben neue Informationen«, entgegnet Falke.

»Welche?«

»Wir können das Fahrzeug zuordnen, das wir ausgebrannt in Düsseldorf gefunden haben.«

»Mit dem Wozniak überfahren wurde?«

»Ja, der Wagen stammt aus Hamburg«, antwortet Falke.

»Hamburg? Wo ist die Verbindung?« Laumann kann sich auf diese Auskunft keinen Reim machen.

»Der Wagen ist auf einen Eduard Ramanov zugelassen. Ist der in eurem Verfahren aufgetaucht?«

Laumann überlegt und schüttelt nachdenklich den Kopf.

»Nein, nicht im Geringsten. Spann mich nicht auf die Folter.«

»Ramanov ist tot. Er wurde in einem Hamburger Parkhaus erschossen, nein, eigentlich gefoltert und hingerichtet.«

»Wann?«

»Vor einer Woche. Sein Körper weist acht Schüsse auf, äußerst präzise und so gesetzt, dass erst der letzte, der Kopfschuss, tödlich war. Eine ähnliche Handschrift wie hier in Düsseldorf.«

Laumann schweigt. Ein zweiter Mord.

»Er lag vor einem Wagen. Anscheinend wollte er gerade einsteigen. Jemand hat ihn überrascht. Er kam aus einem Club auf der Reeperbahn. Das Auto ist auf einen Henry Braun zugelassen. Klingelt es da bei dir?«

Laumann denkt angestrengt nach. Henry Braun ist ihm im Verfahren Schramm auch nicht untergekommen. Der Name hört sich für ihn komisch an, er klingt wie erfunden.

»Auch dieser Name ist nicht im Verfahren aufgetaucht. Ich bin mir hundertprozentig sicher. Sieht wie ein Aliasname aus, oder?«

»Stimmt. Es gibt keinen Henry Braun in Hamburg. Der Wagen im Parkhaus ist vor einem Monat mit einem gefälschten Pass im Internet gekauft worden. Die falschen Papiere hatte Ramanov in der Tasche. Selbst die Zulassungsstelle hat die Fälschung nicht erkannt. Die Kollegen suchten den Verkäufer des

Wagens auf. Der war froh, die alte Karre endlich los zu sein. Er wunderte sich nur, dass der Käufer nicht handeln wollte. Legte das Geld auf den Tisch, nahm die Papiere und verschwand.«

In Laumanns Kopf breitet sich ein leichtes Brummen aus. Wieder Leichen, wieder keine Spuren, dubiose Zusammenhänge und ständig der Name Schramm. Falke fährt fort.

»Ramanov wollte noch seine Knarre ziehen. Die lag auf dem Boden im Parkhaus. Es fehlt kein Schuss.«

»Raub?«, fragt Laumann.

»Davon ist nicht auszugehen. Geldbörse, Kreditkarten und Papiere haben wir in seinen Sachen gefunden. Nicht einmal die Pistole wollten sie haben. Allerdings hatte er keine Schlüssel bei sich. Weder für den Wagen, noch für die Wohnung. Die Kollegen stellten später fest, dass jemand bei ihm zu Hause war. Dabei wurde alles durchwühlt und Ramanovs zweites Fahrzeug ist weg.«

»Das, mit dem Wozniak in Düsseldorf überfahren wurde«, fährt Laumann dazwischen.

»Genau.«

»Warum hat er die Karre aus dem Parkhaus nicht genommen?«

»Zeit? Die Kollegen brauchten lange für die Identifizierung. Der Täter hat vielleicht darauf spekuliert. Mit Ramanovs richtigem Wagen konnte er unbehelligt ein oder zwei Tage durch die Gegend fahren. Zeit zu gewinnen war also vermutlich das Ziel.«

»Was hat der Mörder gesucht?«

»Das konnten die Kollegen nicht ermitteln. Sie können auch nicht feststellen, ob sie außer dem Wagen und dem Fahrzeugschein noch etwas mitgenommen hat.«

»Sie?«, fragt Laumann erstaunt.

»Ja. Eine Frau.«

»Sicher?«

»Ja, uns liegt ein Überwachungsbild aus dem Parkhaus vor. Sie war sehr vorsichtig, doch eine Kamera hat sie übersehen. Nur ein einzelnes Bild hat der Apparat aufgenommen. Die Qualität ist auch noch verdammt schlecht.«

»Können wir die Person identifizieren?«

»Nein, sie hält den Kopf nach unten, hatte einfach Glück. Die Kollegen schätzen sie auf etwa 1,70 Meter, schlank, schmale Schultern. Passt das auf Schramm?«

In Laumanns Kopf rasen die Gedanken hin und her. Die Größe stimmt, die Figur auch, aber Claudia?

»Es gibt Tausende, auf die eine solch oberflächliche Beschreibung zutrifft.«

»Ja, aber nur eine, die ein Motiv hat. Nur eine, zu der wir eine Verbindung mit diesen Morden herstellen können, wenn auch nur eine dürftige. Und die Einzige, die unsere Fragen beantworten kann.«

»Ja, ja, ich habe verstanden. Ich kümmere mich darum«, verspricht Laumann resigniert.

Es behagt ihm einfach nicht, dass jetzt auch noch Claudia ins Visier geraten könnte. Ein so schlimmes Ende wie das von Klaus Schramm darf nicht nochmal jemand erleiden, niemals.

»Ich ruf dich nach dem Gespräch mit Claudia an«, fügt Laumann hinzu.

Sie beenden das Telefonat. Laumann schaut wieder auf den Kaffeefleck an der Wand. Jeder Zentimeter dieses verdammten Büros scheint Schramms Verbrechen stumm zu bezeugen und seine – Laumanns – eigene Unfähigkeit die Katastrophe damals zu verhindern. Er legt das Gesicht in die Hände und atmet tief ein. Mit einem lauten Schnauben stößt er die verbrauchte Luft aus seinen Lungen, greift zum Telefon und wählt beherzt Claudias Handynummer. Die kennt er noch immer auswendig.

Auch jetzt hört er wieder nur den Text des Providers, nichts hat sich geändert. Aber er muss Claudia dringend erreichen.

Quietschend öffnet er die Schublade am Schreibtisch. Laumann greift zu einem kleinen Notizbuch und blättert in den Kontakten. Umständlich wählt er Claudias Festnetznummer. Zögernd verharrt sein Finger über der letzten Zahl, er schüttelt den Kopf und drückt auf die Taste. Die Verbindung wird aufgebaut.

»Kein Anschluss unter dieser Nummer«, schreit ihm der Hörer entgegen.

Verwirrt starrt er das Telefon an. Claudia hat sich eine andere Privatnummer besorgt. Auch die Handynummer? Vielleicht ging er ihr mit seinen ständigen Anrufen auf die Nerven. Er schaut auf die Uhr. Zügig wählt er die Nummer von Claudias Sparkassenfiliale, die auch in dem Buch steht. Eine Angestellte meldet sich.

»Laumann hier, Kripo Bochum. Könnten Sie mich bitte mit Frau Schramm verbinden?«

»Schramm?«, fragt die Frau.

»Ja, Claudia Schramm.«

»Einen Moment bitte, ich stelle Sie zu unserem Filialleiter, Herrn Maier, durch.«

Laumann hört die Warteschleifenmelodie, die eingespielt wird, bis er verbunden ist. Mit den Fingern trommelt er auf seinen Schreibtisch.

»Maier hier, guten Tag, Herr Laumann. Was kann ich für Sie tun?«

»Ich möchte gerne Frau Schramm sprechen.«

Der Filialleiter zögert einen Moment, entschließt sich aber zu antworten.

»Frau Schramm ist nicht mehr hier.«

»Unter welcher Durchwahl kann ich sie denn erreichen?«

»Frau Schramm ist nicht mehr bei der Sparkasse Bochum angestellt. Sie können sie hier nicht mehr erreichen.«

»Seit wann?«, fragt Laumann verdutzt.

»Seit ungefähr einem Jahr. Sie hat spontan gekündigt. Seitdem hat sie hier niemand mehr gesehen.«

»Sie hat gekündigt?«

»Ja, soweit mit bekannt ist, von einem Tag zum anderen. Mehr kann ich Ihnen dazu leider nicht sagen. Kann ich sonst noch etwas für Sie tun?«

»Nein, danke«, antwortet Laumann. Insgeheim stellt er sich die Frage, warum er sich nicht intensiver um Claudia gekümmert hat. Er könnte sich ohrfeigen. Laumann will auflegen, da ergreift der Filialleiter Maier noch einmal das Wort..

»Einen Moment bitte noch. Da fällt mir noch etwas ein. Heute hat ein Mann nach Frau Schramm gefragt.«

»Wann?«

»Vor über einer Stunde. Ein Kunde, der sein Konto aus beruflichen Gründen nach Bochum verlegen will. Zusätzlich will er noch eine Immobilienfinanzierung mit mir besprechen. Er hat sich einen Termin für morgen geben lassen, 13:00 Uhr.«

»Wie heißt der Mann?«

Laumann registriert das Zögern bei Maier, der sich bei der Benennung des Kunden schwertut.

›Scheiß Datenschutz‹, denkt er.

Er verzieht das Gesicht. Vielleicht bekommt er vom Filialleiter den Namen des Mannes trotzdem. Doch Maier tut ihm den Gefallen nicht.

»Herr Laumann, Sie wissen doch, dass ich Ihnen grundlos den Kunden nicht einfach preisgeben kann. Die gesetzlichen Vorgaben setzen uns enge Grenzen. Mir sind in diesem Fall die Hände gebunden. Wenden Sie sich bitte an die Rechtsabteilung. Dort kann man Ihnen sicherlich helfen. Ich möchte jetzt keinen Fehler machen.«

»Das ist in Ordnung. Ich rufe gleich dort an. Können Sie mir denn eine Kleinigkeit verraten?«

»Welche?«

»Ist es ein deutscher Kunde oder ein ausländischer?«

Das Klappern auf einer Tastatur dringt an Laumanns Ohr.

»Nein, kein Deutscher. Er hörte sich osteuropäisch an. Die Kollegin sprach von einem polnischen Dialekt.«

»Polnisch?«

»Ja, könnte sein. Aber ich habe nicht persönlich mit ihm gesprochen.«

»Hat der Mann angerufen oder war er in der Filiale?«

»Er stand am Schalter und vereinbarte mit Frau Haase den Termin.«

»Okay, ich werde mir die Genehmigung von der Rechtsabteilung holen und komme später bei Ihnen vorbei, um mit Ihrer Kollegin zu sprechen. Haben noch andere Mitarbeiter mit dem Mann gesprochen?«

»Nein, nur die Kollegin Haase. Aber sie ist jetzt in der Hauptstelle. Sie müsste gleich zurück sein.«

»Danke für die Auskunft. Bis später.«

Laumann legt auf, wählt die Zentrale der Sparkasse an und lässt sich mit der Rechtsabteilung verbinden. Mit dem Leiter führt er ein kurzes Gespräch. Er übertreibt bei der Schilderung bewusst und beschreibt, in welcher Gefahr Claudia schwebt. Der Zweck heiligt die Mittel. Schließlich ist der Mann von der Sparkasse überzeugt.

»Ich kann von hier aus nicht auf die Termine unserer Angestellten zugreifen. Aber ich werde den Filialleiter anrufen und ihm die Genehmigung erteilen.«

Eine Pause entsteht.

Dann hält es der Leiter der Rechtsabteilung nicht mehr aus. Er muss fragen.

»Steht der Kunde mit dem Fall ... also von damals ... ich meine mit Frau Schramm, in Verbindung?«

Die Neugier ist dem Leiter peinlich. Laumann kann die Frage nicht beantworten. Er wählt den diplomatischen Weg.

»Höchstwahrscheinlich nicht. Darf ich Ihren Angestellten auch ein Bild zeigen? Nur um sicher zu sein, meine ich«, fügt Laumann hinzu.

»Natürlich, was sollte dagegen sprechen?«

»Nichts, ich wollte nur niemanden in Verlegenheit bringen.«

Laumann verabschiedet sich freundlich und legt auf. Unbehagen ergreift ihn.

Zufall?

Wahrscheinlich.

Sicher?

Nein.

Er greift sich drei Bilder der Überwachungskamera, die bei der Hinrichtung im Wattenscheider Café aufgenommen wurden. Im Geschäftszimmer der Mordkommission öffnet er eine kleine Schranktür und schnappt sich die Fahrzeugpapiere. Brandtner kommt herein und sieht Laumann voller Neugier an.

»Willst du raus?«, fragt er.

»Ja. Ich will noch etwas überprüfen. Bin gleich wieder zurück.«

»Soll ich mitkommen? Es steht im Moment nichts Dringendes an. Ich könnte dir helfen.«

»Nein, das ist nicht notwendig. Das kann ich ohne dich erledigen.«

Laumann erwartet keine Erwiderung, will sie auch nicht hören. Aber Brandtner bleibt im Türrahmen stehen. Er lächelt Laumann an wie einen kleinen Jungen, den er beim Diebstahl erwischt hat.

»So, so. Also nichts Wichtiges?«

Brandtner setzt ein schelmisches Grinsen auf. Er schaut zu Boden und spricht leise weiter.

»Ich dachte bis heute, dass wir uns vertrauen, einander schätzen. Wir sind nicht die engsten Freunde, aber zumindest haben wir ein vernünftiges Arbeitsverhältnis. Wie siehst du das?«

Er hebt den Blick und schaut Laumann direkt in die Augen.

»Ich weiß nicht, was du meinst«, ist Laumanns Antwort.

Brandtner sieht ihn einen Moment weiter an. Er hat ein feines Gespür für Menschen in seiner Umgebung. Spannung liegt in der Luft. Laumann hat ihn damals falsch eingeschätzt. Gleich am ersten Tag, als er bei der Mordkommission den Dienst aufnahm. Zuerst sah er in Brandtner nur einen Paradiesvogel, der gerne die Aufmerksamkeit auf sich zog. Er wollte ihn zum nächstbesten Zeitpunkt wieder loswerden.

Doch dieser Eindruck kratzt nur an der Oberfläche. Brandtner steht zwar auf Selbstbeweihräucherung, aber er ist ein ausgezeichneter Teamplayer. Er hat ein Auge auf die Kollegen und deren Befinden. Lügen und Falschaussagen erkennt er bereits im Ansatz, was seine Aufklärungsquote steigert.

»Ich habe mit Müller gesprochen«, sagt er zu Laumann.

Er wartet auf eine Reaktion. Laumann überlegt sich eine Antwort und beschließt, bei der Wahrheit zu bleiben.

»Es gibt neue Ermittlungsansätze im Fall Schramm. Die Düsseldorfer Kollegen haben die Person tot aufgefunden, die bei der Schießerei im Wattenscheider Café an der Tür stand. Als Novic und der alte Mann erschossen wurden. Ich bin hingefahren, um mit dem Einsatzleiter zu sprechen. Bevor ich irgendetwas unternehme, wollte ich die Informationen sehen. Ich hätte dich schon eingeweiht«, erklärt Laumann.

»Aber du ziehst Müller mit in die Geschichte. Der hat seine Karriere noch vor sich. Er sitzt deinetwegen in der Scheiße, falls etwas durchsickert. Die Führung wartet doch nur auf einen solchen Fehler. Verdammt nochmal, Udo, was ist mit dir los? Warum weihst du mich nicht ein?« Hilflos hebt Brandtner die Arme. »Du weißt, dass ich nicht gegen dich bin«, fährt er fort. »Ich falle dir nicht in den Rücken oder renne zu Dresmer. An den verdammten Klatschgeschichten werde ich mich nie beteiligen, im Gegenteil.«

Verlegen schaut Laumann zu Boden. Er hat den Bogen überspannt und Brandtner, einen der wenigen Kollegen, denen er vertraut, vor den Kopf gestoßen. Jetzt rächt sich das. Mit seinen nächsten Worten deckt Brandtner Laumann ein wie ein Boxer, der seinen Gegner gnadenlos auf die Bretter schicken will. Und dabei verliert er völlig die Beherrschung.

»Glaubst du, dass ich an deinem Stuhl säge?«, schreit Brandtner ihn an. Zornesröte steigt ihm ins Gesicht. Er atmet tief ein und versucht, seiner Erregung Herr zu werden. Viel leiser spricht er weiter. »Ich hoffe nämlich nicht. Denn ich konnte es mir nicht aussuchen. Du hast dich nach dem Fall Schramm nicht sonderlich schlau angestellt. Es ist Wunsch der Behörde, dass ich dich beerbe. Nicht meiner und nicht unter diesen Umständen.«

Brandtner klatscht mit der flachen Hand gegen die Wand.

»Scheiße, verdammte.«

»Ich weiß nicht, was ich sagen soll«, entgegnet Laumann mit zittriger Stimme. »Ich sehe nur diese eine Chance, eine letzte Hoffnung auf die Wahrheit. Es tut mir leid. Ich hätte mit dir reden müssen.«

»Wahrheit? Es ist deine Sturheit, nicht die Wahrheit, die dich weitertreibt. Du bist von Schramms Unschuld besessen. Dieser Gedanke frisst dich auf, siehst du das nicht?«

Brandtner kann Laumann nicht bremsen, dessen ist er sich bewusst. Er kann nur versuchen, Laumann nicht ins offene Messer rennen zu lassen. Er greift sich ans Kinn und denkt kurz darüber nach, ob er die Wogen glätten kann.

»Also, was hast du?«, fragte er deshalb. Jetzt klingt er wieder ausgeglichen und überlegt.

Er will Laumann nicht hängen lassen, möchte ihn unterstützen, sonst zerbricht sein Kollege unter dem psychischen Druck. Laumann berichtet von dem Gespräch mit Falke und der Verbindung nach Hamburg.

Brandtner hört aufmerksam zu, saugt jedes Wort auf.

»Claudia Schramm? Ihr habt Claudia Schramm in Verdacht? Seid ihr bescheuert?« Brandtner eilt zu einem Schreibtisch. Er lässt sich auf den Stuhl fallen. »Ich kann es nicht fassen.«

Er steht schon wieder kurz vor einer Explosion. Zu schnell prasseln die Informationen auf ihn nieder, dazu Laumanns Sturheit. Ein Wechselbad der Gefühle, das er nicht kontrollieren kann.

»Ich kann es auch nicht glauben, aber Falke hat nicht ganz Unrecht. Die Beschreibung passt, na ja, auf viele andere auch, aber sie hat ein Motiv und ist nicht mehr erreichbar. Es ist denkbar, dass sie Zugriff auf das Geld hat, das aus der Erpressung stammt. Zumindest sollten wir die Hinweise überprüfen. Schaden kann es nicht. Ich wollte Claudia besuchen und mit ihr sprechen«, erklärt Laumann.

»Und dann, was hast du dann vor?«

»Nichts. Claudia wird mir wahrscheinlich nicht helfen können. Ich mache für Falke eine kurze Vernehmung und dann ist die Sache erledigt.«

»Bist du dir wirklich sicher?«, hakt Brandtner nach.

Laumann erkennt die Bedenken in seiner Stimme. Doch er zweifelt an sich selbst und kann Brandtner verstehen. Die Akte Schramm wird für Laumann erst erledigt sein, wenn er die Wahrheit kennt. Solange wird er nach jedem Strohhalm greifen. Das ist er Klaus schuldig, aber auch Claudia, an deren Unschuld erste Zweifel aufkommen.

»Ich kann nicht aufhören und die Unstimmigkeiten einfach mit einer Handbewegung vom Tisch wischen. Das weißt du auch.« Laumanns Stimme wird lauter.

»Genau deshalb mache ich mir Sorgen. Du wirst die Sache nie ruhen lassen und rennst einem Hirngespinst nach«, fällt Brandtner ein.

»Ich ...«

»Hör mir genau zu. Als Freund sage ich dir, Klaus war ein Erpresser. Er hat den Fehler begangen, sich mit den falschen Leuten anzulegen. Ein Straftäter. Punkt. Wahrscheinlich hat er Laura Kampmann und den Typen auf dem Feldweg erschossen. Scheiß auf den Film und deine Zweifel. Irgendjemand wollte sich rückversichern und hat die Videokamera mitlaufen lassen. Dann ist Klaus ausgerastet.«

»Nein, da steckt ...«

»Hör auf, Udo. Hör einfach nur auf«, unterbricht ihn Brandtner und schlägt mit der Faust auf den Schreibtisch.

»Hast du dich ein Mal, nur ein einziges Mal, zurückgelehnt und versucht, die Sache als neutraler Beobachter zu bewerten? Hast du?«

Brandtner steht auf, geht auf Laumann zu und legt ihm eine Hand auf die Schulter. Er spricht weiter, deutlich leiser und langsamer.

»Er war dein Freund, okay, das kann ich verstehen. Die Kollegen haben an der Brücke Mist gebaut und überreagiert. Aber Klaus hat sich die Scheiße selbst eingebrockt. Du hast keine Schuld an seinem Tod. Du bist ihm nichts schuldig. Wir haben unseren Job gemacht und feststellen müssen, dass dieser Fall außerhalb unserer Kontrolle lag. Nichts hättest du verhindern können, einfach gar nichts. Verstehst du?«

Laumann schluckt. Tränen sammeln sich in seinen Augen. Darauf findet er keine Antwort. Er ist sprachlos. Brandtner Hand löst sich von seiner Schulter.

»Die Vergangenheit ist nicht zu ändern, also arbeite an deiner Zukunft. Du weißt, was ich meine?«

Eine Träne fließt Laumanns Wange hinab und tröpfelt zu Boden. Er fühlt sich mies, aber eine solche Ansprache hat er gebraucht, in aller Klarheit und Ehrlichkeit. Ihm fehlen die Worte, seine Dankbarkeit auszudrücken. Er versucht ein klägliches Lächeln.

»Ist es vorbei, wenn du mit Claudia gesprochen hast? Wirklich vorbei?«, fragt Brandtner.

»Wenn nichts dabei herauskommt«, sagt Laumann mit brüchiger Stimme.

»Scheiße, verdammte, du wirst immer etwas finden. Das ist wie mit den verfluchten Verschwörungstheorien, es gibt nie ein Ende.« Brandtner machte einen Moment Pause, bevor er weiterspricht. »Falke ist ein guter Ermittler, das waren deine Worte. Lass ihn seine Arbeit erledigen. Wenn er Fragen an dich hat, okay, gib ihm eine Antwort. Aber lass die Finger von der Sache. Kannst du mir das versprechen?«

»Wie ich schon sagte: wenn nichts dabei herauskommt. Falke könnte ja etwas übersehen.«

»Vielleicht führst du ihn mit deinen unsinnigen Gedanken in die Irre. Ist dir das schon einmal in den Kopf gekommen?«

Beide stehen sich schweigend gegenüber. Laumann schüttelt leicht den Kopf. Brandtner seufzt.

»Dachte ich mir. Also sprich mit Claudia. Wenn nichts dabei herauskommt, ist die Akte für dich endgültig geschlossen. Erkenne ich die kleinste Spur oder den geringsten Hinweis, sitze ich mit dir auf Dresmers Schoß. Dann überzeugen wir ihn, dass du Falkes Team für die Ermittlungen in Düsseldorf unterstützt. Kannst du damit leben? Können wir uns darauf einigen?«

Laumann nickt und bleibt im Türrahmen stehen. Er dreht sich zu Brandtner um.

»Danke.«

»Wofür? Du bist der Chef, ich kann dir nichts vorschreiben.« Er grinst über das gesamte Gesicht. »Jetzt hau endlich ab.«

***

Leichter Regen setzt ein. Nikolas hat die Straße ›Alter Zoll‹ gefunden, fährt sie entlang und sucht die Nummer 294 an den Hauswänden. Die Scheibenwischer verschmieren den Schmutz auf der Frontscheibe. Die Welt außerhalb des Fahrzeugs verschwindet hinter einem kaum zu durchdringenden Schleier.

Nikolas betätigt die Scheibenwaschanlage. Kurzzeitig sieht er gar nichts mehr, dann machen die Scheibenwischer kurzen Prozess mit den braunen Streifen. Die Sicht wird besser, die Hausnummern sind wieder lesbar.

Nach wenigen Metern verschwinden die mehrstöckigen Mietshäuser und weichen mehreren Reihenhäusern, die an den Zeppelindamm grenzen. An einer Doppelhaushälfte erkennt Nikolas die gesuchte Nummer. Er parkt seinen Wagen in einer kleinen Seitenstraße, schlendert die Straße hinunter und beobachtet die Umgebung.

Niemand scheint die Gestalt ohne Schirm zu bemerken. Nikolas biegt in den schmalen Weg zum Haus ein. Die Eingangstüren der beiden Haushälften liegen seitlich. Riesiger Kirschlorbeer verdeckt die Sicht auf die Eingänge. Er dreht sich noch einmal um und geht zur linken Haushälfte. Auf dem Briefkasten steht der Name ›Schneider‹.

Nikolas klingelt an der Tür. Schlurfende Schritte sind zu vernehmen. Bernd Schneider, ein übergewichtiger Mann, öffnet die Tür zu einem Windfang. Die graue Trainingshose ist fleckig, sie schlabbert an den Beinen. Seine Stimmung ist düster. Er vermutet einen Vertreter, der ihn bei einem seiner Lieblingsspiele stört. Stirnrunzelnd schaut er den gutgekleideten Störenfried an, den er durch das Glas der Eingangstür erkennen kann.

Noch vor wenigen Sekunden hat Bernd auf der Playstation versucht, mit seiner Truppe eine Häuserzeile zu erobern. Normalerweise kann ihn niemand bei den Spielen stören, aber heute erwartet er eine Lieferung. Er hat sich vor einigen Tagen eine leistungsstärkere Grafikkarte bestellt, die sofort eingebaut und ausprobiert werden will. Wehe, wenn die Karte nicht das hält, was der Hersteller und die Kundenrezensionen versprechen.

Das Klingeln steigert die Vorfreude, da er den Postboten an der Tür vermutet. Doch stattdessen steht da ein Mann im eleganten Anzug, der ihm sicher nur irgendeinen Mist andrehen will oder, schlimmer noch, religiösen Kram verbreitet. Aber das wird er schleunigst unterbinden. Seine kräftige Statur wird ihm wie immer dabei helfen.

Keiner legt sich mit ihm an!

Bernd öffnet die Tür und bellt Nikolas ein kurzes ›Ja?‹ entgegen. Der erkennt die Enttäuschung in Schneiders Gesicht. Er tritt zwei Schritte von der Tür zurück.

»Mein Name ist Tomasz Jacek und ich möchte Sie gerne ...«

Weiter kommt Nikolas nicht. Mit einem Schritt tritt Schneider bedrohlich auf ihn zu, obwohl Nikolas ein Stückchen größer und eindeutig kräftiger ist.

»Ich habe alles und brauche nichts. Und jetzt verschwinde von ...«

Ansatzlos schlägt Nikolas zu. Die rechte Faust landet krachend im Gesicht seines Gegenübers. Knochen splittern. Schneider jault kurz auf und vergräbt die blutende Nase in den Händen. Das Blut tropft zwischen den Fingern hervor. Ein Blutschwall rinnt die Kehle hinunter.

Mit einem Kick tritt Nikolas ihn seitlich gegen das Knie, das ein hässliches, knirschendes Geräusch von sich gibt. Schneider sackt ein wenig zusammen, Nikolas legt ihm eine Handfläche auf die Stirn und stößt ihn in die Wohnung. Die winzige Stufe vor der Eingangstür bringt Schneider ins Straucheln. Rückwärts stolpert er in das Haus, verliert das Gleichgewicht. Mit voller Wucht knallt er rücklings gegen einen Schuhschrank. Eine kleine Blumenvase auf dem Schrank fällt um, rollt über den Rand und zerschellt neben seinem Kopf auf dem Fliesenboden.

Er betrachtet das Blut an den Fingern und starrt Nikolas verwirrt an. Nie zuvor ist es jemandem gelungen, ihn anzugreifen und zu Boden zu bringen. Seine massige Gestalt hat bisher immer ausgereicht, potenzielle Angreifer zum Rückzug zu bewegen.

»Du verdammtes Arschloch. Ich werde dir ...«

Nikolas geht zügig auf ihn zu. Mit der Hacke schließt er die Tür, ohne den Blick von Schneider zu lassen. Er beugt sich zu ihm hinunter, greift mit zwei Fingern die gebrochene Nase und zieht ihn hinter sich her.

Schneider schreit vor Schmerzen, kann nur strampeln und drückt sich immer wieder mit den Beinen vom Boden ab. Im Wohnzimmer lässt ihn Nikolas los. Seine rechte Hand ergreift Schneiders blutige Gurgel. Er zwingt ihn zum Aufstehen und schlägt mit der linken Faust gegen Schneiders Brustkorb. Dieser taumelt einen Schritt zurück und fällt geräuschvoll in einen Ledersessel.

Bevor er richtig mitkriegt, dass er jetzt in dem Sessel sitzt, bringt Nikolas sein Gesicht in die Nähe seiner blutverschmierten Grimasse. Schneider versucht, den Kopf wegzudrehen. Er will nicht in Nikolas' kalte Augen sehen. Nikolas zwingt ihn mit einer raschen Bewegung zum Augenkontakt.

Schneiders Nasenflügel heben sich. Er zieht die Luft tief durch die Nase. Nikolas kann die Angst förmlich riechen. Schneiders weit aufgerissene Augen starren ihn voller Panik an. Mit einer kurzen, schnellen Bewegung hält Nikolas ihm eine Waffe mit Schalldämpfer an die Stirn. Bernd Schneider stöhnt auf.

»Schschsch!«

Schneider erkennt, dass er jetzt besser nichts Falsches sagt. Er schluckt heftig. Sein Adamsapfel hüpft kurz auf und ab.

»Was wollen Sie?«, fragt er ängstlich.

Nikolas dreht den Kopf. Er lauscht.

»Wer ist noch hier?«

»Niemand«, ist die zittrige Antwort.

»Bernd, Bernd, Bernd. Kommt hier jemand durch die Tür, werde ich euch alle erschießen. Hast du mich verstanden?«

Der osteuropäische Akzent ist deutlich erkennbar.

»Woher kennen Sie ...?«

»Hast du mich verstanden?«

»Ich kann ...«

Die Waffe knallt ihm vor den Schädel. Augenblicklich setzt der stechende Schmerz ein und eine Galaxie voller Sterne explodiert in seinem Kopf.

»Ja oder nein, nichts dazwischen.«

Bernds Kopf wackelt, eine Antwort kommt nicht.

»Ja oder nein?«, fragt Nikolas mit einem bedrohlichen Unterton erneut.

»Ja.«

Nikolas fühlt, wie heftig Schneider zittert. Verächtlich schaut Nikolas auf ihn herab und schüttelt mit einem kurzen Lächeln den Kopf.

»Ab jetzt sprichst du nur, wenn ich es will. Hast du das auch verstanden, Bernd?«

Schneider bestätigt mit einem Kopfnicken.

»Du bist doch Bernd Schneider, nicht wahr?«

Er nickt. Nikolas hebt die Hand mit der Waffe. Bernd Schneider beginnt zu schluchzen.

»Ja, ja, ja. Der bin ich.« Dicke Tränen rinnen an seinen Wangen hinab. Die gebrochene Nase hat er vergessen. Die Pistole, die sein komplettes Gesichtsfeld ausfüllt, beherrscht seine Gedanken. Die Panik vertreibt alle anderen Gefühle.

»Wo ist deine Schwester?«

»Was ...?«

Erneut knallt die Waffe gegen seinen blutenden Kopf. Die Schmerzen steigern sich, werden intensiver und steigern die

Angst ins Unermessliche. Mehr Tränen schießen aus den Augen. Schneider würgt. Doch er kann den Hustenreiz noch unterdrücken.

»Zum letzten Mal, wo ist deine verdammte Schwester?«

»Ich ... ich weiß es nicht.«

Sein Körper sackt im Sessel zusammen, will sich kleiner und kleiner machen. Nikolas beugt sich vor, bis nur noch wenige Millimeter Platz zwischen ihren Köpfen ist.

»Ich weiß es wirklich nicht. Bitte, Sie müssen mir glauben. Sie ist einfach weggegangen und ...«

»Was meinst du damit?«, zischt Nikolas. Er kann in Schneiders Augen sehen, dass er jetzt nicht lügt. »Wo ist sie?«

»Ich habe keine Ahnung. Sie hat vor einem Jahr alle Zelte abgebrochen. Hat das Haus verkauft und ihren Job gekündigt. Dann ist sie weg, reist durch die Welt.«

Schneider dreht den Kopf langsam zum Wandschrank und blickt fest in diese Richtung, damit Nikolas ebenfalls dorthin sieht. Auf dem Regal steht eine Reihe von zehn oder elf Postkarten, fein säuberlich an die Bücher angelehnt.

»Ja, ja, gelegentlich schreibt sie Karten. Sie erholt sich langsam wieder, nach dem Tod ... nach dem Tod ihres Mannes.«

Schneider beißt sich auf die Lippen.

»Wenn du dich nur einen Millimeter bewegst, bin ich der letzte Mensch, den du in deinem jämmerlichen Leben noch siehst. Ist das klar und deutlich?«

Schneider nickt heftig. Er atmet tief ein, traut sich aber nicht, noch ein Wort zu sagen. Nikolas richtet sich auf, geht an den Wandschrank und schaut die Postkarten an. Frankreich, Italien, Singapur, Hongkong. Seit einem Jahr auf Weltreise. Die Karten zeigen die zu erwartenden Bilder. Das Marina Bay Sands in Singapur, das Victoria Harbor in Hongkong, der Königspalast in Bangkok, die Alhambra de Granada. Auf den Rückseiten sieht Nikolas sich die Poststempel an. Claudia Schramm hat ihre Reise in Asien begonnen und ist anschließend ihrer Heimat immer näher gekommen. Ihre Handschrift ist sauber und gleichmäßig. Meist sind die üblichen Urlaubsfloskeln zu lesen, doch auch immer wieder Hinweise auf ihre Einsamkeit. Erste Anzeichen einer Depression. Die Trauer um ihren Mann. Ihre Stimmungslage wird jedoch freundlicher, je näher sie ihrer Heimat wieder kommt.

»Was war die letzte Karte?«

»Madrid. Vor zwei Wochen. Die Karte ganz rechts.«

Nikolas nimmt die Postkarte mit einem Bild des königlichen Palastes. Er liest den Text. Aber aus dem geht nicht hervor, wie lange Claudia schon dort ist oder bleiben will. Sie verliert auch kein Wort über eine Rückkehr. Bernd soll nur Grüße bestellen, sonst nichts weiter. Nikolas stellt die Karte wieder hin.

Das Telefon klingelt. Gehetzt schaut Bernd Schneider zum Apparat hinüber, dann zu Nikolas.

»Sitzenbleiben!«, befiehlt der nur.

Ein kleines rotes Lämpchen blinkt am Apparat, der Anrufbeantworter springt an und spult seinen Text ab. Nikolas und Bernd schauen gemeinsam auf den Beistelltisch. Gespannt erwarten sie die Mitteilung des Anrufers.

***

Laumann macht sich nicht die Mühe, einen Parkplatz vor der Filiale der Sparkasse zu suchen. Er bleibt direkt vor dem Eingang stehen.

Der Motor des Dienstwagens erstirbt mit einem klappernden Geräusch. Die Eingangstür der Filiale öffnet sich automatisch. Laumann beobachtet den Innenraum, an den er sich erinnert. Ab und zu hat er mit Klaus hier Kaffee getrunken. Er geht zu einem Mann, der an Claudia Schramms ehemaligem Schreibtisch sitzt.

»Herr Maier?«

»Ja. Was kann ich für Sie tun?«

»Laumann. Kripo Bochum. Wir haben telefoniert.«

»Ja, sicher. Die Rechtsabteilung hat mich bereits informiert. Frau Haase ist auch zurück. Ich hole sie kurz herüber.«

Der Filialleiter erhebt sich und erscheint wenig später mit der Angestellten.

»Das ist Herr Laumann von der Kripo. Er hat Fragen zu dem Kunden, über den wir vorhin sprachen.«

»Wie kann ich Ihnen helfen?«, fragt sie höflich.

Laumann notiert einige persönliche Daten in seinem Notizbuch. Er bittet Frau Haase, den Mann zu beschreiben.

»Also, genau kann ich es auch nicht sagen. Er war höflich und hatte einen osteuropäischen Akzent. Ungefähr einen Meter neunzig groß, gepflegte Erscheinung. Dunkle Haare. Aber die waren gefärbt, glaube ich.«

»Wie hat er sich genannt?«

»Tomasz Jacek. Er sagte, dass er von Düsseldorf nach Bochum gezogen ist und ein Geschäftskonto braucht. Er wollte hier auch eine Wohnung kaufen.«

»Hat er gesagt, wo er jetzt wohnt?«

»Nein, danach habe ich ihn auch nicht gefragt.«

»Hat er eine Rückrufnummer hinterlassen?«

»Nein.«

Laumann ärgert sich. Wie leicht kann man sich heutzutage anonym bewegen und Informationen einsammeln. Auch ohne Internet. Er kramt in seiner Jacke nach den Fotos aus dem Café.

»War es dieser Mann?«

Sie betrachtet die Bilder eingehend. Nachdenklich schüttelt sie den Kopf.

»Ich bin mir nicht sicher. Wahrscheinlich ist er das nicht. Auf diesen Fotos sieht er viel schmaler und jünger aus. Der Mann am Schalter war größer und hatte viel mehr Muskeln, mehr so ein Bodybuilder-Typ. Er hatte auch einen Dreitagebart, der auf dem Bild nicht.«

»Die Bilder sind ein Jahr alt. Glauben Sie, dass er nur seine äußere Erscheinung verändert haben könnte?«

»Nein, nein.« Sie schüttelt den Kopf. »Ich glaube nicht, dass dieser Mann hier war.«

Sie gibt ihm die Fotos zurück. Laumann legt seine Visitenkarte auf den Tisch. Er verlässt frustriert die Filiale. Die Hoffnung auf weitere Hinweise ist zerschlagen. Frau Haase hat den Schützen aus Wattenscheid nicht erkannt.

Er lenkt den Dienstwagen zur Wohnanschrift von Claudia Schramm und parkt vor dem Treppenaufgang, der zu den Reihenhäusern führt. Laumann lehnt sich in den Fahrersitz zurück. Er legt sich einen Plan zurecht, wie er das Gespräch mit ihr beginnen soll.

»Nicht mit der Tür ins Haus fallen«, denkt er sich. »Lass es langsam angehen. Du darfst sie nicht verschrecken.«

Er verlässt den Wagen und krempelt den Kragen ein wenig hoch. Eine Veränderung kann er nicht feststellen, alles scheint wie vor einem Jahr. Die geparkten Fahrzeuge, das Toben der Kinder und der Treppenaufgang – alles ist so wie in seiner Erinnerung.

Er steigt die Stufen hinauf. Auf den rückwärtigen Grundstücken spielen einige Jungen Fußball. Ihre Schreie sind sicherlich im ganzen Viertel zu hören. Jeder verlangt den Ball. Keiner der Racker kümmert sich um ihn.

Auf dem Gartentisch von Claudias Terrasse steht eine Tasse. Bambusblätter flattern im Wind. Niemand ist zu sehen. Laumann erreicht den Hauseingang. Gedankenverloren klingelt er an der Tür, tritt einen Schritt zurück und wartet. Die Zwischentür wird geöffnet. Eine ihm völlig fremde Frau öffnet die Haustür. Laumann ist verwirrt und aus dem Konzept gebracht. Die Frau schaut ihn fragend an.

»Kann ich Ihnen helfen?,« fragt sie.

»Ich weiß nicht, ich ...«

Laumann betrachtet die Klingel, auf der der Name ›Hamann‹ steht. Er schüttelt den Kopf und versucht zu lächeln.

»Ich habe mich wohl in der Tür geirrt. Verzeihen Sie bitte die Störung.«

»Zu wem wollen Sie denn?«

Sie verschränkt die Arme vor der Brust.

»Ich möchte ... Moment.«

Laumann friemelt mit der Hand seinen Dienstausweis aus der Jackentasche hervor. Der Ausweis baut Vertrauen auf. Die meisten Leute werden dadurch viel redseliger.

»Ich wollte Claudia Schramm besuchen. Aber da habe ich sicher das falsche Haus erwischt.«

»Nein, nein. Sie haben am richtigen Haus geklingelt, aber sie wohnt nicht mehr hier«, sagt Karin Hamann.

Sie öffnet die Tür ein wenig weiter.

»Ich wollte nicht stören. Entschuldigen Sie bitte.«

»Sie stören mich nicht. Kommen Sie doch herein.«

Karin öffnet die Tür weiter. Sie zeigt freundlich ins Haus. Laumann marschiert an ihr vorbei. Durch den Windfang gelangt er in den Küchen- und Esszimmerbereich. Die Aufteilung dieser Wohnebene ist ihm bekannt. Teilweise erkennt er auch Möbel, die hier auch damals bereits standen. Er sieht den Tresen, an dem er früher einmal gesessen und Kaffee getrunken hat.

»Nehmen Sie doch Platz. Kann ich Ihnen etwas zu trinken anbieten?«

»Nein, danke. Ich will Sie nicht lange aufhalten und muss wieder zurück. Wissen Sie, wo ich Frau Schramm erreichen kann?«

Karin Hamann lächelt. Sie greift sich eine Tasse aus einem der Schränke und drückt auf eine Taste des Kaffeevollautomaten. Das Gerät verursacht einen Höllenlärm. Es verströmt sofort einen unwiderstehlichen Geruch. Laumann bedauert, den Kaffee abgelehnt zu haben. Mit dem dampfenden Getränk kehrt Karin zum Tresen zurück.

»Ich habe das Haus vor einem Jahr von ihr gekauft. Seitdem habe ich nichts mehr von ihr gehört. Aber, etwas ist merkwürdig ...« Sie überlegt und schaut Laumann schweigend an.

»Was meinen Sie, wenn ich fragen darf?«

»Heute war bereits jemand hier, der sich nach Claudia Schramm erkundigt hat.«

»Wann?« Laumann spürt die Spannung in seinem Körper.

»Vor ein oder zwei Stunden. Er sagte, dass er ein Arbeitskollege von ihr sei.«

»Ein Arbeitskollege?«

»Ja, so hat er sich ausgedrückt.«

»Was wollte er denn von ihr?«

»Ich weiß nicht. Er sagte, er habe Frau Schramm auf einem Lehrgang kennengelernt und war wohl zufällig in der Gegend. Einen wundervollen Blumenstrauß hatte er ihr mitgebracht.«

Karin zeigt auf den Esszimmertisch. In einer Kristallvase stehen kostspielig aussehende Blumen.

»Er hat sie mir geschenkt.« Verlegen schaut sie zu Boden. »Ich meine, er wollte die teuren Blumen nicht wegschmeißen und gab sie mir.«

»Hat er seinen Namen genannt?«

»Ja. Obwohl ... eigentlich nicht. Er nannte sich nur Thomas. Er sprach mit einem leichten Akzent, osteuropäisch, russisch oder polnisch, ich weiß nicht. Mehr sagte er nicht.«

»Können Sie ihn mir beschreiben?«

»Gutaussehend«, antwortet sie ein wenig zu spontan. Die Röte steigt ihr ins Gesicht.

Die Aussage klingt eher nach ihrem Verlangen als nach einer sachlichen Beschreibung.

»Ich meine, sehr groß, vielleicht 40 oder 45 Jahre alt, dunkle Haare. Aber die waren gefärbt, ich habe einen Blick für so etwas.«

»Wie groß war er ungefähr?«

»Nicht ganz zwei Meter. So 190 oder 195 Zentimeter. Ein gepflegter Dreitagebart. Er wirkte sehr durchtrainiert und muskulös, der geht mit Sicherheit jeden Tag ins Fitnessstudio und stemmt Gewichte.«

»Würden Sie ihn wiedererkennen, wenn ich Ihnen Bilder zeige?«

Karin Hamann ist die Verlegenheit anzusehen. Sie hat sich von Äußerlichkeiten ablenken lassen und seinem Gesicht nur wenig Aufmerksamkeit geschenkt. Verträumt denkt sie an die Muskelpakete, die gepflegten Hände und den eleganten Anzug. Wie er sich zu ihr hinabbeugt, sie küsst, streichelt und sanft ihren Po massiert. Karin schüttelt den Kopf.

»Entschuldigung. Ich weiß nicht, es kommt auf einen Versuch an.«

Aus der Innentasche seines Mantels zieht Laumann verschiedene Fotos. Karin nimmt die Bilder an sich. Sie stellt sich an ein Fenster, um besseres Licht darauf fallen zu lassen. Abwechselnd betrachtet sie die Aufnahmen, dreht sie mehrfach und hält sie nebeneinander.

»Das kann ich nicht sagen. Der Mann hier auf keinen Fall.« Sie hält das Foto von Wozniak hoch. »Der hier hat eine gewisse Ähnlichkeit. Aber der Mann von heute sah viel muskulöser aus. Viel eleganter und freundlicher. Eben anders.«

Sie hält Laumann lächelnd die Bilder hin.

»Ich bin mir nicht sicher, doch er könnte es durchaus gewesen sein.«

Laumann ergreift die Fotos. Sie verschwinden wieder in der Innentasche des Mantels.

»Suchen Sie diesen Mann?«, fragt Karin.

»Meinen Sie den Mann auf den Bildern oder den Besucher von heute?«

»Beide.«

»Den Mann auf dem Foto suchen wir seit einigen Monaten. Aber ich kann mir nicht vorstellen, dass er heute bei Ihnen war.«

»Hat er denn etwas Schlimmes angestellt?«

Laumann schweigt und erhebt sich vom Barhocker. Er schaut aus dem Fenster. Einzelne Regentropfen hängen am Glas. Karin erkennt an Laumanns Gesicht, dass sie zu neugierig ist. Sie will den Kommissar nicht in Verlegenheit bringen.

»Verzeihen Sie bitte. Ich wollte Sie auf keinen Fall bedrängen. Es geht mich auch nichts an, wenn die Polizei jemanden sucht«, versucht sie, sich zu entschuldigen.

»Machen Sie sich keine Sorgen.«

Karin begleitet Laumann zur Haustür. Sie schüttelt ihm die Hand.

»Soll ich den Notar anrufen? Vielleicht hat er eine Nachsendeadresse von Frau Schramm.«

»Nein, danke. Sie haben mir bereits geholfen. Vielen Dank für Ihre Zeit.«

Der Regen fällt auf sein Gesicht. Er schlendert den Weg zur Straße hinunter. Plötzlich erinnert er sich an den Bruder von Claudia, an Bernd Schneider. Warum hat er nicht viel früher an ihn gedacht? Auf dem Handy tippt er Müllers Rufnummer ein. Er lässt sich die Nummer geben. Im Auto wählt er Schneider an. Nach drei Klingelzeichen hört er den Anrufbeantworter anspringen.

***

Der Anrufbeantworter spult den Ansagetext mit der Stimme von Bernd Schneider ab. Ein heller Piepton zerschneidet die Stille im Raum.

»Laumann hier, Kripo Bochum. Guten Tag, Herr Schneider. Ich würde gern mit Ihnen über Ihre Schwester reden. Bin jetzt in der Nähe und wollte kurz zu Ihnen kommen. Oder Sie rufen mich zurück und wir vereinbaren einen Termin. Danke.«

Bernd Schneider sinkt in seinem Sessel zusammen. Ängstlich schaut er zu Nikolas. Er schaut dem Grauen in die kalten Augen. Schutzlos ist er dem Mann mit der Schusswaffe ausgeliefert.

Schweißperlen bilden sich auf der Stirn. In wenigen Minuten ist die Polizei hier, seine Rettung steht unmittelbar bevor. Dann kann der Kommissar das verdammte Arschloch jagen und gewaltig in den Arsch treten. Sie werden ihn festnehmen und einsperren. Später wird man ihm sagen können, was in drei Teufels Namen dieser Wichser von ihm und seiner Schwester wollte. Ein kurzes Lächeln huscht über Schneiders Gesicht. Es erstirbt beim Blick in den dunklen Pistolenlauf.

»Mach jetzt keinen Scheiß. Ich sag kein Wort und werde niemanden ...«

Nikolas drückt ab und mit einem kurzen Ploppen ist das Leben von Bernd Schneider beendet, endgültig. Die Kugel tritt in die Stirn ein. Blut, Haare und Knochen fliegen durch das Zimmer. Sie hinterlassen ein abstraktes, gesprenkeltes Muster an der Wand. Schneiders Kopf schlägt zuerst in den Nacken. Dann fällt er nach vorne. Wie in Zeitlupe gleitet der unkontrolliert baumelnde Kopf wieder nach hinten. Schneiders Körper verharrt einen Augenblick in der Position. Die linke Hand klammert sich noch immer krampfhaft an die Lehne. Blut breitet sich auf seiner Schulter aus. Langsam rutscht er den Sessel hinunter. Rote Schmierstreifen verunreinigen die Polsterung. Der Körper kommt in sitzender Position vor dem Möbelstück zum Stillstand. Blut tropft auf den billigen Synthetikteppich.

Die noch verbliebene Hirnmasse tritt aus der Kopfwunde aus. Sie verteilt sich auf der Sitzfläche wie ein surreales

Gemälde. Der Gestank von Kot breitet sich im Zimmer aus. Die Muskulatur erschlafft und der tote Körper kann die Fäkalien nicht mehr halten.

Nikolas schüttelt den Kopf. Für Schneider hat er nur Verachtung, Reue oder Mitleid gehören nicht zum Repertoire seiner Gefühle.

»Du sagst kein Wort? Da bin ich mir absolut sicher«, ist alles, was er sagt.

Schneider hat sich für den falschen Weg entschieden. Die Verantwortung trägt er selbst. Er hätte Nikolas' Fragen einfach beantworten und sein bescheidenes Leben noch genießen können. Kurz und schmerzlos. Eigene Schuld.

Die Pistole steckt Nikolas in die Innentasche seiner Jacke. Er überlegt einen Augenblick, welche Dinge er angefasst haben könnte. Vorsichtig nimmt er die Postkarten an sich. Auch diese verschwinden in einer der Jackentaschen. In der Mitte des Raumes bleibt er noch einmal stehen und lauscht, ob sich eine Person im Haus aufhält. Die Uhr im Wohnzimmer tickt, niemand ist zu hören.

Er verlässt sich auf sein Gehör, da für eine Durchsuchung des Gebäudes keine Zeit mehr ist. Jeden Moment kann der Bulle auftauchen. Einen Polizisten zu erschießen macht ihm wenig Probleme, aber ein toter Amtsträger erregt viel Aufsehen und alarmiert den gesamten Polizeiapparat. Das Risiko ist zu groß. Das hat er aus dem Fall Schramm gelernt. Er möchte sich auf keinen Fall Wasilijs Zorn zuziehen. Niemals.

Im Hausflur schaut er in einen Spiegel, kann aber nirgends Blutflecken auf der Kleidung entdecken. Sorgfältig schiebt er den Krawattenknoten in Position, fährt sich noch mit der Hand durch das Haar. Mit dem Ellenbogen öffnet er die Tür und verharrt horchend auf der Stufe an der Eingangstür. Nichts zu hören. So zieht er mit dem Fuß die Haustür zu, die krachend ins Schloss fällt.

Was für ein Lärm. Regungslos steht Nikolas vor dem Reihenhaus. Leise weht der Wind durch die Hecken. Mit kurzen Schritten eilt er auf das Ende des Grundstücks zu. Kein Mensch ist zu sehen. Er stellt den Kragen der Jacke hoch und zieht die Schultern ein. ›So klein kannst du dich mit diesem Körper nicht machen. Wer soll dich denn übersehen?‹, denkt er sich und lächelt über seine Dummheit.

Das Auto springt an. Nikolas starrt auf das Navigationsgerät, findet jedoch keinen Fluchtweg. Zu viele Einbahnstraßen versperren ihm den Weg. Ihm bleibt nur die Straße, auf der er gekommen ist.

»Wo bist du?«, fragt er laut auf Russisch.

Laumann ist gemeint, der jeden Moment eintreffen könnte. Nikolas fährt eine kleine Steigung hinauf und biegt nach rechts auf den Wattenscheider Hellweg. Eine mittelalterliche Wegverbindung, die noch aus vorrömisch-germanischer Zeit stammt. Heute ist sie als vierspurige Fahrbahn ausgebaut. Vorsichtig fädelt Nikolas sich in den fließenden Verkehr ein und lenkt das Fahrzeug in Richtung Bochum. Auf der Essener Straße hält er auf dem Parkstreifen an und greift zu seinem Handy.

»Es gibt Probleme«, flüstert er in den Apparat.

»Was ist passiert?«, fragt Wasilij harsch.

Nikolas stockt, ist unsicher, wie sein Chef reagieren wird.

»Schneider ist tot.«

Es entsteht ein Moment des Schweigens. Nikolas hört, wie sich Wasilij in seinem Sessel bewegt, hört das Knirschen des Leders.

»Was ist passiert?«, wiederholt Wasilij.

»Nicht jetzt. Nicht am Telefon. Der Kommissar ist wieder aktiv, er scheint zu ermitteln.«

»Welcher Kommissar?«, fragt Wasilij.

»Sie wissen, wen ich meine. Er hat damals die Ermittlungen geleitet.«

Nikolas beobachtet die Fahrzeuge, die an ihm vorbeifahren. Streifenwagen oder zivile Dienstfahrzeuge kann er nicht ausmachen. Alles erscheint unauffällig.

»Ich unterhielt mich friedlich mit dem Bruder«, log er. »Da klingelte das Telefon und der Bulle quatschte auf den Anrufbeantworter. Er wollte Schneider wegen seiner Schwester sprechen. Der Typ rastete völlig aus, ich musste etwas unternehmen. Mir blieb keine Wahl.«

Nikolas schweigt einen Augenblick.

»Es wird nicht lange unbemerkt bleiben«, fährt er fort, »wir haben einige Stunden Zeit, mehr aber auf keinen Fall.«

»Ermittelt er wegen Mikael?«

»Das hat er nicht erwähnt. Er sprach nur davon, dass er Claudia Schramm sucht.«

»Komm zurück. Sofort. Der Bulle wird bald merken, dass wir hinter ihr her sind. Wir sollten uns auf das Treffen konzentrieren und Informationen sammeln. Gut. Komm jetzt zurück.«

»Die Suche nach Claudia läuft bereits, aber ich habe jede Kontaktaufnahme verboten. Das könnte noch etwas dauern. Wir sehen uns heute Abend, wenn die Gespräche beendet sind«, sagt Nikolas.

»Soll ich nicht doch mitkommen?«, fragt Wasilij.

»Auf keinen Fall. Das ist im Moment viel zu gefährlich.«

»Okay. Dann bis heute Abend.«

Nikolas beendet das Gespräch, startet den Wagen und macht sich auf den Weg nach Köln.

***

Die Uhr tickt leise im Büro. Laumann sitzt vor dem schwarzen Bildschirm des Computers. Ständig wandert sein Blick zum Telefon, das beharrlich schweigt. Bernd Schneider hat auf sein Klingeln nicht geöffnet. Laumann wartet sehnlichst auf Schneiders Rückruf. Sein Bürostuhl rollt vom Schreibtisch weg. Mit der Hand drückt Laumann sich von der Tischplatte ab, greift sich die Kaffeetasse, steht auf und öffnet die Bürotür. Brandtner steht davor, die Hand zum Klopfen erhoben.

»Willst du auch einen Kaffee?«, fragt Laumann.

Brandtner schüttelt den Kopf. »Ich wollte mit dir reden.«

»Jetzt?«

»Sicher, was meinst du denn?« Brandtner wendet sich zielstrebig zum Schreibtisch und lässt sich geräuschvoll in einen Stuhl fallen.

»Bin gleich wieder da«, murmelt Laumann. Er verschwindet zur Teeküche. Der Kaffee in der Glaskanne ist pechschwarz, dickflüssig und verbreitet einen unangenehmen Geruch. Er verzieht das Gesicht.

»Wahrscheinlich noch von letzter Woche«, murmelt er leise vor sich hin. Die Kanne stellt er wieder auf die Warmhalteplatte. Mit dem Kaffee geht er zurück in sein Büro.

Brandtner wartet mit verschlossenen Augen auf dem Stuhl. Laumann setzt die Tasse laut auf dem Schreibtisch ab und setzt sich. Brandtner schreckt hoch.

»Und?«, fragt er. »Was hast du erreicht?«

Laumann verschränkt die Arme hinter seinem Nacken. Auch er schließt kurz die Augen.

»Nichts«, sagt er zur Decke. »Absolut nichts.«

»Wie: nichts? Was hat sie dir erzählt?«

»Sie ist weg, wie vom Erdboden verschluckt. Sie hat ihre Arbeit gekündigt und das Haus verkauft.« Er beobachtet Brandtners Reaktion. Brandtner starrt ihn mit offenem Mund an. Laumann lächelt über seine Sprachlosigkeit. »Ich war beim Haus ihres Bruders, aber er war nicht da. Ich habe ihm auf die Mailbox gesprochen und warte auf einen Rückruf.«

»Sie sortiert nur ihr Leben. Sie will über den Tod ihres Mannes hinwegkommen. Warum sollte sie spurlos verschwinden?«

»Ich weiß es nicht. Sag du es mir.«

Laumann wartet auf eine Antwort.

»Das ist doch völliger Blödsinn. Du glaubst doch nicht wirklich, dass sie etwas mit den Morden zu tun hat, oder?«

»Ich weiß es nicht. Falkes Argumente bekomme ich nicht mehr aus dem Kopf. Was spricht dagegen?«

»Udo, bitte. Denk nur eine Minute nach.« Brandtner holt tief Luft. Er befürchtet einen neuerlichen Streit mit Laumann. »Ich sag es nur ungern, aber du hast dich mit Klaus geirrt. Mach jetzt nicht wieder den gleichen Fehler.«

Laumanns Kopf läuft rot an. Die Hände ballen sich zu Fäusten. Brandtner rutscht ein wenig tiefer in den Stuhl. Er ist gewarnt, setzt seine Gedanken jedoch fort.

»Du sprichst von Claudia, Udo, von Claudia Schramm. Ich versteh' dich einfach nicht mehr, du bist ... du hast dich seit der Sache mit Klaus verändert. Mein Gott, du hast dich geirrt, na und? Aber jetzt denk nach, verdammt.«

Brandtner sieht Laumanns aufkommende Wut, in seinen Augen den enormen Druck, der sich aufgebaut hat und der sich jeden Augenblick entladen könnte. Er plappert einfach weiter.

»Sie arbeitet bei der Sparkasse. Hat ein Kreuz wie ein ausgewachsener Marienkäfer und von Morden so viel Ahnung wie eine Kuh vom Rollschuhlaufen. Glaubst du tatsächlich, dass sie zu einem Killer mutiert ist?«

»Aber die Toten hängen mit Klaus Schramm zusammen, also hat diese Vermutung doch ihre Berechtigung, oder etwa nicht?«

»Ich will es anders formulieren. Claudia würde nicht traurig über den Tod dieser Kerle sein, sicher nicht, aber wie sollte sie das anstellen?«

»Vielleicht hat sie jemanden bezahlt.«

»Womit? Mit den übriggebliebenen Kröten aus dem Hausverkauf? Dafür bekommst du keinen Profi. Und das hier«, Brandtner zeigt auf die Tatortfotos auf Laumanns Tisch, »war eindeutig ein Berufskiller. Die kosten jede Menge Geld. Den findest du auch nicht am Bahnhof oder bei ›My Hammer‹ unter ›Suche Auftragskiller für die Rache am Tod meines Ehemannes. Preis: VB‹.«

Laumann lacht. Er hebt den Kopf und schaut Brandtner in die Augen.

»Und wenn sie die Kohle aus der Erpressung hat?«

»Welche Kohle? Wir wissen doch nicht einmal, ob Geld geflossen ist. Mit Finanzermittlungen konnten wir das nicht aufklären. Also solltest du auch davon ausgehen, dass es dieses Geld nicht gibt.«

»Das wäre aber eine Option.«

Brandtner atmet heftig aus.

»Was haben wir denn? Zwei getötete Kriminelle. Mehr nicht. Die haben gemeinsam mehr auf dem Kerbholz als wir uns vorstellen können. Es gibt in deren Kreisen noch andere Menschen mit Motiven für die Morde. Warum also Claudia?«

Laumann überlegt. Vielleicht hat Brandtner Recht. Er sollte sich ein wenig zurücknehmen.

»Was ist mit den Fotos? Das könnte durchaus Claudia Schramm sein. Und den Zeugen nicht zu vergessen.«

»Ein verwaschenes Bild ohne Gesicht und ein Zeuge, der von jedem Jurastudenten im ersten Semester in der Hauptverhandlung auseinandergenommen würde. Sehr dürftige Beweismittel.«

Laumann will zu einer Bemerkung ansetzen. Es klopft an der Bürotür. Müller steht mit hochrotem Kopf im Türrahmen.

»Chef?«

Beide antworten gleichzeitig mit »Ja?«

Unsicher schaut Müller auf Laumann, dann auf Brandtner und wieder zurück.

»Entschuldigung«, gibt Brandtner leise von sich.

»Was gibt es?«, fragt Laumann den aufgebrachten Müller.

»Wir haben eine Leichensache.«

»Wen können wir schicken? Wer hat heute Tatortdienst?«

»Ich glaube, dass wir eine Mordkommission einrichten müssen.«

»Was ist passiert?«, fragt Brandtner.

»Kopfschuss. Die Frau hat ihren Mann in der Wohnung gefunden.«

»Wo?«

»Alter Zoll.«

Laumanns Herz setzt aus. In diesem Moment ist er sich zweier Dinge absolut gewiss. Bei dem Toten handelt es sich um Bernd Schneider und Claudia Schramm ist darin verstrickt.

»Der Typ heißt ...«

Müller schaut verlegen auf ein Blatt Papier.

»Bernd Schneider«, ergänzt Laumann.

Brandtner fährt zu ihm herum.

»Was geht hier vor?«

Müller steht noch immer in der Tür und ist blass geworden.

»Stimmt. Bernd Schneider. Woher weißt du das?«

»Kriminalistischer Spürsinn, würde ich sagen.«

Laumanns Blick ruht auf Brandtner.

»Verdammt viele Zufälle, findest du nicht?«

»Heilige Scheiße. Was hat Schneider mit dem Mist zu tun?«

4. Kapitel
Indizien

›*Säe Zwietracht zwischen deinen Feinden.*‹

Sun Tsu, ›*Die Kunst des Krieges*‹

Laumann riecht den Hauch des Todes in Bernd Schneiders Wohnung, der nicht mit dem penetranten Verwesungsgeruch vergleichbar ist. Er kann am Geruch erkennen, ob ein Verstorbener im Raum liegt. Selbst wenn das Aussehen des Leichnams keinen Hinweis auf den Tod gibt.

Eine Unmenge von Blut hat sich auf dem Sessel angesammelt. Ein gesprenkeltes Muster an der Wand lässt das Geschehene erahnen. Hirnmasse liegt auf der Sitzfläche. Schneiders Hand hält verkrampft die Armlehne fest.

Die Spurensicherung ist noch nicht abgeschlossen, doch Laumann kann nicht warten. Er sucht Antworten, dringend. Beamte mit weißen Overalls und Hauben über dem Haar laufen im Haus umher. Vereinzelt flammen Blitzlichter auf, Tüten zur Sicherung der Beweismittel werden weitergereicht, Abriebtupfer tauchen in das Blut, das zu trocknen begonnen hat. Folien mit anhaftenden Spuren kleben auf der Leiche.

Brandtner steht hinter Laumann und sieht sich in der Wohnung um. Das Atmen durch den Mundschutz fällt ihm wie immer schwer. Seine Finger schwitzen in den Kunststoffhandschuhen. Er bleibt beim Schuhschrank stehen und schaut sich die Glasscherben an, die davor auf den Fliesen liegen.

»Udo?«

Laumann, der im Eingang zum Wohnzimmer steht, dreht sich zu Brandtner um.

»Keine Einbruchsspuren und schau mal hier.«

Er zeigt mit dem Zeigefinger auf eine Ecke des Schuhschranks. Ein roter Schmierfleck zeichnet sich auf der Front ab.

»Das Blut am Schrank sieht frisch aus.« Brandtner deutet auf einen kleinen Riss. »Kein Dreck. Helles Holz schimmert hier durch. Mehrere Blutstropfen auf den Fliesen führen ins Wohnzimmer. Einige Tropfen sind verschmiert.«

Laumann nickt nur. Er blickt in den einsehbaren Bereich der Küche, dann zum Treppenaufgang zu den oberen Etagen. Kopfschüttelnd deutet er mit der Hand in Richtung des Wohnzimmers.

»Fällt dir etwas auf?«, fragt er Brandtner.

»Zu ordentlich für einen Tatort«, bemerkt dieser spontan. »Nichts durchwühlt, keine offenen Schubladen, die Geldbörse liegt auch noch auf dem Schuhschrank.«

Brandtner schleicht an Laumann vorbei ins Wohnzimmer und bleibt mitten im Raum stehen.

»Eindeutig zu ordentlich.«

»Was schließt du daraus?«

Brandtner kehrt wieder zum Schuhschrank zurück. Er mustert den Eingangsbereich und den Windfang. Schließlich beginnt er zu spekulieren:

»Schneider hat die Tür geöffnet und ist hier überwältigt worden. Es gibt keine Kampfspuren. Der Täter hat also schnell und überraschend angegriffen. Vermutlich ist Schneider im Eingangsbereich niedergeschlagen worden und gegen den Schrank gefallen oder wurde gestoßen.«

Er deutet auf die kaum zu sehende Einbuchtung im Schuhschrank.

»Er muss liegengeblieben sein, vielleicht war er sogar bewusstlos. Unser Übeltäter hat Schneider ins Wohnzimmer geschleift.« Er zeigt auf die verschmierten kleinen Blutstropfen. »Es ging nicht um Raub. Der Täter wollte etwas von Schneider und hat sich für Wertgegenstände nicht interessiert.«

»Hast du dir Schneider angesehen? Den schleift keiner zum Wohnzimmer. Er muss mit seinen Füßen mitgeholfen haben.

Vielleicht hat der Täter ihn an den Haaren gezogen«, ergänzt Laumann die Vermutungen.

»Möglich.«

Beide betreten das Wohnzimmer. Laumann schaut sich den Sessel mit dem toten Schneider an. Sein bleicher Leichnam sitzt noch immer davor. Laumann deutet mit einer Kreisbewegung auf eine Stelle.

»Das Blut liegt nur in diesem Bereich, von den Blutspritzern an der Wand durch den Kopfschuss mal abgesehen. Der Tote hat also im Sessel gesessen, als ihn das Schicksal ereilte.«

Er schaut hinab auf den Leichnam. Leise murmelt er vor sich hin. »Genau hier stand der Täter. Schneider saß da und hat sich vor Angst nicht bewegt. Er muss dem Tod direkt in die Augen gesehen haben.«

»Chef?«, ruft Müller aus dem Nebenzimmer.

»Ja?«

»Deine Handynummer wird an Schneiders Telefon angezeigt. Wahrscheinlich ist deine Nachricht noch auf dem Anrufbeantworter. Das Gerät blinkt, also wurde die Nachricht nicht abgehört.«

»War er bereits bei meinem Anruf tot?«

»Wir müssen das Ergebnis der Gerichtsmedizin abwarten. Der Tod könnte um diese Zeit eingetreten sein.«

Brandtner inspiziert das Arbeitszimmer und sieht in die Regale. Vor einer Bücherreihe stehen gerahmte Fotos. Seine Augen weiten sich. Er stößt einen leisen Pfiff aus.

»Ich fass es nicht. Schaut euch das mal an, ich werde verrückt. Das glaubt mir keiner«, sagt Brandtner ziellos in den Raum.

»Was ist los? Was hast du gefunden?«, ruft Laumann.

»Hier, die Bilder. Ist das Claudia?«

Laumann stellt sich neben Brandtner. Kleine gerahmte Fotos stehen auf dem Regal. Eines zeigt ein Kinder- und Jugendbild von Bernd Schneider und seiner Schwester. Beide tragen weiße Judoanzüge. Um Claudias Hüfte ist ein blauer Gürtel zu erkennen. Daneben weitere Bilder von Wettkämpfen. Claudia mit Pokalen und Siegerschleifen.

Bernd Schneider ist nur auf wenigen Fotos zu sehen. Darauf ist er meist nur in Straßenkleidung abgebildet. Claudia dagegen zeigt sich erfolgreich. Die Fotoreihe deckt einen mehrjährigen Zeitraum ab. Ein Bild fasziniert Brandtner besonders: Claudia Schramm mit einem stattlichen Pokal. Im Hintergrund ist das Banner einer deutschen Meisterschaft zu sehen. Daneben ein gerahmter Zeitungsausschnitt mit einem Foto von Claudia, die neben einem Mann steht. Das Bild ist untertitelt: ›*Der Meister des Pencak Silat mit der deutschen Hoffnung Claudia Schneider in Hannover*‹. Laumann greift sich ein dickes Fotoalbum aus dem Schrank, das mit Claudias Namen versehen ist. Immer wieder Trophäen, Siegerehrungen, Claudia beim Kampf mit und ohne Waffen. Auch Bilder, die sie kämpfend gegen mehrere Personen zeigen. Claudia mit Schwertern, Stöcken, Messern oder auch nur mit Boxhandschuhen. Brandtner schaut Laumann über die Schulter. Er stößt erneut einen langgezogenen Pfiff aus.

»Meine Fresse, da muss ich mich korrigieren. Claudia scheint ein verdammt gefährlicher Marienkäfer zu sein. Mit der sollte ich mich nicht anlegen.«

Laumanns Mund steht offen. Die letzten Seiten sind über sechs Jahre alt. Claudia hat anscheinend mit dem Kampfsport aufgehört.

»Hast du davon gewusst?«, fragt Brandtner.

»Ich hatte nicht die leiseste Ahnung. Klaus hat mir das nie erzählt. Wir müssen Falkes Theorie unbedingt noch einmal überdenken.«

»Hm.«

Brandtner will den Argumenten keinen Glauben schenken. Er macht sich seine Gedanken.

»Das ist doch Kampfkunst, Training und Körperbeherrschung. Jemanden erschießen und überfahren hat damit nichts zu tun. Ich hätte ihr einen solchen Sport nicht zugetraut, deshalb war ich so erstaunt. Sie sieht einfach nicht danach aus, verstehst du?«

Brandtners Augen starren auf das Bild der deutschen Meisterschaft. »Was hat der Zeuge gesagt? Zierlich, durchtrainiert, fließende Bewegung, gut 1,70 Meter groß? Alles scheint zu passen, oder?«

Laumann schweigt. Vergeblich versucht er, das Bild von Claudia Schramm mit den Tatorten in Verbindung zu bringen.

»Ich weiß nicht. Wir sollten keine voreiligen Schlüsse ziehen.«

Ein Mitarbeiter des Spurensicherungsteams ruft Laumann. Zurück im Wohnzimmer deutet der Beamte auf den Wohnzimmerschrank.

»Dort hat etwas gestanden.«

Er zeigt vorsichtig mit dem Zeigefinger auf ein Regal. Laumann erkennt deutlich die staubfreien schmalen Streifen auf dem Holz.

»Was stand da?«, fragt er den Kollegen, der jedoch nur den Kopf schüttelt und das Wohnzimmer verlässt.

»Man darf doch wohl mal fragen, oder?«, ruft Laumann ihm hinterher.

»Was hast du?«

Müller, der Laumann gefolgt ist, platzt vor Neugier.

»Irgendetwas hat hier gestanden und der Täter hat es mitgehen lassen.«

»Fotorahmen?«

»Zu schmale Abdrücke. Keine Ahnung.«

»Wir sind hier fertig und fahren zurück ins Präsidium.«

Der Leiter der Spurensicherung wartet im Türrahmen. Laumann nickt kurz zur Bestätigung und zieht sich die Atemmaske vom Gesicht. Tief atmet er ein. Er ignoriert den Totengeruch, der ohne Maske noch intensiver in der Luft liegt.

»Ich muss mit Schneiders Frau sprechen«, sagt Laumann.

»Die ist noch im Krankenhaus«, ruft jemand aus dem Nebenraum.

Laumann entfernt mit stolpernden Schritten den Plastikschutz an seinen Schuhen. Sorglos wirft er die Überzieher ins Wohnzimmer und verlässt die Wohnung. Auf der Fahrt sieht er immer wieder Claudia Schramm in ihrer Kampfsportkleidung vor den Augen. Ist sie zu einem Doppelmord fähig? Nein. Aber Gleiches hat er auch von Klaus gedacht. Doch er hat sich geirrt, auch wenn er es nicht wahrhaben will.

Die Welt spielt einfach nur verrückt. Jemand will ihm nur einen üblen Streich spielen, ihn verwirren und auf eine falsche Fährte bringen. Wer? Laumann kann sich keinen Reim auf die Situation machen. Wieder steht er vor einem Berg von Puzzleteilen und findet das Anfangsstück nicht.

Mühsam steigt er aus dem Auto. Am Informationsschalter des Krankenhauses muss er zuerst Informationen über Frau Schneider einholen.

»Laumann. Kripo Bochum. Ich muss dringend zu Petra Schneider. Können Sie mir sagen, wo sie liegt?«

Die Frau am Schalter schaut gelangweilt von ihrer Zeitung auf und betrachtet Laumann über den Brillenrand. Erst nachdem sie eingehend den Dienstausweis studiert hat, tippt sie den Namen auf ihrem Rechner ein. Sie weist ihm den Weg.

Vor der Zimmertür nimmt eine Schwester die Anweisungen eines Arztes entgegen. Laumann hat die Türklinke in der Hand. Der Arzt hindert ihn jedoch, das Zimmer zu betreten.

»Entschuldigung. Sie können dort nicht hinein.«

Laumann zückt wieder seinen Ausweis.

»Ich weiß, aber ich muss unbedingt mit Frau Schneider sprechen.«

»Sie können mit ihr reden, aber nur wenige Minuten. Sie hat etwas zur Beruhigung bekommen. Der Anblick ihres Mannes hat sie geschockt und zutiefst verstört. Unser Psychologe möchte sich noch mit ihr unterhalten. Wenn alles in Ordnung ist, kann sie in ein oder zwei Stunden von Verwandten abgeholt werden.«

Laumann nickt. Er klopft an die Tür und tritt, ohne eine Antwort abzuwarten, ein. Petra Schneider sitzt auf ihrem Bett. Ihre blutunterlaufenen Augen betrachten die Tür. In ihren Händen hält sie ein Taschentuch. Ihre Finger zerreißen den Stoff in kleine Fetzen.

Sie ignoriert Laumann, schluchzt kurz auf und richtet ihre Augen wieder ins Nirgendwo. Ein Faden klarer Flüssigkeit rinnt von ihrem Nasenflügel. Sie putzt ihn mit dem Ärmel weg und zieht die Nase hoch. Vorsichtig stellt Laumann einen Stuhl neben das Bett. Noch immer ignoriert sie ihn, der einen Arm auf die Matratze legt.

»Frau Schneider? Mein Name ist Laumann, von der Kripo. Ich möchte Ihnen mein Beileid aussprechen.«

Wieder zieht Petra Schneider die Nase hoch. Geistesabwesend starrt sie auf die Wand.

»Frau Schneider? Ich muss Ihnen einige Fragen stellen. Können Sie mir antworten?«

Ein kurzes Schniefen, sonst nichts.

»Frau Schneider?«

Ihre Finger stellen das Zerfetzen des Taschentuches ein. Sie dreht den Kopf. Gequält blickt sie Laumann an. Langsam nickt sie mit dem Kopf.

»Danke, haben Sie vielen Dank. Wann haben Sie Ihren ... wann haben Sie das Haus verlassen?«

»Ich bin morgens aus dem Haus. Eine Freundin hatte mich zum Frühstück eingeladen. Anschließend besuchte ich noch meine Eltern. Gegen zwei Uhr kam ich zurück und ...«

Tränen fließen aus ihren Augen. Sie kann die Trauer nicht zurückhalten.

Laumann wartet, bis sie sich beruhigt.

»Und ... und ich habe Bernd im Wohnzimmer gefunden. Das ganze Blut, auf dem Sessel und an der Wand.«

Sie kann nicht weitersprechen. Ein heftiger Weinkrampf schüttelt sie. Laumann bemerkt seine aufkeimende Ungeduld. Er schämt sich, dass er sie zu weiteren Antworten drängen will.

»Haben Sie jemanden gesehen?«

Sie schüttelt den Kopf. Gedankenverloren schaut sie aus dem Fenster.

»Wissen Sie, was komisch ist?«, fragt sie Laumann.

»Nein.«

»Bernd war immer froh, wenn ich lange weg war. Dann konnte er am Computer spielen. Kennen Sie seine Lieblingsspiele?«

Laumann kennt die Antwort, schweigt aber.

»Kriegsspiele. Je blutiger, desto besser.«

Sie lacht kurz auf.

»Das ist wirklich komisch, oder? Im Spiel geht es darum, Menschen zu töten, viele Menschen. Mit jedem Abschuss steigt die Punktzahl. Und dann ...« Sie drehte sich wieder Laumann zu. »Und dann wird er wie im Krieg dahingemetzelt. Ist doch komisch, oder nicht?«

Für einen kurzen Moment überlegt Laumann, ob er die Frage beantworten soll. Doch er beschließt, keine Antwort zu geben, die doch nur albern klingen wird.

»Gab es in der letzten Zeit Probleme?«

»Was meinen Sie?«

Petra Schneiders Blick zeigt ihre Ratlosigkeit.

»Anrufe. Fremde Menschen am Haus, merkwürdige Post. Etwas in dieser Art.«

»Nein, da war nichts. Alles war wie immer.«

»Was ist mit ihrer Schwägerin?«

»Claudia? Was soll mit ihr sein?«

Laumann beobachtet ihre Reaktionen und kann nichts entdecken, was auf eine Lüge hindeutet.

»Sie hat ihr Haus verkauft und den Job gekündigt. Seit einem Jahr reist sie durch die Weltgeschichte. Was sollte Claudia mit dieser Sache verbinden?«

»Vielleicht steckt sie in Schwierigkeiten. Ihr Mann hat sich damals mit den falschen Leuten angelegt,« antwortet Laumann.

Petra Schneider schüttelt den Kopf.

»Nein, da war nichts. Sie hat sich in unregelmäßigen Abständen gemeldet. Gelegentlich hat sie angerufen, aber meist hat sie Karten geschrieben. Hongkong, Singapur, Australien, Indien.«

Ein Seufzer.

»Verstehen Sie mich nicht falsch, aber ich war ziemlich neidisch. Wissen Sie, diese traumhaften Orte. Ich habe immer davon geträumt und nichts zu sehen bekommen. Die letzte Postkarte kam aus Madrid. Waren Sie auch schon dort?«

Sie wartet keine Antwort ab.

»Alle Karten habe ich gesammelt und im Wohnzimmer aufgestellt. Bernd war nie ein reiselustiger Mensch. Er sollte die Postkarten jeden Tag sehen. Aber er hat nur am Computer gezockt und lautstark mit seinem Scheißteam gefaselt. Ich hab davon geträumt, dass er sich eines Tages aufrafft, wenn er nur ständig die Karten sieht. Aber jetzt ...«

Wieder rollt eine Träne an ihrer Wange hinunter.

»Wo haben Sie die Karten hingestellt?«

»Was?«

»Die Postkarten. Wo haben Sie die Postkarten hingestellt?«

»In den Wohnzimmerschrank. Damit Bernd sie sieht, wenn er seine Serien im Fernseher schaut.«

»Wann haben Sie zum letzten Mal mit Ihrer Schwägerin gesprochen?«

»Vor drei oder vier Wochen. Sie war in Madrid, glaube ich. Oder war es Barcelona? Jedenfalls in Spanien.«

»Können Sie Frau Schramm telefonisch erreichen?«

»Nein, sie meldet sich sporadisch. Wenn sie weiterreist, holt sie sich immer andere Telefonnummern oder so. Das ist bestimmt billiger. Nur wenn sie sich länger in einem Land aufhielt, konnten wir sie erreichen. Dann hat sie uns das erzählt. Aber meistens war das für uns zu teuer. Wir haben nur einmal angerufen. Da war sie irgendwo in China, glaube ich. Die Rechnung war echt hoch, Bernd war stocksauer. Aber für den Computer war nichts zu teuer.«

»Wen hat Claudia angerufen? Sie oder ihren Mann?«

»Sie hat immer mich angerufen. Wissen Sie, Bernd ist ...« Petra Schneider setzt einen Moment aus und spricht stockend weiter. »Er war ein Technikfreak. Ständig neue Handys und Verträge. Häufig riefen seine Bekannten bei mir an, weil sie ihn nicht erreichten. Er hat einfach vergessen, ihnen die aktuelle Handynummer zu geben. Deswegen hat sie immer mich angerufen, ich habe meine Nummer seit Jahren.«

»Haben Sie heute versucht, Claudia anzurufen?«

»Ja, aber das Telefon ist abgeschaltet.«

»Können Sie sie per Mail erreichen?«

»Ich weiß nicht, wie das geht. Um solche Sachen hat sich Bernd immer gekümmert.«

Petra Schneider nimmt ihr Handy vom Nachttisch und drückt einige Knöpfe. Laumann hört das Klingeln. Die englischsprechende Stimme erklärt, dass der Teilnehmer nicht mehr zu erreichen ist. Die gewählte Rufnummer notiert er in ein kleines Notizbuch.

»Können Sie im Menü abrufen, wann Sie den letzten Anruf von dieser Nummer erhielten?«

»Ich habe die Anrufliste vor einigen Tagen gelöscht. Sehen Sie.«

Sie hält Laumann das Display hin. »Ich konnte ja nicht wissen ... Hier sind nur noch die Anrufe mit Bernd drauf und meine Anrufversuche von heute.«

»Hat sie jemals Probleme erwähnt? War sie in Schwierigkeiten?«

»Ich glaube, dass es ihr besser ging. Sie schien Klaus' Tod langsam zu verarbeiten. Bei dem letzten Gespräch deutete sie an, dass sie bald wieder nach Hause kommen wollte. Sie hörte sich, wie soll ich sagen, beruhigt an, friedlich und zufrieden mit sich selbst. Ich glaube, sie hat sich mit Klaus' Tod arrangiert und ihren Weg gefunden. Sie ist bereit, wieder zurückzukommen.«

Laumann zieht bei Petras Worten seine Augenbrauen hoch. Die feinen Härchen auf den Armen richten sich auf.

»Wann wollte sie denn nach Hause? Ist sie wieder hier?«

»Nein, sie ist wohl noch unterwegs. Sie hat auch nicht wortwörtlich gesagt, dass sie heimkommen will. Ich hatte nur den Eindruck.«

»Danke, Sie haben mir sehr geholfen.«

Laumann erhebt sich aus dem Stuhl und reicht ihr die Hand. Ihr flehender Blick erzeugt eine Gänsehaut auf seinem Rücken. Er erwartet die unausweichliche Frage der Hinterbliebenen. Sie wollen eine Antwort und ein Versprechen.

»Werden Sie den Schuldigen finden?«

Leise atmet er beruhigt aus. Er muss keinen Schwur abgeben. Keine Lügen und falschen Entschuldigungen, wenn er das Versprechen nicht halten kann. »Ich werde alles Mögliche tun, um den Schuldigen zu finden.«

»Danke. Mehr erwarte ich nicht.«

Laumann nickt ihr noch einmal kurz zu. Erleichtert verlässt er das Zimmer.

***

Nikolas quält sich durch den dichten Kölner Straßenverkehr. Vor einer Ampel stauen sich die Fahrzeuge. Das ständige Hupen zerrt an seinen Nerven.

Aus dem neben ihm stehenden Reisebus dringt entfernt das Geschrei von Kindern. Bunt gekleidete Passanten und Touristen mit Fotoapparaten laufen vor dem Wagen über den Zebrastreifen. Laute Gesprächsfetzen und Gelächter angetrunkener Jugendlicher lassen den Wunsch nach Ruhe zur Illusion werden.

Nervös trommelt er mit den Fingern auf das Lenkrad. Seine Gedanken kreisen immer wieder um Mikael und den Verrat an der Organisation. Dimitri wird dafür nicht verantwortlich sein, aber wer weiß. Einer der beiden eingesetzten Handlanger hat geplappert. Von diesen hat einer ihn und, was noch schlimmer ist, Wasilij und die Firma verraten. Nikolas malt sich zahllose Bestrafungen aus, um die Hinterhältigkeit zu vergelten.

Die Ampel springt auf Grün um. Er tritt das Gaspedal zu fest durch. Die Reifen hinterlassen einen schwarzen Streifen auf der Fahrbahn. Die Jugendlichen rufen ihm wüste Beschimpfungen hinterher. Er ermahnt sich zur Ruhe und nimmt den Fuß vom Gas. Die Geschwindigkeitsbegrenzung beachtend steuert er den Wagen weiter über die Hauptstraße.

Seine Nervosität klingt ab. Er sucht nach einem Schild für ein Parkhaus mit freien Plätzen, biegt rechts in eine kleine Seitenstraße und zieht am Automaten ein Ticket. Das Fahrzeug stellt er in einer tiefergelegenen Etage ab.

Er tritt auf die Einkaufsstraße. Die Sonnenstrahlen blenden ihn. Für einen Moment bereut Nikolas es, die Sonnenbrille im Wagen gelassen zu haben. Doch um diese Jahreszeit fällt eine dunkle Brille auf.

Auf dem Domplatz beobachtet er die umhertreibende Menge, die ihn keines Blickes würdigt. Ihm bleibt noch Zeit bis zu seinem Treffen. Er setzt sich in ein kleines Café und bestellt einen Espresso. Zwei Polizeibeamte schlendern gelangweilt über den Platz. Der ältere Beamte spricht auf den Jüngeren ein. Sie laufen ziellos umher, schauen gelegentlich zum Eingang des Doms und kommen auf das Café zu. Nikolas beugt sich am Tisch nach vorne und prüft, ob er seine Pistole ziehen kann. Die Nackenhaare richten sich langsam auf.

Er bezweifelt, dass die Beamten ihn erkennen. Warum machen ihn die Polizisten nervös? Nikolas' Instinkte nehmen ihre Arbeit auf. Keinen Gedanken verschwendet er an das Leben der Uniformierten, die er seiner Meinung in einem Bruchteil einer Sekunde erledigen kann. Nur die dabei entstehende Aufmerksamkeit macht ihm Sorgen. Dieses Aufsehen kann er nicht gebrauchen. Selbst wenn er den Domplatz rechtzeitig und unerkannt verlassen könnte. Wasilij würde ihm den Kopf abreißen.

Langsam schiebt er die Espressotasse in die Tischmitte. Er rückt den Stuhl vom Bistrotisch ab. Sprungbereit beobachtet er den Weg der Polizisten. Doch sie schlendern vorbei, ohne ihn anzusehen. Die Spannung verlässt seinen Körper. Nikolas legt Geld auf den Tisch und läuft aus dem Café. Eilig folgt er der Einkaufsstraße. Er erreicht das Rheinufer, schaut auf die Uhr und beschließt, den Treffpunkt zu observieren.

Immer wieder sieht er die Promenade hinunter. Er beobachtet den Eingang zur Gaststätte. Polizisten oder irgendetwas Verdächtiges fallen ihm nicht auf. Schließlich öffnet er die schwere Tür der Kneipe. Der unangenehme Geruch kalten Zigarettenrauchs und abgestandenem Bier dringt in seine Nase. Das Tageslicht erreicht den Innenraum des Lokals nicht. Die vergilbten Glühbirnen verbreiten eine düstere Stimmung. Leise Musik durchflutet den ungastlichen Raum, der spärlich mit Leuten besetzt ist.

Der Laden hat seine besten Zeiten, soweit es diese überhaupt jemals gegeben hat, lange hinter sich. Am Tresen steht ein dicker Mann mit ungepflegtem Bart und schmieriger Schürze. Er schaut zu Nikolas, der durch die Tür kommt und im Eingangsbereich stehen bleibt. Mit einem kurzen Kopfnicken deutet er auf eine kleine dunkle Ecke.

Nikolas setzt sich auf eine Eckbank. Angewidert sieht er die Krümel und angetrockneten Flecken irgendeiner Flüssigkeit auf der Tischplatte. Mit schlurfenden Schritten erreicht der Wirt den Tisch. Er stellt Nikolas eine verschlossene Flasche Mineralwasser hin. Nikolas bestellt in dieser Spelunke niemals ein offenes Getränk. Den Flaschenöffner, den der Wirt ihm reicht, ignoriert er und benutzt einen seiner Schlüssel. Er bedeutet dem Wirt zu warten und trinkt einen kleinen Schluck. Vergeblich sucht er eine saubere Stelle, um die Flasche abzustellen.

»War Dimitri hier?«, fragt Nikolas den Wirt dann.

»Nee.« Der Wirt schüttelt den Kopf. »Oh verdammt, hast du es noch nicht gehört?«, fragt er zu laut.

Nikolas wirft ihm einen bösen Blick zu. Flüsternd stellt der Fettsack die Frage noch einmal.

»Weißt du nicht, was passiert ist?«

Nikolas erforscht den Gastraum. Ein betrunkener Mann liegt mit dem Kopf auf dem Tresen. Er hat sich nicht geregt. Anscheinend interessiert ihn die Unterhaltung nicht.

»Was meinst du?«

Er schaut dem Wirt in die Augen. Dem ist merklich ungemütlich. Aus dem Hintergrund hört Nikolas einen Mann rufen. Der Wirt schreit zurück.

»Halt die Fresse, du Arsch. Siehst du nicht, dass ich mit einem zahlenden Gast spreche? Also halt die Schnauze, ich bring dir gleich dein gottverdammtes Bier.«

Er schickt noch einige derbe russische Flüche hinterher.

»Scheiße verdammt. Du hast es noch nicht gehört.«

Er setzt sich zu Nikolas an den Tisch und schaut sich um. Niemand soll das Gespräch belauschen.

»Dimitri ist tot.«

»Was?«

Nikolas kann die Worte kaum glauben.

»Er ist tot.«

»Wann?«

»Gestern. Es war eine verdammte Sauerei. Das kannst du mir glauben.«

»Erzähl.«

»Er war hier in der Nähe und wollte zu seinem Auto. Da hat es ihn dann erwischt.«

Eine Pause entsteht.

»Was heißt das?«, fragt Nikolas, der langsam davon genervt ist, dem Wirt jede Kleinigkeit aus der Nase zu ziehen.

»Jemand hat ihm die Rübe abgeschlagen. Einfach so. Zack.«

Dabei machte er einen angedeuteten Handkantenschlag zu seinem Hals.

»Er wurde geköpft?«

»Ja, mit einem Schwert oder Säbel. Irgend so einem Scheiß. Der Kopf ist meterweit gerollt. Sein Körper lag direkt vor dem Auto.«

Skeptisch starrt Nikolas ihn an.

»Und?«

»Was heißt hier und? Hier war der Teufel los. Die Gegend wimmelte nur von Bullen. Die haben überall ihre Nasen reingesteckt. Selbst hier sind sie gewesen.«

Nikolas zieht eine Augenbraue hoch. Der Wirt zuckt zusammen.

»Natürlich hat keiner was gesagt. Und Dimitri kannte hier auch niemand. Kannst du dir ja vorstellen.«

»Haben die Bullen eine Spur?«

»Nö, dazu sind die zu dämlich. Aber die Leute reden viel wirres Zeug.«

»Was meinst du?«

»Irgendeiner will eine Frau gesehen haben, die mit einem blutigen Schwert geflohen ist. Die verschwand im Parkhaus, gleich in der Nähe.«

»Schramm«, haucht Nikolas leise.

»Was?« Die Neugier des Wirtes ist geweckt.

Nikolas ärgert sich über seine spontane Reaktion und hofft, dass der Kerl nichts verstanden hat. Er übergeht die Frage.

»Haben noch andere nach Dimitri gefragt?«

»Außer den Bullen? Nö. Hier war keiner.«

»Okay. Schieb ab. Ich muss nachdenken.«

Der Wirt erhebt sich. Er verschwindet wieder mit schlurfenden Schritten hinter der Theke. Nikolas starrt die vom Nikotin verfärbte Wand an. Seine Gedanken rasen. Jetzt gibt es zwei Tote. Mikael und Dimitri. Die drohende Gefahr ist zur Realität geworden. Die Organisation sieht sich einem Angriff gegenüber. Jemand tötet zielgerichtet. Nein, nicht jemand. Schramm. Claudia Schramm. Wie auch immer das verdammte Miststück das fertig gebracht hat, nur sie kann es gewesen sein. Dafür wird sie leiden, fürchterlich leiden, sehr lange fürchterlich leiden. Gedankenversunken nippt er an der Flasche Mineralwasser. Er stellt sich an das Ende der Bar und winkt den Wirt zu sich. Aus seiner Hosentasche zieht er einen 100-Euro-Schein, den er auf die Theke legt. Mit der Hand verdeckt er den Geldschein.

»Ich brauche ein sauberes und unbenutztes Handy.«

»Geht klar.«

Der Wirt verschwindet in einem der hinteren Räume und kehrt mit einer kleinen Plastiktüte zurück.

»Prepaid. Nicht zurückzuverfolgen und original verpackt. 20 Euro sind auch auf der Karte.«

Der Wirt greift sich den Schein, den Nikolas freigegeben hat. Das Geld verschwindet rasch in seiner Tasche. Nikolas verlässt die schmierige Gaststätte. Am Rheinufer befreit er das Handy von der Plastikverpackung. Mit flinken Fingern legt er die SIM-Karte ein und wählt die Nummer des Luxushotels.

»Verbinden Sie mich mit Herrn Charatov«, fordert er, nachdem der Hotelangestellte die übliche Begrüßung abgespult hat.

»Wen darf ich melden?«

»Herr Charatov erwartet dringend meinen Anruf und weiß, wer ihn zu sprechen wünscht.«

»Einen Moment bitte.«

Nervige Fahrstuhlmusik dringt an sein Ohr.

»Ja?«, meldet sich Wasilij.

»Sie müssen verschwinden. Sofort.«

»Warum?«

»Wir werden angegriffen. Ich glaube, Sie sind nicht mehr sicher.«

Sekundenlanges Schweigen tritt ein.

»Haben Sie mich verstanden?«, fragt Nikolas daher noch einmal.

»Ja, aber ...?«

»Sie sind hier nicht sicher. Die Schlampe ist hier und hat unseren Kontakt gefunden.«

»Sie war es? Und das soll ich glauben?«

»Wer sollte es sonst gewesen sein?«

Wasilij schnaubt verächtlich.

»Sie wird nicht an mich herankommen. Du weißt, welche Vorkehrungen wir treffen. Sie hat keine Chance. Ich bin nicht der friedliche Bürger, den man auf der Straße antrifft.«

»Vielleicht ist sie schon ganz in der Nähe und wir haben es nicht bemerkt.«

»Das schafft sie einfach nicht.«

Wasilij ist angesichts der Sorgen von Nikolas amüsiert.

»Bitte, verschwinden Sie von hier. Wir treffen uns im Sommercamp. Ich komme klar und mache mich bald auf den Weg.«

»Was hast du vor?«

Nikolas schweigt. Wasilij erahnt die Pläne seines Ziehsohnes.

»Das ist keine gute Idee«, gibt Wasilij halbherzig zu verstehen. »Wir erregen zu viel Aufsehen.«

»Ich werde die Sache beenden. Endgültig.«

Nikolas steht an einer kleinen Mauer und schaut auf den Rhein.

»Vernichten Sie Ihr Handy und lassen Sie einen der Leibwächter ein neues besorgen. Rufen Sie mich niemals über das Geschäftshandy an, nur mit dem neuen Telefon. Ich befürchte, dass sie unsere Geräte aufspüren kann.«

»Übertreibst du nicht ein wenig, lieber Nikolas?«

Nikolas stört der Hauch von Belustigung in Wasilijs Stimme.

»Wir können uns einen zweiten Fehler nicht leisten. Beim ersten war es schon verdammt knapp. Das kann ich nicht wieder zulassen.«

»Okay, ich werde gleich jemanden schicken. Brauchst du noch etwas?«

»Nein, ich kümmere mich um die Angelegenheit. Die Leibwächter bleiben bei Ihnen. Ich besitze ausgezeichnete Kontakte, keine Spur wird zu Ihnen führen.« Nikolas' Sorgen um Wasilijs Sicherheit steigen. Wie gut sind die Leute, die Wasilijs Leben schützen sollen? Sind sie gut genug? »Ich besorge mir nur noch Informationen aus Hamburg und Düsseldorf.«

»Welcher Art?«

»Die Handlanger kommen aus diesen Städten. Wenn es dort Morde oder merkwürdige Unfälle in der letzten Zeit gegeben hat, haben wir Gewissheit. Dann müssen wir andere Maßnahmen ergreifen.«

Wasilij überlegt, welche Optionen ihm bleiben.

»Aber ich werde dich nicht in Köln zurücklassen. Gemeinsam verlassen wir heute Abend die Stadt. Und darüber wird nicht diskutiert.«

Nikolas überlegt, ob er widersprechen soll. Doch Wasilij hat entschieden. Das wird er mit ihm nicht diskutieren.

»Lassen Sie uns das beim nächsten Anruf besprechen.«

Nikolas legt auf. Er wählt eine andere Nummer und hört das Klingeln.

»Ja?«, meldete sich eine gelangweilte Stimme.

»Du musst mir Informationen besorgen«, befiehlt Nikolas.

»Bist du das Ni...?«

»Schschsch«, fährt Nikolas dazwischen. »Ja, und ich brauche deine Hilfe.«

»Wie kann ich dir helfen?«

Nikolas schildert in groben Zügen, welche Auskünfte er dringend benötigt.

»Konzentrier dich auf Hamburg und Düsseldorf. Merkwürdige Unfälle und solche Sachen, verstehst du?«

»Klar. Hast du auch Namen für mich?«

»Nicht jetzt, vielleicht später.«

»Wann brauchst du die Informationen?«

»Gestern. Ich bin auf dem Weg.«

Nikolas unterbricht die Verbindung. Er nimmt das alte Handy aus seiner Tasche, entfernt die SIM-Karte und lässt sie in den Rhein fallen. Die anderen Teile verteilt er auf dem Weg zum Parkhaus in verschiedene Mülleimer.

***

»Die Sache wird recht aufregend, kann ich dir sagen.«

»Hast du neue Ermittlungsansätze?«, fragt Laumann in den Hörer.

»Gestern gab es in Köln einen Toten, der in unser Schema passen könnte«, antwortet Falke.

Laumanns Neugier ist geweckt. Langsam stellt er die Kaffeetasse auf den Tisch.

»Köln?«, fragt er.

»Wieder gibt es einen Zeugen.«

»Hat er den Täter gesehen?«

»Ja.«

»Eine Frau?« Laumann kann sich das Lächeln in Falkes Gesicht vorstellen.

»Genau. Allerdings wieder keine konkrete Beschreibung, nur: Die Statur passt. Und die Art, sich zu bewegen.«

Laumann hört die Resignation in Falkes Stimme.

»Hat sie das Opfer überfahren?«

»Nein, dieses Mal hat sie ihr Opfer geköpft.«

»Was?«

»Du hast richtig gehört. Sie hat ihn enthauptet. Am helllichten Tag. Mitten auf der Straße. Sie hat ein Schwert oder etwas in der Art genutzt. Das muss verdammt scharf gewesen sein. Den Kopf konnte sie mit einem Schlag abtrennen. Der rollte einige Meter über die Fahrbahn und blieb dann im Rinnstein liegen.«

»Wer war das Opfer? Ein Russe?«

»Dimitri Petrenkov, aus Weißrussland, Gelegenheitsverbrecher, keine große Nummer. Er hat einen einzigen Eintrag bei der Kriminalaktenhaltung in Köln. Vor dreizehn Jahren brachte man ihn mit einer Urkundenfälschung in Zusammenhang. Die Sache verlief aber im Sand. Jemand hat vergessen, den Hinweis zu löschen.«

»Der Name ist mir unbekannt. Er ist in unserem Verfahren nicht aufgetaucht. Auf keinen Fall. Wie passt er ins Bild?«

»Das ist mir schleierhaft, aber ich habe noch mehr. Es gibt da noch einen dubiosen Mordfall in Frankfurt. Vor einigen Tagen ist dort ein Mann vergiftet worden«, schildert Falke.

»Und was ist das Besondere an diesem Fall?«

»Nun, wenn man davon absieht, dass der Mord auf einem Jahrmarkt stattfand, könnte der Tote selbst interessant sein?«

»Wer ist es?«

»Mikael Temenov.«

Falke wartet auf eine Reaktion, die ausbleibt.

»Mikael Temenov? Sagt er dir etwa nichts?«, fragt Falke erneut.

Laumann ist verwirrt. Angestrengt sucht er im Inneren seines Kopfes nach diesen Namen. Der gewünschte Geistesblitz bleibt aus.

»Kenn ich nicht. Nie gehört.«

»Mein Gott, Udo. Schaust du gelegentlich über deinen Tellerrand hinaus? Mikael Temenov. Der Vater ist Jurij Temenov.«

»Aha.« Laumann hat nicht die geringste Ahnung.

»Mafia. Verdammt hohes Tier, Führungsriege. Schon mal gehört?«

»Nein«, gibt Laumann kleinlaut zu. »Wirklich nicht. Ich habe mich für den Scheiß nie interessiert.«

»Also gut. Ich setze voraus, dass du den Begriff Russenmafia aber schon mal gehört hast, oder?«

Falke kichert ins Telefon.

»Lass den Mist und spuck endlich die Informationen aus.«

»Unsere Jungs arbeiten noch daran. In fünf Minuten liegt eine Kopie der Akte auf meinem Fax. Was hältst du davon, wenn ich nach Bochum komme? Wir könnten den Fall gemeinsam durchgehen.«

»Ich kann auch nach Düsseldorf fahren, das macht keine Umstände.«

»Besser nicht. Ich glaube, dass ich noch mit deinem Leiter der Kripo reden muss.«

»Mit Dresmer? Was willst du denn von dem?«, fragt Laumann.

»Er hat nichts gesagt?« Falkes Stimme klingt erstaunt.

»Nein, wieso? Was ist los?«

»Erzähl ich dir später. Ich mach mich auf den Weg. Bis nachher.«

***

»Ich habe nicht die geringste Ahnung, welche Knöpfe Falke gedrückt hat. Aber ich nagel dich an die Wand, wenn die Scheiße den Bach runtergeht. Haben wir uns verstanden?« Dresmer, der Leiter der Kriminalpolizei, ist außer sich.

Laumann rutscht unruhig auf dem Bürostuhl herum. Brandtner hat einen hochroten Kopf und fühlt sich ebenfalls überrumpelt.

»Falke hat darüber nicht mit mir gesprochen, ehrlich. Er hat mich in dieser Sache vor einigen Tagen angerufen. Sein Mordopfer ist unser Türsteher bei der Schießerei in Wattenscheid. Er hat mich gebeten, Informationen zur Verfügung zu stellen. Mehr war da nicht«, sagt Laumann leise.

Er will Dresmer nicht verärgern, da er eine realistische Chance sieht, den Fall Schramm wieder zu öffnen.

»Sie wollten doch nur die Erkenntnisse aus den Akten austauschen. Darum ist Udo auch nach Düsseldorf gefahren. Eine reine Infoveranstaltung«, gibt Brandtner zu verstehen.

»Und du bist natürlich eingeweiht. Das habe ich mir gedacht. Wann wolltet ihr mir denn davon erzählen? Oder sollte ich es aus der Zeitung erfahren?« Dresmers Stimme wird lauter. »Ist das hier ein verdammter Kindergarten oder was?«

Derart wütend kennen ihn die beiden Hauptkommissare nicht. Doch Laumann sagt die Wahrheit. Falke hat ihm nicht gesagt, dass er sich ans Ministerium wenden würde, um ihn persönlich zur Unterstützung anzufordern. Vorsichtig spricht Laumann weiter.

»Ich kann Falke sehr gut verstehen. Seine Anforderung ist nachvollziehbar. Vielleicht ist irgendetwas in unseren Akten, was ihm zur Aufklärung des Falles dienen könnte. Reine kriminalistische Standardverfahren.«

»Gut, okay. Das habe ich verstanden. Warum bist du nach Düsseldorf gefahren? Mit einem Telefonat kann man auch Informationen austauschen.« Dresmers Lautstärke ist auf ein erträgliches Niveau gesunken.

»Ich wollte mir vor Ort ein Bild machen und die Fotos vom Opfer selbst sehen. Es ist unser Türsteher, eindeutig. Eine engere Zusammenarbeit stand aber nicht zur Debatte.«

»Und das ist alles? Bist du dir sicher?« Dresmer beugt sich vor und sieht Laumann in die Augen.

»Er hat mich gebeten, Claudia Schramm zu besuchen.«

Das Gesicht von Dresmer wird aschfahl. Das Zittern seiner Hände ist nicht zu übersehen. »Schramm? Claudia Schramm? Er verdächtigt Claudia Schramm?«

»Nein, nein. Das wollte ich damit nicht sagen. Für das Verfahren musste er in Erfahrung bringen, ob sie irgendwelche Drohanrufe erhalten hat. Merkwürdige Kontakte oder Ungereimtheiten in letzter Zeit.«

»Und ob sie einen Mann, der mit dem Tod ihres Mannes in Zusammenhang stehen könnte, mitten in der Stadt überfahren und erschossen hat? Wo sie sich um eine konkrete Uhrzeit aufgehalten hat? Etwa solche Fragen?«, fragt Dresmer bissig.

»Der Tatverdacht richtet sich aufgrund der Zeugenaussage und des Überwachungsfotos gegen eine Frau. Die Morde in Hamburg und Düsseldorf gehören zweifelsfrei zusammen. Das hat sich später ergeben. Seit dem Tod von Claudias Bruder wissen wir jetzt ...«

»Wir?«, fährt Dresmer dazwischen.

»Falke. Falke weiß jetzt, dass es einen Zusammenhang gibt«, korrigiert Laumann.

»Oh, gibt es den? Ich erkenne nur zwei tote Kriminelle, die vermutlich von der Konkurrenz ausgeschaltet wurden. Aber bisher habe ich noch keine Beweise zu sehen bekommen, dass Claudias Bruder zu dem Fall gehört.«

»Der Tatverdacht richtet sich gegen eine Frau. Claudia Schramm ist verschwunden und plötzlich wird auch noch ihr Bruder hingerichtet. Was sollen wir da glauben?«

»Raub?«, fragt Dresmer spöttisch.

»Wir fanden keine Hinweise auf einen Raub oder einen Einbruch. Schneider hat die Tür freiwillig geöffnet. Soweit wir feststellen konnten, ist nichts gestohlen worden. Folglich steckt etwas anderes dahinter«, pflichtet Brandtner bei, der Laumann unterstützen will. Dresmer wirft ihm einen vorwurfsvollen Blick zu. Doch Brandtner lässt sich nicht beirren.

»Das sind eindeutig zu viele Zufälle.«

»Aber nicht ausgeschlossen«, antwortet Dresmer trotzig.

»Nein, natürlich nicht. Aber es lohnt sich, die eine oder andere Frage zu stellen«, gibt Laumann zu verstehen.

»Wie kommt Falke denn auf Claudia?«

»Hamburg war eine gezielte Hinrichtung. Der Türsteher aus Wattenscheid steht mit dem Fall Klaus Schramm in Verbindung und ist auch erschossen worden. Vergeltung könnte ein Motiv sein. Claudia darf nicht ausgeschlossen werden. Natürlich gehört sie zu dem Kreis der Verdächtigen.«

»Für einen Tatverdacht aber doch dürftig. Also, wie kommt er auf sie? Was hast du ihm erzählt?«

In Laumann steigt eine leise Unruhe auf. Er hat Dresmer solche Fragen nicht zugetraut. Er kann sich einfach nicht vorstellen, dass er über einen kriminalistischen Spürsinn verfügt. Er sieht nur den kleinen Bürokraten in ihm, der auf das Ansehen der Polizei und der Präsidentin bedacht ist.

»Falke hat viele Informationen eingesammelt, bevor ich überhaupt nach Düsseldorf fuhr. Einiges hat er nicht verstanden. Er hat Fragen gestellt. Viele davon konnte ich ihm beantworten. Gemeinsam haben ...«

»Wie viel?«, wirft Dresmer ein und unterbricht Laumann. »Wie viel?«

Laumann schaut zu Boden. Brandtner pustet leise, doch hörbar die Luft aus.

»Verdammte Scheiße.« Dresmers Schultern sacken nach unten. »Das ist jetzt nicht dein Ernst, oder? Du hast doch nicht die gesamte Geschichte präsentiert? Sag, dass das nicht passiert ist.«

Stille breitet sich in Dresmers Büro aus. Laumann legt die Hände ineinander.

»Nein, natürlich habe ich nicht alles erzählt. Informationen, die meines Erachtens nicht für Falkes Fall von Bedeutung sind, behielt ich für mich.«

»Zum Beispiel?«

Laumann antwortet nicht.

»Dachte ich mir. Es gibt für dich keine unwichtigen Informationen in diesem Fall.« Dresmer lehnt sich in seinen Sessel. »Weiß er, dass die Schießerei im Café und die Toten auf dem Feld zusammen gehören?«

»Das hat er sich vor unserem Treffen zusammengereimt.«

»Dass Schramm sich als Erpresser versucht hat?«

»Ja.«

»Dass Geld geflossen sein könnte?«

»Ja.«

»Dass wir den Deckel über die Geschichte gestülpt und die Medien bewusst in die Irre führten?«

»Ja.«

Dresmer wirft einen Kugelschreiber auf den Schreibtisch. Er vergräbt sein Gesicht in den Händen.

»Verflucht noch einmal. Hast du eine Vorstellung davon, was passiert, wenn die Scheiße rauskommt? Nur eine winzige Ahnung?«

Laumann erkennt die Verzweiflung in Dresmers Gesicht. Er empfindet beinahe Mitleid. Im Inneren seines Herzens bemerkt er etwas wie Schadenfreude.

Niemand wollte auf ihn hören, niemand wollte weiter ermitteln. Jeder schien darauf bedacht, das Präsidium und die Präsidentin nicht in Bedrängnis zu bringen. Jetzt steht er kurz davor, den Fall wieder aufzurollen.

»Er nimmt die Informationen nicht zu den Akten und hat mit Sicherheit kein Interesse daran, der Polizei Schaden zuzufügen. Wir suchen echte Antworten. Die Spurenlage deutet eine Verbindung an. Wir haben hier eine Mordkommission zum Tod von Bernd Schneider laufen. Eine enge Zusammenarbeit ist doch vollkommen logisch. Wir dürfen den Wunsch nicht einfach ignorieren.«

»Das Innenministerium hat auch keinen Wunsch geäußert, sondern eine Anordnung getroffen. Das Ministerium setzt dich zum Leiter dieser Ermittlungskommission ein. Wir können nicht nein sagen«, erklärt Dresmer resigniert.

Laumann ist irritiert. Falke hat nicht erwähnt, dass er mit dem Ministerium Kontakt aufgenommen hat. Er hat nie angedeutet, dass er freiwillig die Einsatzleitung aufgibt. Laumann sieht die Sorgen in Dresmers Augen.

»Achte darauf, dass kein Shitstorm über die Behörde hereineinbricht, okay?« Dresmers flehender Blick durchdringt ihn.

»Kein Problem.«

Laumann und Brandtner verlassen Dresmer. Sie setzen sich in Laumann Büros. Er zündet sich eine Zigarette an. Brandtner schüttelt den Kopf.

»Hast du davon gewusst?«, fragt er Laumann.

Der bläst einen Rauchkringel zur Decke.

»Nein. Sollte das irgendwie wichtig sein?«

»Es geht schlicht und ergreifend um die Frage, ob du mir Vertrauen entgegenbringst. Ich will wissen, woran ich bin. Als Kollege und als Freund, verstehst du?«

»Er hat zu keiner Zeit eine Andeutung gemacht. Wir sprachen nur über die Fälle und Gemeinsamkeiten. Von einer

Zusammenlegung der Ermittlungen war nie die Rede. Du kannst ihn gleich fragen, er müsste jeden Moment hier auftauchen. Er hat brandneue Informationen.«

Laumann greift sich die Kaffeetasse vom Tisch.

»Kaffee?«

Er grinst. Brandtner schüttelt den Kopf.

***

Nikolas schlendert am Aachener Rathaus vorbei. Er tippt eine Nummer in sein Handy.

»Ja?«, meldet sich wieder die gelangweilte Stimme.

»Wo bist du?«, fragt Nikolas.

»Wie immer.«

»Ich bin in fünf Minuten da. Mach hinten die Tür auf.«

»Alles klar. Ich warte.«

Nikolas drückt das Gespräch weg. Er läuft die kleine Straße am Markt entlang. Hastig biegt er nach links in die Kleinkölnstraße. Einen Verfolger kann er nicht bemerken.

Entschlossen hält er auf das Glasnost zu. Glasnost. Was für ein Name für ein Bordell, obwohl Offenheit und Transparenz für ein solches Etablissement geeignet erscheint. Zur Straße hin leuchten die roten Schilder, die Sex und Liveshows anpreisen. Der blinkende Pfeil weist auf einen finsteren Eingang, der mit einer schweren eisernen Tür gesichert ist.

Nikolas sucht den Hintereingang im Innenhof auf. Wuchtig hämmert er an die Tür. Er hält sein Gesicht in die Kamera, die an der Seite angebracht ist. Leise schwingt die Eisentür auf.

»Niki, Darling« kreischt ihm eine helle, schrille Stimme entgegen. Die hochgewachsene Svetlana berührt ihn an der Schulter. Sie legt zur Begrüßung ihre immens geschminkte Wange an Nikolas' Gesicht. Die roten Haare, zu einer Pompadour-Barockfrisur hochgesteckt, drohen über seinem Kopf zusammenzufallen. Die blauen Augenlider sind mit Glitzerpulver bestrichen. Kräftige knallrote Lippen stechen aus dem weißen Make-up ihres Gesichtes heraus. Angewidert zieht Nikolas den Kopf weg.

»Ah, wieder biestig heute?«, fragt die Stimme jetzt tiefer.

Das ordinäre Parfüm umnebelt Nikolas.

»Komm rein.«

Ihre breiten Schultern verdecken Nikolas die Sicht auf den Gang. Die Federn im blütenweißen Kleid rascheln bei jedem Schritt. Das Federkleid endet knapp unter dem Gesäß.

Svetlana. Oder Boris. Vielleicht auch beides. Nicht Fleisch, nicht Fisch. Wie ein Veganer mit Lederschuhen. Insgeheim lächelt Nikolas. Er überlegt, ob noch Teile von Boris vorhanden sind oder eine Operation die Verwandlung vollendet hat. Er hat nicht nachgesehen. Das hat er auch nicht vor. Niemals!

Er schüttelt sich bei dem Gedanken daran. Was soll der Mist denn eigentlich? Entweder Mann oder Frau. Was ist dermaßen erstrebenswert an einer Frau? Jeden Morgen das Theater mit Schminken, Klamottenauswahl und den Schuhen. Er kann sich die Schmerzen, die diese Türme dem Fuß zufügen, kaum vorstellen. Das soll wünschenswert sein?

Er hat Boris in seiner Jugend kennen gelernt und Kontakt gehalten. Das hat sich in der Vergangenheit mehrfach ausgezahlt.

Nikolas störte die weibische Art, die Boris schon von klein auf an den Tag legte. Er hatte bereits damals eine recht durchtrainierte Figur. Die Frauen liefen ihm hinterher. Er verschmähte sie alle. Was für ein Trottel. Boris war immer etwas komisch, doch begriff Nikolas in seinem unbedarften Alter nicht den vollen Grund dafür.

Svetlana-Boris ist Nikolas' Geheimnis, nicht einmal Wasilij kennt sie. Sie setzt sich vor den Schminktisch und starrt ihn im Spiegel an. Da ist wieder dieser Blick, der Nikolas verunsichert.

»Hast du etwas für mich?«, fragt er vorsichtig.

»Natürlich. Was hast du denn geglaubt«, gibt Svetlana-Boris lapidar zurück. Sie greift nach dem Lippenstift. Behutsam zieht sie ihre Lippen nach.

»Und?«, fragt er entnervt. Er will dieser Welt schnellstmöglich wieder den Rücken kehren. Gelegentlich besucht er Bordelle, aber ein solcher Laden ist nichts für ihn. Er muss sich darauf verlassen können, dass eine Frau auch eine Frau ist. Der Gedanke, dass er einer Frau unter den Rock greift und einen Schwanz in der Hand hält, widert ihn an.

Die Schublade öffnet sich leicht quietschend. Svetlana-Boris entnimmt einige Blätter Papier. Sie hält sie Nikolas hin. Er betrachtet das erste Blatt mit einem Zeitungsartikel. Der kleine Abschnitt beschreibt den rätselhaften Tod eines Mannes, der überfahren und von einem Unbekannten erschossen wurde.

»Hast du solche Todesfälle gesucht?«

Nikolas nickt.

»Genau diese Informationen habe ich gesucht. Hast du noch mehr davon?«

»Sicher.«

Der zweite Ausschnitt ist etwas ausführlicher. Nikolas' Nackenhaare richten sich auf. Bei dem Toten handelt es sich um Piotr W. Dimitri nannte ihm diesen Namen. Der Reporter deutet an, dass eine Frau von einem Zeugen am Tatort gesehen wurde. Claudia Schramm? Nikolas reibt sich den Hals. Svetlana-Boris beobachtet ihn aufmerksam.

»Verdammte Scheiße.« Nikolas nickt langsam mit dem Kopf.

Svetlana-Boris blickt ihn eindringlich an.

»Hast du noch etwas?«, fragt er erwartungsvoll.

Das Grinsen von Svetlana-Boris wird breiter. Sie dreht die Wange zu Nikolas und tippt mit ihrem Zeigefinger dagegen.

»Verdammt, lass die Scheiße. Ich steh nicht auf so etwas, das weißt du genau.«

Schlagartig erstirbt das Grinsen. Svetlana-Boris unterstreicht die Traurigkeit mit einem Schmollmund.

»Dann hab ich auch nichts mehr.«

Die restlichen Papiere verschwinden wieder in der Schublade. Nikolas' Kopf wird hochrot vor Wut, doch keiner kommt so schnell an Informationen wie Boris. Wie Svetlana. Scheiße.

›Warum leg ich die Schwuchtel nicht einfach um und nehme die Papiere aus der Schublade?‹, denkt er sich. Mühselig erhebt er sich aus dem Stuhl. Er haucht einen kurzen, sehr flüchtigen Kuss auf Svetlanas Wange. Eilig lässt er sich wieder in den Sitz fallen.

»Hat doch gar nicht weh getan, oder?«

Svetlana-Boris greift in die Schublade und hält ihm die anderen Zeitungsausschnitte aus Hamburg hin.

Mehrere Artikel beschreiben einen Mord an einer Frau, die mitsamt ihrem Säugling vor die Bahn gestoßen wurde. Nichts. Der Ausschnitt landet im Mülleimer.

Ein nackter Mann wurde erdrosselt an der Elbe gefunden. Die Krawatte war noch um seinen Hals gebunden. Merkwürdige Welt. Nikolas nimmt die nächsten Seiten.

Ein erschossener Mann in einem Parkhaus. Er wurde mit acht Schüssen hingerichtet, präzise Ausführung und keine Hinweise. Der Erschossene war ein Eduard R. Die Papiere fallen zu Boden. Svetlana-Boris runzelt die Stirn.

»Du hast gefunden, was du suchtest. Richtig?«

Nikolas starrt sie an. Viele Beteiligte im Fall Schramm sind tot. Sie wurden hingerichtet. Von einer Frau. Von Claudia Schramm.

Seine Hände beginnen zu zittern. Wie gerne würde er Claudia jetzt gegenüber stehen. Im Kopf malt er sich eine fürchterliche Rache aus. Ein leichtes Lächeln umspielt die Lippen.

»Verdammt. Wir werden angegriffen«, stammelt er leise vor sich her. Svetlana-Boris hat er völlig vergessen.

»Willst du mir davon erzählen?«

Nikolas schaut sie misstrauisch an. Nie haben sie sich über sein Leben unterhalten. Svetlana-Boris kennt seine Lebenssituation nicht. Doch die Kleidung und das Auftreten verraten ihr, dass Nikolas nicht von Armut geplagt ist.

»Wie kommst du darauf?«, fragt er.

»Na ja.« Unruhe steigt in Svetlana-Boris auf. »Man erzählt sich einige Geschichten, weißt du?«

»Nein, keine Ahnung. Wer erzählt welche Geschichten?«

Ein harscher Unterton ist in Nikolas' Stimme zu hören.

»Na, meine Kontakte. Du weißt doch, einfach nur Gerede«, winkt Svetlana ab. Die Unsicherheit ist nicht mehr zu übersehen. Sie rutscht über ihren Sessel und kramt in den Schminkutensilien auf dem Tisch.

»Nur Gerede.« Das Lächeln kann die Angst nicht verstecken.

»Nein, ich weiß nicht. Erklär es mir.« Er schaut Svetlana tief in die Augen. »Bitte.«

»Also die beiden Toten hier.« Sie nickt in Richtung der Papiere. »Dann die Sache mit Dimitri.«

»Was weißt du von Dimitri?«

»Wir leben hier nicht hinter dem Mond, musst du wissen. Wenn in Köln jemand geköpft wird, spricht sich das herum. Besonders, wenn es sich um einen Russen handelt, wie den in Hamburg.«

»Weiter.«

Nikolas zieht dieses Wort in die Länge.

»Und Piotr hört sich auch osteuropäisch an. Es gibt da einige Leute, die sich komische Gedanken machen.«

Nikolas legt die Stirn in Falten, hält den Kopf leicht schräg und beugt seinen Oberkörper zu Svetlana-Boris hinüber.

»Was für Gedanken? Erzähl es mir.«

Svetlana-Boris Hände beginnen zu zittern. ›Verfluchte gottlose Klappe. Warum hältst du nicht einfach das Maul, du altes

Waschweib? Dein Geschwätz bringt dich noch einmal ins Grab‹, denkt sie sich.

»Niki, Darling. Ich weiß nicht, was du so alles machst. Davon will auch nichts wissen.«

Nikolas nickt.

»Aus dir ist etwas geworden. Die Kleidung, deine Sprache und das vornehme Benehmen, du bist einfach anders. Aber manchmal ...«

»Ja?«

»Manchmal habe ich eine Scheißangst vor dir. Deine Augen sind eiskalt geworden, sie sind nicht mehr wie früher. Damals haben wir viel gelacht, kannst du dich noch erinnern?«

»Die Zeiten ändern sich eben. Du brauchst keine Angst vor mir zu haben.«

Svetlana-Boris schluckt und spricht weiter.

»Die Tage war ein Typ hier, ein Russe. Hat sich ordentlich volllaufen lassen. Er sagte, dass er aus Frankfurt kommt. Dann hat er einen versoffenen Blödsinn erzählt. Von einem hohen Tier, das vergiftet wurde. Ich glaube, dass er von einer Kirmes oder einem Museum sprach. Ich konnte ihn nicht verstehen. Er hat damit rumgeprahlt, dass es den einflussreichen Leuten an den Kragen geht. Das hat er erzählt. Andere haben die Geschichte aufgenommen. Jetzt faseln einige davon, dass es einen Krieg zwischen verschiedenen Banden gibt. Und plötzlich«, ihr fällt der Lippenstift auf den Schminktisch, »plötzlich rufst du an und fragst nach komischen Morden in Düsseldorf und Hamburg. Was soll ich da denken? Sag's mir.«

Nikolas lehnt sich in den Stuhl zurück. Er starrt Svetlana-Boris nur an.

»Am besten denkst du gar nicht. Du kennst mich nicht, du hast nie von mir gehört. Beteilige dich nicht an irgendwelchen Geschichten oder Gerüchten, halt dich einfach daraus. Spiel toter Mann.«

Svetlana-Boris schaut erschrocken auf.

»Von mir aus auch tote Frau, aber geh den Gesprächen aus dem Weg. Halte Kontakt zu Jovanovic, er kann mich erreichen. Wenn du also in Schwierigkeiten steckst oder Hilfe brauchst, rufst du ihn an. Verstanden?«

»Soll ich die Ohren trotzdem aufsperren?«, fragt Svetlana-Boris leise.

»Aber stell keine eigenen Nachforschungen an, hörst du?«

»Wovor hast du Angst?«

Nikolas antwortet nicht. Aber keine Antwort ist auch eine Antwort. Es kann viel bedeuten. Er zieht einen Bündel Scheine aus der Tasche.

»Du weißt, dass ich kein Geld von dir will.«

Svetlana-Boris mustert verächtlich das Geldbündel.

»Ich will dich auch nicht bezahlen. Mir geht deine Perücke auf den Geist. Kauf dir eine neue.«

Nikolas bleibt an der Tür stehen. Svetlana-Boris schaut ihm hinterher.

»Ich melde mich wieder.«

Mit diesen Worten verschwindet er aus der Tür. Er geht die Straße zurück zu seinem Wagen.

Den Schatten, der sich in einem Hauseingang versteckt, sieht er nicht.

***

Falke klopft an die Bürotür. Laumann stellt ihm Brandtner vor. Schweigend schütteln sie sich die Hand.

»Warst du schon bei Dresmer?«, erkundigt sich Laumann.

Falke lächelt verschmitzt. Er setzt sich auf den letzten freien Stuhl.

»Er war im Grunde genommen handzahm, muss ich sagen. Der Anruf vom Innenministerium hat ihn still werden lassen.«

»Doch uns hat der Wind kräftig ins Gesicht geblasen«, gibt Brandtner zu verstehen. »Er hat uns in den Arsch getreten.« Er wirkt gereizt.

»Ich dachte, dass es eine nützliche Idee sei und die Sache vereinfacht.«

»Das hat uns überrascht. Du hättest uns vorbereiten können, aber egal«, antwortet Brandtner.

Laumann sitzt hinter dem Schreibtisch. Aufmerksam hat er den kurzen Wortwechsel zwischen Brandtner und Falke verfolgt. Er beäugt die beiden interessiert, was Falke bemerkt.

»Was hast du?«, fragt er Laumann.

»Ich halte es einfach für eine blöde Idee, mich mit der Leitung der Ermittlungsgruppe zu beauftragen. Das ist alles.«

»Wo liegt das Problem?«

Laumann überlegt einen Moment.

»Verdammt, ich bin zu dicht dran, verstehst du? Der Fall Schramm hat mich mitgenommen. Sein Tod hat mich aus der Bahn geworfen. Ich komme derzeit wieder auf die Beine. Jetzt überschlagen sich die Ereignisse in Sachen Schramm erneut. Tausend Fragezeichen schwirren um meinen Kopf. Es könnte die falsche Entscheidung sein, mir die Verantwortung in diesem Fall zu übertragen.«

Falke zuckt mit den Schultern, Brandtner schaut zu Boden.

»Wie immer, am Anfang einer Ermittlung steht die Unsicherheit und Sorge«, gibt Falke zu verstehen.

»Herrgott, du hast Claudia Schramm in Verdacht. Scheiße, es fällt mit schwer, deinen Gedanken zu folgen. Du zwingst mich, Entscheidung zu treffen und Verantwortung zu übernehmen. Ich will nicht wieder falsch liegen aufgrund einer persönlichen Nähe zu einem Tatverdächtigen.«

»Ich weiß, was du meinst. Doch ich kenne weder Klaus Schramm noch seine Frau. Ich bin dein Vertreter und wenn es sein muss, trete ich dir kräftig auf die Füße.«

»Und ich dir mit Anlauf in den Allerwertesten«, pflichtet Brandtner bei, der unbedingt in diese Ermittlungsgruppe will. Er möchte Laumann im Auge behalten.

»Es ist deine Entscheidung. Aber niemand kennt den Fall besser als du. Niemand ist mit Claudia Schramm so eng vertraut. Das kann unser Vorteil sein. Du kannst Licht in die Dunkelheit bringen. Darum habe ich meine Beziehungen spielen lassen. Deshalb wollte ich dir die Leitung übertragen.«

»Das hast du ja auch geschafft. Ich bin aber absolut nicht begeistert. Bist du dir über die Widerstände in dieser Behörde im Klaren, die den Fall Schramm betreffen?«

»Ich wurde über den denkbaren Druck des Präsidiums informiert, das macht mir keine Probleme.«

»Was dann?«

»Also arbeiten wir jetzt unter deiner Leitung?« Falke sieht Laumann nervös zur Zigarette greifen. Der nickt unmerklich mit dem Kopf und bläst den Rauch in den Raum.

»Ich bin dabei«, murmelt er leise.

Die Kommission steht. Brandtner glaubt, eine gelöste Stimmung im Raum zu bemerken.

»Dann mach ich natürlich auch mit. Also, was hast du?«, fragt Brandtner.

»Könnt ihr mir einen Beamer besorgen, den ich an meinen Laptop anschließen kann?«

»Das Ding, mit dem man Fotos an die Wand wirft?« Laumann sieht ihn fragend an.

Brandtner atmet tief aus.

»Mensch Udo, du bist ein Dinosaurier. Die Zeiten von Flipcharts liegen Ewigkeiten zurück.«

Laumann schaut verdutzt.

»Flipcharts?«, fragt Brandtner leise. Er neigt den Kopf zur Seite. Seine Arme sind ausgebreitet. »Das Ding mit dem riesigen Papier? Den dicken Stiften? Für Leute, die vor einer

Gruppe stehen und tolle Zeichnungen für die sitzenden Trottel aufmalen.«

»Ich kenne Flipcharts und Beamer genau. Ich bin doch nicht blöde.«

»Gibt es im Präsidium einen Vorführraum?«, fragt Falke amüsiert.

»Sicher.«

Sie verlassen Laumanns Büro. Falke schließt im Medienraum den Laptop an und fährt den Rechner hoch. Der Beamer wirft den Schriftzug ›EG Russe‹ auf die helle Leinwand.

»Oh, es gibt bereits einen Namen für unsere Ermittlungsgruppe?«, fragt Laumann erstaunt.

»Ich hatte nur noch nicht die Zeit, dich zu informieren. Es wird spannend.«

»Haben wir einen fetten Fisch an der Angel?«

»Ja, passt auf.«

Falke drückt eine Taste auf dem Rechner. Ein Bild von Eduard Ramanov erscheint auf der Leinwand.

»Das ist der erste Tote. Aus Hamburg. Die Informationen liegen euch vor.«

Eine weitere Taste wird gedrückt. Ein zweites Foto erscheint neben Ramanov.

»Das ist Piotr Wozniak. Der Tote aus Düsseldorf. Auch über den müssen wir jetzt nicht reden. Wir konnten bisher nicht ermitteln, was die beiden verbindet.«

»Warum sollte es eine Verbindung geben? In den Fällen richtet sich der Tatverdacht gegen eine Frau. Gibt es noch andere Indizien?«

»Wartet, ich bin ja noch nicht fertig. Wozniak ist genau genommen der Tote Nummer drei.«

»Drei?«, fragt Laumann. »Wer ist denn die Nummer zwei?« Er blickt Brandtner fragend an, der nur mit den Schultern zuckt.

»Lasst uns zuerst mit dem Vierten auf der Liste anfangen. Es ist dann einfacher.«

»Vier?« Brandtner ist entsetzt. »Von wie vielen Toten sprechen wir denn konkret?«

Falke drückt eine weitere Taste auf dem Laptop. Auf der Leinwand erscheint neben den beiden Personen ein drittes Bild.

»Das ist Dimitri Petrenkov, er ist, nein, er war Russe. Jemand hat ihn in Köln ermordet. In der Nähe seines Wagens wurde er geköpft«, beginnt Falke.

»Was?«, fragt Brandtner erstaunt.

»Geköpft«, gibt Falke kurz zurück.

»Aber Köpfen ist äußerst ungewöhnlich. Ich selbst habe noch nie in meiner Laufbahn einen solchen Toten gesehen. Du?«, fragt Brandtner Laumann.

Der schüttelt nur den Kopf. Ihn interessiert etwas Anderes.

»Wie kommt ihr darauf, dass der Mord dazugehört?«

Falke deutet auf die drei Bilder.

»Zwei Russen, ein Pole. Alle drei unter merkwürdigen Umständen ermordet. Alle Opfer sind genau genommen unbeschriebene Blätter bei der Polizei. Sie wurden niemals erkennungsdienstlich behandelt. Petrenkov taucht einmal in einem Verfahren auf, dass die Staatsanwaltschaft aber einstellte.«

»Was sagt uns das?«

»Viel Gerede und Andeutungen, aber keine harten Fakten. Absolut nichts Konkretes. Man kann sie durchaus als Geister bezeichnen, für die Polizei.«

»Und?«, fragt Brandtner.

»Auch bei Petrenkov beschreibt ein Zeuge eine Frau. Sie floh mit einem Säbel oder einem Schwert vom Tatort. Gleiche Beschreibung wie in Düsseldorf.«

Laumann rutscht unruhig auf dem Stuhl herum.

»Du glaubst, dass es sich um Claudia handelt?«

»Eine bessere Idee habe ich nicht. Du?«

Brandtner schaut zu Boden, Laumann schweigt.

»Und jetzt kommt der Clou. Passt auf.«

Falke drückt wieder eine Taste auf dem Notebook. Ein viertes Bild erscheint über den drei Köpfen der Toten.

»Mikael Temenov.«

Vom Kopf des Temenov ziehen sich drei rote Striche zu den anderen Hingerichteten.

»Er ist der Sohn von Jurij Temenov. Er steht mit der Russenmafia in Verbindung. Verdammt hohes Tier. Das Bundeskriminalamt hat Hinweise, dass er die Organisation im deutschsprachigen Raum vertritt und die Sektion von Wien leitet.«

Das Gesicht eines älteren Mannes wird neben Mikael Temenovs Kopf sichtbar.

»Wir haben Interpol Wien kontaktiert. Dort liegen die gleichen Informationen vor, sie können Jurij jedoch nichts anhängen. Unbescholtener Bürger, Geschäftsmann, zahlt pünktlich Steuern und ist Stammgast bei Wohltätigkeitsveranstaltungen. Mikael ging nach Frankfurt, was vermutlich mit seiner Ehe zusammenhing.«

Ein Klick auf dem Computer. Das Porträt einer Frau mit schmalem Gesicht taucht nun neben Mikael auf.

»Er hat Natasha Sukov geheiratet, die Tochter des Leiters der deutschen Sektion in Frankfurt.« Falke schweigt einige Sekunden.

»Was für ein Zufall«, bemerkt Brandtner bissig.

»Vladimir Sukov ist genauso unbescholten wie Jurij.«

Laumann beugt sich vor. Er legt die Unterarme auf den Tisch.

»Okay. Bis jetzt verstehe ich soweit alles. Aber ich sehe noch immer keinen Zusammenhang zu Claudia. Für mich sieht es nach einem Krieg konkurrierender Banden aus. Oder nach einem Machtkampf innerhalb der Organisation.«

»Das Beste kommt zum Schluss.«

Jurij Temenovs und Vladimir Sukovs Köpfe erscheinen auf der Leinwand über Mikael. Rote Striche verbinden die beiden Führungspositionen mit ihm. Ein leerer Rahmen mit einem Fragezeichen erscheint oben auf der Projektionsfläche.

»Temenov und Sukov sind Führungsmitglieder, aber nicht die Köpfe der Organisation. Wir forderten über das BKA Informationen an. Dort konnten wir eine interessante Verbindung aufdecken.«

Die Porträts verschwinden auf der Leinwand. Zwei Fotos einer Menschenmenge erscheinen auf der Bildfläche. Alle sind feierlich gekleidet. Ein Mann ist auf beiden Bildern zu sehen.

»Das könnte der unbekannte Drahtzieher sein, der hinter allem steckt. Die Aufnahmen haben Seltenheitswert, ich musste all meine Kontakte dafür spielen lassen. Sie wurden vor vier Jahren auf einem Wohltätigkeitsempfang aufgenommen. Ein Russe, den niemand kennt. Bei uns ist er nur als Wasilij Charatov bekannt, aber das dürfte nur ein Alias sein. Unglaublich vermögend und kamerascheu. Er ist einer der Gewinner des Zusammenbruchs der Sowjetunion. Tauchte vor einigen Jahrzehnten schlagartig als Sohn eines Boris Charatov auf, mit den höchsten Verbindungen in den Kreml. Boris Charatov hat sich aber immer im Hintergrund gehalten, ein stiller Lenker und Entscheider. Vermutlich hat er Wasilij von einer Familie adoptiert, die im Kreml in Ungnade gefallen ist. Aber niemand will die Russen zu ihm befragen.«

»Ein Schelm, wer Böses dabei denkt«, gibt Laumann von sich. »Wir haben jetzt den Kopf der Organisation und zwei Leute aus der Führungsebene. Trotzdem sehe ich noch immer keine Verbindung zu unserem Fall.«

»Charatov ist vermutlich der Thronfolger. Dem BKA liegen verschiedene Indizien vor, die diese Annahme stützen. Die Nummer Eins ist absolut unbekannt.«

Falke schaut die beiden Ermittler lächelnd an.

Laumann und Brandtner sind verwirrt. Sie können Falkes Lachen nicht verstehen.

»Wo ist der Witz in der Geschichte?«, wagt sich Brandtner langsam vor. Falke lächelt noch immer. Er deutet mit dem Daumen auf die Leinwand hinter ihm.

»Fällt euch nichts auf?«, fragt er.

Brandtner schüttelt den Kopf. Laumann schaut abwechselnd auf die beiden Bilder. Er gleicht sie miteinander ab.

›Suche den Fehler‹, denkt er sich. ›Ich habe etwas übersehen.‹ Seine Augen rasen von einem Bild zum anderen. Das Hirn arbeitet auf Hochtouren.

»Verdammte Scheiße. Das gibt es doch nicht.« Laumann steht vom Stuhl auf. Er stellt sich direkt vor die Leinwand.

»Was?«, fragt Brandtner entnervt, der auf den Bildern nichts erkennen kann.

»Das ist unmöglich.«

Laumann dreht sich zu Falke um. Falke nickt und lächelt.

»Könnt ihr beiden Turteltauben mir einfach erklären, was es darauf zu sehen gibt?«

Laumann hebt die rechte Hand. Mit dem Zeigefinger zeigt er auf eine Person, die zwei Reihen hinter Charatov steht.

»Was?«, fragt Brandtner, der in diesem Augenblick die Augen aufreißt. »Meine Fresse. Das ist doch der Schütze aus dem Café. Das glaub ich jetzt nicht.«

Brandtner schüttelt den Kopf.

»Wer ist das?«

»Das ist Wasilijs Sohn.«

»Charatov hat einen Sohn?«, fragt Laumann.

»Eine Art Sohn jedenfalls. Wasilij soll ihn von der Straße aufgelesen haben. Er hat ihn auf die Schule geschickt und studieren lassen. Womöglich sollte er in der Zukunft Wasilijs Position einnehmen, aber er ist mehr Befehlsempfänger. Eine Art Bodyguard und Mädchen für alles. Keine eigenen Geschäfte.«

»Wie heißt der Kerl?«, fragt Laumann, der die Augen nicht von dem Bild lösen kann.

»Valtin. Nikolas Valtin«, flüstert Falke.

Laumann hat das fehlende Puzzlestück gefunden. Nikolas Valtin. »Schön dich kennenzulernen, Nikolas Valtin.«

Er lächelt.

***

Nikolas überquert den Marktplatz. Er greift sich das Handy aus der Tasche.

»Hast du die Schlampe gefunden?«, bellt er in den Apparat.

»Nein, sie ist spurlos verschwunden.«

»Was soll das heißen? Niemand verschwindet spurlos.«

»Seit über einem Jahr gibt es nichts mehr. Keine Umsätze auf ihrem Konto oder mit ihrer Kreditkarte. Ich habe verschiedene Programme zur Gesichtserkennung laufen lassen, nichts, einfach nichts. Normalerweise würde ich sagen, sie ist tot.«

»Erzähl keinen Scheiß. Sie ist hier. Du musst sie finden. Los jetzt.«

»Wo soll ich suchen, verdammt. Das letzte Bild auf Facebook hat sie Anfang 2014 gepostet. Ihre Geburtstagsfeier. Seitdem keine Posts mehr, absolut nichts. Kein Twitter, kein Instagram, null.«

»Sie war in Hongkong, Bangkok, Singapur, und wer weiß noch wo. Wie ist sie dahin gekommen? Wo hat sie gewohnt?«

»Hast du eine Vorstellung, wie viele Fluglinien und Hotels es gibt? Wann und unter welchen Namen? Wie soll ich sie finden?«

»Ich weiß es nicht. Du bist der Fachmann.«

»Niemand veröffentlicht seine Kundendaten. Dazu muss ich jede Fluglinie hacken, jede Hotelseite, damit bin ich Jahre und Jahrzehnte beschäftigt.«

»Sie ist jetzt hier. In Deutschland. Du musst sie finden.«

»Was für Hotels in Singapur gilt, gilt auch für deutsche Unterkünfte. Wie soll ich das machen? Unter welchen Namen?«

»Versuch es einfach. Dir fällt schon etwas ein.«

Nikolas vernimmt ein schweres Seufzen.

»Okay. Ich versuche es. Aber verlass dich nicht darauf. Ich kann keine Versprechungen machen.«

»Aber beeil dich, es ist dringend.«

Nikolas nickt still vor sich hin. Er legt auf.

In ihm steigert sich die Wut. Er tritt vor einem Mülleimer, der scheppernd zu Boden fällt. Ein kleiner Junge auf einem Dreirad schaut ihn böse an.

»Verschwinde«, raunzt er ihn an. Der Knirps reißt die Augen auf. Er legt die winzigen Füße auf die Pedale. Hektisch trampelnd rast er von Nikolas weg.

Seine Gedanken richten sich wieder auf Claudia Schramm. Das verdammte Miststück. Er hätte sie damals umlegen sollen. Ein missglückter Bankraub oder einfach ein trauriger Unfall. Egal, aber sie hätten heute nicht diese Schwierigkeiten. Eine solche Zielstrebigkeit und Kälte hat er ihr nicht zugetraut.

Wasilij auch nicht. Das war ein weiterer Fehler. Aber wie hat die Hure das geschafft? Wer hat ihr geholfen?

Nikolas setzt sich in ein kleines Café und bestellt einen Kaffee. Die Gedanken kreisen wieder um Claudia Schramm. Nur sie kann für den Angriff verantwortlich sein, wer auch sonst? Niemand wird einen Krieg gegen die Organisation beginnen, niemand wird seine Leute umbringen und niemand kann glauben, ungestraft davonzukommen.

Ein Schluck der schwarzen Flüssigkeit rinnt seine Kehle hinunter. Die Wut schwillt an. Ein Gefühl der Hilflosigkeit übermannt ihn. Sie hat sie mit ihrer Rache überrascht. Verträumt schaut er auf die Menschenmenge, die über den Marktplatz hetzt.

Wasilij wird wissen, was zu tun ist. Er legt Geld auf den Tisch und verlässt das Lokal. In einer dunklen Ecke zieht er das Handy aus der Tasche. Eilig wählt er die Nummer des Hotels und lässt sich mit Wasilij verbinden. Nikolas nennt ihm seine Handynummer.

»Rufen Sie mich mit unterdrückter Rufnummer zurück. Ich warte.«

Nikolas verharrt nur wenige Sekunden.

»Gibt es neue Informationen?«, hört Nikolas.

»Nein, aber es kann nur Claudia sein. Es wurden nur Leute ausgeschaltet, die an der Sache Schramm beteiligt waren.« Nikolas schweigt einige Sekunden. Vorsichtig spricht er weiter. »Nur ich bin noch übrig. Und Sie.«

»Nikolas, wie soll sie das geschafft haben? Hast du dafür eine Erklärung?«

Nikolas überlegt. Wasilij fährt einfach fort.

»Sie kann unmöglich Informationen über die Organisation haben. Unmöglich. Niemand kannte die Hintergründe. Wir haben schweigen müssen, um die Hyänen nicht anzustacheln. Die Aktion konnte geheim gehalten werden.«

Beide sagen kein Wort. Wasilij geht die Ereignisse in Bochum noch einmal durch. Ein Gedanke taucht aus der hintersten Ecke seines Kopfes auf. Immer konkreter bildet sich eine Idee in ihm aus. Eine Erkenntnis trifft ihn wie ein Blitz.

»Woher hat Schramm ihre Kenntnisse über uns?«

Reflexartig zuckt Nikolas mit den Schultern.

»Ich weiß nicht.«

»Du hast Mikael beauftragt. Wer hat darüber Bescheid gewußt?«

»Jurij.«

»Gut, aber Jurij wird nicht seinen eigenen Sohn opfern.«

»Und du hast Dimitri mit der Suche nach der zweiten Person beauftragt.«

Nikolas' Hände zittern.

»Ich würde Sie niemals verraten. Niemals. Lieber gehe ich in den Tod.«

»Ich weiß.« Ein Lächeln umspielt Wasilijs Mund. Der gute Nikolas, loyal bis in den Tod, doch nicht der hellste Stern am Firmament.

»Ja, aber das meinte ich nicht.«

Erleichtert atmet Nikolas aus. Für einen Moment sorgte er sich, dass ... ›Unsinn‹, sagt er sich. ›Wasilij wird keine Sekunde an meiner Loyalität zweifeln, nicht einen Sekundenbruchteil.‹

»Hat Dimitri für uns gearbeitet oder nur für dich?«

»Dimitri hatte mit Sicherheit viele Auftraggeber. Ich kann mir vorstellen, dass er auch für die Organisation arbeitete. Das muss ihm nicht einmal bekannt gewesen sein.«

»Es gibt jemanden, der von der Aktion wusste und auch die erforderlichen Beziehungen hat, um das Puzzle zusammenzusetzen.«

»Wer?«

Nikolas ist entsetzt. Es gibt einen in der Organisation, den er zur Verantwortung ziehen und dem er den Kopf abreißen kann. Die Bilder im Kopf werden konkreter. Er malt sich die Stunden mit dem Verräter und seiner Rache aus. Sie wird schmerzhaft und fürchterlich. Vorfreude durchströmt seinen Körper.

»Wer?«, fragt er noch einmal voller Hoffnung.

»Jemanden, dem sogar ich Rechenschaft ablegen muss.«

Nikolas geht in die Hocke und stützt sich mit dem Rücken an der dunklen Wand ab. Sein Kopf ist leer, er kann keinen klaren Gedanken fassen.

»Warum?« Zu mehr Worten ist er nicht fähig. »Warum?«

»Er kann mich nicht offen angreifen, dazu bin ich zu mächtig. Ich habe zu viele Gefolgsleute in der Führungsriege. Es ist nicht Claudia Schramm, das sollen wir nur glauben.«

»Aber alles deutet auf sie. Sie hat ein Motiv und hat ...«

»Es ist ein geheimer Krieg. Wir sind das Ziel. Nikolas, wir sollen ausgeschaltet werden. Claudia Schramm ist eine falsche Fährte. Von Anfang an ...«

»Ich versteh's einfach nicht. Warum musste Mikael sterben?«

»Er war ein Bauernopfer, um uns in die Irre zu leiten. Sein Tod hat unser Interesse geweckt. Wir sind den Krümeln gehorsam gefolgt. Das hat uns vom wahren Ziel abgelenkt. Die anderen waren nur lästige Mitwisser. Sie hätten diese Aufmerksamkeit nicht entfacht, aber bei Mikael bissen wir an. Die Nummer Eins kann uns später die Schuld zuschieben und Jurij gegen mich aufhetzen. Mit Schramm und der Erpressung haben wir Fehler gemacht. Das Medieninteresse in Bochum wurde geweckt. Damit gefährdete ich die Organisation. Er hat mir nicht vergeben. Nichts ist vergeben und vergessen.«

Wasilij sucht nach Optionen.

»Was sollen wir tun?« Nikolas' Verzweiflung ist in seiner Stimme zu hören. »Wie können wir zurückschlagen?«

»Wir müssen die Pläne ändern. Komm zurück, wir verschwinden und überlegen, wo unsere Feinde sitzen. Es bleiben noch genügend Freunde. Beeil dich.«

»Ich brauche noch zwei oder drei Stunden. Dann fahre ich zum Hotel. Ich bringe noch mehr Ausrüstung mit, wir werden vorbereitet sein.«

»Gut, ich lasse die Maschine startklar machen.«

Die Verbindung ist unterbrochen. Nikolas starrt auf das Handy, bis das Display dunkel wird. Leere und Nutzlosigkeit ergreifen ihn. Er hat nicht die geringste Vorstellung, wie diese Geschichte weitergeht. Haben sie überhaupt noch eine Zukunft? Sind sie längst wandelnde Tote, die nur noch abgelegt werden müssen? Aber nicht kampflos, bis zum letzten Tropfen Blut wird er kämpfen und seine Loyalität beweisen. Wer ist der Feind? Wo sitzen die Freunde? Eine schwierige Situation, sehr schwierig. Es wird blutig werden, verdammt blutig.

***

Brandtner stürmt ins Büro von Laumann, der vor Schreck seine Zigarette fallen lässt.

»Sie sind hier, verdammt, sie sind hier«, schreit er.

»Wer ist hier?«, fragt Laumann.

»Ja, wer wohl? Charatov und Valtin. Sie landeten vor wenigen Tagen in Köln mit einer Privatmaschine. Das Landeskriminalamt hat uns soeben informiert. Sie versuchen zu ermitteln, wo sie untergekommen sind.«

»Wie viel Zeit brauchen sie für die Information?«

»Das dauert bestimmt nicht lange.«

»Gut.« Laumann greift sich das Telefon und wählt Falkes Nummer. Brandtner hört mit.

»In Köln? Da hat doch Petrenkov seinen Kopf verloren«, antwortet Falke.

»Ja, vermutlich sucht Charatov auch den Täter. Sie kamen vor kurzem an.«

»Vielleicht sucht er auch die Täterin?«

Laumann ignoriert Falkes Einwand. Er überlegt einen Moment.

»Das könnte auch mit diesem Mikael zu tun haben. Der war schließlich der Sohn eines hohen Tieres.«

»Aber was wollen sie dann in Köln? Warum sind sie nicht nach Frankfurt geflogen?«

»Womöglich wollten sie sich mit Petrenkov treffen, der Informationen hatte.«

Falke reicht die Antwort nicht aus. »Sie hätten aber auch nach Hamburg oder Düsseldorf fliegen können. Ich weiß nicht so recht, hört sich etwas schwammig an, oder? Was sagt Brandtner?«

»Der steht neben mir und hört mit.«

»Das LKA rief an und informierte uns, dass Charatov und Valtin mit einem Privatjet in Köln gelandet sind. Mehr weiß ich dazu auch noch nicht«, spricht Brandtner in Richtung Telefon.

Laumann kritzelt die Namen der Toten auf einen Zettel. Er unterstreicht sie und setzt Bernd Schneider in Klammern.

»Also gut. Nehmen wir Bernd Schneider erst einmal aus unseren Überlegungen heraus. Der passt nicht in den Fall.« Sekunden starrt er auf den Zettel. »Wozniak war bei der Schießerei im Café. Mit Valtin, der noch lebt.«

Laumann umkreist Ramanov und Temenov und schreibt ›Film?‹ hinter die Namen. »Ramanov und Temenov könnten den Film gedreht haben«, murmelt er gedankenversunken.

Brandtner schaut erschrocken auf. Laumann realisiert augenblicklich, was ihm gerade über die Lippen gekommen ist. Doch es ist zu spät.

»Welchen Film?«, fragt Falke. »Wovon sprichst du?«

»Ich ...« Laumann stottert. »Ich ... Es gibt einen Film.«

»Was für einen Film?«, fragt Falke erneut.

Laumann registriert den ärgerlichen Unterton in Falkes Stimme.

»Hast du irgendetwas verschwiegen, was ich vielleicht wissen sollte?«

Laumann schweigt. Seine Gedanken lenkten ihn ab. Die Worte verließen unbemerkt die Lippen. Was bleibt ihm jetzt? Er sucht die Flucht nach vorne.

»Nach Schramms Tod erhielt ich anonym einen Film von der Ermordung Kampmanns und dem Toten auf dem Feld.«

»Von der Hinrichtung?«

»Ja«, gibt Laumann peinlich berührt zu.

»Und das sagst du mir erst jetzt? Was soll die Scheiße?«, schreit Falke in den Hörer.

Laumann sieht verzweifelt zu Brandtner. Der schüttelt den Kopf.

»Ich wollte, dass du die Sache unvoreingenommen betrachtest und keine voreiligen Schlüsse ziehst«, fügt er leise hinzu.

»Wenn das deine Sorge ist, dann muss der Film ja verdammt spannend sein. Was war auf dem Film? Hat Schramm die beiden umgelegt?«

»Nein«, antwortet Laumann hastig. »Es sollte nur so aussehen. Er hat nicht geschossen, er ist nur der Sündenbock.«

Laumann hört Falkes hektischen Atem. Sorgenfalten legen sich auf seine Stirn, die Verzweiflung wächst. Bevor Falke etwas sagen kann, nimmt er den Hörer in die Hand. Brandtner kann nicht mehr mithören. Langsam erhebt er sich aus dem Sessel. Mit einer Hand winkt er Richtung Laumann ab und verlässt das Büro. Wendet sich Brandtner jetzt von ihm ab? Und Falke?

Die Computermaus flitzt über das Pad. Laumann klickt das dienstliche Mailprogramm auf. Mit der freien Hand gibt er die Mailadresse von Falke ein. Er hängt den Film an und schickt die Mail los.

»Stellst du dir so eine Zusammenarbeit vor? Was geht in dir vor, verdammt noch mal?« Falkes Wut ist nicht zu überhören.

»In wenigen Sekunden hast du das Video. Schau selbst und sag mir, was du davon hältst.«

Laumann hat Angst, dass Falke auflegt. Er hört den Klingelton im Hintergrund. Die Mail ist angekommen. Die Tastatur klappert, Falke öffnet den Film. Das Schweigen ist unerträglich, doch Laumann will das Gespräch nicht eröffnen.

»Eindeutiger geht es kaum noch«, beginnt Falke resigniert. »Jetzt ist klar, warum die Sache eingestellt und unter dem Teppich gekehrt wurde.«

»Hast du Schramm schießen sehen?«

»Nein, aber viele Leute spielen ja nicht mit, oder habe ich da etwas übersehen?«

»Schramm hat nicht geschossen«, gibt Laumann kleinlaut zu verstehen. »Er ist kein Mörder.«

»Du siehst nur, was du sehen willst. Wer soll denn geschossen haben? Wer sollte an seine Waffe gelangt sein? Wer?«

Mit einem Knall landet Falkes Handfläche auf dem Schreibtisch.

»Ich weiß es nicht. Nikolas? Der Schütze aus dem Café?«, haucht Laumann in den Hörer.

»Und wo ist der hier zu sehen? Er ist nicht auf dem Film!«, schreit Falke zurück.

Laumann schweigt.

»Scheiße. Udo, du hast mich verarscht. Du vertraust mir nicht.«

»Ich will nicht glauben, dass Klaus ein Doppelmörder ist. Niemand nimmt meine Zweifel zur Kenntnis. Jeder sucht den einfachen Weg, keiner hinterfragt das Offensichtliche. Ich wollte nur deine Meinung hören, unvoreingenommen. Das Video hätte alles verändert. Deshalb solltest du es nicht sofort sehen.«

Falke will das Gespräch beenden und seinen Kontakt im Innenministerium anrufen.

»Aber was ändert das?«, spricht Laumann einfach weiter. »Nichts. Du hast einen Mord in deiner Stadt. Ich leitete das Ermittlungsverfahren, das dich weiterbringen kann. Schramms Schuld oder Unschuld ändert nichts. Er ist tot. Er ist für die Hinrichtung in Düsseldorf nicht verantwortlich. Also, wie geht es jetzt weiter?«

Falke denkt über die Worte nach. Laumann hat Recht. Für die Ermittlungen ist es ohne Bedeutung, ob Schramm ein Doppelmörder ist. Sie hatten hier eine Serie aufzuklären, für die Klaus Schramm mit Sicherheit nicht in Betracht kommt.

»Vielleicht liegst du richtig. Aber über dein Misstrauen müssen wir unbedingt noch einmal reden.« Falke hört sich etwas beruhigter an.

»Danke.« Mehr fällt Laumann nicht ein. Vorsichtig versucht er, den Faden wieder aufzunehmen. »Stellen wir uns doch einfach vor, dass Ramanov und dieser Mikael das Video drehten. Wozniak war im Wattenscheider Café. Dann gibt es drei Tote, die mit dem Fall Schramm direkt verstrickt waren.«

»Fehlt dieser Valtin noch.«

»Er ist der Schütze im Café. Der steht mit Sicherheit noch auf der Liste unseres Täters.«

»Und Petrenkov? Wie passt der da rein?«, fragt Falke.

»Vielleicht war auch er am Video beteiligt. Mir fällt keine andere Verbindung ein.«

»Charatov und Nikolas fliegen nicht nach Köln für einen unwichtigen Handlanger. Da muss mehr dahinter stecken.«

Laumann ruft sich noch einmal die Bilder in Erinnerung, die Falke mit dem Beamer an die Wand projizierte.

»Okay. Charatov ist der Drahtzieher im Hintergrund«, beginnt er seine Überlegungen. »Er hat die Anordnung für die Morde erteilt, beteiligt sich aber nicht weiter an der Planung und Durchführung. Er beauftragt Nikolas mit dieser Aufgabe. Der ist aber auch tief verstrickt in die Organisation und muss vorsichtig handeln. Von Schramms Erpressung darf dort niemand etwas erfahren. Also muss sich Valtin jemanden suchen. Den Mord im Café erledigt er selbst. Mit Wozniak. Woher kennt er den?«

Falke konzentriert sich auf die Toten.

»Beginnen wir noch einmal am Anfang. Schramm erpresst Charatov, der sich der Sache entledigen will«, ergänzt Falke. »Es wird ein Team zusammengestellt, das nicht direkt mit ihnen in Verbindung zu bringen ist. Unsere Toten wirkten an der Ausführung mit, in welcher Form auch immer. Niemand kommt aus Bochum, was uns die Aufklärung erschwert. Hamburg, Frankfurt und Düsseldorf. Dann Petrenkov in Köln. Vielleicht war er so eine Art Organisator. Das erklärt seine Ermordung.«

»Klingt nach einer logischen Theorie«, antwortet Laumann. »Er könnte das Team zusammengestellt haben.«

»Dann bleiben nur noch Valtin und Charatov«, stimmt Falke zu. »Aber dann gibt es nur eine Person mit einem Motiv.«

»Ja«, haucht Laumann. »Nur Claudia Schramm.«

»Mit Kampfsporterfahrung.«

»Ich weiß.«

»Nikolas bringt ihren Bruder um, weil er den Aufenthaltsort von Claudia in Erfahrung bringen will. Der nächste Tote in der Familie. Rache ist ein starkes Motiv, wenn sie überhaupt noch einen zusätzlichen Ansporn brauchte.«

Falke wartet auf Laumanns Reaktion.

»Sie hat sicherlich nicht damit gerechnet, dass ihre Angehörigen in Gefahr schweben.«

»Wir müssen Claudia zur Fahndung ausschreiben. Soll ich das machen?«

Laumann will die Entscheidung nicht treffen. Zu groß ist seine Angst vor einem Fehler. Er fürchtet sich vor einer erneuten Katastrophe, einem zweiten Desaster. Doch eine andere Lösung sieht auch er nicht.

»Mach das bitte.«

Brandtner stürmt durch die Bürotür. Er wedelt mit einem Zettel vor Laumanns Nase. In kritzeliger Schrift ist der Name eines Hotels geschrieben.

»Wir haben das Hotel gefunden«, sagt Laumann grinsend ins Telefon. »Ich fahre mit Brandtner hin.«

Brandtner stutzt zunächst und zeigt ihm einen Vogel.

»Was willst du bei Charatov?«, fragt Falke irritiert.

»Wenn unsere Überlegungen stimmen, kann er die gleichen Schlüsse ziehen. Dann ist er auf der Suche nach Claudia. Er wird die Sache endgültig beenden wollen. Das muss ich verhindern. Ich werde nur mit ihm sprechen. Er soll merken, dass wir ihm im Nacken sitzen. Das könnte ihn nervös machen. Womöglich macht er Fehler.«

»Hältst du das für eine gute Idee?«, fragt Falke.

»Er wird uns nicht in einem Luxushotel umlegen. Er sucht Antworten. Ein spontaner Besuch der Polizei wird ihn überraschen. Er wird versuchen, Informationen aus mir rauszuholen. Dann wissen wir aber, wie weit er ist. Ich will Claudia retten und das Blutvergießen beenden. Verstehst du das?«

»Was ist mit Nikolas?«

»Was soll mit ihm sein?«

»Es gibt einen Haftbefehl für ihn. Wenn er dort ist, musst du ihn festnehmen, schon vergessen?«

»Nein, aber wir werden nicht auf ihn treffen. Charatov beschützt seinen Sohn.«

»Sicher?«, fragt Falke.

»Ja, absolut. Aber ich könnte ein Team der Spezialeinheit in Köln anfordern, wenn du darauf bestehst. Sie können die Sicherung im Hintergrund übernehmen.«

»Ich halte einen Besuch für keine gute Idee.«

»Charatov ist gerissen. Als Idiot kommst du nicht in seine Position. Er wird uns nichts antun, glaub mir.«

»Dann halt mich auf dem Laufenden.«

Laumann legt auf.

»Oh mein Gott. Du willst nicht ernsthaft zu Charatov? Nicht wir beide alleine?«, fragt Brandtner vorsichtig. Sein Gesicht ist aschfahl.

»Na klar. Charatov wird keinen Krieg mit der Polizei anfangen. Ich werde nicht einmal das Sondereinsatzkommando anfordern. Es wird interessant.«

»Interessant? Scheiße, nein. Das ist nicht interessant, das ist einfach bescheuert. Du hast sie nicht alle«, poltert Brandtner los. Er dreht sich zur Bürotür. »Dann hol ich mal meine Waffe.«

Laumann grinst.

»Das Reservemagazin und die Schussweste nehme ich auch noch mit,« ruft Brandtner vom Flur.

5. Kapitel
Der Tod kommt näher

›*Nütze es aus, wenn der Gegner leicht erregbar ist, um ihn herauszufordern.*‹

Sun Tsu, ›*Die Kunst des Krieges*‹

Nikolas schaut über den Marktplatz. Unruhe breitet sich in ihm aus. Er kommt sich beobachtet vor. Niemand zu sehen, der sich auffällig unauffällig an den Ständen herumtreibt. Niemand, der ihn anstarrt.

In den Hosentaschen sucht er nach Münzen für das Parkhaus, die klimpernd in die gierige Ticketmaschine fallen. Eilig steigt er die Treppen in die dritte Etage hinauf. Die Schritte hallen im Treppenhaus. Nikolas bleibt stehen, dreht den Kopf auf die Seite und horcht.

Nichts zu hören, keiner da, alles ruhig. Niemand folgt ihm. Das ungute Gefühl verstärkt sich. Sein Bauchgefühl hat ihn noch nie verlassen, doch jetzt spielt ihm die Fantasie einen Streich. Die Eisentür zur Parkebene geht trotz aller Vorsicht laut quietschend auf.

Die Ebene ist nicht beleuchtet. Der Wagen steht in einer Parkbox in einer der hinteren Ecken. Die verschiedenen Etagen liegen versetzt übereinander. Langsam schlendert er an geparkten Fahrzeugen vorbei und sieht Autos in der Ebene schräg über ihm. Der Wind pfeift durch das Gebäude. Die Kälte lässt ihn erschauern. Das Tageslicht spendet spärliche Sicht. Mit geschultem Blick sucht er die Etage und die höher gelegene Parkfläche ab.

Am Wagen stehend schaut er sich erneut um. Noch immer niemand zu sehen.

Die Blinklichter leuchten nach einem Druck auf den Schlüssel kurz. Ein knappes Hupen ertönt. Auf dem Spiegelbild im Fenster der Fahrerseite erkennt er eine Hand mit einer Pistole, die in seine Richtung zielt. Nikolas springt nach links zur Seite und lässt sich auf den Boden fallen. Hart schlägt er mit dem Kopf gegen ein geparktes Fahrzeug. Das ploppende Geräusch des Schalldämpfers wird übertönt vom Splittern der Autoscheibe. Glassplitter regnen auf Nikolas. Der kleine Cut auf der Stirn sondert einige Blutstropfen ab. Er zieht seine Waffe. Auf dem Bauch kriecht er zum Fahrzeugheck.

»Nur kein Ziel bieten«, denkt er sich. »Nur kein Ziel bieten. Finde die Schlampe.«

Leise trippelnde Schritte auf der oberen Ebene. Sie entfernen sich von ihm.

»War das alles, du Miststück?«, schreit er. »Aus dem Hinterhalt? Mehr hast du nicht drauf?«

Ruhe.

»Warum kommst du nicht heraus. Wir klären das wie Männer!« Er kichert in sich hinein. »Wie Männer? Soll sie nur glauben, dass ich ahnungslos bin«, denkt er sich.

»Na los, mach schon. Oder hast du die Hose voll?«, schreit er durch das Parkhaus.

Nichts. Keine Antwort.

Nikolas setzt sich auf. Er lehnt sich mit dem Rücken gegen den Kofferraum. Die Beine winkelt er ein wenig an. Sein Blick schweift über die Parkebene. Kommt sie die Auffahrt hinunter? Gibt es in der Ecke einen Treppenaufgang? Er hätte sich das Parkhaus besser ansehen sollen. Verdammt.

Trippelnde Schritte. Ein leises Kratzen. Stille.

Nikolas geht auf die Knie. Vorsichtig hebt er den Kopf über den Kofferraum. Er versucht, unter die geparkten Fahrzeuge in der oberen Ebene zu sehen. Keine Beine, kein Ziel.

»Weißt du, was passiert, wenn ich dich kriege?« Nikolas nimmt eine Hockstellung ein. Sprungbereit wie ein Tiger.

»Dann wirst du sterben«, haucht eine leise Stimme. »Steeeerbeeen.«

Nikolas erschrickt. Er kann die Richtung nicht ausmachen. Sie scheint vom anderen Ende der Parkebene zu kommen, oder von der Ebene darunter. Das ist unmöglich. Verfluchtes Parkhaus. Eben stand sie noch über ihm. Ihre Schritte entfernten sich doch von ihm, oder nicht? Die Stimme gehörte einer Frau, eindeutig. Greifen ihn zwei Personen an? Wer sollte sie unterstützen? Die Organisation?

»Hör zu, Schramm. Laumann und seine Kollegen haben deinen Mann umgebracht. Nicht ein Haar haben wir ihm gekrümmt.«

Stille.

»Los, antworte«, ruft er hinaus.

»Toooooooooood«, haucht die Stimme überraschend, die durch den Hall noch schauerlicher wird. Das Echo verstummt. Totenstille. Nikolas schaut sich gehetzt um.

»Schuldig des Mordes.«

Die Worte fliegen durch das Parkhaus. Abrupt dreht sich er zur anderen Seite. Mit der Waffe zielt er in diese Richtung. Nichts. Er kann ihre Position nicht orten.

›Beruhige dich. Konzentrier dich. Du musst herausbekommen, wo sie sich versteckt‹, hämmert er sich immer wieder ein.

»Schuldig«, kreischt die Stimme wie ein Clown in der Arena. »Schuldig! Schuldig! Und tot!«

Abgehackt. Stakkatoartig. Grell und wahnsinnig.

Seine Coulrophobie wird langsam beherrschend. Die Gänsehaut auf den Armen hat den maximalen Punkt erreicht. Seit Kindertagen hat er Angst vor Clowns. Er brachte sie nie mit komisch oder amüsant in Verbindung. Sie sind furchteinflößend, bösartig, nicht berechenbar und hektisch. Mit widerlich geschminkten Gesichtern, die keine Emotionen erkennen lassen. Er schüttelt den Kopf, um die drohende Panik zu vertreiben. Seine einzige Schwäche, die einzige Angst.

Wer weiß davon? Egal.

›Finde sie und mach sie kalt‹, hört er die Stimme im Kopf. ›Bring die Sache endlich zu Ende.‹

Nikolas reibt sich über sein Ohr, doch er kann ihre Position nicht lokalisieren. Langsam dreht er sich wieder in die andere Richtung. In der oberen Parkebene kann er sie auch nicht sehen. Nichts.

»Okay, wir können den ganzen Tag hier verbringen. Wenn du dich zeigst, werde ich dir deinen dämlichen Schädel wegpusten. Versprochen.«

Schweigen.

»Es ist noch Zeit. Du kannst auch verschwinden. Dann vergessen wir diesen kleinen Vorfall. Ich bin nicht nachtragend, verstehst du mich?«

Keine Reaktion. Wo ist die Hure?

›Konzentriere dich. Du kannst sie den Hunden zum Fraß vorwerfen. Mach schon, sie ist nur eine Frau. Entspann dich und lausche. Jetzt!‹

Einen kurzen Moment schließt er die Augen. Er atmet tief ein und konzentriert sich auf Geräusche. Ein einziges Wort wird ihre Position verraten, dann wird er sie töten. Langsam, ganz langsam und qualvoll. Er steht auf. Seine zu schmalen Schlitzen geformten Augen suchen die Parkebenen ab.

Ein Geräusch wie eingedrücktes Autoblech, lässt Nikolas herumfahren. Er sieht einen dunklen Schatten von einem der Autodächer auf sich zufliegen. Ein kurzer Aufschrei kommt aus seiner Kehle. Eine Sekunde vergeht, ohne eine Bewegung von ihm, erschrocken und eingefroren. Die schemenhafte Gestalt fliegt weiter auf ihn zu. Er sieht die blitzende Klinge eines langes Schwertes, das der Angreifer mit beiden Händen in seine Richtung hält.

Nikolas hebt noch die Pistole. Bevor er abdrücken kann, dringt die Schwertklinge mit einem schmatzenden Geräusch in seine rechte Schulter. Es durchbohrt die Haut, trennt Muskeln und zerschneidet Sehnen. Schmerzen explodieren in seinem Kopf. Den Abzug kann er nicht mehr durchziehen. Die Schusswaffe entgleitet ihm. Scheppernd fällt sie auf den Boden.

Immer tiefer dringt das Metall ein. Es durchstößt den Körper und sucht sich durch die Haut am Rücken den Weg ins Freie. Das Stichblatt prallt gegen die Schulter. Die Wucht des Aufpralls schleudert ihn nach hinten. Er wankt, stolpert zwei Schritte zurück. Die Klinge schneidet beim Herausziehen wieder in sein Fleisch.

Die Schmerzen nehmen zu. Instinktiv fängt er den Sturz mit den Armen ab. Hart schlägt er auf den Boden. Der Körper des Angreifers steht über ihm. Die Kapuze tief ins Gesicht gezogen. Eine zierliche Person. Eine Frau. Claudia? Doch er kann sie nicht erkennen.

Sie holt erneut mit dem Schwert aus. Eine einzige fließende Bewegung, geschmeidig und präzise. Sie führt die Klinge wie einen verlängerten Arm. Das blitzende, teils mit Blut getränkte Silber fliegt auf ihn zu. Es trifft seinen rechten Arm unterhalb des Ellbogens. Dumpf prallt der Unterarm auf den Beton. Nikolas' lauter Schrei dringt durch das Parkhaus.

Er sitzt regungslos da. Einen klaren Gedanken kann er nicht mehr fassen. Mit weit aufgerissenen Augen sieht er den Arm mit den zuckenden Fingern, der neben ihm liegt. In Erwartung des Todes sucht er ihren Blick. Doch sie ist so schnell und lautlos verschwunden wie sie aus der Dunkelheit hervorkam.

Das Echo verteilt Nikolas' wütenden Schrei über die Parkebenen. Er rappelt sich langsam auf. Mit der linken Hand umfasst er den Armstumpf. Blut fließt in Strömen auf den Boden. Der abgetrennte Arm liegt vor ihm. Wutentbrannt schießen ihm Tränen in die Augen. Unbändige Wut. Er hat sich überrumpeln lassen. Seine Überheblichkeit und Arroganz hat ihn in diese aussichtslose Position gebracht. Er hat Schramm unterschätzt. Den Preis dafür hat er jetzt zu bezahlen.

Miese Schlampe!

Trap. Trap. Trap.

Er schaut auf. Für einen kurzen Augenblick sieht er wieder eine dunkle Gestalt auf sich zufliegen. Nikolas schreit auf – nichts. Ein Hirngespinst. Panik überfällt ihn. Nie zuvor stand er einem solchen Gegner gegenüber.

Trap. Trap. Trap.

Ein kurzes Grunzen entflieht seiner Kehle. Es ist vorbei. Er hat verloren. Seine Kampfunfähigkeit zwingt ihn, die Hinrichtung wehrlos hinzunehmen. Durch die Hände einer Frau, wie jämmerlich ihm dieser Gedanke erscheint. Nur eine Frau!

»Schuldig der Mitgliedschaft einer kriminellen Vereinigung. Du wurdest zum Tode verurteilt. Wie dein Herr und Meister auch.«

Nikolas vernimmt ein leises Kichern. Zum ersten Mal in seinem Leben breitet sich eine Gänsehaut auf dem gesamten Körper aus, zumindest auf den verbliebenen Körperteilen. Mit der Jacke umwickelt er den blutenden Stumpf. Er hebt die Waffe mit der linken Hand auf. Das fühlt sich fremd und überflüssig an. Breitbeinig stellt er sich auf die Fahrbahn. Die todbringende Klinge bleibt aus.

Wasilij! Er muss Wasilij warnen. Er legt die Waffe auf einen Kofferraum. Umständlich zieht er das Handy aus der Tasche. Das Display zeigt ihm keinen Empfang. Er hält das Gerät in die Höhe, macht einige Schritte nach links und rechts. Seine Erfolglosigkeit schreit er hinaus.

Er muss auf das Dach des Parkhauses. Dort wird er telefonieren können. Die blutgetränkte Jacke fällt platschend auf den Boden. Sofort tropft Blut auf den Beton. Er greift sich die Waffe vom Kofferraum. Taumelnd sucht er den Aufgang. Immer wieder schaut er sich um.

Nikolas erkennt eine Tür in der hinteren Ecke. Eilig schlüpft er in das Treppenhaus. Er atmet schwer und lehnt sich einen

Moment mit dem Rücken gegen eine Wand. Verfluchte Schlampe! Sein Kampfgeist regt sich, er will nicht einfach aufgeben.

Das ist er Wasilij schuldig. Er muss sie töten, doch zuvor muss er ihn anrufen. Ihn warnen. Er drückt sich von der Tür ab. Kurz inspiziert er den Treppenschacht. Niemand zu sehen, nichts zu hören.

Er stolpert die Stufen hinauf. Mit jedem Schritt tropft das Blut auf den Boden. Der Blutverlust lässt ihn kurz schwanken. Vielleicht wird er sie nicht mehr töten können. Aber er wird bis zum Schluss kämpfen und alles versuchen.

›Nur zwei Stockwerke, mehr nicht. Komm schon.‹

Die Gedanken werden fahrig. Einen kurzen Augenblick bleibt er an der obersten Tür stehen. Die Angst, dass sie verschlossen sein könnte, lässt seinen Atem stocken. Das Herz pocht. Langsam greift die Hand mit der Waffe zur Türklinke.

Die Tür öffnet sich quietschend. Erleichtert stößt Nikolas den Atem aus. Die oberste Parkebene. Vereinzelt stehen Fahrzeuge auf dem Deck. Er tritt über die Türschwelle. Aus den Augenwinkeln sieht er das Schwert auf die bewaffnete Hand zurasen. Mit der flachen Klingenseite wird ihm die Pistole aus der Hand geschlagen. Nikolas schreit kurz auf. Er taumelt einen kleinen Schritt zur Seite. Seine verbliebene Hand ballt er zu einer Faust.

Doch bevor er den Schlag ausführen kann, liegt die scharfe Klinge an seiner Kehle. Er verharrt in der Bewegung. Entwaffnet und ausgeliefert. Er schluckt.

Der Adamsapfel hüpft aufgeregt. Ein Schweißtropfen bildet sich auf der Stirn, die Schmerzen scheinen vergessen. Seine Augen suchen nach der Gestalt, die so meisterhaft die Klinge schwingt. Die kleine zierliche Person hält mit beiden Händen das Schwert. Die Kapuze tief in das Gesicht gezogen, die Augen verborgen. Der Schatten verdeckt Nase und Mund. Nikolas kann sie nicht erkennen. Eine Frau! Nur eine Frau! Schramm! Nur sie kann es sein. Furchtlos, siegessicher und eiskalt!

»Worauf wartest du?«, fragt er leise.

Der Druck der Schneide erhöht sich. Die Haut am Hals wird aufgeritzt. Ein kleiner Blutstropfen läuft am Hals entlang. Nikolas wankt einen Schritt zurück, um den Druck zu mindern. Die Gestalt folgt ihm nach, die Klinge klebt trotzdem am Hals.

Ein zweiter Schritt. Ein dritter. Er sieht das Treppenhaus, die parkenden Fahrzeuge, aber keinen Menschen auf dem Parkdeck. Noch ein Schritt.

Seine Kniekehle stößt gegen eine kleine Mauer. Die Klinge bohrt sich wieder in die Haut. Sie führt ihn direkt zum Abgrund. Er reckt seinen Hals. Umständlich stellt er sich auf die Steinbrüstung, keine Chance zum Angriff. Doch er hat nichts mehr zu verlieren. Er wird sterben, dann kann er auch kämpfen. Die Klinge schneidet in diesem Moment noch tiefer in Hals. Ein roter Rinnsal fließt über die Haut.

›Kann die Schlampe auch noch Gedanken lesen?‹, denkt er sich.

»Ruf ihn an«, haucht die Stimme.

»Was?«

Nikolas muss sich verhört haben.

»Ruf deinen Herrn und Meister an. Jetzt.«

Wieder ein wenig mehr Druck.

»Okay, okay.« Seine Stimme klingt brüchig. Die Hand greift in die Hosentasche und zieht das Handy hervor. Wenn er sterben muss, kann er wenigstens noch Wasilij warnen.

›Blöde Kuh, wie kann man nur so dämlich sein?‹, fragt er sich insgeheim. ›Er wird eine Armee aufbringen und dich töten.‹

Der Daumen tippt auf die Wahlwiederholung.

»Stell auf laut«, hört er die Frau sagen. Nikolas drückt die Taste. Das Klingeln ist deutlich zu hören.

»Nikolas. Verdammt, was ist los? Wo bist du?«, hört er Wasilij fragen.

»Ich ...« Der Druck steigt. Nikolas schwankt leicht nach hinten, droht den Halt zu verlieren.

»Verdammt, sag schon. Was ist los?«

»Sie ist hier.« Mehr traut er sich nicht zu sagen. Aber das reicht.

»Was? Wer? Wer ist da?« Wasilijs Stimme klingt genervt. »Sag schon, was los ist.«

»Sie ist es. Es ist Schramm. Wir lagen falsch mit unserer Vermutung.«

»Quatsch doch keinen Scheiß. Nur er kann dahinter stecken. Sie hat sich verpisst und leckt ihre Wunden. Trauert um ihren verdammten Mann. Hast du das immer noch nicht kapiert?«

»Sie ...« Er schaut auf die Gestalt. Die Kapuze weiterhin tief ins Gesicht gezogen. »Sie ist hier und hält mir eine Klinge an die Kehle!«

Schweigen. Ruhe.

»Was?« Wasilij traut seinen Ohren nicht.

»Ihre Klinge liegt an meiner Kehle.«

»Ist sie es wirklich?«, fragt Wasilij leise. »Hört sie mit?«

»Ja.«

Wasilij schreit unvermittelt in den Hörer.

»Schramm, du verdammtes Miststück. Wenn du ihm ein Haar krümmst, lege ich dich eigenhändig um, hast du mich verstanden, du miese, dreckige Hure?«

»Schuldig«, haucht die kleine, zierliche Gestalt. »Schuldig und zum Tode verurteilt.«

»Du verdammte, gottlose Schlampe. Ich ziehe dir die Haut bei lebendigem Leib ab. Ich werde dich jagen, dich qualvoll verrecken lassen und ...«

»Du brauchst nicht zu suchen«, haucht die leise Stimme. »Ich komme zu dir.«

»Was? Dass ich nicht lache. Du bist tot, bevor du mich zu sehen bekommst.« Wasilij ist außer sich.

Die Gestalt hebt den Kopf und schaut Nikolas ins Gesicht. Er reißt die Augen auf. Ihm ist klar, was jetzt geschehen wird. Noch bevor er etwas sagen kann, holt der Schatten blitzartig zu einer kurzen Bewegung aus. Die Klinge fliegt auf Nikolas' Hals zu. Sie dringt tief ein, durchtrennt die Wirbelsäule. Auf der anderen Halsseite tritt sie heraus.

Die Gestalt verharrt, dreht den Kopf zu Nikolas und sieht ihm in die gebrochenen Augen. Langsam, mit einem schmatzenden Geräusch rutscht der Kopf vom Hals. Mehrfach schlägt er auf der Oberkante der Mauer auf und kullert in die Tiefe. Das Handy fällt zu Boden. Nikolas' Knie knicken ein. Der Körper stürzt in den Abgrund. Der Kopf knallt auf einen Tisch des angrenzenden Cafés. Blut besudelt die Cafébesucher. Aus der anderen Richtung bezeugen Autohupen und kreischende Bremsen, dass der kopflose Körper den Asphalt erreicht hat.

Die Frau hebt das Telefon auf, die Verbindung steht noch.

»Das Urteil wurde vollstreckt. Ich bin auf dem Weg.«

Sie unterbricht das Gespräch. Das Handy verschwindet in ihrer Tasche. Mit dem blutigen Schwert spurtet sie zum Treppenhaus. Die Tür fällt donnernd hinter ihr zu.

***

Das Handy knallt gegen den Barockspiegel. Zuerst zeigt sich ein Riss im Glas, dann rauschen tausende kleine Splitter in einem feinen Regen zu Boden. Teile des Handys wirbeln durch die Luft und rutschen über das Parkett. Wasilijs Schrei wird von derben russischen Flüchen begleitet. Mit hochrotem Kopf schleudert er den teuren Cognacschwenker gegen die Wand.

Boris, der leitende Leibwächter, steht vor der Tür. Der Schrecken über die lauten Geräusche lassen das Gesicht aschfahl werden. Ein Horrorszenario breitet sich in seinem Kopf aus, das mit dem Verlust einer gutbezahlten Arbeit endet.

Er greift zur Türklinke und schaudert. Hatte er einen Fehler begangen, den er in wenigen Augenblicken mit dem Leben bezahlen musste? Konnte er das Zimmer arbeitslos, aber lebend verlassen?

Die Tür schwingt auf. Er sieht einen auf dem Boden sitzenden Wasilij. Schroffe Flüche verbreiten sich im Raum. Wasilij schlägt mit der Faust auf den Glastisch, der neben ihm steht. Boris überlegt, was zu tun ist. Keine Angreifer, keine bewaffneten Polizisten. Niemand ist im Raum, der dem Boss gefährlich werden kann.

Er sieht den zerbrochenen Spiegel und die Glasscherben neben Wasilij. Der schreit noch immer. Boris ist diese Situation unangenehm. Er kniet vor ihm nieder und berührt vorsichtig seine Schulter. Wasilij schreckt zusammen. Blutunterlaufene Augen starren Boris an. Ein feiner Speichelfaden hängt an den Lippen.

»Ich bring die gottverdammte Schlampe eigenhändig um«, ist alles, was Wasilij stammelt.

Boris versteht kein Wort. Die Flüche und Drohungen passen nicht zu dem ansonsten wohlgeordneten Geschäftsmann. Er ist zwar nicht in die Geschäfte eingeweiht, jedoch erahnt er viele illegale Machenschaften des Chefs. Aber diese interessieren ihn auch nicht. Er hat nur für die Sicherheit und das Leben seines Arbeitgebers zu garantieren. Auch mit der eigenen Existenz.

»Kann ich etwas für Sie tun?«, fragt Boris hilflos.

Wasilij wischt sich die Nase am Hemd ab. Er erhebt sich langsam vom Boden, ordnet die Kleidung und versucht, ein Lächeln auf sein Gesicht zu zaubern. Ein jämmerlicher Versuch. Mit der rechten Hand klopft er Boris auf die Schulter.

»Es ist alles in Ordnung.«

Danach sieht es für Boris wahrlich nicht aus. Nie zuvor hat er den Boss am Boden zerstört gesehen. Etwas musste passiert sein. Sollte er fragen? Natürlich nicht. Er ist nicht lebensmüde und es gehört auch nicht zu seinen Aufgaben. Er nimmt Befehle entgegen, die er auszuführen hat. Punkt.

›Mach dir Sorgen um die Schwangerschaft deiner Frau, nicht um die Probleme von Herrn Charatov‹, sagt er sich.

»Soll ich mich zurückziehen?«, fragt er leise.

»Ja. Danke.«

Boris dreht sich wieder zur Tür. Er möchte den Raum schnellstmöglich verlassen und die peinliche Lage beenden.

»Darf ich dich noch um einen Gefallen bitten?«, fragt Wasilij.

»Was darf ich für Sie tun?«

»Unterrichte Herrn Krüger von diesem kleinen ... äh ... Unfall. Selbstverständlich werde ich für jeglichen Schaden aufkommen. Ich entschuldige mich morgen persönlich bei ihm.«

»Selbstverständlich.«

Leise schließt Boris die Tür. Wasilijs Order gibt er per Funk weiter. Er zieht es vor, doch besser vor der Tür Wache zu stehen.

Wasilij greift sich sein Geschäftshandy. Mit zittriger Hand öffnet er die Kontakte und wählt die oberste Rufnummer aus. Nummer Eins.

»Ja?«, bellt eine tiefe Stimme aus dem Hörer.

Wasilij wartet eine Sekunde. Er bedauert, dass er das Gespräch nicht sorgfältig geplant hat.

»Ich bin's«, fällt ihm daher nur ein.

»Das weiß ich. Also, was gibt es?«, fragt die Stimme genervt.

»Es gibt Probleme.«

»Ich bin nicht an Problemen interessiert. Mich interessieren nur Lösungen und Ergebnisse. Also?«

Wasilij schluckt.

»Die Vergangenheit hat uns eingeholt.«

»Du meinst, dass dich die Vergangenheit eingeholt hat?«

»Ja, das meinte ich.«

»Also hast du das Problem nicht wie versprochen gelöst?«

Wasilij stutzt.

»Doch, aber es ist etwas Unvermutetes eingetreten.«

»Hörst du dir den Scheiß eigentlich selbst an, den du da von dir gibst?« Ein abwertendes Schnauben ist zu hören. »Entweder ist das Problem gelöst oder nicht. Also, was meinst du?«

»Schramm ist aufgetaucht.«

»Wie ist das denn jetzt wieder gemeint? Ich denke, der ist tot. Von den eigenen Kollegen erschossen. Du hast dich doch mit deinem ausgefeilten Plan gerühmt.«

»Ich meine Claudia Schramm. Seine Frau, also die Witwe.«

Ein Moment des Schweigens entsteht, ein zu langer Moment. In Wasilijs Kopf schrillen die Alarmglocken. Er wartet. Und wartet. Und hält es nicht mehr aus.

»Kennst du sie?«, fragt er die Nummer Eins.

Stille. Nur einen Bruchteil zu lange gezögert.

»Woher sollte ich sie kennen? Sie ist mir nur aus deinen Schilderungen bekannt.«

Die alles entscheidende Frage kommt nicht. Wasilijs Kopf arbeitet auf Hochtouren, gleich einem Computer, der sämtliche Variationen in Betracht zieht und bewertet.

»Sie macht Jagd auf uns.«

»Auf dich, nicht auf uns.«

»Ja«, antwortet Wasilij verwundert. Er hört dumpfe Gesprächsfetzen. Sein Gesprächspartner hält die Sprechmuschel verdeckt. Die Worte klingen leise und abgehackt. Wasilij kann die erteilten Anweisungen nicht verstehen.

»Interessiert dich denn nicht, wie die Jagd aussieht?«, fragt er.

»Ich weiß, was eine Jagd ist und mit welchem Ziel sie geführt wird.«

»Und ich will wissen, woher sie die Informationen hat.«

»Vermutlich sollten wir darüber reden. Persönlich, nicht am Telefon. Was hältst du von einem Treffen in Madrid?«

»Madrid? Ein Treffen bei Sarkov?«

»Genau. Dort besprechen wir alles in Ruhe und legen die Marschrichtung fest. Was meinst du?«

Wasilij spürt die aufkeimende Wut. Hält ihn die Nummer Eins für dämlich? Es ist Zeit, endgültige Gewissheit zu erlangen.

»Hat Schramm die Informationen von dir?«

»Von mir? Wie kommst du denn jetzt darauf?«

Die Entrüstung klingt künstlich und wenig glaubwürdig.

»Es gibt außer mir nur eine Person, die die Sache überblickt, das gesamte Ausmaß kennt. Nur du bist vollständig eingeweiht.«

»Was willst du damit sagen?«

»Du bist sicherlich von deinen Lakaien informiert worden. Ich selbst kenne nicht alle Beteiligten. Und du?«, fragte Wasilij.

Nummer Eins antwortet nicht.

»Ich frage dich jetzt zum letzten Mal. Steckst du dahinter? Woher hat Claudia die Informationen?«

»Hast du in Betracht gezogen, dass irgend einer geplappert oder das Wissen verkauft hat? Ich ...«

»Hör auf«, schreit Wasilij in den Hörer. »Es wird nie ein Treffen in Madrid geben, weil ich mit Sicherheit niemals dort lebend ankomme. Du kannst keinen offenen Krieg führen und setzt Schramm ein, um mich zu beseitigen. Damit wäschst du deine Hände in Unschuld.«

Wasilij speit die Worte heraus. Er ist wütend und hat nichts mehr zu verlieren. Sein Fehler ist nicht vergessen und verziehen, er sollte die Rechnung begleichen. Mit dem Leben. Davon ist er in diesem Augenblick fest überzeugt.

»Du glaubst ernsthaft, dass ich ein mickriges Mauerblümchen mit deiner Hinrichtung beauftrage? Eine Bankerin?«

Wasilij hört ein kurzes Lachen. Wie theatralisch, wie erbärmlich. Nicht einmal jetzt legt er alle Karten auf den Tisch.

»Wenn ich deinen Tod wünschte, wäre es geschehen. Keiner hätte das verhindern können. Nicht einmal du. Ich bin niemandem Rechenschaft schuldig. Niemanden!«

»Du kannst mich nicht offen angreifen«, erwidert Wasilij erneut. »In den letzten zehn Jahren kam ich zu beträchtlicher Macht. Ich bin zu bedeutend für dich geworden und habe zu viele Freunde. Die Organisation zerfällt unter meiner Ermordung, also brauchst du einen Sündenbock, einen Vollstrecker. Und die Vorstellung, dass du Claudia eingeschaltet hast, klingt absurd, völlig abwegig ... Ist aber derart genial. Das ist die perfekte Lösung für dich.«

»Ich könnte jeden Killer der Welt anheuern. Wirklich jeden, den es für Geld zu kaufen gibt. Eine Bankerin gehört mit absoluter Sicherheit nicht zur engeren Auswahl«, antwortet der Gesprächspartner trocken.

Wasilij hört, wie er tief Luft holt.

»Unser Geschäft beruht auf Vertrauen. In jeder Hinsicht«, beginnt Nummer Eins leise.

Wasilij hört gespannt zu.

»Ich habe dir immer vertraut, das seit Jahren. Das weißt du auch. Wenn du ernsthaft glaubst, dass ich dich aus dem Weg räumen will, bin ich tief betroffen.«

»Ich auch«, gibt Wasilij zu.

»Wie soll es jetzt weitergehen? Was wirst du tun?«

Wasilij überlegt einen kurzen Augenblick.

»Ich werde Schramm aufspüren und die Antworten aus ihr herausholen. Dann sehen wir weiter.«

Wasilij macht eine kurze Pause. Es ist alles gesagt. Er hat vieles in Erfahrung gebracht und ist sicher, dass er den Plan durchschaut hat. Für Beide steht zweifelsfrei fest, dass nur einer von ihnen überleben kann.

»Leb wohl, mein Freund.«

»Lebe wohl, Genosse«, hört Wasilij als Antwort.

***

Laumann sitzt schweigend mit geschlossenen Augen auf dem Beifahrersitz. Brandtner hat sich der Geschwindigkeit der anderen Fahrzeuge angepasst.

Er steuert den Wagen in der mittleren Spur. Die Stille ist unheimlich. Er sorgt sich um Laumann. Ist er der anstehenden Konfrontation mit Charatov gewachsen? Wie wird sich der Besuch auf Laumann auswirken? Brandtner findet keine Antwort auf die quälenden Fragen.

»Was ist los?«, fragt er in Laumanns Richtung.

Laumann öffnet verschlafen die Augen. Er schaut Brandtner von der Seite an.

»Hm?«

»Ich will wissen, was los ist. Was kreist dir im Kopf rum?«

Laumann beobachtet den Verkehr auf der Autobahn. Er zuckt die Schultern.

»Nichts. Was soll denn los sein?«, fragt er gelangweilt.

Brandtner schnaubt kurz auf und schüttelt den Kopf.

»Weißt du, was mich an dir nervt?«

»Keine Ahnung, aber du wirst es mir gleich sagen«, entgegnet Laumann.

»Du bist so verdammt verbohrt. Du frisst alles in dich hinein und willst niemanden hinter die Fassade schauen lassen.«

»Was meinst du?«

»Herrgott, Udo. Du weißt genau, was ich meine. Stell dich nicht so blöde an.«

Seine Hände umklammern das Lenkrad fester. Er schaut zu Laumann herüber, der den Blickkontakt mit trüben Augen erwidert. Dackelblick.

»Und schau mich nicht so an. Du weißt, dass ich diesen Blick hasse.«

Ein kurzes Lächeln huscht über Laumanns Gesicht. Er schaut wieder auf die Straße und schweigt. Die Ruhe ist für Brandtner unerträglich.

»Claudia?«, fragt er Laumann. »Kreisen deine Gedanken um Claudia?«

Laumann atmet hörbar aus. Unbemerkt nickt er mit dem Kopf. Er hat bereits bei Klaus daneben gelegen, dieser Fehler darf sich nicht wiederholen. Doch seine innere Stimme widerspricht ihm. Er will nicht glauben, die Fakten ignorieren und sich der Wahrheit nicht stellen.

»Mich erschrecken Falkes Theorien. Sie leuchten ein. Das macht mir Angst. Ich traue ihr die Morde nicht zu.«

»Nicht schon wieder. Immer die gleichen Gedanken«, denkt sich Brandtner. Laumann will die Hinweise einfach ignorieren. Er leugnet die Realität.

»Das dachten wir auch bei Klaus«, gibt Brandtner vorsichtig zu verstehen.

»Aber wir sprechen hier über Mord. Mehrfachen, geplanten und kaltblütigen Mord«, führt Laumann aus.

Brandtner verdreht die Augen.

»Und die beiden Toten auf dem Feld? Sprechen wir da von einem Unfall? Einem Versehen?«

»Das war nicht Klaus.«

»Das redest du dir ein, Udo.« Brandtner resigniert. Die Verzweiflung verstärkt sich. »Du willst nicht, dass er die beiden umgelegt hat. Aber was hast du an Beweisen? Das Video lässt doch keinen Zweifel zu, oder?«

»Wir sahen ihn nicht schießen.«

»Ah, die Mann-im-Mond-Theorie.«

»Lass es sein. Hier kommen wir nicht auf einen gemeinsamen Nenner.«

»Du hast keine Schuld, verstehst du. Klaus hat die Entscheidung getroffen. Du hast dir nichts vorzuwerfen. Er war ein

Freund. Du hast ihn nur falsch eingeschätzt. Hast du Angst, dass dir bei Claudia der gleiche Fehler unterläuft?«

Laumann schweigt.

»Sie hat das Motiv, die Fähigkeiten und womöglich das Geld für diese Serie«, fährt Brandtner fort.

»Sie ist keine Mörderin«, antwortet Laumann trotzig.

»Ach ja? Was denn dann? Für mich sieht das aber nach einer Serienmörderin aus.«

»Serienmörder handeln triebhaft, sind in der Regel männlich. Claudia ist nicht triebgesteuert und auch nicht gestört. Sie ist intelligent, mit einer wundervollen Kindheit und hat studiert. Bis zum Tod von Klaus führte sie ein perfektes Leben.«

»Rache ist ein gewaltiges Motiv. Sie hat alles verloren. Ihren Mann, ihre Zukunft, ihr Vertrauen in Justiz, Polizei, in die Gesellschaft, ihre Träume mit Klaus, einfach alles. Sie hat die Schuldigen gefunden.«

»Claudia Schramm ist keine Serienmörderin«, erwidert Laumann trotzig.

»Streiten wir jetzt über Begrifflichkeiten? Dann zeigt sie eben Züge eines Massenmörders. Scheißegal.«

»Massenmörder handeln impulsiv. Sie sind nicht Herr der Lage und töten wahllos.«

»Also doch Begrifflichkeiten. Dann ist sie eben der erste Zwitter. Eine neuartige Kategorie eines Mörders. Völlig egal, Udo, sie tötet Menschen.«

»Das kann ich einfach nicht glauben.«

»Genau das ist dein Problem. Du siehst das Gute in ihr, weil du nur das sehen willst. Sie hat ein nicht zu übersehendes Motiv, ist eine dekorierte Kampfsportlerin und hat vermutlich das Erpressergeld.«

Laumann setzt zu einer Antwort an. Brandtner spricht einfach weiter.

»Und viel Zeit für die Planung.«

Laumann sinkt auf seinem Sitz zusammen. Er atmet tief ein. Ihm fallen keine Argumente ein. Innerlich muss er Brandtner Recht geben. Die Fakten sprechen eine deutliche Sprache. Claudia. Claudia Schramm. Eine Mehrfachmörderin?

»Alles in mir sträubt sich gegen diese Gedanken. Ich weigere mich, sie als Mörderin zu sehen.«

»Du hast Angst. Du willst am Ende deiner Karriere keine Fehler machen. Das ist nachvollziehbar, aber eines lass dir gesagt sein: Du hast eine legendäre Aufklärungsquote. Nichts wird diesem Ruf schaden. Das kannst du mir glauben. Niemand wird dir einen Vorwurf machen. Wir ziehen nur logische Schlüsse und geben unser Bestes. Wir erledigen die nötigen Arbeiten. Die Ergebnisse können schmerzhaft sein, aber der Täter ist dafür verantwortlich.«

Laumann lächelt kurz. Brandtners soziale Ader flammt wieder auf, nicht der aufgeplusterte Hahn im Korb, der gerne im Mittelpunkt steht und die Aufmerksamkeit auf sich zieht.

»Danke.« Mehr fällt Laumann nicht ein.

»Ich verteile gerne Arschtritte.«

»Ich weiß.«

»Was?«, zeigt sich Brandtner gespielt entsetzt.

Laumann lacht kurz auf.

»Okay. Wir ziehen Claudia in Betracht.«

»Scheiße. Ich dachte, ich hätte gewonnen«, gibt Brandtner schulterzuckend zu verstehen.

Schweigend setzen sie die Fahrt fort. Brandtners Worte beschäftigen Laumann. Was auch immer das Ergebnis der Ermittlungen ist, er kann nur verlieren. Wenn Claudia nicht für die Hinrichtungen verantwortlich ist, dann jagen sie einen unbekannten Mörder und haben nicht die geringste Ahnung von seiner Identität.

Das spräche nicht für Laumanns Fähigkeiten mit der legendären Aufklärungsquote, wie es Brandtner ausdrückt. Wenn

Claudia die Leute liquidiert, dann hat er sich in einem Menschen, einer ihm nahestehenden Person, geirrt. Erneut. So oder so, am Ende seiner Dienstzeit wird seine Unfähigkeit in Erinnerung bleiben. Die Erfolge sind vergessen. Er kann in diesem Fall nur verlieren. Ihm wird immer unbehaglicher.

***

Wasilij sitzt im Wintergarten des Hotels. Er betrachtet den grauen Himmel. Diesig, nebelig und trüb. Wie seine Gedanken. Nikolas' Tod schlägt ihm auf das Gemüt. Menschen, die ihm nahestanden, die ihm etwas bedeuteten, sind tot.

Der Tod gehört zum Geschäft, wie auch das Geld und die Kontakte. Aber warum Nikolas? Sein Ziehsohn. Er findet keine Erklärung für die außer Kontrolle geratenen Ereignisse. Wann begann die Katastrophe? Welchen Fehler hat er gemacht?

Die Sache mit Klaus Schramm hat ihn ein wenig privates Geld gekostet. Auch jede Menge Nerven. Aber ein solches Nachbeben hat er nicht vorausgesehen. Die Konten und Vermögenswerte hatte er sichern können. Ein finanzieller Schaden für die Organisation ist nicht eingetreten. Die Ermittlungsbehörden hegen keinen Verdacht gegen ihn. Der Tod von Klaus Schramm schien die Krönung der gesamten Ereignisse.

Getötet durch die eigenen Kollegen, die schleunigst den Schlamassel vertuschten. Einfach perfekt und teuflisch genial. Jetzt wird er gejagt und verfolgt. Die Nummer Eins will seinen Kopf. Mit Claudia Schramm, einer Bankangestellten, die die Dunkelheit verließ, um ihn anzugreifen. Um Freunde und Familie zu töten. Welch perfider Plan!

Er hat sie unterschätzt. Die Gefahr erkannte er viel zu spät. Er hätte auf Nikolas und seine drastischen Problemlösungen hören sollen. Dann wäre alles nicht passiert. Nikolas könnte noch leben. Er seufzt.

»Kann ich Ihnen etwas bringen?«, fragt Boris, der Leibwächter, der sich in den Schatten einer Ecke zurückgezogen hat.

Wasilij hört die Frage nicht. Seine Gedanken beschäftigen ihn zu sehr, der Kopf sucht Lösungen, die unerreichbar weit weg scheinen. Er kann vor der Organisation nicht fliehen. Niemand kann sich verstecken. Er muss einen anderen Weg suchen. Fressen oder gefressen werden. Das Gesetz des Stärkeren, eisern und gnadenlos.

»Ich bin ein Raubtier«, murmelt er vor sich hin.

»Bitte?«, fragt Boris. »Ich habe Sie nicht verstanden.«

Verwirrt schaut sich Wasilij um und sieht Boris, der sich seinem Sessel nähert.

»Ich bin das größte Raubtier. Niemand kann es mit mir aufnehmen. Es wird Zeit, dass die Dinge geregelt werden. Endgültig.«

Wasilij erhebt sich aus dem Sessel. Er bleibt vor Boris stehen.

»Wann kann die Maschine startklar sein?«, fragt er.

»Ich schätze in zwei bis drei Stunden.«

»Leite alles in die Wege. Ich muss telefonieren. Wir werden Köln in Richtung Süden verlassen.«

»Wir brauchen für die Genehmigung einen Zielort. Was sollen wir dem Tower sagen?«

»Gib Marseille als Reiseziel an.«

»Marseille?«

»Wir ändern die Route im Flug und fliegen weiter nach Sardinien. Dort gibt es noch eine kleine, geheime Villa in Costa Smeralda. Gut abgeschirmt. Ideal für ein konspiratives Treffen. Wir brauchen nur ein oder zwei Tage, solange müssen wir untertauchen.«

»Ich werde das Notwendige in die Wege leiten.«

Boris verlässt den Wintergarten. Er tritt auf die gepflegte Rasenfläche. Durch die Scheiben beobachtet er Wasilij, der anscheinend mit sich selbst redet. Boris spricht verschiedene

Anweisungen in sein Funkgerät. Unverzüglich erhält er eine Bestätigung für die Befehle.

Boris kehrt in den Wintergarten zurück. Wasilij schaut ihn fragend an.

»Alles erledigt?«

»Selbstverständlich.«

»Ich muss noch verschiedene Telefonate führen. Ungestört.«

»Wie Sie wünschen.«

Boris hat verstanden. Trotzdem setzt er zu einer Erwiderung an. Doch Wasilijs kalte Augen lassen jeden Widerspruch verstummen. Boris schluckt und schließt die Tür. Er hört noch die klackenden Schritte in der Suite, die sich von der Tür entfernen, dann ist alles still.

Wasilij bleibt in der Mitte des Raumes stehen. Die linke Hand ruht auf der Hüfte. Mit der rechten Hand streicht er sich durch das Haar. Ein Lächeln umspielt seine Lippen. Verträumt starrt er ins Leere. Eine goldene Zukunft steht ihm bevor.

Eines Tages musste es so kommen, dessen ist er sich bewusst. Zu lange begehrt er den Thron, den Gipfel der Macht. Er sieht sich dazu auserkoren, zu regieren und zu führen.

Konkurrenzlos. Unantastbar.

Von Gottes Gnaden.

Er kichert bei der Vorstellung. Dann kam der verdammte Schramm. Warum musste dieses Arschloch seinen Weg kreuzen? Er machte ihm einen Strich durch die Rechnung. Soll er in der Hölle schmoren. Hastig dreht er sich um. Er schiebt den Gedanken beiseite.

Wasilij schaut durch das Fenster der Suite auf den Garten. Feine Nebelschwaden wehen über den Rasen. Ein leichter Wind streicht durch die Büsche, die sich langsam wiegend dem Rhythmus der Brise anpassen. Kleine Tropfen auf der Scheibe schließen sich zusammen. Sie bilden unzählige Rinnsale, die zu Boden fließen. Immer mehr Wasserperlen verbinden sich. Weitere Bäche stürzen an dem Glas hinunter und zeichnen ein Gemälde, in dem sein Gehirn die Gespenster der Vergangenheit halluziniert: Gesichter früherer Gefährten, Freunde und Feinde, Todgeweihte, Opfer und Bauern, die allesamt nicht den Dreck unter seinen Schuhen Wert waren.

Schramms Antlitz taucht im Fenster auf, auch das von Claudia. Scheiß auf die Frau. Er markierte den Wendepunkt in Wasilijs Leben. An ihm drohte er zu scheitern. Ein kleiner Fehler, eine Unaufmerksamkeit, die sich nie wiederholen wird.

Doch verdankt er Schramm mehr, so viel mehr. Er brachte ihn auf den Pfad der Erkenntnis, führte ihm seine Nachlässigkeit vor Augen. Er trennte Freund von Feind. Schramm hat ihn in die Position gebracht, die er sich sehnlichst wünschte.

Dieser gottverdammte Bulle, der verschissene, kleine Kriminelle, der nur scharf auf das Geld war und ihn damit zur Nummer Eins der Organisation machen konnte. Zum einflussreichsten Mann in Russland, in Europa. Scheißegal, der mächtigste Mann der Welt.

Wieder erklingt sein Kichern im Raum. Die Faust bedeckt seinen Mund. Das leise Lachen wird lauter und steigert sich in ein Gelächter. Welch eine Ironie. Der Mann, der ihn fast vernichtet hat, schafft die Voraussetzung für eine Machtübernahme. Die Sonnenseite des Lebens hat ihn zurück. Er wird der Mächtigste von allen. Er muss nur zugreifen. Jetzt. Hart und erbarmungslos. Er schüttelt sich kurz und das Lachen erstirbt.

Der Zeitpunkt der Übernahme ist gekommen, die ersten Vorbereitungen müssen getroffen werden. Unliebsame Gegner sind bereits beseitigt. Die Mehrheit im Rat ist gesichert. Nur ein letzter, kleiner Schritt. Die Armee, seine Streitmacht, wartet nur auf ein Wort. Jetzt. Keiner kann ihn aufhalten. Niemand. Nicht einmal Claudia Schramm, die er selbst mit den eigenen Händen töten wird. Langsam. Er will ihr in die Augen sehen, wenn der Lebensfunke erlischt. Will ihre Angst riechen und schmecken.

Mit ihrem letzten Atemzug wird er ihr den Namen Nikolas, Nikolas Valtin, ins Gesicht speien. Die Euphorie lässt ihn erröten, das Adrenalin schießt durch den Körper. Ein Speichelfaden hängt an der Unterlippe. Mit einem Ärmel wischt er sich den Speichel ab. Seine Erektion erschreckt ihn.

Er schlendert zu der antiken Anrichte. Verschiedene Handys liegen sauber aneinandergereiht in der Schublade. Langsam greift er sich ein schwarzes Telefon. Im Kontaktordner sind drei Nummern gespeichert. Zwei davon braucht er nicht mehr. Sie werden bald tot sein. Jeder wird tot sein, der ihm im Weg steht.

Er wählt die dritte Rufnummer. Das Klingelzeichen, das gedämpft durch den Gehörgang kriecht, ruft ihn in die Realität zurück. Dreimal klingeln, dann auflegen. Er muss abwarten, sich noch ein wenig gedulden. Der Rückruf wird kommen. Dann wird seine Armee marschieren und ihn endlich in den Kaiserstand erheben.

***

Laumann schreckt auf. Sein Handy klingelt. Brandtner starrt vor sich auf die Straße. Auf dem Display wird keine Rufnummer angezeigt. Es kann sich nur um einen Anruf der Dienststelle handeln, da die polizeilichen Nummern unterdrückt werden. »Weil wir in geheimer Mission unterwegs sind«, erklärt er immer, wenn er darauf angesprochen wird.

»Laumann«, meldet er sich.

»Falke hier. Wo seid ihr im Moment?«

Laumann schaut auf die Autobahn, kann aber keine Beschilderung entdecken.

»Wo sind wir?«, erkundigt er sich bei Brandtner.

»Kurz vor Leverkusen. Warum?«

Laumann ignoriert die Frage und gibt ihren Standort durch.

»Was hast du für mich?«

»Es gibt eine interessante Information über einen Toten aus Aachen«, erzählt Falke.

»Aachen?«, fragt Laumann, der glaubt, sich verhört zu haben. »Was hat denn Aachen in unseren Ermittlungen zu suchen?«

»Ich habe nicht die geringste Ahnung. Ein Kollege aus Köln rief mich vorhin an. Der Leiter einer Aachener Mordkommission hat Kontakt zu ihm aufgenommen. Dort liegt auch ein geköpfter Mann auf der Straße. Die Jungs von der Tatortaufnahme arbeiten noch vor Ort.«

»Wissen sie denn, wer der Tote ist?«

»Nein, aber sie gaben mir eine erste Beschreibung der Leiche. Es könnte sich um Nikolas handeln.«

»Valtin?«, fragt Laumann skeptisch.

»Ja, unser Killer.«

»Hast du schon mit den Kollegen telefoniert?«

»Nein. Ich wollte euch erst informieren. Du willst höchstwahrscheinlich zuerst nach Aachen fahren und dir selbst ein Bild machen.«

»Kümmere dich um die Kollegen. Sie können uns ein Bild vom Toten zusenden. Wir fahren direkt zu Charatov. Sollte es sich um Valtin handeln, wird er sich schnellstmöglich absetzen.«

»Ich melde mich noch einmal, wenn mir ein Bild vorliegt.«

»Bis später«, beendet Laumann das Gespräch.

»Was ist mit Valtin?«, fragt Brandtner von Neugier erfüllt.

Laumann setzt ihn von Falkes Vermutung in Kenntnis. Er schaut Laumann verblüfft an.

»Das wäre ein Knaller.«

»Was meinst du?« Doch Laumann scheint die Antwort zu erahnen.

»Wenn Claudia auch noch den Topkiller von Charatov die Rübe abgehauen hat ... das nenne ich einen Knaller.«

Laumann sagt kein Wort. Er schaut aus dem Fenster. Brandtner setzt noch einmal an.

»Okay, okay. Unter Umständen Claudia, aber du wolltest sie in Betracht ziehen. Das waren deine Worte.«

Laumann holt tief Luft.

»Wenn wir – und ich meine: wir – Claudia in Betracht ziehen, heißt das noch lange nicht, dass sie auch dafür verantwortlich ist. Sie ist nur eine mögliche Option«, führt Laumann resigniert aus.

»Aber wenn sie es war ...«

»Wenn«, fährt Laumann dazwischen.

»Ja, aber wenn sie es war, heilige Scheiße. Dann stecken wir in Schwierigkeiten.«

»Schwierigkeiten?«, hakt Laumann nach. »Das ist die Untertreibung des Jahrhunderts. Dann fliegt uns der gesamte Mist um die Ohren. Die Sache mit Klaus, der Erpressung und die Vertuschung. Dann rollen Köpfe all derer, die den Deckel darauf gehalten haben. Nicht nur die in Charatovs Organisation.«

»Könnte verdammt unerfreulich werden, wenn sich die Medien auf den Dreck stürzen. Ich sehe Dresmer und die Präsidentin schon hilfesuchend vor der Kamera stehen.«

Brandtner lächelt bei der Vorstellung.

»Mach dir lieber Gedanken um uns und die Mordkommission.«

»Wieso?«, fragt Brandtner vorsichtig.

»Weil wir mitgemacht und geschwiegen haben. Wir stehen mittendrin, wenn uns die Scheiße um die Ohren fliegt.«

»Daran habe ich überhaupt noch nicht gedacht, verdammt.«

»Ich aber.«

Brandtner schaut Laumann von der Seite an, der schweigsam die Straße beobachtet.

»Dann hoffen wir, dass es nicht Claudia war.«

»Dieser Gedanke kreist mir ständig im Kopf herum«, führt Laumann aus. »Mir ist das völlig egal. Ich verabschiede mich bald in die wohlverdiente Pension, frühzeitig mit Segen und Glückwünschen des Landes. Doch was ist mit euch? Darüber mache ich mir ernsthaft Sorgen. Ihr werdet darunter für den Rest eures Polizistenlebens leiden.«

In Gedanken vertieft setzen die Beiden ihre Fahrt fort. Brandtner überdenkt Laumanns Worte. Er hat Recht, der Makel dieser Ermittlungen wird ihnen anhaften. Es wird auch nichts daran ändern, wenn keine Ermittlungsfehler gefunden werden.

Miese Gerüchte bleiben ständig in Erinnerung. Angeblich ist darin ja immer ein Funken Wahrheit enthalten. Das bleibt in einer Behörde unvergessen. Richtigstellungen und Reputationen verblassen innerhalb weniger Minuten oder verhallen ungehört.

»Sollen wir Sonderrechte nutzen?«, fragt Brandtner.

»Aber immer doch. Viele Gelegenheiten werden sich für mich nicht mehr ergeben.«

Laumann greift hinter den Beifahrersitz nach dem mobilen Blaulicht. Er öffnet das Fenster und setzt die Lampe auf das Fahrzeugdach. Er drückt einen Knopf an der Armatur. Das Martinshorn donnert auf.

»An diese Lautstärke kann ich mich partout nicht mehr erinnern«, schreit Laumann.

Die Fahrzeuge vor ihnen machen Platz. Brandtner holt alles aus dem Dienstwagen heraus und lächelt.

»Aber es macht noch immer gewaltig viel Spaß.«

Brandtner und Laumann grinsen wie kleine Kinder vor dem geschmückten Weihnachtsbaum.

***

Das Handy klingelt endlich. Wasilij drückt die grüne Taste. Seine Finger zittern. Die Entscheidung naht, die letzte Schlacht.

»Ja?«

»Was gibt es, dass du mich unter der Notfallnummer anrufst?«, fragt Jurij Temenov.

Wasilij glaubt, noch die Trauer um Mikael in seiner Stimme zu hören.

»Ich musste eine Entscheidung treffen.«

»Warum jetzt?«, erkundigt sich Temenov.

Wasilij schweigt einen Augenblick.

»Nikolas ist tot.«

»Was? Das ist doch ... Wann?«

»Heute. Ich habe mit ihm telefoniert, während es passierte.«

Jurij schluckt.

»Verdammte Scheiße. Wer war es?«

»Derjenige, der auch Mikael umgelegt hat«, erklärt Wasilij. Er hört das tiefe Atmen von Jurij. Er kann sich mühelos in seine Gedanken versetzen.

»Kennst du die Gerüchte, die vor einem Jahr die Runde machten?«

Jurij überlegt einen Moment. Sie sind enge Freunde. Ihre Verbindung übersteigt die Geschäftsbeziehung, fast eine Familie.

»Du meinst die Gerüchte über die Erpressung?«

Er hat damals geschwiegen und sich zu keiner Zeit an den Geschichten beteiligt. Aber er hat Wasilij davon erzählt. Er nannte ihm auch diejenigen, die einen Vorteil aus der Sache schlagen wollten. Wasilij hat in der Organisation aufgeräumt, er musste aufräumen, um Stärke zu beweisen.

»Sie entsprechen der Wahrheit.«

»Ich ...« Jurij sucht verzweifelt nach Worten. »Mich interessieren diese Gerüchte in keiner Weise.«

»Aber sie sind wahr. Ich wollte dich nicht in Gefahr bringen, daher habe ich dir nicht alle Einzelheiten erzählt.«

»Was ist passiert?«

Wasilij berichtet Jurij von den Ereignissen, lässt keinen Aspekt aus. Er braucht einen Verbündeten. Den kann er nur mit der Wahrheit bekommen. Seine Erzählung endet, sie schweigen. Die Spannung überträgt sich über die Telefone. Eine schwerwiegende Entscheidung steht an, die Wichtigste in Wasilijs Leben. Er hat in der Organisation einen drohenden Machtkampf im Keim erstickt, aber seine Legitimation beruht auf Angst. Aber Akzeptanz hat Grenzen. Jurij kann das Verbindungsglied zu anderen Mitgliedern sein, das Vertrauen des gesamten Rates gewinnen. Er kann eine Entscheidung zu Wasilijs Gunsten herbeiführen. Ohne Jurij gibt es keine Mehrheit für die Machtübernahme. Ohne Jurij ist sein Leben beendet.

»Woher weißt du, dass sie dafür verantwortlich ist?«

»Sie hat mit mir gesprochen, nachdem sie Nikolas getötet hat.«

»Ich verstehe nicht, wie du das meinst.«

Wasilij zitiert das Versprechen, dass sie ihn aufsuchen wird.

»Woher weißt du, dass sie es ist?«

»Wer sollte es sonst gewesen sein?«

»Du hast zuvor nie mit ihr gesprochen.«

»Dafür hatte ich ein interessantes Telefonat mit der Nummer Eins.«

Jurij zieht die Luft zwischen den Zähnen ein.

»Und?«

»Der Anruf hat ihn nicht einmal überrascht. Ihre Informationen stammen von ihm, er hat sie dazu gebracht, alle umzubringen. Auch ich stehe auf der Liste.«

»Warum zieht er sie mit hinein? Damit nimmt er ein hohes Risiko in Kauf.«

»Weil er mich nicht angreifen kann. Er scheint nicht zu wissen, wer hinter mir steht. Ein offener Krieg mit zweifelhaftem Ende könnte die Organisation spalten oder zerstören. Er kann sich einen Angriff nicht leisten. Ein Racheengel ist die perfekte Lösung.«

»Das erscheint mir ein wenig weit hergeholt, findest du nicht?«, entgegnet Jurij leise.

»Nein. Er hat es mir bestätigt.«

»Glaubst du, dass er Mikael umbringen ließ?«

»Mikaels Tod bringt Unruhe. Er kennt unsere enge Verbindung. Mit dem Mord und den Gerüchten könnte er uns gegeneinander aufhetzen. Sollte ihm das gelingen, hat er gewonnen.«

»Was hast du jetzt vor?«

»Ich werde Claudia Schramm töten und die Macht übernehmen.«

»Du kennst die Konsequenzen?«, fragt Jurij vorsichtig. Die Gedanken rasen durch seinen Kopf, suchen eine Lösung, eine Entscheidung. Sollte Wasilij scheitern, sind alle daran Beteiligten mitsamt ihren Familien tot. Er kann sich nur für oder gegen Wasilij entscheiden. Es gibt keinen Mittelweg. Ein Familienmitglied verraten – oder das Leben der Verwandtschaft riskieren.

»Du warst Mikaels Pate und sein Freund. Du bist wie ein Bruder für mich.«

Wasilijs Herz pocht.

»Wie kann ich dir helfen?«, fragt Jurij.

Wasilij ist erleichtert. Eine Last fällt von den Schultern. Die Würfel sind gefallen. Für ihn. Für seine Ziele. Jetzt wird ihn nichts mehr aufhalten. »Wie viele aus der Führungsriege kannst du hinter dich bringen?«

»Bis auf zwei oder drei praktisch alle.«

»In zwei Tagen treffen wir uns auf Sardinien. Dort steht uns ein Haus zur Verfügung.«

»Auf Sardinien?«, fragt Jurij erstaunt.

»Es gibt viele Dinge, die du noch nicht weißt. Aber meine rechte Hand werde ich in alle Einzelheiten einweihen. Gemeinsam leiten wir eine neue Ära ein.«

»Dein Wort in Gottes Ohr.«

»Lass Gott aus dem Spiel, mein Wort ist völlig ausreichend und lukrativer«, erwidert Wasilij. Ein Lächeln umspielt sein Gesicht. »Mehr als ausreichend«, fügt er noch hinzu. »Es muss jetzt sofort passieren. Mach leise und schnell. Er wird nicht untätig zuschauen und abwarten, bis ich ihm eine Kugel durch den Kopf jage. Fliegt Sardinien nicht direkt an. Verschleiert eure Wege und nutzt andere Pässe.«

»Ich bringe alles auf den Weg. Soll ich dich noch informieren, wenn wir bereit sind?«

»Nein, besser nicht. Es muss still sein, kein Kontakt mehr. Wir treffen uns im Haus. Jemand wird euch in Empfang nehmen. Wir dürfen jetzt keinerlei Risiko mehr eingehen.«

»Dann sehen wir uns in zwei Tagen.«

»Und – Jurij?«

»Ja?«

»Danke für dein Vertrauen.«

»Wir sehen uns. Pass auf dich auf.«

***

Brandtner jagt die Autobahnabfahrt hinauf. Fahrzeuge bleiben stehen. Manche bilden eine kleine Rettungsgasse. Er verzögert seine Fahrt vor der Ampel und biegt nach links ab.

Laumanns Handy gibt einen kurzen Brummton von sich. Umständlich versucht er, das Menü im Telefon zu öffnen. Brandtner lächelt heimlich und schüttelt den Kopf.

»Sag ich doch. Dinosaurier«, sagt er zu Laumann. »Siehst du den gelben Odner mit der roten Eins in der Ecke?«

»Sicher. Ich bin doch nicht blöd«, grummelt Laumann zurück.

Das Display leuchtet auf. Ein Foto füllt den Rahmen des Bildschirms aus.

»Oh.«

Mehr bringt Laumann nicht hervor.

»Was?«, fragt Brandtner.

»Von Falke. Der Enthauptete ist Nikolas.«

Er hält Brandtner das Bild hin.

»Sauberer Schnitt. Claudia hat es drauf.«

Laumann zieht eine Grimasse.

»Naja, ich meine doch nur. Sie muss verdammt gut sein, wenn sie den Topkiller zur Strecke bringt. Du solltest dich mit dem Gedanken anfreunden, dass Claudia ein höchst gefährlicher Mensch ist.«

»Hör auf, sonst glaube ich dir noch«, entgegnet Laumann.

Ein Wegweiser zum Hotel taucht auf. Laumann schaltet das Blaulicht und das Martinshorn aus.

»Fahr langsam«, weist er Brandtner an.

Über einen Schotterweg, der von imposanten Bäumen begrenzt ist, gelangen sie zum Hotel. Die Steine knirschen. Brandtner ist beeindruckt von der gepflegten Anlage. Sie umschließt ein schlossartiges Gebäude. Die liebevolle Zusammenstellung der Pflanzen und das harmonische Zusammenspiel der Farben bezeugen die intensive Gartenpflege.

Sie umfahren einen Springbrunnen, den die Betreiber des Hotels aus Versailles gestohlen haben könnten. Edelkarossen parken auf einem seitlich gelegenen Platz. Brandtner bringt den Dienstwagen vor dem Haupteingang zum Stehen.

Ein Angestellter des Hauses steigt die prunkvolle Treppe hinunter. Der Mann öffnet die Beifahrertür. Er begrüßt die Kommissare mit freundlichen Worten, unbeeindruckt von dem erbärmlichen Zustand des Zivilfahrzeuges. Laumann glaubt, eine leichte Verbeugung zu erkennen.

»Herzlich willkommen im Chalet ...«

Laumann hält ihm den Dienstausweis unter die Nase. Der Mann verstummt. Sein Erstaunen ist ihm deutlich anzusehen.

»Wir möchten zu Ihrem Geschäftsführer. Wo kann ich ihn erreichen?«

»Fragen Sie bitte an der Rezeption nach, mein Herr.«

Brandtner öffnet die quietschende Fahrertür. Laumann grinst bei dem angewiderten Gesicht des Angestellten.

»Äh ...«, beginnt der Mann zu stottern.

»Harry, stell den Wagen auf den Parkplatz. Er passt nicht zum Ambiente dieses Hauses«, ruft Laumann Brandtner zu.

»Gerne, Stephan. Bin sofort wieder da.«

Verwirrt schaut der Portier die Beiden abwechselnd an. Laumann wartet auf dem unteren Treppenabsatz. Er zündet sich eine Zigarette an. Der Angestellte bleibt vor der Eingangstür stehen. Hat er sanft den Kopf geschüttelt? Brandtner kommt den Schotterweg entlang. Sein Körper, der in die Schussweste gequetscht ist, füllt den Mantel völlig aus. Beide schreiten gemächlich die Stufen hoch. Der Angestellte öffnet die Tür. Laumann schaut auf die angerauchte Zigarette, die er dem Mann in die Hand drückt.

»Danke.«

Der Mann bleibt verdutzt an der Tür stehen. Angewidert streckt er mit zwei Fingern die qualmende Zigarette von sich.

Laumann stellt sich an der Rezeption vor. Er verlangt, Herrn Charatov zu sprechen. Er fischt seinen Dienstausweis aus der Tasche, den er dem Rezeptionisten unter die Nase hält.

»Es ist dienstlich und dringend.«

Der Mann schaut verlegen und hilflos in die Runde. Er winkt einen Bediensteten zu sich, der in seiner Uniform am Durchgang zu einem Salon steht. Brandtner verharrt wie unbeteiligt am Tresen. Vorsichtig schielt er auf den Computermonitor. Der Mann drückt eine Taste auf der Tastatur. Auf dem Bildschirm erscheint das Hotelgebäude als Hintergrund. Wie ein Soldat bleibt ein Heranwachsender mit Pickelgesicht vor dem Tresen der Rezeption stehen. Er wartet auf seine Befehle.

»Holen Sie bitte Herrn Krüger. Sagen Sie ihm, es sei dringend. Die Polizei ist hier.« Dabei nickt er mit abfälligem Blick zu den beiden Hauptkommissaren.

»Wie lange wird das dauern?«, fragt Laumann gelangweilt.

»Herr Krüger wird unverzüglich zugegen sein«, antwortet der Rezeptionist.

Brandtner zieht Laumann ein Stück vom Tresen weg.

»Ich schaue mich ein wenig um. Vielleicht kann ich irgendwelche Sicherheitsmaßnahmen erkennen, oder Charatovs Leute.«

»Soll ich ohne dich mit Charatov sprechen?«, fragt Laumann erstaunt.

»Du erreichst mehr, wenn du mit ihm alleine bist. Ohne Zeugen und im Gefühl der Sicherheit lassen solche Leute gelegentlich verdächtige Worte fallen. Wenn wir beide ihn in die Mangel nehmen, könnte er sich bedrängt fühlen und schweigt sich aus. Damit ist niemandem geholfen. Charatov wird nichts unternehmen, hundertprozentig«, antwortet Brandtner. Er grinst Laumann provozierend an. »Deine Worte!«

»Wenn du meinst«, gibt Laumann zurück und schiebt ein ›Angsthase‹ hinterher.

Ein Hüsteln stört die kurze Unterhaltung. Laumann betrachtet den Mann. Er trägt einen Anzug, der deutlich mehr kostet als ein Monatsgehalt eines Hauptkommissars. Freundlich lächelt er die beiden Polizisten an.

»Mein Name ist Krüger. Ich leite das Chalet und, wie ich anmerken darf, immer zur Zufriedenheit unserer Gäste.«

»Dessen bin ich mir sicher. Mein Name ist Hauptkommissar Laumann. Dies ist mein Kollege, Herr Brandtner.«

Eine leichte Verbeugung des Geschäftsführers zaubert ein Lächeln auf Brandtners Gesicht. Eine Übernachtung dürfte sein Budget sprengen, aber er findet Gefallen an der Haltung des Managers. Laumann zeigt ihm den Dienstausweis.

»Bitte nicht in aller Öffentlichkeit«, entrüstet sich Krüger.

»Wieso?«, fragt Brandtner. »Ist der etwa dreckig, oder sind Polizisten nicht gerne gesehen in diesem Etablissement?«

Brandtner zieht das letzte Wort absichtlich in die Länge.

»Womit kann ich Ihnen behilflich sein, meine Herren?«

Krüger ignoriert Brandtners Fragen mühelos.

»Wir müssen dringend Herrn Charatov sprechen.«

»Ich kann Ihnen nicht sagen, ob Herr Charatov im Haus ist.«

»Schade.«

Laumann dreht sich zu Brandtner um.

»Geh du in den Salon und frag dort die Gäste. Aber vergiss die Formvorschriften nicht. Du musst dich ausweisen. Ich beginne im Restaurant. Ruf mich an, wenn du Herrn Charatov gefunden hast.«

Brandtner bewegt sich langsam zum Salon.

»Meine Herren, ich darf doch bitten. Sie verweilen hier nicht in einem drittklassigen Stundenhotel. Wir legen äußersten Wert auf Verschwiegenheit und Ruhe in unserem Haus. Das Wohlbefinden der Gäste ist eine der Grundsäulen unserer Leitlinien.«

»Wir verweilen auch nicht, wir ermitteln. Unsere Grundsäule ist die Aufklärung von Straftaten. Also, ist Herr Charatov hier?«

»Ich werde mit Herrn Charatov sprechen und Sie ankündigen. Wenn Sie sich noch einen kurzen Augenblick gedulden könnten?«

Er schaut Laumann flehend in die Augen. Laumann tippt provokant auf seine Armbanduhr. Der Geschäftsführer verschwindet hinter einer Tür, die er lautlos schließt.

»Edler Schuppen, was? Könnte mir gefallen.«

Brandtner schaut sich in der Empfangshalle um. Er deutet auf raumfüllende Wandgemälde.

»Ob die echt sind?«

»Wir werden hier Probleme haben, unseren Kaffee zu bezahlen«, ist die kurze Antwort.

Auch Laumann betrachtet die Gemälde, doch für Kunst hat er nie Interesse gezeigt. Die hat er nie verstanden.

»Mach dich auf den Weg. Aber benimm dich, sonst kriegt der Krüger noch einen Herzkasper.« Brandtner lächelt. »Und fass hier nichts an«, ruft er Brandtner nach, der im Salon verschwindet.

Krügers Gesichtsausdruck zeigt deutliches Entsetzens. Laumann steht ohne seinen Kollegen in der Empfangshalle.

»Sie werden doch nicht ...«

»Mein Kollege sucht nur die Waschräume auf. Er kommt nach. Zu viel Kaffee«, unterbricht Laumann ihn. »Kinderblase, wenn Sie verstehen.«

Krügers Gesicht zeigt eine leichte rötliche Färbung.

»Sollen wir auf Ihren Begleiter warten?«, fragt Krüger flehend.

»Nein, seine Blase ist ein echtes Problem. Das dauert«, gibt Laumann lächelnd zu verstehen.

»Herr Charatov ist bereit, Sie zu empfangen. Wenn Sie mir bitte folgen würden.«

Neben dem Restaurant öffnet Krüger eine schwere hölzerne Tür. Laumann betritt einen weiteren Salon des Hotels. Ein Kamin flutet den Saal mit wohliger Wärme, das Kaminholz prasselt leise. An einem Eckfenster sitzt ein Mann in einem Ohrensessel, der genüsslich eine Qualmwolke aus seiner Zigarre in die Luft bläst. Verträumt schaut er aus dem Fenster in den gepflegten Garten.

Auf dem Abstelltisch aus Edelholz glitzert eine dunkle Flüssigkeit in einem Cognacschwenker. Laumann verharrt einen kurzen Moment. Er betrachtet den noblen Raum. In einer finsteren Ecke erkennt er nur schemenhaft Sessel und antike Schränke. Schwere Samtgardinen umrahmen die Fensterscheiben. Er begibt sich zu dem Mann, der ihn anscheinend nicht bemerkt.

»Herr Charatov?«, fragt Laumann leise. »Herr Wasilij Charatov?«

Der Mann dreht sich um und schaut ihn an. Einen kurzen Moment glaubt Laumann, eine abfällige Haltung in den eiskalten Augen Charatovs zu erkennen. Sein Gesicht zeigt keine Regung. Auf den Bildern sah er erhabener aus, bedeutender, nicht wie ein normaler Mensch.

»Herr Hauptkommissar Laumann. Setzen Sie sich doch bitte.«

Er weist mit der Hand auf den anderen Sitzplatz. Laumann erscheint ein wenig verdutzt.

»Sie kennen mich?«, fragt er Charatov überrascht. Er nimmt auf einem hohen, schwer gepolsterten Sessel Platz.

Charatov lacht kurz auf.

»Sie stellten sich doch namentlich bei Herrn Krüger vor. Warum überrascht es Sie, dass Herr Krüger Sie mit Ihrem Namen ankündigt?«

In Laumann regt sich Zorn. Die Überraschung war ein Fehler, das hätte ihm nicht passieren dürfen. Natürlich meldet der Hotelmanager eines gehobenen Hotels Besucher namentlich an. Er kommt sich wie ein kleiner Junge vor, der in der großen, weiten Welt der Wunder herumgereicht wird.

›Verdammt‹, denkt er sich, ›ein solch blödsinniger Fehler darf dir nicht noch einmal unterlaufen. Also konzentriere dich endlich.‹

»Darf ich Ihnen etwas bringen lassen? Kaffee? Tee? Ein Mineralwasser vielleicht? Ich kann Ihnen auch einen erlesenen Cognac anbieten.«

»Nein, danke«, entgegnet Laumann. »Ich bin dienstlich hier.«

»Sie baten um ein Gespräch mit mir. Was verschafft mir die Ehre Ihres Besuches in diesem bescheidenen Hotel?«

Charatov unterstützt seine Worte mit einer ausladenden Geste.

›Bescheiden?‹, denkt sich Laumann. Die Bezeichnung käme ihm für das Hotel zuallerletzt in den Kopf.

»Darf ich Ihnen zuerst eine persönliche Frage stellen?«, beginnt er das Gespräch.

»Wenn Sie dabei die Grenzen der Höflichkeit beachten, gerne.«

Charatov lächelt. In seinem Gesicht zeigt sich die Neugier, aber auch eine gewisse Anspannung. Laumann fragt sich, ob Charatov ihm etwas vorspielt.

»Sie sprechen akzentfreies Hochdeutsch. Wo wuchsen Sie auf?«

»Gehört diese Frage zum Verhör?«

»Sollte ich zu einem Verhör gekommen sein?«

Jetzt erkennt Laumann die Anzeichen von Überraschung in Charatovs Gesicht. Touché. Er lacht innerlich.

»Ich bin in Russland in einer privilegierten Familie aufgewachsen. Und wenn ich privilegiert sage, dann ist das auch genauso gemeint. Mein Vater war eine angesehene Persönlichkeit mit Verbindungen bis in die Spitzen des Kreml. Ein hohes Tier, wie man hier üblicherweise sagt.«

Behutsam legt er die Zigarre an den Rand des Aschenbechers. Er nippt an seinem Cognac.

»Der Vorteil einer elitären Erziehung. Ich bin viel herum gekommen. Mit der Zeit geriet meine Muttersprache fast zu einer Fremdsprache.« Lächelnd schüttelt er den Kopf. »Können Sie sich das vorstellen? Die heimische Sprache?«

»Nein, das entzieht sich meiner Vorstellungskraft«, antwortet Laumann wahrheitsgemäß. »Das war sicherlich eine harte Zeit, nicht wahr?«

Charatov schaut ihm lange in die Augen. Dabei schwenkt er das Cognacglas in seiner Hand. Ein leichter aromatischer Hauch des edlen Getränkes umgibt ihn, den selbst Laumann noch riechen kann.

»Nein, ich formuliere es gerne anders. Die Zeiten waren außerordentlich lehrreich. Sie ermöglichten mir unschätzbare Kontakte in die Geschäftswelt. Aber das ist sicherlich nicht der Grund Ihrer Anwesenheit. Also, warum bitten Sie mich um ein Gespräch?«

»Darf ich fragen, in welchen Bereichen Sie tätig sind?«

Einen kurzen Moment bereut er die Frage.

›Lass ihm Zeit, du musst ihn in Sicherheit wiegen‹, denkt er sich.

»Aus diesem Grund baten Sie um eine Unterhaltung?«

Charatov schaut Laumann verdutzt an. Er grinst. Schneeweiße Zähne leuchten im Dämmerlicht.

»Sie werden mit Sicherheit bereits Erkundigungen zu meinen Geschäften eingezogen haben. Ich kann mir nicht vorstellen, dass Sie wegen meines professionellen Werdegangs hier sind, oder?«

»Ihre berufliche Karriere ist außerordentlich interessant. Ihr Aufstieg begann mit dem Untergang Russlands.«

»Untergang? Russland? Russland wird niemals untergehen. Mag sein, dass wir einige, nennen wir es, Unannehmlichkeiten hatten, aber nichts stürzt uns in das Armageddon. Ich befand mich zur richtigen Zeit am richtigen Ort, das ist alles.«

»Mehr nicht?«, fragt Laumann.

»Mehr nicht. Meine hervorragenden Kontakte spielten natürlich auch eine Rolle.«

»Ihre Kontakte? Die zur organisierten Kriminalität?«

Charatov zieht an der Zigarre. Er pustet den Rauch geräuschvoll aus. Eine dicke Qualmwolke steigt zur Decke. Gemächlich legt er die Zigarre auf den Rand des silbernen Aschenbechers. Aus den Augenwinkeln schaut er Laumann kurz mit einen kleinen Anflug von Belustigung an.

»Sind Sie nur hergekommen, um mich zu beleidigen?«

Charatov beugt sich gemütlich zu Laumann hinüber.

»Ihnen dürfte bekannt sein, dass eine komplette Rechtsanwaltskanzlei ausschließlich für mich arbeitet. Wenn Sie nicht mehr als Beleidigungen aussprechen wollen, kann ich gerne eine kleine Unterredung mit Ihnen, meinen Anwälten, Ihrer Polizeipräsidentin und auch dem zuständigen Innenminister arrangieren.«

»Das dürfte nicht notwendig sein«, antwortet Laumann spontan.

Charatovs Grinsen erlischt. Wie ein Tiger sitzt er in dem Ohrensessel, sprungbereit, aggressiv und wachsam. Er bläst einen Rauchkringel in die Luft.

»Meine Pensionierung steht unmittelbar bevor«, fährt Laumann fort, »und es ist mir absolut egal, was die Präsidentin, ein Minister, der sowieso nach jeder Wahl ausgewechselt wird, oder Ihre Anwälte besprechen wollen. Ein vielbeschäftigter Mann wie Sie hat mit Sicherheit sinnvollere Aufgaben zu erledigen.«

Er legt eine kleine Kunstpause ein.

»Mich interessiert nur Nikolas Valtin.«

Gespannt erwartet er die Reaktion. Die Zigarre in Charatovs Hand zerbricht. Zornesröte verbreitet sich in seinem Gesicht. Die Mundwinkel zucken leicht. Die Fassade bröckelt. Aus dem Tiger wird eine unsichere Miezekatze, der er auf den Schwanz getreten ist.

»Sie kennen ihn?«, fragt Laumann ironisch. »Wir fanden seine sterblichen Überreste in Aachen. An zwei verschiedenen Stellen.«

Die Zornesröte verschwindet. Vorsichtig reibt sich Charatov die Tabakkrümel von der Hose. Er hebt den abgebrochenen Stummel auf und legt ihn in den Aschenbecher. Der Zorn in Charatov, so schnell er auch aufkam, scheint verflogen. Laumann erkennt die Kaltschnäuzigkeit und die bewundernswerte Fähigkeit, sich schlagartig der geänderten Situation anzupassen.

»Kennen? Nein, das ist zu viel gesagt.«

»War er nicht eine Art Sohn für Sie?«

»Wie kommen Sie darauf?«

»Der eine oder andere Vogel zwitschert dies vom Dach.«

»Dann dürfte der eine oder andere Vogel einer Fehlinformation aufgesessen sein. Nikolas hat für mich gearbeitet. Nur einer meiner vielen Angestellten.«

Charatov dreht den Kopf in eine Zimmerecke.

»Boris?«

»Ja, Herr Charatov?«, ertönt eine tiefe Stimme aus der Dunkelheit einer Ecke.

Laumann zuckt kurz zusammen. Den Mann in der Ecke hat er nicht bemerkt. Er muss dort bereits gestanden haben, als er den Raum betrat. Ein Muskelpaket in feinem Anzug und einer ausgebeulten Schulterpartie. Die maßgefertigten Schuhe klappern über den Boden. Kurz vor Charatovs Sessel bleibt er stehen.

»Fast unsichtbar, nicht wahr?«, fragt Charatov mit Stolz zu Laumann gewandt. »Hervorragend ausgebildete Begleiter, meist von russischen Eliteeinheiten rekrutiert. Sie gleichen Maschinen, die jeden Befehl unverzüglich ausführen. Niemand kann sie aufhalten, wenn Sie verstehen, was ich meine.«

»Wie Nikolas?«

Leichte Blässe zeigt sich auf Charatovs Wangen. Sein kurzes Schweigen verrät Laumann, dass er ihn unsicher gemacht hat.

»Erkläre doch bitte dem Herrn Kommissar, wie lange Nikolas für mich arbeitete.«

»Das kann ich nicht genau sagen. Ich kam vor zehn Jahren zu Ihnen«, antwortet Boris mit einem deutlichen russischen Akzent. »Herr Valtin arbeitete bereits für Herrn Charatov und hat mich damals eingewiesen. Ich habe ...«

Charatov hebt die Hand in die Luft und Boris verstummt.

»Danke, Boris.«

Er wendet sich wieder Laumann zu.

»Auch wenn Sie sie nicht sehen, sie halten sich immer in der Nähe auf«, flüstert er ihm zu. »Ich kann keinen Schritt machen, den sie nicht bemerken. Aber«, dabei streckt er einen Zeigefinger in die Höhe, »mehr ist mir von meinen Beschützern nicht bekannt. Sind sie verheiratet? Haben sie Kinder oder Familie? Ich habe nicht die geringste Ahnung, verstehen Sie? Für das Privatleben der Angestellten hege ich keinerlei Interesse. Solange es für mein Geschäft nicht schädlich ist, verschwende ich daran keinen Gedanken.«

»Es interessiert Sie also nicht, ob Sie faules Obst in Ihren Reihen haben? Könnten sich kriminelle Subjekte in Ihrer Nähe aufhalten?«

»Boris?«, ruft er lauter in den Raum hinein. »Bist du faules Obst oder ein kriminelles Subjekt?«

»Ich, äh ... Nein, natürlich nicht«, stammelt Boris, dem die Frage peinlich ist.

»Danke, deine Dienste werden im Moment nicht benötigt. Du kannst gehen. Es ist alles in Ordnung.«

Boris verlässt den Raum. Laumann hört, wie er die Tür leise schließt.

»Sehen Sie, Herr Kommissar. Kein faules Obst, kein kriminelles Subjekt. Also, was ist der wahre Grund Ihres Erscheinens?«

»Ich bearbeite zur Zeit mehrere Morde. Ich sehe eine Verbindung zu Ihnen.«

»Zu mir? Tatsächlich? Sie verstehen es, meine Neugier zu wecken.«

»Wie häufig sind Sie in der Gegend?«

»Regelmäßig. Deutschland lohnt sich immer wieder. Hier können ausgezeichnete Geschäfte abgeschlossen werden. Ich bin mehrmals im Jahr hier.«

»Vor einem Jahr auch?«

Charatov setzt sich aufrecht in den Sessel. Er faltet die Hände in seinem Schoss. Er sucht nach Worten, die ein wenig zu lange auf sich warten lassen. Aufmerksam mustern seine Augen Laumann, der entspannt dasitzt und die Antworten abwartet.

»Sicher, ich besuchte Deutschland mehrfach im letzten Jahr. Warum fragen Sie?«

»Suchten Sie auch Bochum oder Dortmund geschäftlich auf?«

»Nein, ich hielt mich in Berlin auf.« Er runzelt dabei die Stirn. »Doch wenn ich mich recht entsinne, verweilte ich auch kurz in diesem Hotel. Sie können an der Rezeption fragen. Sie erhalten dort sicherlich die gewünschte Auskunft.«

»Danke. Ich werde mich darum kümmern.«

Charatov lächelt Laumann an. Beide schauen sich schweigend tief in die Augen. Ein gegenseitiges Mustern. Die Suche nach einer Schwachstelle, die den Gegner mit einem Schlag zu Boden wirft.

»Möchten Sie nicht wissen, von welchen Morden ich spreche?«, fragt Laumann.

»Nein. Warum auch? Mord und Totschlag gehören nicht zu meinen geschäftlichen Gepflogenheiten. Wieso sollte es mich dann interessieren? Aber ich kann Ihnen gerne etwas über Öl- und Gasvorkommen in Russland nahebringen.«

»Kennen Sie einen Martin Novic?«

»Nein. Was ist mit ihm? Ist er auch im Energiegeschäft?«

Laumann schüttelt lächelnd den Kopf. Er zeigt deutlich seine Ungläubigkeit.

»Novic wurde vor einem Jahr in Bochum in einem Café erschossen.«

»Tut mir leid, das zu hören. Aber ich kann mir nicht erklären, wie er mit mir in Verbindung steht?«, fragt Charatov.

»Ihr verblichener Sohn war der Täter.«

Keine Reaktion. Kein Zucken, kein Schweißausbruch, nichts.

»Das hatten wir bereits vor wenigen Minuten. Ich bin kinderlos, nicht einmal eine Vaterschaftsklage.«

Charatovs Lächeln sieht verlegen aus.

»Ach ja. Der zweite Mann, der Nikolas im Café begleitet hat, ist auch tot«, fährt Laumann fort. Er bemerkt wie Charatov seinen Daumen am Zeigefinger reibt. »Und noch einige Leute, die mit Nikolas und somit auch mit Ihnen in Verbindung standen.«

»Ernsthaft? Ich sagte Ihnen bereits, dass ich mich nicht für die privaten Belange meiner Angestellten interessiere«, entgegnet Charatov süffisant.

»Haben Sie keine Angst, dass solche – wie soll ich es nennen – persönliche Aussetzer Ihrer Angestellten auf Sie zurückfallen könnten?«, fragt Laumann langsam.

Charatov nippt an seinem Glas. Gedankenversunken lächelt er, faltet die Finger ineinander und räuspert sich kurz.

»Kennen Sie die Vorteile meiner prachtvollen Position?«, fragt er Laumann.

»Nein. Welche?«

»Ich bin der Chef eines Imperiums und kann jeden jederzeit entlassen. Sollte ich jemals Hinweise auf ein Fehlverhalten solchen Ausmaßes erhalten, werde ich diese Individuen selbstverständlich der Justiz überstellen.«

»Dessen bin ich mir sicher.« Laumann lächelt Charatov an.

»Was könnte auf mich zurückfallen? Ich werde mich nicht für das Fehlverhalten meiner Angestellten rechtfertigen. Niemals lasse ich mich mit solchen Machenschaften in Verbindung bringen. Das wird nie passieren. Es arbeiten mehr Anwälte für mich, als Sie in Ihrem Berufsleben kennengelernt haben.«

»Sie stehen also über dem Gesetz?«, hakt Laumann nach.

Charatov drückt die Finger fester zusammen, die sich mit Blut füllen. Die Mundwinkel zucken wieder. Die Antwort kommt stoßweise.

»Ich bin unantastbar«, fährt Charatov langsam fort. »Nichts und niemand wird mir Schaden zufügen können. Nicht einmal ein schießwütiger Angestellter.«

»Unter Umständen ein Kriminalhauptkommissar, der sich als Erpresser versucht?«

Der Adamsapfel von Charatov hüpft aufgeregt auf und nieder. Seine Gesichtsmuskeln zucken einen Augenblick unkontrolliert. Der Mund steht offen. Laumann grinst über den Erfolg, Charatov in die Enge getrieben zu haben.

»Ich spreche vom Kollegen Schramm, Klaus Schramm. Haben Sie diesen Namen schon einmal gehört?«

»Ich kann mich vage an einen Zeitungsartikel erinnern. Mag sein, dass ich vor einem Jahr etwas darüber gelesen habe. Die Polizei hat, korrigieren Sie mich, wenn ich mich irre, ihren eigenen Kollegen erschossen, oder nicht?«

»Er kam von einem Treffen mit Ihnen.«

»Mit mir? Wie kommen Sie denn auf solche wahnsinnige Ideen? Womit sollte er mich erpressen? Ich bin Geschäftsmann und Wohltäter, wie Sie sicherlich recherchiert haben.«

Charatovs Augen funkeln gefährlich. Zeit für den finalen Schlag, der die Partie entscheidet. Zeit, Farbe zu bekennen und die Wahrheit aus Charatov zu holen.

»Er ist Ihnen auf die Schliche gekommen und hat Sie gefunden. Auch andere können Sie ausfindig machen. Erst recht Profikiller. Es stimmt, mir fehlen die Beweise, aber es ist nur eine Frage der Zeit.«

»Finden Sie Ihre Anschuldigungen und Behauptungen nicht ein wenig dürftig?« Jetzt beugt sich Laumann im Sessel vor. Er schaut Charatov tief in die Augen.

»Lassen wir die Spielchen. Ich kenne die Wahrheit. Seien Sie sicher, dass ich es auch eines Tages beweisen kann. Dann bringe ich Sie zur Strecke. Darauf können Sie Ihren russischen Arsch verwetten.«

»Wahrheit! Wahrheit!«, äfft Charatov. »Was wollt ihr Deutschen nur mit der Wahrheit? Wovon sprecht ihr da immer?«

»Die Wahrheit über Klaus Schramm«, sagt Laumann schulterzuckend.

»Schramm? Pah«, stößt Charatov aus und springt aus dem Sessel. »Sie wollen die Wahrheit?« Er macht einen Schritt zum Fenster. »Sie erkennen sie nicht einmal, wenn Sie darauf sitzen!« Er schreit den letzten Satz hinaus, Speichel fliegt aus seinem Mund.

›Spuck es aus‹, denkt sich Laumann. ›Jetzt! Dann nagle ich dich gleich hier an die Wand.‹

»Sie und Ihre unfähigen Beamten erschossen den eigenen Mann. Übernehmen Sie die Verantwortung und stehen Sie zu Ihrer Entscheidung und Unfähigkeit.«

Charatov grinst hämisch, das Gesicht zu einer diabolischen Grimasse verzogen. Unbändige Wut zeigt sich plötzlich bei ihm. Laumann steht auf und spaziert zu Charatov hinüber.

Er beugt sich zu Charatovs Ohr und flüstert: »Ich werde dich kriegen. Deine Eingeweide werfe ich den Hunden zum Fraß vor. Hörst du? Verlass Deutschland und kehre nie wieder zurück. Bevor es zu spät ist.«

Charatov blickt Laumann lange an. Laumann erwidert den Blick. Er ist nicht bereit, den Augenkontakt zuerst zu lösen.

»Soll ich das als Kriegserklärung auffassen?«

Charatovs Gesicht gleicht einer Fratze, einem Monster, einem kaltblütigen Ungeheuer, das jeden Moment die komplette Kontrolle verliert.

»Nenn es, wie du willst. Dein Geld und deine Macht werden dich nicht schützen«, haucht Laumann ihm zu.

»Hast du dir ein sonniges Plätzchen neben Klaus Schramm ausgesucht? Den wirst du brauchen, wenn ich meine Macht ausspiele. Du hast nicht einmal im Ansatz verstanden, mit wem du dich anlegst. Ich bin dein personifizierter Alptraum, dein persönliches Armageddon. Du bist dir nicht im Klaren darüber, dass du nach meiner Pfeife tanzt.«

Charatov ist voller Spott.

Laumanns Herz hüpft höher. Seine Hände ballt er zu Fäusten. Er hat die Bestätigung. Charatov liegt am Boden. Er ist der Feind, den es zu bekämpfen gilt. Der zur Verantwortung gezogen werden muss.

»Du hast Recht. Ich habe keine Ahnung, mit wem oder was ich mich anlege«, gibt Laumann lächelnd zu verstehen. »Aber da draußen«, dabei deutet er mit dem Zeigefinger zum Garten, »gibt es jemanden, der genau weiß, was er will. Er zieht euch einzeln zur Rechenschaft. Ein erbarmungsloser Profi. Doch ich werde nicht eingreifen. Ich will es nicht einmal.«

»Das ist auch nicht notwendig. Problemlösungen sind meine Spezialität«, sagt Charatov mit deutlich beruhigter Stimme. »Sie ist erledigt und das wird der letzte Nagel in deinem Sarg.«

Sekundenlang starren sich beide in die Augen. Laumanns Herz setzt aus. Charatov hat ›sie‹ gesagt. Er hat den Schluss gezogen, dass Claudia einen Rachefeldzug führt. Er will sie töten. Charatov Schultern sinken. Er sieht den siegesvollen Blick des Hauptkommissars und beißt sich auf die Lippe.

»Mehr wollte ich nicht wissen. Das ist mehr, als ich zu hoffen wagte«, flüstert Laumann.

Er wendet sich von Charatov ab. Mit der Hand auf der Klinke dreht er sich noch einmal um.

»Richten Sie ihr herzliche Grüße von mir aus, wenn Sie dazu noch in Lage sein werden. Sie ist nicht zu stoppen und wird Sie töten.«

Laumann verlässt den Raum. Charatov bleibt wütend und verunsichert zurück. Ein Cognacglas zerschellt an einer Wand.

***

Laumann trifft an der Rezeption auf Brandtner, der gelangweilt einen Arm auf den Tresen gelegt hat. Seine lässige Haltung verrät Laumann, dass er nichts Verdächtiges gefunden hat.

»Los, weg hier«, sagt er zu Brandtner.

Ohne eine Reaktion abzuwarten, eilt er weiter zum Ausgang. Brandtner spurtet hinterher.

»Was hast du? Was ist los?«, ruft er Laumann nach, der die Treppenstufen hinunter hetzt. Zielstrebig steuert er den Parkplatz an. »Meine Fresse, bleib doch mal stehen. Sag mir endlich, was passiert ist.«

Doch Laumann geht weiter zum Fahrzeug. Er ergreift die Klinke der Beifahrertür.

»Mach die Karre auf«, bellt er Brandtner zu. Brandtner fummelt umständlich am Fahrzeugschlüssel. Die Tür ist entriegelt.

Laumann lässt sich auf den Beifahrersitz fallen. Seine Hände zittern ein wenig. Die Gewissheit schießt ihm durch den Kopf. Endlich hat er die langersehnte Bestätigung. Charatov steckt hinter dieser Geschichte. Er ist der verantwortliche Drahtzieher. Er hat die Morde angeordnet. Charatov war Anatol Parujew.

Jetzt ist der Moment der Abrechnung in Gestalt von Claudia angebrochen. Wie immer sie das auch anstellt! Woher auch immer sie die Informationen hat! Charatov hat Claudias Rachefeldzug erkannt. Er jagt sie, will sie töten und für alle Zeit verschwinden lassen. Zwei gefährliche Menschen treffen aufeinander. Nur einer kann überleben.

Brandtner steigt in den Wagen. Er schaut Laumann erwartungsvoll an. Die Anspannung liegt schwer auf Laumanns Gesicht. Hektische Flecken zeichnen sich ab. Nie zuvor hat er das bei Laumann gesehen.

»Sagst du mir jetzt, was der Sack gesagt hat?«, fragt Brandtner flehend. Er schiebt ein langgezogenes ›Biiiitte‹ hinterher.

»Fahr los. Gib mir noch einige Minuten. Ich muss erst nachdenken.«

»Wir könnten gemeinsam überlegen. Ist einfacher und spart Energie.«

»Nicht jetzt. Fahr endlich.«

Brandtner startet den Motor. Er schaut im Rückspiegel noch einmal auf das imposante Gebäude. Langsam rollt der Wagen über den Schotterweg. Verstohlen sieht er den schweigenden Laumann an. Brandtner beschleunigt das Fahrzeug und fädelt auf die Autobahn ein. Geräuschvoll atmet Laumann aus.

»Er weiß es«, sagt er unvermittelt. »Das Arschloch weiß es.«

»Charatov?«, fragt Brandtner.

»Wen sollte ich sonst meinen?«

»Was weiß er? Wovon redest du?«

»Dass Claudia ihn jagt«, haucht Laumann.

Hitze steigt in Brandtners Körper auf. Zweifelnd starrt er Laumann an. Tausend Fragen drängen sich auf, die er gerne alle gleichzeitig stellen möchte. Er schaut wieder auf den Verkehr. Seine Hände krallt er in das Lenkrad.

»Hat er dir das gesagt?«

»Ja«, sagt Laumann. »Gib endlich Gas. Wir müssen unverzüglich zurück.«

Brandtner tritt das Gaspedal durch. Nur zögerlich nimmt das Dienstfahrzeug Fahrt auf.

»Das hat er dir gesagt?«, fragt Brandtner noch einmal. »Wortwörtlich?«

»Nein, mehr indirekt.«

»Wie jetzt? Hat er es dir gesagt oder nicht?«

»Verdammt, Rainer. Glaub mir einfach. Er weiß es, und er will sie töten.«

Laumann schaut aus dem Fenster. Er sieht die Getreidefelder an sich vorbei ziehen. In seiner Nase breitet sich der Geruch von Dünger aus.

›Das ist der Gestank, der die Situation perfekt umschreibt‹, denkt er sich. ›Scheiße. Einfach nur Scheiße.‹

Brandtner schlägt auf das Lenkrad. Laumann zuckt zusammen.

»Mein Gott. Jetzt lass dir doch nicht alles aus der Nase ziehen. Was hat er gesagt?«

Laumann schweigt. Brandtner setzt zu einer Standpauke an. Da flüstert Laumann leise vor sich hin.

»Ich habe ihn aus der Fassung gebracht. Am Ende habe ich ihm erzählt, dass er von einem Profikiller gejagt wird. Verstehst du? Einem Killer, einem Mann. Kannst du dir vorstellen, was er geantwortet hat?«

»Nein.«

»Dass sie erledigt ist. Sie!« Laumann dreht sich zu Brandtner. »Ich habe nur von einem Mann gesprochen. Nur er sprach von einer Frau. Er meinte Claudia. Und er will sie töten.«

Brandtner antwortet nicht. Zu viele Dinge kreisen ihm im Kopf herum. Ein Hupen lässt ihn aufschrecken. Mit einer ruckartigen Lenkung steuert er den Dienstwagen zurück in die Fahrspur. Laumann reagiert nicht auf das Manöver, scheint tief in Gedanken versunken.

»Woher weiß er von Claudia? Verdammt noch mal, wie kommt er darauf? Das ist unmöglich. Nicht einmal wir sind uns sicher«, platzt es aus Brandtner heraus.

Laumann schüttelt den Kopf.

»Ich habe nicht die geringste Ahnung. Es ist einfach zum Kotzen.«

»Was machen wir jetzt?«, fragt Brandtner.

Laumann zieht sein Handy hervor. Er tippt eine Nummer ein.

»Falke«, meldet sich die Stimme am Ende der Leitung.

»Laumann hier. Ruf den Staatsanwalt an. Wir brauchen einen Haftbefehl für Claudia, sofort. Setz am besten die Fahndung auf Claudia an.«

»Wieso? Was ist passiert?«

»Charatov weiß, dass Claudia für den Angriff verantwortlich ist. Er will sie töten. Wir müssen sie vor ihm finden.«

»Einen Haftbefehl wegen Mordes?«

»Egal. Das ist unsere einzige Chance, sie lebend zu kriegen. Wenn Charatov sie in die Finger kriegt, ist sie für immer verschwunden.«

»Okay. Wird erledigt. Der Haftbefehl liegt auf dem Tisch, wenn ihr hier ankommt. Wir können gemeinsam die Kollegen von der Fahndung einweisen.«

»Aber fordere die Kräfte frühzeitig an. Wir dürfen keine Zeit verlieren, jede Minute zählt.«

Laumann beendet das Gespräch. Wortlos dreht er das Handy in seinen Händen.

»Bist du dir sicher?«, fragt Brandtner.

»Womit?«

»Mit dem Haftbefehl? Für Claudia?«, fragt Brandtner zweifelnd. »Ich meine, dass ...?«

»Was?«, fährt Laumann dazwischen.

»Du warst doch immer derjenige, der Claudia als Mörderin ausschließen wollte. Jetzt beantragst du einen Haftbefehl? Das nenne ich einen Wandel.«

Brandtner kann die Frustration in seiner Stimme nicht verbergen. Laumanns Schwankungen machen ihm immer wieder zu schaffen.

»Das ist die beste Chance, sie vor Charatov zu finden. Es ist scheißegal, was für ein Unsinn auf dem Haftbefehl steht. Jetzt will ich Claudia erst einmal lebend in meinem Büro sehen und mit ihr reden. Ich will den Mist endlich verstehen. Ob sie die Kerle umgebracht hat, können wir später noch ermitteln. Das ist alles«, antwortet Laumann leise.

»Du bist der Einzige, der irgendwelche Zweifel an ihrer Schuld hegt. Darüber bist du dir im Klaren, oder?«, fragt Brandtner.

»Was willst du von mir? Kannst du mir das erklären?«, brüllt Laumann los. »Ihr wolltet doch, dass ich Claudia als Täter in Betracht ziehe. Wenn ich dem Wunsch nachkomme, ist es auch falsch. Was soll ich deiner Meinung nach machen? Herrgott, was soll ich tun? Kannst du mir darauf eine Antwort geben?«

In Laumanns Augen sammeln sich Tränen, Tränen der Wut und Verzweiflung. Er hat die Schnauze voll. Sein Kopf sehnt sich nach Ruhe. Den verfluchten Schlamassel hinter sich lassen, sich zurückziehen und alles vergessen. Einfach nur vergessen. Und schlafen. Stunden. Tage. Wochen.

Brandtner starrt auf die Straße. Seine Gedanken schweifen ab. Wo führt das nur hin? Eine Katastrophe wie beim Fall Klaus Schramm wird Laumann nicht schadlos überstehen. Das bezieht Brandtner nicht nur auf das Ansehen innerhalb der Behörde. Ein erneutes Desaster wird Laumann endgültig brechen.

Der Haftbefehl ist ein notwendiger Schritt. Damit können alle erforderlichen Maßnahmen getroffen werden, um Claudia lebend zu ergreifen. Dann kann die Mordkommission akribisch die Beweislage prüfen. Sie wäre in Sicherheit. Zuversicht schleicht sich bei Brandtner ein. Ja, das ist die richtige Entscheidung. Hoffentlich wendet sich alles zum Guten. Mehr kann er sich jetzt nicht wünschen. Brandtner drückt das Gaspedal bis zum Anschlag durch. Die Geschwindigkeit erhöht sich kaum merklich. Es ist zum Verzweifeln.

***

Unbändige Wut flammt in Charatov auf. Er hat die Kontrolle verloren. Laumann hat ihn aus der Deckung gelockt. Ein unverzeihlicher Fehler. Er schaut aus dem Terrassenfenster.

Nebelwolken umarmen die Bäume im Garten. Wie in Zuckerwatte verpackt erscheinen sie schemenhaft wie Geister.

Laumann ist ein gefährlicher Gegner. Er hat ihn unterschätzt, wie konnte er nur diesen unverzeihlichen Fehler begehen. Schon wieder. Die verfluchte Spontanität und seine Arroganz.

Entscheidungen aus dem Bauch heraus zu treffen, das kann fatale Folgen nach sich ziehen. Doch da kann er sich nicht kontrollieren, eine persönliche Schwäche. Charatov reibt sich mit einer Hand die Augen. Mit der anderen stützt er sich an der Glasscheibe ab.

Sardinien! Sardinien ist die Lösung aller Probleme. Den Thron übernehmen, Anweisungen geben und aus dem Hintergrund handeln. Untergebene müssten sich seine Gunst verdienen. Sollen sie doch Claudia aus dem Weg räumen. Auch Laumann, wenn es denn sein muss. Zur Not erklärt er der Polizei den Krieg, um die Sache endgültig zu beenden. Mit allen Konsequenzen. Doch dazu muss er nach Costa Smeralda, den Putsch anzetteln und sich zur Nummer Eins machen.

Ein leises Klopfen an der Tür unterbricht seine Gedanken.

»Ja?«, ruft er in Richtung der Tür, die Boris vorsichtig öffnet.

»Ah, Boris. Mein wachsamer Freund«, begrüßt Charatov ihn.

Boris schaut verwirrt auf. Was hat Charatov bewogen, ihn in den Status ›Freund‹ zu erheben?

»Haben Sie irgendwelche Anweisungen?«

»Ja«, antwortet Charatov. »Wie weit sind wir mit dem Flieger?«

»Ich denke, dass wir in zwei Stunden startklar sind. Die Maschine wird soeben betankt, der Start ist angemeldet.«

Boris deutet eine kleine Verbeugung an.

»Exzellent. Wir sollten packen und auschecken.«

Boris nickt. »Ich werde mit Herrn Krüger alles regeln. Dann können wir zeitig abreisen.«

»Krüger soll jemanden schicken, der meine Koffer packt. Ich muss mich auf andere Dinge konzentrieren«, weist Charatov an.

»Selbstverständlich. Wenn Sie mich nicht mehr benötigen, werde ich ...«

»Nein, nein. Geh nur. Hauptsache wir verschwinden hier bald. Ist draußen alles friedlich?«, fragt er.

Er zeigt in den mit Nebelschwaden verhangenen Garten.

»Ja. Erwarten Sie Schwierigkeiten?«

Charatov schüttelt schweigend den Kopf.

»Machen Sie sich keine Sorgen«, versucht Boris zu beruhigen, »wir können bald fahren.«

Charatov legt wieder eine Hand auf das Fenster. Boris verlässt den Raum. Die Tür fällt leise ins Schloss.

»Wo bist du?«, murmelt Charatov zum Garten gewandt. »Wo bist du, du kleine Hure? Zeig dich endlich, damit ich dir die Haut bei lebendigem Leibe abziehen kann. Komm nur. Dann beenden wir die Sache hier und jetzt.«

Sein Blick schweift über den Garten, doch der Nebel versteckt die wahre Größe der Anlage. Ein Schatten taucht in den Wolken auf. Charatov tritt erschrocken einen Schritt vom Fenster zurück. Er ballt seine Hände zu Fäusten.

Konzentriert starrt er auf den grauen Schleier. Da! Der Schatten! Angestrengt schaut er hinaus. Die Schultern fallen ein. Er ist einem Trugbild aufgesessen. Ein Baum. Nur ein gottverdammter Baum. Der Nebel spielt seinen Sinnen einen Streich.

»Scheiße«, entfährt es ihm.

Mit schnellen Schritten betritt er das Schlafzimmer. Er holt eine kleine Reisetasche aus dem Schrank. Die Handys stopft er in die Tasche. Es klopft an der Tür.

»Ja!«, ruft er laut hinüber und hört, wie die Tür der Suite geöffnet wird.

***

An einen Baum gelehnt beobachtet eine Gestalt das Hotel mit einem Fernglas. Der Nebel kommt wie gerufen. Sie kann dem Gebäude jetzt unbemerkt näherkommen. Zudem besteht noch genug Sicht, um die Wachen zu beobachten.

Zwei muskelbepackte Männer stehen auffällig an den Ecken des Chalets. Sie schauen gelangweilt in den gepflegten Garten. Einer bewegt sich sporadisch zur Terrassentür und schaut hinein. Er spricht einige kurze Worte in den Ärmel. Danach nimmt er die ursprüngliche Position ein.

Der andere Mann bleibt starr an einer Ecke stehen. Die Hände stecken tief in den Taschen seiner Jacke. Er scheint unkonzentriert. Gelegentlich klappt der Kopf nach unten, überwältigt von einem Sekundenschlaf. Nicht einen Meter bewegt er sich.

Ein weiterer Leibwächter, anscheinend der Chef der Truppe, hält sich meist in Charatovs unmittelbarer Nähe auf. Er versteht diesen Job. Kaum zu sehen und zu erkennen, trotz der gewaltigen Körpermaße.

Ihn auszuschalten wird ein Problem, darüber ist sich die Gestalt im Klaren. Aber nicht unmöglich. Masse und Größe schränken die Bewegungsfähigkeit eines Gegners ein, machen ihn langsam. Es ist immer das gleiche Problem mit den Leibwächtern. Zur Einschüchterung brauchbar, aber im Nahkampf meist leicht zu bezwingen. Besonders von einer zierlichen und extrem flinken Person, die die geeigneten Waffen mit sich führt.

Niemand steht am Haupteingang. Wozu auch? Der wird durch die Angestellten gesichert, die unwillkommene Besucher sofort abfangen. Die Gestalt lächelt. Sie wird unbemerkt die Leibwächter im Garten ausschalten. Am Haupteingang wird sie ihr Glück versuchen. Die Rezeption ist nicht immer besetzt. Dort wird sich eine günstige Gelegenheit ergeben.

Mit einer fließenden Bewegung legt sie das Fernglas auf den Boden und schnallt sich den Rucksack ab. Zuerst löst sie das japanische Kurzschwert, das Wakizashi, von der Tasche. Ihre persönlich zugeschnittene Kydexscheide, die aus einem schlagfesten, witterungsbeständigen und formbaren Kunststoff besteht, bindet sie auf den Rücken. Für ihre Zwecke bietet der Stoff die meisten Vorteile. Leise öffnet sie den Reißverschluss am Rucksack, der ein knirschendes Geräusch von sich gibt.

Zielsicher zieht die Gestalt eine Pistole heraus. Mit wenigen Handgriffen schraubt sie einen Schalldämpfer auf den Lauf. Die Waffe verschwindet im Gürtelbund hinter ihrem Rücken. Den zweiten Revolver verstaut sie in ihrer Jackentasche.

Ein Karambit-Messer gleitet in das Etui an ihrer rechten Hüfte. Eine gebogene, beidseitig geschliffene Klinge mit dem Design der tödlichen Kralle eines Velociraptors. Aggressiv, präzise, lautlos und mit einer verheerenden, absolut zerstörerischen Wirkung in der Hand eines geübten Kämpfers. Ein zusätzliches Jagdmesser schnallt sie auf der linken Seite fest.

Den Rucksack vergräbt sie in einer kleinen Mulde, bedeckt ihn mit Laub, Ästen und Steinen, die sie in greifbarer Nähe findet. Sie kann ihn später holen oder einfach zurücklassen.

Es ist jetzt nicht die Zeit, sich darüber Gedanken zu machen. Sie erhebt sich. Vorsichtig schaut sie zum Hotel.

An einer Baumreihe läuft die Gestalt geduckt vorbei. Sie nutzt die Deckung der Holzstämme und der tief hängenden Äste. Hinter jedem Baum einige Augenblicke verharrend. Mit einem flüchtigen Blick vergewissert sie sich, ob die Wachen in ihre Richtung schauen.

Wenig später erreicht sie die Allee, die direkt zum Hotel führt. Niemand ist auf der Zufahrt zu sehen, alles frei. Unbemerkt gelangt sie auf die Hotelzufahrt. Den pompösen Springbrunnen, den ankommende Gäste mit ihren Fahrzeugen umfahren müssen, ignoriert die Gestalt.

Die letzten Meter hastet sie über freies Gelände. Sichtbar für jeden, der zufällig aus einem der Fenster schaut. Sie dreht den

Kopf zu der Stelle, wo der unkonzentrierte Wachposten Position bezogen hat. Eine hohe Hecke schränkt die Sicht ein.

Sie kann ihn nicht sehen, er aber auch sie nicht. Perfekt! Nirgendwo kann sie Licht aus einem der Glasfenster erkennen oder Menschen entdecken. Mit leisen Schritten läuft sie zur Gebäudeecke und sucht unter einem Vorsprung Deckung. Ihre Atmung beschleunigt sich. Sie schließt die Augen, atmet bewusst langsam ein und aus.

Auf der linken Seite liegt ein kleiner, nicht bewachsener Durchgang in der Hecke. Geduckt schleicht sie darauf zu, zieht instinktiv das gebogene Karambit-Messer. Der Wachposten darf nicht schreien. Sie muss ihn leise und rasch ausschalten. Sonst ist der Plan nicht mehr durchführbar.

Vorsichtig nähert sie sich dem kleinen Durchgang in der Hecke. Der Wachposten steht mit dem Rücken zu ihr, rechnet nicht mit einem Angriff von hinten.

›Ja‹, denkt die Gestalt, ›beobachte den Garten.‹

Sie dreht das Karambit-Messer in der rechten Hand, die linke Hand greift zum Jagdmesser.

Langsam steigt ein Fuß durch die Hecke. Sie setzt ihn behutsam auf den Boden. Den Wachposten nur nicht aus den Augen verlieren. Der zweite Fuß. Vorsichtig. Behäbig und wohlüberlegt.

Sie schätzt die Distanz zum Leibwächter. Eine lange Strecke. Zu weit für einen Überraschungsangriff, gespickt mit unzähligen Gefahren, Geräusche zu verursachen. Kleine Äste, Kieselsteine und allerlei verdorrte Sträucher.

Ihre Augen finden einen geräuschlosen Weg. Sie verlagert ihr Gewicht. Der erste Schritt. Lautlos. Der Wachposten stöhnt auf. Er lehnt sich gegen die Wand. Ein Schrecken durchfährt ihren Körper. Bewegungslos beobachtet sie den Mann, der den Blick nach vorne gerichtet lässt. Sprungbereit wartend. Eine Sekunde. Zwei Sekunden. Erst dann wagt sie sich weiter vor und gelangt unendlich langsam in Schlagdistanz. Noch ein Schritt. Ihre Hände umfassen die Messer kräftiger. Ihre Augen wandern über den Körper des muskulösen Mannes, der seinen Oberkörper mit einer dicken Jacke zu wärmen versucht. Langsam richtet sie sich auf. Das Jagdmesser in der linken Hand führt sie nach unten, das Karambit-Messer in der Rechten in die Höhe. Mit einer kurzen Bewegung rammt sie ihm das Jagdmesser in die hintere Oberschenkelmuskulatur, dreht es ruckartig nach rechts. Der Wachmann knickt ein. Er fällt auf sie zu.

Noch bevor der Schmerz das Gehirn erreicht, fährt das gebogene Karambit-Messer über seine Kehle. Ein leises Gurgeln ist zu hören. Der Mund kann keinen Schmerzenslaut mehr bilden. Blut spritzt in einer hohen Fontäne aus der Wunde. Sie macht einen Schritt zur Seite. Der Körper des Leibwächters gleitet vor ihr auf den Boden. Sein Kopf dreht sich zu ihr. Die Augen blicken verwundert und völlig überrascht auf die kleine, zierliche Gestalt.

Er sucht eine Antwort auf das soeben Geschehene. Blasse Hände greifen zur Kehle. Er will die Blutung stoppen, um das Unvermeidliche aufzuhalten. Sie hockt sich zu ihm, blickt ihn direkt an. Mit der blutverschmierten Hand sucht er seine Waffe.

Nasse Finger rutschen am Griffstück ab. Beim zweiten Versuch schüttelt die Gestalt den Kopf. Eine kurze, blitzschnelle Bewegung rammt das Karambit-Messer durch das linke Auge. Der Körper verliert augenblicklich jede Spannung. Seine letzten Gedanken drehen sich um das eigene, sinnlose Leben.

Die blutgetränkten Klingen wischt sie an der Jacke des Mannes ab. Mit einer Kopfdrehung schaut sich die Gestalt um. Niemand zu sehen. Die Messer gleiten wieder in die Schäfte. Blutspritzer kleben an ihrer Kleidung. Sie bemerkt feine Schweißtröpfchen auf ihrer Stirn, die mit einem Ärmel weggewischt werden. Dabei verschmiert das Blut, das aus der Kehle des Mannes geschossen ist, über ihr Gesicht.

Sie flucht leise. Der Plan ist hinüber. In dieser Aufmachung kommt keiner mehr an der Rezeption vorbei, nicht mit blutverschmiertem Gesicht und blutbesudelter Kleidung. Sie muss unbemerkt an dem anderen Leibwächter vorbeikommen. Sie schiebt ihren Kopf um die Ecke, sucht den zweiten Mann vergeblich. Verdammt.

Wie konnte ihr nur solch ein Fehler unterlaufen? Ihre Gedanken kreisen. Um den Bodyguard auszuschalten, sind vierzig oder fünfzig Meter an der Rückwand des Hotels zu überwinden. Dabei müsste sie auch noch ungesehen an Wasilijs Terrasse vorbeikommen. Noch einmal schaut sie um die Ecke. Der Eingang zur Suite von Wasilij liegt zu ihrer Überraschung in kurzer Entfernung. Büsche und Sträucher eignen sich zur Deckung.

Sie könnte unmittelbar bis zur Terrassentür gelangen. Was dann? Dann bliebe nur zu hoffen, dass die Tür nicht verschlossen ist. Ihre Gedanken wägen die Alternativen ab. Um den Plan zu verwirklichen, bleibt nur die Balkontür. Wenn der zweite Leibwächter die Gefahr bemerkt, wird er Alarm schlagen. Er wird mit Sicherheit eine Schusswaffe einsetzen, was Charatov und seinen Aufpasser in die Flucht schlägt. Das Vorhaben scheitert, eine weitere Chance wird sich vorläufig nicht mehr bieten.

Sie ist für den Erfolg verantwortlich, muss erfolgreich sein. Angestrengt denkt sie nach. Urplötzlich liegt die Waffe mit dem Schalldämpfer in ihrer Hand. Mit einem kleinen Lächeln schaut sie auf die Pistole, atmet tief durch und setzt vorsichtig einen Fuß um die Ecke des Gebäudes.

Geduckt rennt sie mit kurzen Schritten zu einem Treppenabsatz. Auf der Terrasse hält sich niemand auf. Unterhalb eines Fensters von Wasilijs Hotelzimmer verharrt sie einen flüchtigen Moment. Sie setzt alles auf eine Karte, läuft an der Tür vorbei zur gegenüberliegenden Gebäudeecke, bleibt dort horchend stehen. Doch nur das Rascheln des Windes erreicht ihr Ohr.

Die nächsten Sekunden werden zeigen, ob jemand den Schatten bemerkt hat. Zäh verrinnt die Zeit, doch nichts passiert. Leise hört sie den knirschenden Kies, den der Leibwächter beim Laufen verursacht. Sie hebt die Waffe und zielt in Kopfhöhe auf die Ecke des Gebäudes.

Der Mann taucht auf. Sein Blick ist auf den Garten gerichtet. Er bemerkt die Gefahr seitlich nicht. Eine Zigarette glimmt auf. Sie zischt ihm zu. Der Bodyguard fährt erschrocken herum. Noch bevor er sich des nahenden Todes bewusst ist, dringt eine Kugel in seinen Kopf. Das runde Metall reißt ein gewaltiges Knochenstück aus dem hinteren Hirnschädel. Das zweite Geschoss durchschlägt den Oberkörper einen Wimpernschlag später. Der Körper fällt erstaunlich leise auf die Kieselsteine.

Im Entengang bewegt sich die Gestalt zur Terrassentür. Konzentriert horcht sie auf. Aus dem Zimmer dringen keine Geräusche.

›Bitte, bitte‹, flüstert sie innerlich, ›lass jetzt nicht abgeschlossen sein.‹

Langsam drückt sie den Türgriff nach unten.

***

Boris betritt die Suite.

»Die Maschine ist startklar. Wir können jederzeit das Hotel verlassen«, ruft er in Richtung des Couchtisches. Seine Blicke suchen Wasilij vergeblich. Er hört ein Geräusch aus dem Schlafzimmer.

»Herr Charatov?«, fragt er lauter.

»Komm rein, Boris. Ich suche nur einige persönliche Sachen zusammen.«

Boris sucht das Schlafzimmer auf. Er sieht die Handys auf einer Reisetasche, die auf dem Bett liegt. Wasilij steht am Schrank vor einem geöffneten Tresor. Er zieht eine Waffe heraus und wirft sie zu der Tasche. Die zweite Pistole mit Schalldämpfer versteckt er hinten in seinem Gürtel. Er grinst Boris fröhlich an.

»Wir können uns sofort auf den Weg machen«, sagt Boris.

»Das erscheint mir auch am besten.«

»Ich kam mit Herrn Krüger überein, dass er Ihre Sachen nachschickt oder bis zum nächsten Besuch einlagert. Zur Entschuldigung erwähnte ich einen unerwarteten Geschäftstermin, der eine sofortige Abreise notwendig macht.«

Wasilij stopft sich hektisch zwei Handys in seine Jackentasche.

»Gut. Wirklich sehr gut«, erwidert er. »Scheiß auf die Klamotten. Die sind sowieso nur noch für den Kleidercontainer zu gebrauchen.«

Prüfend hebt er die Tasche kurz an. Er nickt und wendet sich wieder dem Tresor zu.

»Wir werden mit dem Mercedes fahren. Den Maybach kann die Mietwagenfirma hier selbst abholen. Sie sollen den Motor laufen lassen. Wir kommen in zwei Minuten zum Eingang.«

Boris greift zum Telefon auf dem Nachttischschränkchen. Er leitet die Anweisung an die Rezeption weiter.

»Der Wagen wird sofort vorgefahren. Wir können los«, sagt Boris zuversichtlich lächelnd.

Wasilij steht noch immer am Tresor. Er zieht etwas heraus, was Boris nicht genau erkennen kann. Aber er hat eine Vermutung. Ein Schrecken fährt durch seinen Körper. Doch er schweigt. Ein kaum spürbarer Windzug weht durch das Schlafzimmer. Unvermittelt bleibt er stehen. Er gibt einen Laut von sich, um Wasilij auf sich aufmerksam zu machen. Wasilij dreht sich zu ihm um. Falten bilden sich fragend auf der Stirn. Boris hat einen Finger auf seine Lippen gelegt.

»Psssst.«

»Was ist ...«, beginnt Wasilij leise.

»Psssst«, weist Boris ihn wieder an.

Boris steht seitlich von der Tür. Er konzentriert sich auf seine Sinne. Erneut weht ein kalter Luftzug ins Schlafzimmer. Jemand hat ein Fenster geöffnet oder eine Tür. Und dieser Eindringling versucht, unbemerkt in Wasilijs Suite zu gelangen.

»Sie ist hier«, sagt er leise zu Wasilij. »In Deckung, sofort.«

Wasilij hechtet hinter das Sideboard im Schlafzimmer. Boris stellt sich an die Wand neben der Tür. Über Funk versucht er, die beiden Leibwächter zu erreichen. Er runzelt die Stirn. Erneut spricht er in das Funkgerät. Niemand meldet sich. Boris schaut Wasilij in die Augen und schüttelt den Kopf.

»Sie antworten nicht. Vermutlich sind sie tot.«

»Versuch es noch einmal«, lautet der kurze Befehl.

Vergeblich versucht Boris, einen Kontakt zu den Wachen herzustellen. Wieder schüttelt er den Kopf.

»Nichts«, sagt er.

»Wir legen die Schlampe um. Hier und jetzt.«

Wasilij zieht die Waffe mit dem Schalldämpfer. Die Entschlossenheit ist seinem Gesicht abzulesen. Der Zeitpunkt ist gekommen, die Angelegenheit zu lösen. Endgültig. Für immer. Er wird sie töten und seinen Fuß auf die erlegte Trophäe, die Leiche Claudias, stellen.

Auch Boris nimmt eine Waffe in die Hand. Vorsichtig linst er in das Wohnzimmer der Suite. Die Terrassentür ist offen. Wie in Zeitlupe schwingt die Tür weiter auf.

6. Kapitel
Angriff

›*Lass einen Ausweg offen, wenn du eine Armee umzingelst.*‹

Sun Tsu, ›*Die Kunst des Krieges*‹

Das Tageslicht spiegelt sich im Glas der Terrassentür. Es behindert die Sicht in die Suite. Sie muss blind in den Raum treten. Innerlich stellt sie sich darauf ein, dass Charatov ihr Eindringen bereits bemerkt hat.

Vorsichtig späht sie durch den langsam sich öffnenden Spalt. Sie kann niemanden im Raum erkennen. Behutsam und geräuschlos drückt sie die Tür vollends auf. Nichts. Kurzzeitig ist sie blind. Ihre Augen brauchen einen Moment, um sich an die geänderten Lichtverhältnisse anzupassen. Sie flucht leise in sich hinein.

Die Tür zum Schlafzimmer liegt auf der anderen Seite, nicht sichtbar durch die Spiegelung im Glas. Das behagt ihr überhaupt nicht. Aber es ist nicht zu ändern. Sie hat einen Plan auszuführen, sonst nichts. Der Erfolg ist alles, was zählt.

Sanft setzt sie einen Fuß in die Tür. Sie beugt den Oberkörper nach vorn, um an der Terrassentür vorbei in den Raum schauen zu können. Sie lauscht. Völlige Stille. Mucksmäuschenstill liegt die Suite vor ihr. Ist Wasilij überhaupt noch hier?

Niemand zu sehen oder zu hören. Sie schleicht in den Saal. Die edle Ausstattung, die schweren Möbel, Glastische, die herrlichen Spiegel und der Kamin interessieren sie jetzt nicht. Mehrere verschlossene Türen erkennt sie auf der linken Seite der Suite. Die Tür zum Schlafzimmer steht offen. Sie gibt den Blick frei auf ein Bett.

Mit seitlichen Schritten bewegt sich zu der massigen Couch, die notfalls zur Deckung dienen kann. Schwer liegt die Waffe in ihrer Hand, die sie in Richtung Schlafzimmertür hält.

Schlagartig taucht der Leibwächter im Türrahmen auf. Mit einer Pistole zielt er auf sie. Rasch hintereinander gibt sie zwei Schüsse ab. Das Holz des Rahmens splittert. Der Mann feuert zurück. Er bewegt sich in die Suite hinein. Die Rückenlehne eines Sessels dient ihm zum Schutz.

Sie macht zwei, drei kurze Schritte. Mit einem Hechtsprung verschanzt sie sich hinter der Couch. An der Armlehne vorbei sieht sie, dass ein zweiter Mann in der Tür auftaucht. Wasilij. Er hält einen runden Gegenstand in der Hand.

Ein Schrecken fährt ihr durch den Körper. Es ist keine Pistole. Entsetzt identifiziert sie eine Handgranate. Wasilij zieht den Stift der Granate. Sie gibt drei Schüsse auf ihn ab, bevor er den Sprengkörper werfen kann. Es ist ihr egal, ob er hier und jetzt stirbt. Die Holztür splittert. Eine Kugel wirbelt eine Wolke aus Putz auf. Wasilij schreit kurz auf. Die Granate fällt ihm aus der Hand, knallt auf den Boden und rollt langsam vorwärts. Er reißt die Augen weit auf. Sein Aufschrei hallt durch den Raum. Panisch springt er zurück in das Schlafzimmer.

Sie wirft sich zu Boden. Hart schlägt sie auf dem Marmorboden auf. Von dort kann sie die Granate an der Schlafzimmertür liegen sehen. Auch die Füße des Leibwächters sieht sie unter dem Sessel. Sie gibt noch einen weiteren Schuss ab, schießt durch die Couch.

Die Kugel schlägt ein Loch in das Leder. Ungebremst rast sie auf den Polstersessel zu. Hier durchdringt das kleine Metallstück die Rückenlehne. Der Bodyguard stößt einen Schrei aus. Seine Gegnerin rollt sich auf die Knie und versucht, krabbelnd schnellstmöglich vor der drohenden Explosion zu fliehen. Nur wenige Zentimeter fehlen ihr zu einem massiven Ohrensessel. Sie hechtet los. Noch über den Boden rutschend hält sie sich die Ohren zu. Mit dem Kopf knallt sie gegen eine Kante. Eine Wunde auf der Stirn platzt auf. Blitzende Sterne flimmern vor ihrem Auge. Das Blut verteilt sich auf dem Gesicht.

Eine gewaltige Detonation erfüllt den Raum. Trotz der Hände auf ihren Ohren fürchtet sie, das Gehör zu verlieren. Die Fenster zum Garten zerspringen. Glassplitter rasen durch die Suite. Sie bemerkt die enorme Hitze, die den Raum ausfüllt.

Eine Flammenzunge schlängelt sich durch den Raum, greift um den Ohrensessel herum und schmiegt sich um ihren Körper. Ein Schrei löst sich aus ihrer Kehle. Die Temperatur steigt weiter. Sie riecht die verbrannten Haare. Metallsplitter fliegen durch den Raum, knallen gegen die Wände und durchbohren den Sessel. Die Flamme erlischt.

Den Schmerz der blutenden Wunde nimmt sie nicht wahr. Ein abgerissener Arm schlägt vor ihr auf den Boden. Staub rieselt von der Decke. Spiegel sind zerborsten, Bilder fallen von den Wänden. Eine gigantische Staubwolke breitet sich im Raum aus. Ihre Augen brennen. Sie kann kaum atmen, hustet und reibt sich mit einem Ärmel über das Gesicht. Total verdreckt und blutverschmiert rappelt sie sich auf. Sie stellt sich auf die Knie und versucht, den Eingang zum Schlafzimmer zu erkennen.

Unsichtbar bleibt die Tür des Zimmers in der Wolke aus Staub und Asche verborgen. Ein leises Rieseln durchzieht den Raum. Wird die Decke halten? Sie schüttelt den Kopf. Ein Pfeifen begleitet ihre Gedanken. Zittrig hebt sie ihre Waffe. Stimmt die Richtung?

Die Tür liegt noch immer hinter der Staubwolke. Wo ist Wasilij? Hat er überlebt? Wird er gleich wie Kai aus der Kiste aus den Schwaden springen? Sie erwartet, dass er das Feuer auf sie eröffnet.

Ihre Hand auf der Rückenlehne des Sessels fühlt die Restwärme der Explosion. Schmerzwellen rollen durch ihren Körper. Sie legt den Kopf auf den Arm. Ein heftiger Hustenanfall überkommt sie. Geräuschvoll spuckt sie aus. Der blutige Auswurf lässt eine schwere Verletzung vermuten. Sie kniet nieder, die Hände liegen auf der Lehne. Das Atmen bereitet schmerzhafte Probleme, doch was nutzt das alles. Sie verfolgt ein Ziel, hat eine Aufgabe, die sie erfüllen muss.

Vorsichtig schaut sie an dem Sessel vorbei, die Staubwolke senkt sich langsam. Wo zuvor noch eine Tür ins Schlafzimmer führte, starrt sie auf ein gigantisches Loch. Kleine Flammen züngeln auf dem Bettlaken. Vereinzelt wirbeln Qualmwolken in die Höhe. Keine Spur von Wasilij.

Die Tapete auf der linken Seite weist unzählige Blutspritzer auf. Undefinierbare Stippen kleben an den Wänden, Brocken dunklen Fleisches, unterbrochen von kleinen, helleren Flecken. Sie will nicht wissen, was alles dort klebt. Und Wasilij? Hat er die Explosion überlebt oder ist er auch in Einzelteilen zwischen den Überresten der Suite verteilt?

Eine tödliche Stille breitet sich im Raum aus, das Rauschen in den Ohren verstummt allmählich. Nichts bewegt sich im Schlafzimmer. Sie setzt einen Fuß auf Glasscherben, die knirschend unter der Sohle zerbröseln. Wieder überfällt sie ein Hustenreiz.

›Was soll's‹, denkt sie sich. Sie spuckt einen fetten Klumpen Blut aus. ›Was hat sich der Idiot dabei gedacht?‹, fragt sie sich innerlich. ›Eine Handgranate in einer Suite zu zünden ...‹

Sie schüttelt den Kopf und lacht leise. Doch ihr Lachen verstummt in einem erneuten Hustenanfall. Eine Tür fliegt auf. Sofort richtet sie die Waffe dorthin. Ein Mann in feinem Zwirn erscheint im Türrahmen. Er macht einen vorsichtigen Schritt in die Suite. Zwei weitere Personen in Hotelkleidung folgen ihm. Der Mann ist kreidebleich. Fassungslos starrt er auf das Trümmerfeld.

Er hält sich ein Taschentuch vor dem Mund. Seine Augen kann er nicht von der völlig zerstörten Suite lösen. Die hustende und verdreckte Person am Sessel stiert er schweigend an. Die Waffe in der Hand lässt ihn erstarren. Dann richtet er wieder seinen Blick auf die Überreste des Zimmers. Die Angestellten ergreifen beim Anblick der blutüberströmten, bewaffneten Frau die Flucht.

Krüger steht mit zitternden Knien im Zentrum der Verwüstung. Er wähnt sich in einem Albtraum, aus dem er gleich aufwachen wird. Der Wunsch wird nicht erhört. Er dreht sich im Kreis. In seinen Augen nimmt das Ausmaß der Zerstörung mit jeder Sekunde zu. Rauchschwaden wabern durch die Luft. Der beißende Gestank angekokelter Stoffe verbreitet sich im Raum. Tränen rinnen Krüger über die Wagen.

Die Frau steht noch immer am Sessel. Schweigend. Der Husten ist verstummt.

»Was ist hier los, verdammte Scheiße?«

Krügers Etikette ist vergessen. Eine Antwort bleibt aus. Das Schweigen der Frau erstaunt ihn. Angst kommt beim Anblick der Katastrophe nicht auf.

»Was ist ...«, beginnt er den Satz.

Die Frau richtet die Pistole auf ihn. Er steht mit dem Rücken zum Schlafzimmerloch. Den bewaffneten Wasilij, der in diesem Moment in die Suite springt, sieht er nicht. Auch das leise Ploppen des Schalldämpfers überhört er. Seine Augen fixieren nur die Waffe der Frau. Er lässt sich schreiend zu Boden fallen.

Auch Wasilij schreit. Immer wieder drückt er den Abzug.

Die Frau feuert ziellos. Sie sieht nicht, wo ihre Kugeln einschlagen. Heißes Metall durchschlägt ihre Schulter. Der Oberkörper wird zurückgeworfen. Doch sie ballert weiter auf Wasilij, der schießend zur Terrassentür rennt und schreiend in den Garten flieht. Sie jagt mehrere Geschosse auf den flüchtenden Wasilij, trifft ihn jedoch nicht. Das Klacken verrät, dass das Magazin leer ist.

Ihr wird speiübel. Sie erbricht sich auf den Sessel. Die Pistole fällt scheppernd auf den Boden. Sie muss hier schleunigst weg. Der erste Schritt verursacht unsägliche Schmerzen. Mühsam setzt sie den Weg fort, ignoriert den donnernden Impuls aus der Schulter und die Stiche aus dem rechten Knie. Sie seufzt beim Anblick des blutdurchtränkten Hosenbeins.

Humpelnd orientiert sie sich zur Terrasse. Krüger erhebt sich aus der Mitte des Raums. Hasserfüllt begafft er die zierliche, kleine Gestalt. Er setzt zu einer Bemerkung an. Überraschend hält die Frau ein Messer in der Hand. Die Klinge zeigt auf Krüger.

»Verpiss dich«, flüstert sie ihm zu.

Krügers Erstaunen steht in seinem Gesicht geschrieben. Für ihn liegt die Welt buchstäblich in Schutt und Asche. Sein Leben wird von einer Frau bedroht. Einer Frau, vor der er sich in einer anderen Situation niemals geängstigt hätte. Und jetzt? Jetzt muss er um sein Leben fürchten. Die Gedanken werden unterbrochen.

»Mach schon«, schreit die Frau.

Langsam setzt sich Krüger in Bewegung. Der Schutt knirscht unter den Schuhen. Die Frau torkelt weiter zur Terrasse. Sie zwängt sich durch die Glasscherben, die noch im Fensterrahmen hängen. Krüger bleibt wieder stehen. Mit den Augen verfolgt er die Frau. Sie bewegt sich in den Garten. Eine lange Blutspur haftet auf dem Boden, wie die Brotkrumen bei Hänsel und Gretel. Die Frau steckt das Messer ein. Eine andere Pistole, die sie aus der Jackentasche gezogen hat, liegt drohend in ihrer Hand. Krüger entschließt sich, ihr nicht zu folgen.

***

Panische Schreie dringen aus dem Hotel. Die schwere Eingangstür steht weit offen. Angestellte und Gäste rennen die Treppe hinunter.

Eine ältere Frau wird gestoßen. Sie strauchelt. Ihre Hände greifen ins Leere. Vergeblich sucht sie den Handlauf. Sie stürzt kopfüber die Granitstufen hinab. Hart schlägt sie mit dem Kopf auf einer Kante auf. Sie bleibt regungslos auf einem Treppenabsatz liegen. Blut sammelt sich auf dem hellen Stein.

Ein dicker, hochbetagter Mann hetzt mit einer Hand am Geländer die Stufen hinunter. Er steigt unbekümmert über die blutende Frau, die vor ihm auf dem Boden liegt. Das Knacken des Armknochens hört er nicht, als er auf ihren schmächtigen Arm tritt. Er will das Hotel schleunigst verlassen. Die Not anderer beachtet er einfach nicht. Ohne Rücksicht auf Verluste oder Gestrauchelte. Je nachdem.

Der übergewichtige Greis erreicht die Fahrertür eines Mercedes, der vor dem Springbrunnen steht. Ihn interessiert nicht, wem das Fahrzeug gehört. Er sieht nur ein geeignetes Werkzeug für seine Flucht. Eine Hand ergreift den Türgriff. Das leise Knarren der Tür wird vom Geschrei und Getrampel auf der Treppe übertönt.

Niemand achtet auf den verdreckten Mann mit der Waffe in der Hand, der um die Ecke des Hotels gerannt kommt. Wasilij bemüht sich nicht einmal, die Pistole mit dem Schalldämpfer zu verstecken. Er sieht seinen Wagen und den Alten, der soeben einsteigen will. Schwer atmend rast er darauf zu.

Der stöhnende Wasilij erreicht den Fettsack, der sich in diesem Moment ängstlich umschaut, ob ihm jemand die Fluchtmöglichkeit streitig machen will.

Wasilij setzt dem Dicken den Lauf der Waffe auf die Stirn. Der alte Mann reißt die Augen vor Entsetzen auf.

»Verschwinde von meinem Auto. Sofort!«, faucht er den Greis an.

Der Alte will widersprechen. Schonungslos zieht Wasilij den Abzug. Blut, Gehirn und Knochen fliegen in einem Schwall in den Brunnen. Das Wasser färbt sich rötlich. Gemächlich schwimmen Kois auf der Suche nach Fressbarem zu den kleinen Klümpchen, die träge auf den Beckenboden gleiten. Wasilij tritt dem Leichnam in die Seite, der langsam vom Fahrzeug wegrollt. Ungehindert steigt er ein, niemand hat ihn beobachtet. Auch die Schlampe ist ihm nicht gefolgt. Er hat bei dem verdammten Miststück einen Treffer gelandet. Ihr Oberkörper flog zurück. Sie liegt sterbend in der Suite. Mit etwas Glück ist sie bereits tot.

»Ich hab dich erwischt, du gottloses Stück Scheiße«, murmelt er vor sich hin. »Langsam sollst du verrecken und ...«

Wasilij stockt, das war nicht das Ziel. Er plante, ihr genüsslich die Haut bei lebendigem Leibe abzuziehen und ihr dabei in die sterbenden Augen zu sehen. Lange träumte er davon, sich in ihrem Elend, ihrem Schmerz und Leid zu laben, ein Exempel zu statuieren und ihren Kadaver zur Schau zu stellen. Gerne hätte er sie in Bochum auf einem weitläufigen Marktplatz ausgestellt, sichtbar für alle, wirklich für alle.

Sollten sie in Ehrfurcht vor ihm versinken. Diese krankhaften Phantasien von Claudias Tods begleiten ihn seit einigen Tagen. Nicht der einsame, stille Tod in einer zerstörten Suite. Es ist nicht mehr zu ändern.

Aber auch Boris hat es nicht geschafft. Ihn muss er zurücklassen, oder was von ihm übrig ist. Zerschmettert, zermatscht, in Einzelteile zerlegt. Kleinste Teile von ihm werden auf ewig in der Suite zu finden sein. Er denkt an das Hotelzimmer und an den distinguierten Krüger. Ein Kichern entfährt seiner Kehle.

»Scheißegal«, faucht Wasilij.

Der Schlüssel steckt im Zündschloss. Das Fahrzeug springt sofort an. Die Waffe landet auf dem Beifahrersitz. Wasilij legt den ersten Gang ein. Der Wagen schießt nach vorne. Ihn interessiert die Putzfrau nicht, die noch im letzten Moment dem rasenden Auto ausweichen kann. Der Mercedes schlittert über den Kies. Rechtzeitig bekommen die Reifen Kontakt.

Wasilij rast über die Hotelzufahrt zur Landstraße. Hastig biegt er ab, schleudert auf die mehrspurige Straße. Der Fuß tritt das Gaspedal weiter durch. Die Hände zittern vor Wut. Auf

Claudia Schramm. Einen frontalen Angriff hatte er ihr nicht zugetraut, niemals. Dieser schmächtigen, kleinen Büroschlampe. Wütend schlägt er auf das Lenkrad. In seinem Kopf tauchen Bilder der schwer verletzten Claudia auf. Wie sie über den Boden der Suite kriecht, eine erhebliche Blutspur hinter sich herziehend. Er kichert wieder.

»Krieche und kämpfe«, erklingt sein Schreien im Wagen. »Kämpfe, denn ich will mich eines Tages noch mit dir vergnügen.« Das Kichern steigert sich zu einem Lachen. »Ja, kämpfe und lebe. Ich erwarte dich.«

Er zieht ein Handy aus seiner Jackentasche, durchsucht die Kontakte, findet aber den gewünschten Eintrag nicht. Wütend wirft er es auf den Beifahrersitz, wo es mit einem knallenden Geräusch auf die Waffe schlägt. Der Zusammenprall von Metall und Kunststoff lässt Wasilij kurz zusammen zucken. Auf dem zweiten Handy wird endlich die Rufnummer des Flughafens angezeigt. Tief atmet er ein. Der Puls pendelt sich langsam auf ein normales Niveau ein. Sein Herz rast nicht mehr. Er drückt die grüne Schaltfläche und hört den Signalton für die Verbindung.

»Charatov hier, Wasilij Charatov«, spricht er in das Gerät, als am anderen Ende der Leitung abgehoben wird. »Ist meine Maschine startklar?«

Das Blättern von Papieren und das Tippen auf einer Tastatur ist deutlich im Telefon zu hören. Die Angestellte leiert die Prozedur hinunter. Wasilij hört ungeduldig zu.

»Sie können innerhalb von einer halben Stunde starten, sobald Sie hier sind.«

»Bereiten Sie bitte alles vor. Ich bin in fünfzehn Minuten im Flughafen. Das Reiseziel hat sich geändert. Ungeplant muss ich äußerst dringend geschäftlich nach Zürich.«

»Ich werde sehen, dass ich die Änderung rechtzeitig genehmigt bekomme.«

»Und ich fliege ohne weitere Passagiere. Die drei angemeldeten Begleiter sind leider überraschend verhindert.«

Der Mercedes rast über die Autobahn. Wasilij gibt die Daten für den Flug durch. Er beendet das Gespräch und beschleunigt den Wagen weiter. Bis das Gaspedal vollends durchgedrückt ist. Ein Blick in den Rückspiegel zeigt den Schmutz auf seiner Stirn. Blutspritzer leuchten auf den Wangen.

»Verdammte Scheiße«, murmelt er.

Die mit Spucke angefeuchteten Finger gleiten über die Haut. Das Blut und die Staubflecken verschmieren. Ein lautes Hupen lässt ihn zusammenzucken. Unbemerkt hat sich der Mercedes zur linken Fahrspur bewegt. Der Wagen droht den nachfolgenden Verkehr zu schneiden.

»Leck mich doch, du Vollidiot«, schreit er dem Porsche hinterher. Das mörderische Verlangen, auf den Idioten zu schießen, keimt in ihm auf. Doch er schüttelt den Kopf.

›Reg dich nicht auf‹, denkt er sich. ›Jetzt keine Aufmerksamkeit erregen.‹ Wasilij verlässt die A59 und steuert das Parkhaus am Flughafen an. Ein dunkler Stellplatz in einer hinteren Ecke bietet ihm genug Schutz vor unerwünschten Personen. Hastig durchsucht er das Handschuhfach, in dem nur die Fahrzeugpapiere zu finden sind. Wasilij schaut in den Rückspiegel. Auf der Parkebene ist niemand zu sehen.

Er steigt aus und findet den Verbandskasten im Kofferraum. Bei diesem Anblick umspielt ein Lächeln seine Lippen. Auf die Deutschen und ihre Vorschriften ist eben Verlass. Er setzt sich wieder in das Fahrzeug und öffnet den Kasten. Flink durchwühlen die Fingern den Inhalt und finden eine Packung Feuchttücher. Er stellt den Rückspiegel ein.

Die feuchten Tücher lassen die verräterischen roten Flecken verschwinden. Auch der Dreck löst sich unter dem klammen Stoff auf. Die Staubflecken an der Kleidung klopft er mit der flachen Hand ab, sortiert anschließend oberflächlich den Anzug.

Mit Verbandsmaterial befreit er die Schuhe vom Schmutz. Er stellt sich vor das Fahrzeug und ordnet die Haare mit den Fingern. Der beißende Geruch von Desinfektionsmitteln dringt in seine Nase. Nicht perfekt, doch für die Angestellten des Flughafens völlig ausreichend. Das Seitenfenster senkt er ein wenig herab. Die Schlüssel bleiben im Fahrzeug stecken. Wenn er Glück hat, wird der Wagen gestohlen und die Polizei jagt für kurze Zeit den Falschen.

Zielstrebig begibt er sich zum ›General Aviation Terminal‹, passiert unbehelligt die Kontrollschleusen. Ein Bediensteter des Flughafens fährt ihn zur startbereiten Maschine.

Eilig steigt er die Stufen hinauf.

Mit aufgesetzten Kopfhörern schnallt er sich auf dem Pilotensitz an. Nachdem das Startprozedere abgeschlossen ist, rollt der Flieger auf die zugewiesene Startbahn zu. Wenige Minuten später hebt das Flugzeug ab.

***

Brandtner reduziert die Geschwindigkeit und lenkt den Wagen auf die Abbiegespur. Der Verkehr hat zugenommen. Nur noch wenige Kilometer müssen sie auf der A40 verbringen.

Laumann verfolgt schweigend die Wohn- und Geschäftshäuser, die am Fenster vorüber ziehen. Die Gedanken drehen sich immer wieder um das Gespräch mit Charatov. Er muss Claudia finden, vor Wasilij. Vor seinen Augen taucht eine tote, blutverschmierte Claudia auf. Die Nackenhaare stellen sich auf. Das darf nicht passieren, er muss es verhindern. Für Klaus. Für den eigenen Seelenfrieden.

Er kann sich sein Leben nicht vorstellen, wenn auch noch Claudia diesem Russen zum Opfer fällt. Das würde ihn in eine trostlose Öde voller Selbstzweifel und Selbstmitleid stürzen. Die Gewissheit, wieder versagt zu haben, würde an ihm nagen.

Zuerst nur kleine Häppchen, aber unaufhaltsam würde ihn das Eingeständnis des Versagens auffressen. Endgültig.

Ein solches Leben will, nein, kann er sich nicht ausmalen. Das darf nicht eintreten. Er wird alle Hebel in Bewegung setzen, um diesem Schicksal zu entgehen.

Das Telefon in der Jacke klingelt, was ihn zusammenzucken lässt. Der Handyton reißt ihn aus einer schaurigen Welt. Laut und gnadenlos. Brandtner hört das leise Stöhnen seines Kollegen, schweigt jedoch.

»Ja«, bellt Laumann in den Apparat.

»Wo steckt ihr jetzt?«

Die Frage kommt gehetzt, keine Begrüßung, ohne Namen.

»Am Bochumer Kreuz. Wir fahren gleich von der Autobahn runter.« Laumann runzelt die Stirn. »Wieso? Was ist los?«, fragt er den Anrufer.

Brandtner schaut erwartungsvoll kurz zu ihm hinüber. Er zuckt kurz mit den Schultern und hebt die Hände für einen Augenblick vom Lenkrad. Für seine fragende Geste erwartet er eine Antwort von Laumann, der ihm ein lautloses ›Falke‹ zuflüstert.

»Was ist los?«, fragt er Falke noch einmal.

»Es gab einen Vorfall in Charatovs Hotel.«

»Was?«, schreit Laumann in den Hörer.

»Das wirst du jetzt nicht glauben.«

Falke spricht einfach nicht weiter.

In Laumann keimt ein Anflug von Zorn auf. Er kann es nicht leiden, auf die Folter gespannt zu werden. Der Hauptkommissar erwartet Informationen und keinen sentimentalen Erguss. Brandtner bringt ihn damit gelegentlich zum Wahnsinn. Aber meistens macht sich er einen Spaß daraus, da er Laumanns Ungeduld kennt.

»Ein Vorfall eben«, wiederholt Falke. »Nicht mehr und nicht weniger. Dürftiger kann eine Aussage kaum sein.«

»Vorfall? Was willst du mir sagen?«, fragt Laumann.

Dabei entspannt er sich etwas. Ein Vorfall wird kaum von Belang sein. Das ist eine umgestoßene Kaffeetasse oder eine bekleckerte Hose. Peinlich, aber kein bisschen von Bedeutung.

»Mir fehlen die Worte. Wie soll ich es sagen?«, stottert Falke. Er traut sich nicht, die Fakten kurz und knapp aufzuzählen.

»Tu es doch einfach. Raus damit.«

»Claudia Schramm hat Wasilij einen Besuch abgestattet.«

Laumann bemerkt das Zittern seines Körpers. Ein Vorfall? Hitze steigt im Kopf auf. Das darf nicht wahr sein. Claudia taucht im Hotel des russischen Mafiabosses auf. Das ist eine ausgemachte Katastrophe! Ein Horrorszenario oder der Weltuntergang! Aber Falke spielt das Ereignis als Vorfall herunter. Also keine zerstörte Keramik oder befleckte Kleidung. Die Finger erhöhen den Druck auf das Handy. Es kann nur heißen, dass es Tote gibt. Claudia oder Wasilij?

»Was ist passiert?«

Die Frage ist kaum zu hören. Brandtner schluckt. Schreckliche Vorahnungen stellen sich bei ihm ein. Laumann kann die Resignation und Furcht in seiner Stimme nicht unterdrücken.

»Mehrere Tote«, ist Falkes kurze Antwort.

»Verdammte Scheiße! Wie ist das gemeint? Kannst du auch in vollständigen Sätzen reden und mir endlich Informationen zukommen lassen?«, schreit Laumann in den Hörer.

Brandtner kann sich nicht mehr beherrschen. Er fragt Laumann, was denn passiert ist.

»Keine Ahnung, Falke muss man jeden Popel aus der Nase ziehen.« Laumann ist bewusst, dass er alles mithören kann. Unbändige Wut hat seinen Körper ergriffen. Es ist ihm egal, was Falke jetzt denkt.

»Claudia Schramm ist dort aufgetaucht und hat drei Leibwächter umgelegt. In der Suite kam es zu einem ... hm, wie sag ich das nur?«, schiebt Falke hinterher.

»Was?«, fragt Laumann, der kurz vor einem Wutausbruch steht. »Sag es endlich, Herrgott.«

»Krieg! Genau, das ist das richtige Wort. Krieg! Die Suite liegt in Schutt und Asche. Sie ballerten wie in einem Western um sich. Und dann ...«

Kurze Pause.

Laumann schließt die Augen.

»Einer hat eine Handgranate gezündet.«

»Eine was? Hast du Handgranate gesagt?« Laumann kann nicht glauben, was er hört.

»Handgranate?«, fährt Brandtner dazwischen. »Oh, mein Gott!«

»Ist Claudia tot?« Laumann hält die Luft an. Regungslos wartet er auf die Antwort, die sein Leben verändern kann.

»Nein. Sie lebt. Vielleicht. Wasilij hat auch überlebt. Der hat sich verpisst.«

»Was meinst du denn jetzt wieder? Wo ist Claudia?«

»Sie ist verschwunden.« Falke holt tief Luft. »Es ist nicht mehr viel vom Zimmer übrig. Sieht aus wie ein verdammtes Kriegsgebiet. Claudia Schramm und Charatov konnten verschwinden.«

»Beide leben also?« Laumanns Besorgnis steigt.

»Ich bin mir nicht sicher. Sie muss schwer verletzt sein, das kannst du dir ja vorstellen. Jede Menge Blut an einer Stelle, wo sie Deckung suchte. Krüger, der Manager, hat gesehen, wie sie Blut gekotzt hat und humpelnd aus dem Hotel geflüchtet ist.«

»War es Claudia?«

»Ja. Krüger hat sie auf einem Bild erkannt.«

»Das war nicht die Frage. Hat er sie zweifelsfrei wiedererkannt?«

»Naja, er stand reichlich unter Strom und hat sich vor Angst beschissen, aber er ist sich sicher.«

Falke lacht bei dem Gedanken an eine vollgeschissene Hose.

»Was hat er genau gesagt?«, fragt Laumann, der Falkes Lachen ignoriert.

»Körpergröße, Figur, Haarfarbe, alles stimmt. Aber sie war völlig verdreckt durch den Staub. Von oben bis unten blutverschmiert. Er konnte das Gesicht nicht eindeutig erkennen unter dem Dreck und der Kapuze. Aber er ist sich sicher, ja.«

»Es muss nicht Claudia gewesen sein.«

Falke stöhnt in den Hörer.

»Udo, ich gebe es auf. Von mir aus kannst du auch glauben, dass es die Frau vom Weihnachtsmann ist. Es ist mir scheißegal, ehrlich. Wir bekommen gleich den Haftbefehl. Ich habe eine Ringfahndung ausgelöst. Sie kommt nicht weg, Udo, alles ist dicht. Flughäfen, Bahnhöfe und die Sperrung der Autobahn läuft an. Ach ja, die Krankenhäuser konnte ich auch bereits informieren, wenn sie es bis dahin schaffen sollte. Aber da bin ich mir nicht sicher.«

»Was meinst du genau?«

»Massive Blutungen, ein blutverschmiertes Gesicht. Und sie hat Blut gekotzt. Das deutet auf schwerste Verletzungen hin. Der Explosionsdruck kann einen Körper übel zusetzen. Sie ist definitiv schwer verletzt. Es ist fraglich, ob sie es bis zu einem Krankenhaus schafft.«

»Aber sie ist geflohen, oder?«

»Ja. Doch wo immer sie sich auch verstecken will, sie braucht dringend Hilfe. Die Kollegen sind natürlich vor Ort. Sie nehmen auch Blut mit, damit wir die DNA abgleichen können. Dann haben wir hundertprozentige Gewissheit. Bis dahin ...« Falke zögert kurz. »Bis dahin ist Claudia Schramm für mich die Täterin, eindeutig.«

»Okay. Du koordinierst die Fahndung. Gib alle Informationen an die Kollegen. Erinnere sie daran, wie gefährlich Claudia ist. Sie ist bis an die Zähne bewaffnet und bereit, Menschen zu töten. Aber sie hat bisher nur Arschlöcher umgelegt. Ich glaube nicht, dass sie auf unschuldige Polizisten schießt, aber wer weiß. Die Kollegen dürfen nicht übereifrig rumballern. Nicht noch eine Katastrophe wie bei Klaus, kannst du dafür sorgen?«

»Sicher, aber versprechen kann ich nichts. Hoffentlich hat keiner einen nervösen Zeigefinger.«

»Wie lange ist es jetzt her?«

»Vielleicht eine halbe Stunde oder etwas mehr.«

»Dann haben wir sie knapp verpasst. Verdammt.«

Brandtner steuert den Wagen von der Autobahn. Laumann schaut ihn fragend an.

»Sollen wir zurück?«

»Nein.« Laumann schüttelt den Kopf. »Die Kollegen haben alles im Griff. Wir müssen Claudia finden. Fahr ins Präsidium.«

Brandtner steuert den Wagen am ›Starlight Express‹ vorbei.

»Was ist mit Charatov?«, fragt Laumann.

»Weg.« Kurz und bündig. Falsche Antwort.

»Geht es ein wenig genauer?«

»Er ist geflohen. Auf seiner Flucht hat er noch einen alten Mann erschossen. Aber keiner hat etwas gesehen, es war verdammt hektisch im Hotel. Alle sind kopflos aus dem Chalet geflüchtet.«

»Aber die Fahndung erstreckt sich auch auf Charatov, oder?«

»Na klar. Alles ist eingeleitet.«

»Was ist mit dem Flughafen?«

»Selbstverständlich.«

Laumann überlegt einen Moment. Er bemerkt die aufkeimende Unruhe in seinem Bauch.

»Welche Terminals?«, fragt er Falke.

»Die Abflugterminals natürlich. Was hast du denn gedacht?«, antwortet Falke prompt.

»Ich dachte einfach nur daran, dass er mit einem Privatjet unterwegs ist. Er muss diese Terminals nicht nutzen. Privatmaschinen haben einen eigenen Eingangsbereich und gesonderte Kontrollschleusen.«

Falke schweigt. Laumann seufzt.

»Hast du daran gedacht?«, fragt er Falke.

Das Schweigen bestätigt seine Sorge. Natürlich hat er nicht daran gedacht.

»Ich bin kein Reisefreak, verdammt. Woher soll ich das wissen?«

»Dann mach das jetzt. Sofort.«

»Ist Charatov weg?«, fragt Brandtner.

»Keine Ahnung«, antwortet Laumann frustriert. Die Leitung steht noch. Falke hört die Antwort.

»Wir sind in einigen Minuten im Präsidium. Klär das bis dahin mit dem Flughafen, okay? Vielleicht ist es noch nicht zu spät«, sagt Laumann in das Telefon.

Falke verabschiedet sich kurz. Laumann steckt das Handy wieder in die Tasche. Er klärt Brandtner in kurzen Sätzen auf.

»Wow«, rutscht es Brandtner heraus. »Falke hat etwas übersehen? Hätte ich nicht gedacht.«

»Hoffentlich ist es noch nicht zu spät. Wir könnten das Glück gebrauchen. Claudia ist auch weg, keine Spur von ihr. Zumindest im Moment.«

Brandtner schüttelt den Kopf.

»Claudia ist eine verdammt heiße Braut. Brutal, schnell, blutig und extrem berechnend. Den Schneid hätte ich ihr nicht zugetraut, ehrlich.«

Angewidert schaut Laumann aus dem Fenster auf der Beifahrerseite.

»Du bist ein Arschloch, Rainer. Halt einfach die Fresse.«

Brandtner schmollt und fährt schweigend zum Präsidium.

***

Das Flugzeug liegt ruhig in der Luft. Die Maschine zieht ihren Weg durch den strahlend blauen Himmel. Am Horizont erstrecken sich die ersten Ausläufer der Alpen. Die Berge verdrängen bald das grüne Flachland. Die schneeweißen Bergkuppen schimmern im Strahlen der Sonne.

Charatov greift sich eine Wasserflasche. Gierig trinkt er einen Schluck. Seine Wut ist in Enttäuschung umgeschlagen. Er hat versagt, kläglich. Was hat ihn nur getrieben, die verdammte Handgranate zu nehmen und den Sicherungsstift zu ziehen?

Der völlige Wahnsinn! Die verfluchte Schramm hat ihn dazu gebracht. Aber jetzt nicht mehr. Es ist vorbei, sie ist Geschichte. Warum musste die Schlampe auch sofort das Feuer eröffnen.

»Selbst schuld, du blöde Hure!«

Ein diabolisches Grinsen legt sich auf sein Gesicht. Er hatte wieder einmal Glück, die Granate hätte auch ins Schlafzimmer rollen können. Glück, irrsinniges Glück, das ihn ständig heimsucht. Er steht eben auf der Sonnenseite des Lebens. Eine andere Erklärung fällt ihm nicht ein. Deshalb überlebt er auch die Detonation einer Handgranate. Das liederliche Weibsstück hat die Explosion aber auch lebend überstanden, zumindest konnte sie noch auf ihn schießen. Er kichert bei dem Gedanken, wie sie ängstlich Schutz suchte und sich hinter den schweren Ohrensessel stürzte. Sie ist nicht tot, sicher nicht. So einfach kann die Schlampe nicht getötet werden. Es ist denkbar, dass er seine Rachegelüste doch noch ausleben kann.

Claudia ist nur verletzt, er kann den Plan noch ausführen und sich an ihrem Tod weiden. Einen langsamen und qualvollen Tod. Fürchterlich, blutig und Balsam für die geschundene Seele. Vergeltung für Nikolas, für Mikael. Für alles, was sie verkörpert. Schramm. Unbändiger Hass auf Klaus Schramm brandet auf. Möge er in Unfrieden ruhen, in der Hölle schmoren, vermodern, zersetzt und durchlöchert von Maden.

Wasilij ist zufrieden.

»Ich reiß dich in Stücke, Hure«, schreit er ins Cockpit. Ein Speichelfaden hängt von einem Mundwinkel, den er mit dem Ärmel abwischt.

Egal, die Entscheidung ist nur verschoben. Kurzfristig. Aber den Plan muss er weiter verfolgen. Die Machtübernahme. Der Umsturz und die totale Kontrolle. Die Nummer Eins. Unangefochten. Die Zeit ist gekommen, Wasilijs Epoche, strahlend und glänzend. Er starrt aus dem Fenster. Miniaturhäuser ziehen unter ihm vorbei. Ein Straßennetz durchkreuzt die Landschaft wie Spinnenfäden. Ackerflächen reihen sich wie ein Schachbrettmuster aneinander. Die Alpen rücken näher. Er atmet tief ein und aus. Viel hängt von den nächsten Tagen ab, von tiefgreifenden Entscheidungen. Darauf muss er seine Konzentration lenken. Ablenkung wird ihm nichts nutzen und vom Weg abbringen. Das könnte sein Ende bedeuten.

»Konzentrier dich, verdammt«, murmelt er vor sich hin.

Wasilij nimmt ein Handy in die Hand. Die Verbindung wird aufgebaut.

»Ist alles vorbereitet?«, fragt er, nachdem am anderen Ende abgehoben wird.

»Sicher, es ist alles geklärt. Sie stehen auf deiner Seite und haben geschworen, dir zu folgen.«

»Alle?«

Jurij zögert.

»Alle?«, fragt Wasilij noch einmal.

»Natürlich nicht, auf deine beiden speziellen Freunde habe ich selbstverständlich verzichtet. Das weißt du auch. Aber um die können wir uns später kümmern.«

»Sie schlagen sich auf die falsche Seite«, schnaubt Wasilij.

»Das werden sie bald bereuen«, fügt Jurij hinzu. »Die anderen sind auf dem Weg. Still und heimlich. Sie nehmen unterschiedliche Routen und Linienmaschinen, wie du es wolltest. Die Ersten sitzen bereits im Flieger. Und du? Wo bist du?«

»Ich sehe die Alpen. Musste leider etwas überhastet abreisen, aber das erzähle ich dir alles später.«

»Werden sie am Haus erwartet?«, fragt Jurij.

»Es ist alles vorbereitet. Eine Vertrauensperson wartet am Haus. Ich brauche noch einige Stunden. In wenigen Tagen ist es vorbei.«

Sie verabschieden sich mit den besten Wünschen. Wasilij wirft das Handy in eine Ablage. Er schaut auf den Höhenmesser. Der Funk schweigt, keine Störung, beinahe alles planmäßig. Er schnauft kurz. Die Zeit ist gekommen, er muss den Flugplan ändern. Seine Hand greift zum Funkgerät und fordert den Tower an.

7. Kapitel
Licht und Schatten

›Daher schlägt der vorbildliche Stratege zu, solange Pläne geschmiedet werden.‹

Sun Tsu, *›Die Kunst des Krieges‹*

Brandtner schleicht über den Flur des Präsidiums. Er hört das stetige Klappern der Computertastaturen. Gelegentliche Wortfetzen von Telefonaten und Vernehmungen hallen aus den Büros. Eine Feuerschutztür schlägt mit einem gewaltigen Donnern zu. Er verflucht den Hausmeister, der den verdammten Türstopper nicht ordentlich anbringen kann.

Vor Laumanns offener Büro bleibt er einen Moment stehen. Er atmet tief ein. Vorsichtig blickt er in das Büro mit der Nikotinwolke unter der Decke. Laumann beobachtet den alten Förderturm. Er steht mit dem Rücken zu Brandtner, der leise gegen den Türrahmen klopft.

»Gibt es irgendetwas, Rainer?«, fragt Laumann, ohne sich umzudrehen.

»Woher weißt du, dass ich es bin?«

Brandtner ist überrascht.

»Wer will denn sonst mit mir reden?«

Brandtner bleibt mitten im Raum stehen.

»Die Flughäfen und Bahnhöfe sind alarmiert. Die Ringfahndung läuft auf Hochtouren. Es dürfte nicht lange dauern, bis uns Claudia ins Netz geht.«

»Hm«, ist die einzige Reaktion. Regungslos starrt Laumann aus dem Fenster.

»Sie ist schwer verletzt. Sie kommt nicht weit«, setzt Brandtner nach.

Laumann kommentiert die Anmerkungen nicht.

»Weißt du, was mir an diesem alten Förderturm gefällt?«, fragt er stattdessen.

Brandtner ist irritiert. Er mustert den Turm des Bergbaumuseums, der seit undenklichen Zeit dort steht.

»Nein. Was?«

»Er scheint nicht älter zu werden. Die Zeit beißt sich an ihm die Zähne aus.« Laumann hebt die rechte Hand vor die Augen. »Siehst du die Kinder da oben auf der Plattform? Es sind immer die Kleinen, die schreiend und grölend die Stufen hochlaufen. Jeder Einzelne von ihnen ruft ein ›Hallo‹ von ganz oben hinunter. Tag für Tag, Woche für Woche, Jahr für Jahr. Auch sie werden nie älter.« Laumann dreht sich zu Brandtner um und lächelt. »Aber mir treibt der Zahn der Zeit tiefe Furchen ins Gesicht. Ist irgendwie komisch, oder nicht?«

Brandtner zuckt mit den Schultern. Er überlegt, wie er Laumanns melancholischen Anflug stoppen soll.

»Äh ... ich weiß nicht. Es sind doch nicht immer dieselben Kinder. Sie haben ein ähnliches Alter, aber es sind stets andere. Sie werden älter, wie wir.«

»Sicher?«

»Ist alles in Ordnung mit dir?«

Sorgenfalten zeichnen sich auf Brandtners Stirn ab. Laumann scheint an seine Grenzen zu stoßen, weitere Hiobsbotschaften wird er nicht vertragen.

»Kann ich irgendetwas für dich tun?«

»Ich glaube, ich bin einfach zu alt für diesen Scheiß, meinst du nicht auch?« Laumann setzt sich in seinen Bürostuhl. »Ich fühle mich völlig ausgebrannt, leer und wie ein Versager.«

Er starrt Brandtner erwartungsvoll an.

»Versager? Wer hat dir denn den Mist ins Ohr gesetzt? Dresmer?«, beschwichtigt Brandtner, der ungläubig den Kopf schüttelt. »Du hast ... ich meine, wir nutzten alle erdenklichen Optionen. Immer wieder diskutierten wir die Fakten, haben Ideen verworfen und neue Theorien auf den Tisch gebracht. Wir geben ständig unser Bestes. Mehr war und ist nicht drin.«

»Charatov ist verschwunden. Claudia ist weg. Wir haben versagt. Ich habe versagt. Nicht zum ersten Mal.«

»Falke hat einen Fehler gemacht. Und? Ich hätte das mit dem gesonderten Terminal auch nicht gewusst. Woher sollte er das denn wissen?« Brandtner will Falke nicht in Schutz nehmen, aber in diesem Fall kann er keinen Fehler erkennen. Niemand ist allwissend. Hinterher sind immer alle schlau.

»Ich trage die Verantwortung. Also muss ich dafür auch geradestehen.«

»Wir waren unterwegs. Die Ereignisse im Hotel konnten wir nicht voraussehen. Sie haben uns überrollt. Und die Informationen kamen sowieso zu spät. Charatov und Claudia Schramm waren längst über alle Berge, bevor die Kollegen eintrafen. Es hätte nichts geändert.«

Laumann antwortet nicht. Eine dunkle Wolke kriecht in seinen Kopf und droht die Macht zu übernehmen. Immer das gleiche Schema, die gleichen Zweifel, Sorgen und Selbstvorwürfe, wenn in einer Mordkommission nicht alles perfekt läuft. Ein übersehenes Detail führt gelegentlich zu dramatischen Folgen. Das passiert kaum einmal, kann aber vorkommen.

Brandtner bedauert, dass Laumann diese Konsequenzen kurz vor seiner Pensionierung auf die Füße fallen. In einem Verfahren mit persönlichen Beziehungen noch dazu. Er hätte vehementer seine Bedenken äußern müssen. Es war ein Fehler, Laumann in diesem Fall ermitteln zu lassen.

Laumann scheint Brandtners Gedanken zu lesen.

»Ich habe noch nie dermaßen daneben gelegen wie bei Klaus und Claudia. Wäre mir das vor zehn oder zwanzig Jahren auch passiert? Wie konnte ich nur so blind sein? Und warum habe ich auf eure Einwände nicht gehört?«

Laumann schüttelt den Kopf.

»Das ist doch Quatsch. Du hast wenigstens dafür gesorgt, dass wir alle Hinweise bewertet haben. Wir hätten uns sonst viel zu früh festgelegt, was einer Mordkommission nicht passieren darf. Immer alle Seiten betrachten, für alle Eventualitäten offenbleiben – genau das muss ein Leiter seinen Leuten vorhalten, obwohl du nervig sein kannst. Das zeichnet eine wahre Führungskraft aus.«

Laumann lacht kurz auf, sucht einen ironischen Unterton in Brandtners Stimme, kann aber keinen finden.

»Ich wollte es nicht glauben. Ich war nicht bereit, die Fakten von allen Seiten zu betrachten. Meine Objektivität blieb auf der Strecke. Klaus genoss einen Schutz, den er nicht verdiente. Ich wollte das Gute sehen. Bei Claudia wiederholte ich diesen Fehler. Selbst als Charatov mir die Wahrheit ins Gesicht spie, hatte ich noch immer Zweifel. Wäre mir das früher auch passiert?«

Brandtner hat keine Antwort. Er lenkt das Gespräch in eine andere Richtung.

»Was machen wir jetzt?«, fragt er.

»Wir können nur warten, bis Claudia gefunden wird oder aus ihrem Versteck kommt. Oder kommen muss. Wir brauchen Antworten, und zwar dringend. Konnten wir Näheres über ihre Verletzung in Erfahrung bringen?«

»Nicht direkt, aber bei der Blutmenge, die wir fanden, muss es sich um eine schwere Verletzung handeln.«

»Liegt das Ergebnis der DNA-Analyse vor?«

»Nach wenigen Stunden? Ich bitte dich, wir sind hier nicht bei CSI«, lacht Brandtner. »Wir können froh sein, wenn die Resultate in der nächsten Woche vorliegen. Aber ich habe deutlich auf die Dringlichkeit hingewiesen.« Brandtner zuckt mit den Schultern. »Hat mir aber nur ein müdes Lächeln der Laborleitung eingebracht. Sie benötigen auch noch eine Vergleichsprobe von Claudia.«

»Sonst noch etwas?«

Brandtner schüttelt den Kopf, spricht aber einfach weiter.

»Falke kümmert sich um den Rheinbereich. Er koordiniert die Fahndung in Köln und Düsseldorf. Dafür setzt er massenhaft Leute ein. Also ist es nur eine Frage von Stunden oder vielleicht ein oder zwei Tagen. Ich koordiniere die Suche hier im Ruhrgebiet. Sie könnte bei Verwandten oder Freunden auftauchen.«

»Was gibt es über den Tatort?«

»Eine Scheißarbeit, das kannst du mir glauben. Das reinste Schlachtfeld. Die Schüsse und die Explosion haben die Suite völlig ruiniert. Die drei toten Leibwächter beschäftigen die Kollegen auch noch längere Zeit. Charatov ist verschwunden. In den Trümmern nach Hinweisen zu suchen, ist natürlich auch nicht spaßig.«

Laumanns verzieht das Gesicht.

»An das verdammte Flugzeug haben wir nicht gedacht. Er hat es bis zum Flughafen geschafft«, ergänzt Brandtner. »Er gab Zürich als Zielort an. Die Schweizer Kollegen sind sehr, sehr schwerfällig. Aber das BKA macht Druck. Die Flugüberwachung kann ihn auf dem Radar verfolgen, solange er den Sender nicht ausstellt. Er dürfte bald die Alpen überfliegen.«

Laumann stöhnt kurz auf.

»Hat das Schwein wieder Glück? Der kann überall landen.«

»So einfach geht das auch nicht. Im Moment ist er in Richtung Süden unterwegs. Er ist ohne Begleitung abgeflogen. Seinen Flugplan hat er noch nicht geändert.«

Laumann nickt.

»Okay, dann können wir nur abwarten. Kümmere dich bitte um die Fahndung. Wir müssen den Druck erhöhen. Redet mit Verwandten, Freunden und Bekannten. Claudia braucht Hilfe. Sie könnte irgendwo einen Unterschlupf suchen. Also los.«

Brandtner dreht sich zur Tür. Er bleibt einen Augenblick stehen.

»Soll ich die Tür schließen?«, fragt er vorsichtig.

»Ja, bitte.« Laumann nickt.

Brandtner schließt die Tür. Er lässt Laumann mit trüben Gedanken allein. Immer wieder kehren die Überlegungen zu Claudia Schramm zurück. Hätte er es erkennen müssen? Hätte er es überhaupt bemerken können? Die Fragen brennen sich tief in ihm ein. Ein stechender Schmerz hämmert in seinem Kopf. Mit den Fingern massiert er die Schläfen. Er will es einfach nicht glauben und doch hat er die Wahrheit von Charatov gehört. Er kannte die Realität und akzeptierte die Umstände, auch wenn er die Gefahr unterschätzte. Im Gegensatz zu ihm, der immer wieder andere Lösungen suchte und bevorzugte.

Welch ein Narr er ist! Hat ihn bereits der Altersstarrsinn ergriffen? Ist er unbelehrbar? Ist er überhaupt noch für die Behörde tragbar, für den Beruf und für die Gesellschaft? Seine Zeit ist abgelaufen. Er sollte aufhören, jetzt, nicht morgen, nicht übermorgen. Der Polizeipräsidentin den Dienstausweis mit der Waffe auf den Tisch legen. Der Behörde den Rücken kehren. Einfach so. Kein aufwendiger Abschied, keine geheuchelten Reden oder verwaschene Abschiedsurkunden. Ein stiller und leiser Abgang. Der Bühnenvorhang senkt sich und niemand ruft im Theater nach einer Zugabe. Niemand, der aus purer Freundlichkeit applaudiert.

»Steckt euch eure *standing ovations* dahin, wo die Sonne nicht scheint.« Seine Worte verhallen ungehört im Büro. »Claudia, was hast du nur getan?«, murmelt er vor sich hin. »Was hast du getan?«

Die Hände legen sich vor sein Gesicht. Er atmet tief aus. Einsamkeit. Dieser Begriff kommt ihm in den Sinn. Zurückgezogen und vergessen. Seine geliebte Frau ist von ihm gegangen, Freunde und Bekannte haben sich abgekehrt. Und die Behörde? Sie drücken ihm den Stempel der ›*persona non grata*‹ auf. Des Karrierekillers, den es zu meiden gilt. Gnadenlos und unbarmherzig.

Ein leises ›Scheiße‹ flüstert er in die Hände. Er schließt die Augen, trotz der Finger, die sein Gesicht bedecken. Tiefe Müdigkeit übermannt ihn.

Es klopft an der Bürotür. Die Hände noch vor dem Gesicht, bellt er nur ein lautes, zorniges ›Was?‹ durch das Büro. Die Tür schwingt auf und wird leise wieder zugezogen.

»Bist du noch immer nicht darüber hinweg, Udo?«, hört er eine sanfte, feminine Stimme.

Laumann legt die Hände auf den Tisch. Er riecht den Duft von Chanel. Überrascht starrt er auf die Tür. Seine Augen weiten sich, der Adamsapfel hüpft vor Aufregung. Ein Zittern befällt den gesamten Körper. Ein Albtraum. Er kann nur träumen. Sein Gesicht wird aschfahl. Die Dämonen erscheinen, die größten Ängste materialisieren sich. Nur eine Halluzination kann erklären, was gerade geschieht.

»Du siehst aus, als stünde dir ein Geist gegenüber«, haucht ihm die Stimme leise entgegen.

Ein Geist? Wahrlich nicht. Eine Unmöglichkeit. Vielleicht eine Kuriosität eines verkorksten Gehirns, geboren aus einer Furcht vor dem Versagen.

»Ich ...«

Die Stimme versagt. Verzweifelt sucht er nach Worten. Er kann die Bilder vor seinen Augen mit dem Verstand nicht in Einklang zu bringen.

»Äh ... ich ... Verdammt, Claudia. Scheiße, wie kommst du hier her?«

»Wow, was für eine grandiose Begrüßung. Ich freue mich auch, dich zu sehen.«

Claudia Schramm steht mit einem strahlenden Lächeln vor dem Schreibtisch. Sie sieht gepflegt und erholt aus. Die tiefen Furchen und dunklen Ringe unter den Augen, die er von seiner letzten Begegnung mit ihr noch in Erinnerung hat, sind verschwunden. Das Leben sprüht aus jeder Faser ihres Körpers.

»Ehrlich, schön, dich nach dieser langen Zeit wiederzusehen«, fährt sie fort.

Laumann erhebt sich vorsichtig vom Bürostuhl. Lautstark rutschen die Stuhlbeine über die alten Fliesen. Seine Augen sind geweitet, der Mund steht offen. Claudia neigt den Kopf zur Seite und runzelt die Stirn.

»Udo? Was ist los? Ich bin's. Kannst du dich noch erinnern oder hast du mich etwa vergessen?«

Doch Laumann fehlen die Worte. Er macht einen Schritt auf Claudia zu, die kurz überlegt, ob sie zurückweichen soll. Laumann hebt den Arm und stupst mit dem Zeigefinger Claudias Schulter. Er erwartet keinen Widerstand. Vielmehr rechnet er mit dem Verschwinden des Trugbildes. Damit, dass sich der Geist Claudias in Luft auflöst. Doch sein Finger stößt gegen den Mantel. Claudia kichert leise. Laumanns Verstand kehrt zurück. Träge und schwerfällig, aber immerhin.

»Ich ...« Laumann schüttelt den Kopf. »Das ist unmöglich. Das ... Was machst du hier, großer Gott?«

Claudias Lächeln erstarrt. Sorgenfalten legen sich auf ihre Stirn. Laumanns Verwirrung greift auf sie über.

»Was ist los? Das verstehe ich nicht. Ich wollte dich einfach besuchen und fragen, wie es dir geht. Warum schaust du mich zweifelnd an?«

»Scheiße, verdammt. Was machst du hier? Du bist verletzt und auf der Flucht und ...«

Seine Worte bleiben ihm im Halse stecken. Laumann schaut Claudia von oben bis unten an. Er erkennt keine Verletzung, kein Blut, keinen Verband, nicht einmal eine kleine Schürfwunde. Mit weiten Schritten schleicht er um Claudia herum, die ihn mit ihren Blicken verfolgt.

»Was redest du da für einen Quatsch. Wieso sollte ich auf der Flucht sein? Und von welcher Verletzung sprichst du?«

»Das kann nicht sein. Das ist unmöglich.«

Ohne Claudia aus den Augen zu verlieren, setzt er sich in den Stuhl und schüttelt heftig den Kopf.

»Das ist nicht zu glauben.«

Claudia nimmt auf dem Besucherstuhl Platz. Sie schaut Laumann schweigend an. Die kleine schwarze Handtasche stellt sie auf den Schreibtisch.

»Kannst du mir bitte sagen, was hier los ist?«, fragt sie ihn leise.

»Die vielen Toten, die Morde. Ich dachte ...«

Laumann schweigt einen Augenblick. Er sucht die passenden Worte, aber Claudia Schramm kommt ihm zuvor.

»Welche Toten? Ich bin wegen des Mordes an meinem Bruder hier. Darüber wollte ich mit dir sprechen. Morgen ist die Beerdigung. Ich will wissen, warum er sterben musste.«

Laumann nickt.

»Seit wann bist du hier?«, fragt Laumann.

»Meinst du hier in Bochum. Oder in Deutschland?«

»In Deutschland.«

Claudias Finger streichen über ihre Handtasche.

»Seit einigen Tagen. Ich habe mir ein Zimmer in einem Düsseldorfer Hotel genommen. Es fällt mir schwer, wieder nach Bochum zu kommen, nach allem, was ich hier erleben musste. Das kannst du dir sicherlich vorstellen. Ich brauche etwas Zeit.«

Laumann nickt geistesabwesend.

»Viele üble Erinnerungen.« Tränen fließen an ihrer Wange herab. »Jetzt bin ich hier, um wieder einen Familienangehörigen zu beerdigen. Ich habe wahnsinnige Angst.«

Mit einem Ärmel wischt sie die Salztropfen beiseite und lächelt. Versucht zu lächeln.

»Wir hatten nicht die beste Beziehung, aber er war mein Bruder. Nur du kannst mir sagen, wer ihn umgebracht hat. Und warum.«

»Bist du verletzt?«

Erneut breiten sich Falten auf Claudia Stirn aus.

»Wieso sollte ich verletzt sein? Ich verstehe die Fragen nicht. Muss ich mir Sorgen machen?«

»Wir bearbeiten hier mehrere Morde, nicht nur den an deinem Bruder.«

»Davon weiß ich nichts, mich interessiert nur Bernds Tod.«

»Wir können das nicht voneinander trennen.«

»Und das heißt?«

Laumann lehnt sich zurück. Er schaut Claudia lange in die Augen. Sie hält seinem Blick stand, weicht nicht aus und zuckt mit den Schultern.

»Nun? Was soll das heißen?«, fragt sie noch einmal.

»Bernd musste sterben, weil man dich suchte.«

»Es gibt keinen Grund mich zu suchen. Wer soll mich auch suchen?«, fragt Claudia staunend.

»Bernd wurde getötet, um dich zu finden. Du hast mindestens acht Menschen umgebracht.«

Claudia springt vom Stuhl auf, der krachend zu Boden fällt.

»Ich habe was?«, schreit sie Laumann entgegen. »Was redest du da für einen verdammten Mist? Was ist hier los?«

Laumann geht auf Claudia zu. Er legt ihr eine Hand auf die Schulter. Ihre Blicke treffen sich, lange und intensiv. Claudia wendet den Blick ab. Er hebt den Stuhl vom Boden auf. Sanft drückt er Claudia hinein. Sie schaut Laumann verwundert und überrascht an.

»Fünf Menschen starben gewaltsam, die wir mit Klaus in Verbindung bringen können.«

Claudias Augen weiten sich noch mehr. Laumann glaubt, Verzweiflung und Angst zu erkennen.

»Was waren das für Menschen?«, fragt sie leise.

»Unsere Ermittlungen laufen auf Hochtouren, aber wir vermuten, dass sie für die russische Mafia arbeiteten. Anscheinend waren sie für den Film auf dem Feld verantwortlich.«

Ungläubig Claudia schüttelt den Kopf.

»Du meinst den Film mit Klaus?«

Laumann nickt. Er sucht eine Reaktion in ihren Augen, irgendeine beliebige Wirkung. Doch er findet nichts.

»Kannst du dich noch an diesen Anatol Parujew erinnern?«, fragt Laumann.

»Das ist doch der Typ, den Klaus erpresst hat, oder?«

»Ja. Parujew ist nicht sein echter Name. Aber wir wissen, wer er ist.« Laumann beugt sich zu Claudia vor. »Jemand hat seine Leute nach und nach umgelegt. Und Parujew ist überzeugt, dass du dafür verantwortlich bist. Also machte er sich auf die Suche nach dir. Sein Vollstrecker landete bei Bernd.«

Claudia schluckt. »Und du? Was glaubst du?«, fragt sie.

Die Frage schwebt wie ein kalter Hauch in der Luft. Laumann atmet tief ein. Er sucht wieder Claudias Augen, das Blinzeln, den kurzen Moment, in dem die Pupille sich weitet und die Wahrheit preisgibt. Ihre Schultern sinken nach unten.

»Und du? Glaubst du auch, dass ich diese Leute umgebracht habe?«

»Wir alle sind der Überzeugung, dass du diese Menschen ermordet hast. Die Polizei, die Mafia und ...« Laumann zögert einen Moment, »und ich.«

Claudia schlägt die Augen nieder. Unmerklich schüttelt sie den Kopf.

»Ich habe nichts getan, ich habe niemanden umgebracht. Was kann ich machen, um dir das zu beweisen?«

Der Kriminalist in Laumann erwacht. In seinem Kopf wägt er die verschiedenen Optionen ab. Er überlegt, welche Fakten er benötigt. Vieles muss erledigt werden. Unzählige Fragen schießen ihm durch den Kopf.

»Ich muss genau wissen, wann und wo du dich aufgehalten hast. Ich brauche Zeugen, die deine Angaben bestätigen können.«

Claudias Blick hellt sich wieder auf.

»Sicher, das ist absolut kein Problem. Ich kann euch jedes Hotel nennen, in dem ich im letzten Jahr übernachtet habe. Da kommen einige zusammen. Gelegentlich wohnte ich auch bei Leuten, die ich kennen lernen durfte.« Claudia greift zur Handtasche und zieht drei Computerausdrucke hervor. »Hier habe ich einige Umsatzauflistungen meiner Prepaidkreditkarte. Die habe ich zufällig heute Morgen ausgedruckt, die anderen Auszüge kann ich dir sofort hier an deinem Computer drucken lassen. Natürlich kannst du auch die Bank anrufen.«

Laumann schaut auf die Papiere der letzten beiden Monate. In seinem Kopf gleicht er die Hotelrechnungen mit den Tatzeiten ab. Er greift zum Telefon und wählt eine Nummer.

»Komm rüber. Sofort. Und, Rainer«, er schaut Claudia lächelnd an, »bekomme keinen Herzinfarkt in meinem Büro.« Pause. »Warum? Beeil dich.«

Schweigend sitzen Claudia Schramm und Laumann am Schreibtisch. Sie hören die eiligen Schritte auf dem Flur.

»Jetzt wird es spannend«, sagt Laumann grinsend, der sich gefasst hat.

Sein Herz pocht. In ihm steigt die Hoffnung, dass er Claudia zutreffend eingeschätzt hat. Dass er Recht hatte mit der Sturheit. Die Zweifel verblassen unaufhaltsam. Ohne Klopfen fliegt Laumanns Bürotür auf. Brandtner stürmt in das Zimmer.

»Was ist denn ...« Er bleibt wie vom Blitz getroffen stehen, die letzten Worte flüstert er nur, »... hier los?«

Claudia lächelt ihm vom Stuhl aus zu.

»Scheiße. Das ist unmöglich. Ich ...« Brandtner blickt verzweifelt zu Laumann, der auch schmunzelt. »Wie kommt sie hier her?«

»Ich habe mich an der Pforte angemeldet«, gibt Claudia lächelnd zu verstehen. »Der Pförtner kannte mich noch. Aber ich habe gelogen, als ich sagte, dass ich bei Udo einen Termin habe. Er hat mich dann einfach durchgelassen. Et voilà, hier bin ich.«

Brandtners Blick wandert von Laumann zu Claudia und zurück. »Hast du sie festgenommen? Hast du sie belehrt?«

»Nein, dazu sind wir noch nicht gekommen.«

Brandtners flache Hand knallt auf Laumanns Schreibtisch.

»Bist du total bescheuert? Sie ist unsere Tatverdächtige für acht Morde, sie ist beschuldigt in einem Strafverfahren, verdammt noch mal. Und du vernimmst sie ohne Belehrung? Was läuft jetzt wieder verkehrt? Willst du das Verfahren platzen lassen, oder was?«

Laumann seufzt.

»Nein. Aber du kannst sie gerne auf ihre Rechte hinweisen. Meinetwegen als Beschuldigte.«

»Ich verstehe dich nicht. Was treibst du wieder für Spielchen?«

»Keine Spielchen. Versprochen. Also mach schon.«

Brandtner rasselt den Belehrungstext hinunter.

»Brauche ich einen Rechtsanwalt?«, fragt Claudia in Laumanns Richtung.

»Auf jeden Fall. Du wirst einen verdammt pfiffigen Anwalt benötigen«, poltert Brandtner los.

Laumann erwidert Claudias Blick.

»Es dürfte das Beste für dich sein. Aber wenn wir die Hotels überprüfen, wird sich vieles bereits erledigt und geklärt haben. Zumindest was den Verdacht gegen dich betrifft.«

»Was für Hotels?«, fragt Brandtner.

Laumann hält ihm die Kontoauszüge entgegen.

»Überprüfe sie. Sofort. Wenn sie Überwachungsbilder von der Rezeption schicken können, umso besser. Beeil dich.«

Brandtner überfliegt die Zettel.

»Singapur? Hongkong? Weißt du denn nicht, wie spät es da ist?«

»Nein, und es ist mir scheißegal. Die Rezeption ist immer besetzt.«

»Ich spreche aber ...?«, setzt Brandtner an.

»Versuche es einfach mit englisch, das kann doch nicht so schwer sein, oder?«

»Aber ...«

»Rainer, mach es jetzt. Flirte, wenn es sein muss, versprich ihnen einen Deutschlandurlaub oder eine Kiste Wein, völlig egal. Aber wir brauchen die verdammten Antworten. Okay?«

»Ja, ja. Ich mach schon.«

Brandtner schaut auf Claudia. Er macht einen Schritt zur Tür, bleibt stehen und dreht sich zu Laumann um.

»Kann ich sie mit dir alleine lassen?«

»Hau endlich ab und besorg die Auskünfte.«

»Ich meine doch nur, weil ...« Brandtner macht mit der Hand eine schneidende Bewegung am Hals entlang.

»Lass den Quatsch und geh endlich.«

»Was meint er?«, fragt Claudia. Sie dreht sich zu Brandtner um, der die Hand sofort vom Hals wegnimmt.

»Nichts«, antwortet Laumann. »Er ist einfach nur durcheinander.«

Brandtner schließt die Tür. Schweigend sitzen sich Laumann und Claudia gegenüber.

»Und?«, fragt Laumann.

»Und was?« Claudia überlegt, worauf Laumann hinaus will.

»Was hast du das letzte Jahr gemacht? Wo warst du? Wie geht es dir?«

»Ich habe viel gegrübelt und über mein Leben nachgedacht. Mir genügend Zeit für mich genommen. Ich genoss die Ruhe und Zurückgezogenheit. Solche Sachen eben.« Sie erinnert sich an die vielen Stunden, die sie einsam in einem Hotelzimmer verbrachte. An die ungezählten Tränen, die sie in der ersten Zeit mit Wein aus der Hotelbar trocknen wollte.

»Wie hast du von Bernd erfahren?«, unterbricht Laumann ihre Gedanken.

Claudia schaut ihn lange an. »Ich lebte nicht auf einem anderen Planeten. Meine Kontakte nach Bochum funktionieren noch und ich nutze auch das Internet.«

»Hast du mit Petra telefoniert?«

Laumann bemerkt ein kurzes Aufblitzen in Claudias blauen Augen. »Meiner Schwägerin? Nein. Ich dachte, dass sie mir nur ein schlechtes Gewissen einredet. Sie hätte mich mit Sicherheit dazu bringen wollen, sofort nach Hause zu kommen. Nein, ich habe nicht mit ihr telefoniert.«

Laumann nickt langsam. »Merkwürdig, findest du nicht auch?« Er fixiert Claudia.

»Merkwürdig? Nein. Du kennst meine Schwägerin nicht. Wenn du ...« Claudias Antwort wird von einem schrillen Klingeln aus der Handtasche unterbrochen. Claudia greift hinein und zieht ein Handy hervor.

»Darf ich?«, fragt sie Laumann, der nickend zustimmt.

Claudia drückt eine Taste. Sie flötet ein ›Hallo‹ in das Gerät. Laumann kann nicht sehen, wer anruft. Den Anrufer kann er nicht verstehen.

»Nein, nein. Ich bin jetzt bei Udo.« Sie lächelt Laumann an und flüstert ein leises ›Freundin‹ zu ihm hinüber. Sie dreht sich zur Tür. Mit dem Finger zeigt sie in Richtung Flur. Das fragende Gesicht verdeutlicht Laumann, dass sie gerne ungestört telefonieren möchte.

»Bleib hier, ich hole uns eine Tasse Kaffee«, sagt er zuvorkommend.

Sie sieht Laumann hinterher, der die Bürotür schließt.

»Wir können reden«, spricht sie nun deutlich reservierter in den Hörer.

»Sind Sie jetzt ungestört?«, fragt der Anrufer mit einem russischen Akzent.

»Ja, ich bin alleine.«

»Das ist gut. Es ist alles erledigt, genau wie wir es planten.«

»Sicher? Wie geplant?«, fragt Claudia.

»Sogar besser. Er ist völlig auf sich allein gestellt. Sie brauchen sich keine Gedanken mehr zu machen. Das schlechte Gewissen dürfen Sie beruhigt ablegen.«

»Wie das?«, fragt Claudia.

»Zufall. Aber ein glücklicher. Es gab zwar einige Probleme, aber die habe ich im Griff. Sie werden keine Schwierigkeiten bekommen.«

»Ist sie in Sicherheit?«, fragt Claudia gespannt.

»Noch nicht, aber ich weiß, wo sie ist. Sie ist schwer verletzt. Doch ich habe bereits alles Erforderliche eingeleitet.«

»Das freut mich. Und es bleibt wie besprochen?«

»Selbstverständlich. Ich stehe immer zu meinem Wort. Das sollten Sie doch wissen.«

»Verzeihen Sie mir, dass ich da etwas Zweifel hege. Ihr Job zeugt nicht von Vertrauen, wenn Sie mir gestatten.«

»Aber, aber ... Wer wird denn gleich«, kommt die spontane Antwort. »Wir haben beide unsere Ziele erreicht, also fast, wenn Sie verstehen.«

»Ich stehe zu meinem Wort. Ohne Zögern werde ich den letzten Schritt machen.«

»Das freut mich zu hören.«

»Keine Hinweise zu mir?«

»Absolut nicht. Wie ich bereits sagte, Sie können meinem Wort vertrauen. Ich werde Ihnen nicht in den Rücken fallen, wir gaben uns schließlich ein Versprechen. Laumann wird alle Beweise finden, die Sie entlasten. Hotelrechnungen, Überwachungsbilder. Er kann Sie nicht mit den Morden in Verbindung bringen. Natürlich findet er auch keine Hinweise auf unsere gemeinsamen Interessen. Ihnen wird kein Haar gekrümmt. Sie haben mit meinen persönlichen Plänen nichts zu tun.«

»Aber mein Bruder war nicht Teil der Abmachung.«

»Haben Sie deswegen den Plan geändert? Sie sollten doch nicht in Laumanns Nähe sein.«

»Ich mache mich doch verdächtig, wenn ich nach dem Tod meines Bruders nicht nach Hause komme. Sein Tod war ein schwerwiegender Fehler im Plan. Das hätten Sie verhindern müssen.«

»Charatov ist nicht leicht durchschaubar. Er neigt zu spontanen, nicht vorhersehbaren Entscheidungen. Verzeihen Sie mir diesen Fehler. Ich rechnete nicht damit, dass er Sie so schnell hinter allem vermuten und sich an Ihrem Bruder vergreifen würde.«

Claudia linst vorsichtig zur Tür. Keine Schritte zu hören.

»Was ist mit dem Geld?«

»Es ist Wasilijs Geld, mir ist es völlig egal. Das sagte ich Ihnen bereits. Behalten Sie es, wie wir es besprochen haben. Wenn Sie Ihren Teil erledigen, werden wir uns nie wieder hören und auch nicht sehen.«

»Versprochen?«

Der Anrufer lacht.

»Sie sind voller Zweifel und Sorgen. Völlig unnötig. Mein größtes Problem wird erledigt sein. Es gibt keinen Grund nachtragend zu sein, solange Sie ...«

»Ich weiß. Meinen Teil der Abmachung erledige ich. Klar.«

Wieder lacht der Anrufer lauter.

»Wir verstehen uns. Sehen Sie, Sie sind eine Frau nach meinem Geschmack. Furcht- und kompromisslos. Könnten Sie sich nicht doch mit einer gemeinsamen beruflichen Laufbahn arrangieren?«

Nun ist es Claudia, die lacht. »Nein, absolut nicht. Sie kennen meine Einstellung. Niemals. Ich habe Ihnen nur Zeit verschafft und den Verdacht auf mich lenken lassen. Jetzt erreiche ich mein allerletztes Ziel. Dann ist Schluss. Endgültig.«

»Werden Sie damit fertig?«, fragt der Mann.

Leise Zweifel schwingen in seiner Stimme mit. Claudia schweigt. Eine berechtigte Frage.

»Das sollte nicht Ihr Problem sein. Was ist mit der Aufnahme?«, fragt sie leise.

Der einzige Grund für dieses Bündnis.

»Es ist alles bereit. Sobald Ihr Versprechen erfüllt ist, bringe ich die Sendung auf den Weg. Wann höre ich von Ihnen?«

»Niemals mehr. Verfolgen Sie die Nachrichten im Fernsehen oder nutzen Sie Ihre Beziehungen. Wir werden nicht mehr in Kontakt treten.«

Claudias Stimme klingt fest. Und endgültig. Der Mann am Ende der Leitung erkennt das Ende dieses Bündnisses. Weitere Worte sind nicht mehr notwendig.

»Dann muss ich diese Nummer in wenigen Minuten vernichten.«

»Das werde ich auch machen, sobald die Nachricht verschickt ist. Dies wird innerhalb der nächsten dreißig Minuten geschehen.«

Sie schaut verträumt aus dem Fenster des Büros. Kinder laufen grölend die Treppen zum Förderturm hoch.

»Er befindet sich jetzt im benötigten Zeitfenster. Absolut richtig, wenn Sie verstehen.«

Claudia hat verstanden. Alles. Wie selten zuvor in ihrem Leben scheint alles so klar und einfach.

»Kein Unbeteiligter kommt zu Schaden?«, fragt sie dennoch.

»Nein. Absolut niemand. Das garantiere ich mit meinem Leben.«

Claudia ist beruhigt. Sie atmet leise aus. Trotzdem ist sie sich der Schwere ihrer Entscheidung bewusst.

»Es war mir ein Vergnügen, Claudia. Leben Sie wohl.«

»Sehen Sie mir nach, wenn ich unsere Vereinbarung nicht als Vergnügen bezeichne, Herr Sokolow. Sofern das Ihr Name ist.«

»Ja, sofern dies mein Name ist.«

Der Anrufer setzt zu einem weiteren Satz an, doch Claudia unterbricht die Verbindung. Sie hält das Handy in der Hand. Laumann kommt mit dem Kaffee durch die Tür.

»Alles klar?«, fragt er Claudia.

»Ja, alles in bester Ordnung. Eine Freundin, die nur fragen wollte, wie es mir geht.«

»Und?«

»Besser«, antwortet Claudia etwas verträumt. Ihre Gedanken schweifen ab. Kurz schüttelt sie den Kopf. »Deutlich besser, ehrlich.« Sie setzt ein strahlendes Lächeln auf. Mit ihrem Stuhl rückt sie ein wenig auf den Schreibtisch zu, ergreift die Tasse mit dem heißen Getränk und trinkt einen kleinen Schluck.

»Kaffee kochen könnt ihr noch immer nicht«, sagt sie lachend. »Gibt es dafür bei euch kein Seminar?«

Das Handy versteckt sie unter dem Schreibtisch. Mit der freien Hand berührt sie ein Icon auf dem Display. Der Bildschirm wird kurz schwarz, zeigt dann zwei Kontakte. Mit dem Daumen berührt sie eine Verbindung. Sie gibt eine SMS ein. Laumann lehnt sich auf dem Bürostuhl zurück. Er betrachtet die nikotinvergilbte Decke.

***

Charatov lächelt. Panische Stimmen hallen aus dem Funkgerät. Sollen sie doch versuchen, ihn von der Flugplanänderung abzubringen. Diese Idioten. Glauben die, dass er in Zürich landen und sich festnehmen lassen wird? Bauerntölpel.

Er ändert einfach seinen Kurs, schaltet den Transponder aus. Die Maschine bringt er auf eine niedrige Flughöhe. Nicht ungefährlich, aber das Leben ist immer gefährlich. Für jemanden, der auf der Sonnenseite steht, ein leicht zu kalkulierendes Risiko.

Das Radar zeigt keine anderen Flugbewegungen. Er steuert die Maschine über die schneebedeckten Alpen. Ein faszinierender Anblick. Die ehrfurchtgebietende Größe und Erhabenheit, die die Berge auch in dieser Höhe ausstrahlen. Beruhigend.

Einsamkeit weit und breit. Die Zivilisation hat hier keine Spuren hinterlassen. Wie schön die Welt doch auf der Sonnenseite des Lebens ist.

Die Maschine fliegt über die ersten Gipfel. Charatovs Zuversicht steigt mit jedem Kilometer. Er wähnt sich bereits am Ziel seiner Träume. Er ist nicht mehr aufzuhalten.

Das Handy gibt einen kurzen Klingelton von sich. Er runzelt die Stirn. Voller Entsetzen starrt er auf das Display.

***

›*Mörder*‹ leuchtet im Display auf. Claudia drückt auf den Sende-Button und verschickt die kurze SMS. Ein kleiner Haken taucht neben der Nachricht auf. Er beweist, dass dieses einzelne Wort auf dem Weg zum Adressaten ist.

›*Tod*‹ und ›*Claudia*‹ sind die nächsten Wörter, die sie eingibt. Wenige Sekunden später rast die Botschaft durch die digitale Welt. Ebenso vielsagend wie der Begriff zuvor.

Sie beobachtet Laumann, der noch immer zufrieden auf die Decke schaut. Eine innere Unruhe baut sich in ihr auf. Bis zum nächsten Wort müssen ein paar Augenblicke vergehen. Der Empfänger soll sich noch Gedanken machen. Solange er kann.

›*Jetzt*‹ ist die letzte Vokabel, die sie verschickt.

Sie schließt den Messenger und drückt auf ein Symbol, das eine Weltkugel darstellt. Es öffnet sich eine Weltkarte. Im Zentrum des Bildschirms ist Europa erkennbar. Der Ausschnitt wird immer weiter vergrößert, zeigt schließlich einen Bereich der Alpen mit einem roten, blinkenden Kreuz. Gebannt starrt sie auf den Bildschirm. Rot – rot – rot. Claudias Herz beginnt zu pochen, die Hände werden feucht. Sie beugt sich vor und greift zur Tasse.

Just in diesem Moment ändert sich die Farbe auf Grün.

Claudias Daumen schwebt über dem grasgrünen Kreuz. Scheinbar eine Ewigkeit hängt er darüber. Das Zittern wird stärker. Wenn ihr Finger das Display berührt, überschreitet sie eine Barriere. Nicht mehr umkehrbar und unwiderruflich. Ein unsichtbares Brandmal wird sie für den Rest des Lebens auf der Stirn tragen. Sie erinnert sich an Klaus, sein wunderbares Lachen, die blauen Augen und die vielen schönen Stunden ihrer Zweisamkeit. An den allerersten Kuss, die erste gemeinsame Nacht, als sie herzklopfend ›Ja‹ zu seinem Antrag sagte. Wie glücklich sie waren. Und die Pläne, die sie zusammen schmiedeten. Die Bilder verschwimmen. Eine böse, dunkle Präsenz in der Gestalt eines Russen breitet sich vor ihrem Auge aus.

›Arschloch‹, denkt sie. Ihr Daumen berührt das grüne Kreuz. Der Bildschirm wird schwarz. Das Handy verschwindet in ihrer Jackentasche.

***

›*Mörder*‹ leuchtet in Charatovs Display auf. Die Rufnummer ist unterdrückt.

»Was zur Hölle ist das für eine Scheiße?«, schreit er ins Cockpit. Er will das Handy hinter sich werfen. Ein kurzer Ton erklingt, der einen weiteren Nachrichteneingang ankündigt. Mit geweiteten Augen betrachtet er die Worte ›*Tod* ‹und ›*Claudia*‹ auf dem Display. Wie kommt sie an die Handynummer? Diese Nummer kennt doch nur ...

»Verdammte Scheiße. Du Arschloch!«, schreit Charatov los. »Du hast ihr die Nummer gegeben, scheiße. Du hast sie auf mich gehetzt. Ich werde dich vom Thron stoßen und auf deinen toten Körper pissen.« Rasende Wut keimt in ihm auf. Er versteht den Text nicht, kann sich keinen Reim darauf machen. Klar, das kleine Dreckstück will ihn umlegen, aber er ist unerreichbar, unsichtbar und mit unermesslicher Macht gesegnet. Er definiert die Regeln, den Ablauf, und nur er spricht Todesurteile aus. Niemand sonst. Was hat sie vor? Was hat ER vor? Hat ER sie gegen ihn aufgehetzt?

»Warte nur, du Miststück. Ich finde dich und dann werde ich dir ...«

Ping.

Argwöhnisch nimmt er das Wort auf dem Display zur Kenntnis. ›*Jetzt*‹.

›Was soll das denn wieder heißen?‹, denkt er sich. ›Die Alte ist doch völlig durchgeknallt. Sie liegt schwer verletzt in der Pampa und sollte froh sein zu überleben.‹

Charatov lacht. Das Lachen wird schriller und der langsam in ihm aufsteigende Wahnsinn verschließt jeden klaren Gedanken. Sein Gelächter wird immer lauter, aber der kurze Ton bleibt nicht ungehört.

Ping.

›*Verräter*‹ leuchtet im Display auf.

»Verräter?«, schreit Charatov wieder los. Aber jetzt ist die Handynummer nicht unterdrückt. Sie scheint wie die Sonne am Himmel. Nummer Eins!

»Du verdammtes Arschloch. Du hast mir die Schlampe auf den Hals gehetzt. Von dir hat sie die Informationen. Du hast sie gelenkt, du gottloses Stück ...«

Ein dumpfes Grollen ist aus dem Heck des Flugzeugs zu hören. Die Maschine wackelt. Lautes Knirschen von berstendem Metall hallt zu ihm hinüber. Eine immense Stichflamme schlägt ins Cockpit.

Charatov bemerkt die enorme Hitze, riecht die versengten Haare und spürt die Flammen über seinem Körper züngeln.

Wahnsinnige Schmerzen ergreifen ihn. Verschmorte Kleidung brennt sich in die Haut, die immer heißer wird und Blasen wirft.

Die eigenen Schreie bemerkt er nicht. Auch den abbrechenden Flügel des Flugzeugs nimmt er nicht mehr wahr. Den Berg, auf den er zurast, kann er nicht mehr sehen. Die Hornhaut seiner Augen ist dem Feuer ausgesetzt, sie trocknen aus und zerplatzen beim Aufschlag.

***

»Was ist mit dir?«, fragt Laumann.

Claudia schaut ihn müde an. Sie hat die Linie überschritten. Das Gesicht ist blass und die Hände zittern.

»Wieso?«, fragt sie zurück.

»Du siehst plötzlich so käsig aus.«

Claudia überlegt einen Augenblick, was sie darauf antworten soll.

»Ich habe heute noch nichts gegessen, vielleicht liegt es daran«, lügt sie spontan.

»Soll ich dir etwas besorgen?«

Claudia runzelt die Stirn. Sie legt den Kopf ein wenig zur Seite.

»Bin ich festgenommen oder dauert die Sache noch länger?«, fragt sie besorgt.

Laumann atmet hörbar aus.

»Du kannst dir doch vorstellen, dass wir die Sache nicht in fünf Minuten abklären können.«

»Aha«, ist Claudias Antwort. Sie schaut wieder auf den Förderturm. Ihre Gedanken kreisen um die überschrittene Linie, den ›*Point of no return*‹.

»Wie kann ich euch helfen?«, versucht sie, die düsteren Gefühle zu verscheuchen.

Laumann schaut ihr in die Augen. Er greift zum Monitor, der auf seinem Schreibtisch steht. Mit einem Passwort entsperrt er den Computer. Anschließend schiebt er ihr die Tastatur hin.

»Vielleicht kannst du die Umsatzdaten der Kreditkartenabrechnung online für mich aufrufen. Dann können wir das mit den Tatzeiten abgleichen. Das bringt uns um Längen weiter.«

Claudia lächelt. »Natürlich, gerne.«

Sie greift zur Maus. Die Seite des Kreditkartenunternehmens ist schnell gefunden. Claudia gibt den Usernamen und das Kennwort ein. Mit wenigen Klicks ruft sie die Profileinstellung auf. Dann dreht sie den Monitor leicht in Laumanns Richtung.

»Hier sind die persönlichen Daten des Accounts. Damit du auch siehst, dass es sich um meine Kreditkarte handelt. Hier oben ...«, sie zeigt mit dem Finger auf die Stelle, »ist auch die Kreditkartennummer. Die kannst du auch mit den Kontoauszügen vergleichen. Hier.«

Sie lächelt Laumann zu. Aus der Tasche zieht sie die Karte. Laumann gleicht die Nummern ab.

»Okay. Kannst du jetzt auch die Umsätze aufrufen?«

Mit einem Doppelklick öffnet sie die Umsätze. Quälend langsam baut sich die Seite auf. Die Auflistung wird chronologisch nach Monaten auf dem Monitor angezeigt.

»Für welchen Monat?«, fragt sie ihn.

»Ruf das gesamte letzte Jahr auf.«

Die Auflistung baut sich auf. Laumann scrollt langsam den Bildschirm hinunter. Die Augen suchen die Datumsangaben. Sein auf Höchstleistung arbeitendes Gehirn gleicht die Daten mit den Tatzeiten ab. Sein Herz klopft. Hat er sich geirrt?

Die benötigten Angaben findet er zügig. Neben den Hotelbuchungen sind zusätzlich noch Abrechnungen von Restaurants und verschiedenen Shops ausgewiesen. Die Umsätze beweisen, dass die Karte zu den Tatzeiten im Ausland eingesetzt wurde. Laumann seufzt.

»Was ist? Ist irgendetwas nicht in Ordnung?«, fragt Claudia.

»Doch, doch. Ich bin erleichtert«, gibt er lächelnd an. »Die Karte ist zu den Tatzeiten im Ausland eingesetzt worden. Bis auf den letzten Anschlag in Köln. Aber ich bin mir noch nicht sicher, ob die Karte auch dir gehört.«

»Natürlich ist es meine Kreditkarte, was glaubst du denn?« Claudia hebt ihre Handtasche vom Boden auf. Sie kramt umständlich darin herum. Mit einem Ausruf der Erleichterung zieht sie ihre Geldbörse hervor. Aus einem der Seitenfächer entnimmt sie einen Antrag, den sie Laumann strahlend entgegenhält.

»Hier ist er.« Ihr erleichtertes Lächeln steckt Laumann an. »Da steht auch mein Name darauf. Mit der Lieferanschrift. Ihr könnt selbstverständlich überprüfen, ob ich die Karte persönlich annahm. Und es kommt noch besser«, dabei zeigt sie auf die Kreditkarte, »da ist ein Bild von mir angebracht.«

Laumann dreht die Karte in seiner Hand. Claudias Konterfei ist auf der Vorderseite zu sehen. Die Nummer ist identisch. Wenn die Kreditkarte nicht gefälscht ist, ist sie in Singapur, Hongkong und unzähligen anderen Orten auf diesem Planeten eingesetzt worden. Zu Zeitpunkten, als hier Menschen starben.

»Und? Glaubst du mir jetzt?«, fragt sie ihn erwartungsvoll.

»Naja, es scheint, dass du mit der Kreditkarte weit gereist bist.« Laumann wartet einen Augenblick ab. »Aber das heißt nicht, dass du die Karte selbst vorgelegt hast. Jemand kann sie zur Entlastung für dich eingesetzt haben.«

Claudia Schultern sacken leicht zusammen. »Mensch Udo, überleg doch. Traust du mir diese Morde wirklich zu?«

Die alles entscheidende Frage. Traut er ihr die Hinrichtungen zu? Nein. Hat sie ein Alibi? Ja. Also, was soll's. Laumann sucht Claudias Augen.

Sein Problem mit der ewig gleichen Fragestellung: Wer ist der Täter? Wenn es doch nur so simpel wäre wie in einem Fernsehkrimi. Eine Spur hier, ein Hinweis da und – schwups – der Mörder ist ermittelt. Applaus und Abspann.

Er überlegt, was er Claudia sagen soll. Innerlich gespalten denkt er an die Toten, die Hinrichtungen. Er starrt auf die Kreditkartenabrechnung. Yin und Yang. Schwarz und weiß. Hell und Dunkel. Gut und Böse.

»Nein, nicht wirklich. Aber mit dieser Meinung stehe ich allein da.«

»Mich interessiert, was du denkst. Die anderen Idioten sind mir völlig egal.«

Claudias Blick ist trotzig. Laumann konzentriert sich wieder auf den Bildschirm. Eine Menge Umsätze. Viele Zahlen. Und eine Stange Geld. Er stutzt.

»Eine interessante Auflistung, findest du nicht auch?«, fragt er.

Claudia runzelt die Stirn. Sie beugt sich zum Monitor hinüber.

»Was meinst du genau?«, gibt sie zurück. »Etwas Spezielles?«

Laumann scrollt den Bildschirm langsam hinunter.

»Teure Hotels, exklusive Restaurants und ein Juwelier«, gibt er an. Er zeigt mit der Cursor auf den jeweiligen Umsatz.

»Eine einfache Uhr, die ich mir gekauft habe«, rechtfertigt sich Claudia.

»Mag durchaus sein, aber ein nettes Sümmchen. Und das alles nur in den letzten beiden Monaten. Ich kann mir solche Ausgaben nicht leisten. Nicht mit dem kümmerlichen Gehalt eines Polizisten.«

»Ach hör auf«, entgegnet sie, »du übertreibst doch nur. So viel ist das auch nicht.«

»Vielleicht für dich nicht. Aber für einen Landesbeamten oder einer kleinen Bankerin eine Menge Kohle, oder?«

Laumann fixiert Claudia mit seinen Augen. Wer ist die Schlange? Wer ist das Kaninchen?

Claudia lacht kurz auf.

»Du denkst, dass ich das Geld aus der Erpressung habe, nicht wahr?«

Laumann nickt langsam.

»Du siehst hier den Grund, dass ich über meine spärlichen Verhältnisse leben kann?« Erneutes Nicken.

»Eine logische Erklärung«, bestätigt Laumann, »die auch ich nicht von der Hand weisen kann.«

»Klaus und ich waren sparsam. Wir wollten gemeinsam früher aus dem Berufsleben aussteigen. Nach seinem Tod verkaufte ich das Haus, das beinahe komplett abbezahlt war. Da blieb mir auch eine Menge Geld über. Das hast du vergessen.«

»Verkauft?« Laumann lacht. »Verschenkt dürfte es besser treffen.«

»Was kümmert es dich, zu welchem Preis ich mein Haus verkaufe? Woher weißt du denn, wie viel ich für mein Haus bekommen habe?«

Laumann zuckt mit den Schultern.

»Es stört mich nicht. Ich stelle nur Fragen, mehr nicht. Was passiert, wenn ich die Auflistung der Monate davor aufrufe? Passt das zur Sparsamkeit und einem kümmerlichen Immobilienverkauf?«

Claudia beißt sich auf die Lippe. Der Hausverkauf. Daran hat sie nicht gedacht. »Natürlich passt das. Denk an die Lebensversicherung. Überprüfe das nur, kein Problem. Ich werde später auch wieder arbeiten müssen. Aber zur Zeit habe ich keine finanziellen Probleme, wenn du darauf hinaus willst.«

»Nein, darauf nicht.«

»Worauf dann?«

»Du kannst für Geld viel kaufen, verdammt viel, wenn nicht sogar alles. Menschen töten für Geld.«

Laumann wartet auf eine Reaktion. Claudias Hände zittern, was ihm nicht entgeht. Sie reibt sich mit ihrem Daumen und

Zeigefinger die Nase, schiebt anschließend das Haar hinter ihr rechtes Ohr.

›Verlegenheitsgeste‹, schießt es ihm durch den Kopf.

Claudias Gesicht färbt sich leicht rötlich. Ihre Zunge befeuchtet die Oberlippe. Die nächste Geste der Unsicherheit.

»Du glaubst, dass ich Geld aus der Erpressung auf einem Konto bunkere, nicht wahr? Willst du mir unterstellen, dass ich einen Killer für einen Rachefeldzug engagiert habe?«, fragt sie.

»Warum nicht? Was spricht dagegen?«

»Woher soll ich solche Menschen kennen? Die findest du nicht in den Stellenangeboten einer Zeitung. Ich ... wir bewegten uns nie in diesen Kreisen. Du kannst ...«

»Und Klaus? Er war ein Erpresser und unter Umständen ein Mörder. Woher kannte er denn solche Menschen? Warst du daran beteiligt?«

Claudias Mund steht offen.

»Das ist jetzt nicht dein Ernst. Udo. Was ist denn nur in dich gefahren?« Claudia springt vom Stuhl. Laumann ist von der Heftigkeit der Reaktion erschrocken.

»Beruhige dich. Ich sage nur, was dir ein Richter oder Staatsanwalt vor den Kopf knallen wird.«

»Richter? Staatsanwalt?«, schreit Claudia. »Wovon redest du denn da? Was für Spielchen treibst du hier? Ich verstehe das nicht. Bei Rainer – okay. Aber du? Du ...«, in ihren Augen sammeln sich Tränen, »du bringst mich mit diesen ... diesen ... Arschlöchern in Verbindung? Diesen Mördern und Kriminellen? Ich fasse es einfach nicht.«

Claudia dreht sich zur Tür, macht einen Schritt darauf zu und bleibt mitten im Raum stehen.

Sie legt den Kopf in den Nacken und lacht.

Laumann steht völlig verwirrt vor seinem Schreibtisch. Gebannt starrt er auf Claudias Rücken. Er schüttelt den Kopf. Claudia kommt zurück und stützt beide Hände auf die Tischplatte. Wütend schaut sie zu Laumann, dem unbehaglich zumute ist. Ihr Kopf ist hoch errötet.

»Du suchst bei mir die Verantwortung für den Tod dieses Gesindels? Dieser Mörder?«

Ihr Blick ist fest auf Laumann gerichtet. Hypnotisch. Eindeutig Schlange, kein Kaninchen. Er ist überrascht von Claudia, die Reaktion ist unerwartet aggressiv.

»Ich ...«, beginnt Laumann.

Claudia knallt ihre Handflächen auf den Tisch.

»Was?«, schreit sie. »Was hast du gedacht?« Wütend beugt sie sich noch weiter zu ihm vor. »Dass ich als Rächer durch die Gegend ziehe und Leute umlege? Menschen, die den Tod wahrlich verdient haben? Leute, die mehr Feinde als Bekannte haben?«

Laumann räuspert sich. Seine Hand sucht den Stuhl.

»Setz dich erst einmal wieder«, sagt er ruhig zu ihr.

»Ich will Antworten, und zwar sofort«, schreit sie jedoch nur. Sie steht noch immer mit den Händen auf den Schreibtisch vor ihm. Ihre Augen funkeln ihn böse an. Er hält den Blicken stand.

Mit leisen Worten fährt er fort: »Das sind Menschen, die für Klaus' Tod die Verantwortung tragen. Und diese werden aus einem bestimmten Grund hingerichtet. Das nennen wir ein Motiv.«

»Und ich nenne das dummes Zeug. Klaus wurde mit den Pistolen der Polizei erschossen. Ihr seid die Mörder. Notwehr! Dass ich nicht lache.«

Ihr Grinsen verzieht das Gesicht zu einer Grimasse. Sie lässt sich in den Stuhl fallen, ohne Laumann aus den Augen zu lassen.

»Ihr habt ihn umgebracht. Nicht Anatol oder einer dieser Typen. In euren Reihen steht der Schütze. Die Behörde hat die Scheiße unter den Teppich gekehrt. Und du ...« Claudia zeigt mit dem Zeigefinger auf Laumann. »Du hast da einfach mitgespielt. Hast geschwiegen. Nichts hast du für deinen ›Freund‹ getan.« Das Wort ›Freund‹ betont sie besonders. »Unter den Tisch bist du gekrochen. Und jetzt? Was?«, schreit ihm die hochrote Fratze entgegen. »Jetzt willst du deine Unfähigkeit mir anhängen? Ist das alles, Udo? Wirklich alles?«

Claudia neigt den Kopf zur Seite. Ihr Gesicht wird langsam blasser, die Röte verschwindet. Der hübsche, jung wirkende Teint kommt wieder zum Vorschein.

»Ich ...«, beginnt Laumann.

Claudias Hand schießt in die Höhe, was Laumann zum Schweigen bringt.

»Hör auf damit, bitte. Sie haben es verdient. Alle miteinander. Ganz im Ernst, ich bin nicht traurig darüber. Aber ich bin nicht dafür verantwortlich. Ich habe es nicht getan und auch keinen Auftrag dazu gegeben. Jedem wird eines Tages die Rechnung präsentiert. Immer. Auch Anatol wird bezahlen.«

»Anatol?«, fragt Laumann überrascht. »Was ist mit Anatol?«

Claudia lächelt ihn an.

»Auch er hat die Rechnung zu bezahlen. Niemand kann unbehelligt Böses tun und glauben, dass die Strafe an ihm vorüber zieht. Niemand! Verstehst du?«

Claudias Augen leuchten auf. Da ist sie, die Wahrheit. In diesem Moment ist sich Laumann sicher, nein, er weiß, dass Claudia mit den Morden in Zusammenhang steht. Wie auch immer.

Laumann lehnt sich in seinem Stuhl zurück. Er verschränkt die Hände hinter dem Nacken. Er schüttelt den Kopf. Claudia rutscht unsicher auf dem Bürostuhl herum.

»Mein Gott, Claudia. Was hast du getan«, fragt er leise. »Was hast du getan?«

Claudia schweigt. Auch sie lehnt sich im Stuhl zurück.

»Ich weiß nicht, was du meinst«, antwortet sie trotzig.

»Das weißt du ganz genau. Was hast du nur getan?«

»Was jeder Mensch tun würde, der einen geliebten Partner auf eine solch brutale Weise verloren hat.«

»Bist du dir da sicher? Ich kann einfach nicht glauben, was du da von dir gibst. Es geht nicht in meinen Kopf, ich kapier es nicht. Was ist mit dir passiert?«

Tränen fließen über Claudias Wangen. Ihr Blick ist ins Unendliche gerichtet. Weg. Weit, weit weg.

»Kannst du dir meine Einsamkeit vorstellen? Klaus war alles, was ich hatte, mein Ein und Alles«, haucht sie in den Raum.

Sie schaut Laumann direkt an. »Er war die Luft, die ich zum Leben brauchte. Mein Lebenselixier. Und von einem Moment zum anderen ist es vorbei. Endgültig.«

Laumann nickt. »Maria ist tot.«

Er wartet auf eine Reaktion.

Eine weitere Träne läuft über Claudias Gesicht. Mit einem Ärmel wischt sie sich über die Nase. Laumann öffnet eine Schublade. Er zieht ein Taschentuch hervor. Wortlos nimmt Claudia das Tuch an.

»Das tut mir leid«, haucht sie zu ihm. »Das habe ich nicht gewußt.«

Geräuschvoll putzt sie sich die Nase.

»Ich kenne die Einsamkeit, die Trostlosigkeit und den Schmerz. Elendig musste ich erleben, wie die Hoffnung im Herzen stirbt. Wenn sich jeder Tag wie eine Qual anfühlt und jeder Morgen tiefer in die Hölle führt. Aber«, und jetzt lehnt Laumann sich vor, »ich wählte nicht deinen Weg. Das ist keine Lösung, das bringt dir niemals Frieden.«

»Wirklich nicht?« Claudias Stimme klingt ironisch.

»Sag mir, was du getan hast.«

Claudia lächelt. Gekonnt wirft sie das Taschentuch in einem Mülleimer. Sie wirkt gefasst, orientiert und klar. Der Moment der Wahrheit ist vergangen. Laumann hat ihn verpasst, konnte das Geständnis nicht entlocken.

»Sag's mir, bitte.«

Ein kümmerlicher Versuch, zum Scheitern verurteilt. Ohne jede Chance.

Claudia lacht. Sie hält ihre Faust vor den Mund. Laumann erkennt Claudia nicht wieder.

»So hoffnungslos?«, fragt sie Laumann. »So verzweifelt?«

»Ich weiß nicht wie, aber du hängst da mit drin.«

»Dann beweis es«, kontert Claudia und lächelt schelmisch. »Beweis es dir und der gesamten Welt. Wenn du kannst.«

Beide sitzen sich schweigend gegenüber. Zwei Löwen, die auf den Fehler des Anderen warten.

»Gib mir dein Handy«, fordert Laumann.

»Was willst du damit?«, fragt Claudia vorsichtig.

»Geodaten und Kontakte.«

Claudia lacht. Sie reicht ihm ein Handy hinüber.

»Sieh in den Kontakten unter ›K‹ nach, wie ›Killer‹«, sagt sie lachend. »Ach nein, besser unter ›B‹ wie ›bezahlter Killer‹.«

Sie schüttelt den Kopf, hat sich wieder unter Kontrolle.

»Du liegst daneben«, sagt sie zu Laumann, »völlig neben der Spur. Aber kein Problem.«

Ein Klopfen an der Bürotür unterbricht die Stille im Büro. Brandtners Kopf erscheint im Türspalt.

»Darf ich?«, fragt er vorsichtig.

»Was hast du?« Laumann ist gespannt.

»Also, uns liegen die Bestätigungen von Hotels aus Singapur, Indien und Spanien vor. Zwei übersandten auch Fotos von der Rezeption.«

»Und?« Laumanns Hände zittern.

Brandtner wirft ihm zwei Blätter auf den Tisch. Die Bilder sind von schlechter Qualität, doch sie zeigen eindeutig Claudia Schramm vor den Rezeptionen. Mit Datumsangaben und Zeitstempel.

»Sie kommen mit Sicherheit von den Hotels?«

»Klar«, sagt Brandtner abfällig. »Die Zeitangaben passen zu den Tatzeiten. Sie war in den Hotels, als die Typen hingerichtet wurden. So viel ist sicher.«

Claudia grinst siegessicher zu Brandtner und Laumann.

»Mein Reden! Die restlichen Hotels und Restaurants bestätigen meine Aussagen auch noch, wartet nur ab«, sagt sie spöttisch. »Aber Udo ist da anderer Meinung.«

Laumann wirft die Zettel mit den Bildern auf den Tisch. Lange schaut er Claudia schweigend an. Brandtners Blick wechselt zwischen Laumann und Schramm.

»Und jetzt?« Claudias Frage liegt schwer in der Luft. »So oder so könnt ihr euch bald sicher sein, dass ich nichts mit den Morden zu tun habe.«

Laumann setzt zu einer Bemerkung an, schweigt doch lieber.

»Bin ich jetzt festgenommen oder ...?«

Claudia lässt die Frage offen. Sie hebt die Hände. Brandtner hat keine Antwort. Er bemerkt die kalte Stimmung zwischen Claudia und Laumann. Er will darauf nichts sagen und überlässt Laumann das Vorrecht.

»Nein.« Laumanns Blick ist verkniffen. »Du kannst gehen, wenn du möchtest.«

»Ich werde Rechtsanwalt Bernd aufsuchen. Wenn du mich brauchst, findest du mich bei meiner Schwägerin.«

Claudia nimmt ihre Tasche. Langsam erhebt sie sich aus dem Stuhl. Sie bleibt vor Brandtner und Laumann stehen. Nacheinander lächelt sie beide Kommissare an.

»Das Wiedersehen habe ich mir anders vorgestellt. Wirklich. Ich habe mich sogar auf ein Treffen mit dir gefreut. Aber – na ja.« Sie zuckt mit den Schultern. Claudias Hand liegt auf der Klinke. Sie bleibt einen Augenblick zögernd stehen. »Du bist auf dem Holzweg, Udo.« Sie zieht die Tür hinter sich zu.

Brandtner und Laumann bleiben ratlos und verwirrt zurück. Laumann hält Brandtner das Handy von Claudia entgegen.

»Lass die Daten sichern. Kontakte, SMS, Geodaten, alles was möglich ist.«

»Was war los?«, fragt Brandtner voller Neugierde.

»Nichts. Was soll auch gewesen sein?«

»Was hat sie gesagt?«

»Hast du doch gehört.«

»Glaubst du ihr?«

»Glauben?«, äfft Laumann nach. »Mit Glauben und Vermutungen wird kein Urteil gesprochen, oder hat sich das Rechtssystem mittlerweile geändert. Gibt es irgendeinen Beweis für ihre Schuld oder Mitschuld? Irgendwelche Fakten? Nein!«

»Aber sie könnte doch ...«

»Zum Zeitpunkt der Morde hielt sie sich im Ausland auf, wir haben die Bilder. Mit Sicherheit werden Angestellte und jede Menge Zeugen ihren Aufenthalt bestätigen. Ein so perfektes Alibi stinkt schon fast zum Himmel. Aber wir haben nichts in der Hand und sind dem Mörder nicht einen Zentimeter näher gekommen. Nicht einen Zentimeter.«

»Sie könnte den Auftrag gegeben haben«, wirft Brandtner leise ein.

»Dann bring mir verdammt noch mal Beweise dafür. Hörst du? Beweise! Und keine dämlichen Theorien oder Mutmaßungen. Wir brauchen viel mehr, um einen Täter zu überführen.«

»Oder viel mehr: die Täterin«, wirft Brandtner ein.

Laumann reibt sich mit den Händen über die Augen.

»Verschwinde einfach. Kümmere dich um das verdammte Handy. Alles klar?«

»Ist ja gut. Ich habe verstanden.«

Brandtner trollt sich aus dem Büro.

»So wie du drauf bist, muss es ein hochinteressantes Gespräch gewesen sein«, sagt er noch im Gehen.

Krachend fällt die Bürotür zu.

***

Claudia Schramm hastet über die langen Flure des Präsidiums. Ihre Hände zittern leicht. Ihr Magen rumpelt. Vorsichtig dreht sie sich um. Sie vergewissert sich, ob Laumann ihr folgt.

Er hat sie durchschaut, nicht völlig, doch seine Vermutungen weisen in die richtige Richtung. Die Tür des Fahrstuhls öffnet sich. Unsicher drückt sie auf den Knopf für das Erdgeschoss.

Sie kann nur hoffen, dass Sokolow die getroffene Übereinkunft beachtet. Sokolow. Eine bedeutende Person innerhalb einer russischen Organisation. Die Nummer Eins? Sie kann es einfach nicht sagen, nur spekulieren.

Die Erinnerung, wie sie in die Sache hineingeriet, kehrt zurück. Einige Tage nach Klaus' Beerdigung hatte sie einen Entschluss gefasst. Sie suchte den Rechtsanwalt Bernd auf, erhoffte sich Antworten, Lösungen und Hoffnung. Sie redeten lange. Danach stand für sie fest, dass es niemals befriedigende Erklärungen geben würde. Aliasnamen, Scheinfirmen mit entsprechenden Konten, internationale Aktivitäten – die hiesige Polizeidienststelle mit ihren beschränkten Möglichkeiten hatte keine Chance, die Taten aufzuklären und die Verantwortlichen zu identifizieren.

Davon abgesehen, schien sich niemand in der Behörde für den Fall und seine Aufklärung zu interessieren. Warum auch? Klaus hatte ein hochrangiges Mitglied einer kriminellen Organisation erpresst. Zu spät musste er erkannt haben, dass sie sich das falsche Opfer ausgesucht und sich in Lebensgefahr gebracht hatten. Zu spät. Viel zu spät.

Rechtsanwalt Bernd erklärte Claudia Schramm die enormen Schwierigkeiten eines Informationsaustausches zwischen Ermittlungsorganen im In- und Ausland und verschiedenen Banken, sofern ein Austausch überhaupt vorstellbar war. Es gab im Grunde genommen keine Zusammenarbeit. Heerscharen williger Rechtsanwälte sorgten zusätzlich für Behinderung, Verschleierung und falsche Spuren durch Scheinfirmen, Tochterunternehmen und anonyme Konten in Steueroasen.

Damit hatte sie sich abzufinden, fand sich hiermit auch ab. Sie traf eine Entscheidung. Flucht! Weit weg für lange Zeit. Abstand gewinnen und Wunden verheilen lassen. Mit den 20 Millionen, die sie auf den Konten gefunden hatte, war sie für den Rest ihres Lebens finanziell unabhängig. Geld, für das Klaus sterben musste. Erschossen von den eigenen Kollegen, auf der Straße, wie ein wildgewordenes Tier. Sie sah nicht ein, warum sie das Geld dann nicht für sich nutzen sollte, um die Ereignisse zu vergessen. Wohltätigkeit, wie es sich Klaus damals im Abschiedsbrief vorstellen konnte, kam ihr nicht in den Sinn. Ob es jemand zurückforderte? Darüber wollte sie sich erst Gedanken machen, wenn der Fall eintrat.

Lange Zeit schwor sie, sich an Anatol Parujew zu rächen, dem Verantwortlichen für ihre Misere. Aber wie konnte sie Rache nehmen? Wie Rechtsanwalt Bernd ihr sagte, war ›Parujew‹ ohnehin ein falscher Name. Wie sollte sie ihn finden? An ihn herankommen?

Claudia musste die Sache abschließen, vergessen und ein neues Leben beginnen. Sie verkaufte schließlich das Haus. Zu viele Erinnerungen an Klaus hingen daran. Zuletzt kündigte sie ihren Job. Das Geld, das auf verschiedenen Konten und Banken lag, verschob sie auf die Cayman Islands. Als Bankerin fiel ihr dies nicht schwer.

Ihre Reise ins Vergessen begann in den Metropolen dieser Welt, geprägt von Einsamkeit, Tränen und Weißwein. In namenlosen Bars ertränkte sie die Erinnerung in Wein. Die Augen männlicher Gäste musterten und verfolgten sie. Doch sie war nicht bereit, auf Flirtversuche einzugehen, für eine neue Liebe. Schneller Sex mit einem Unbekannten war ihr ein Gräuel.

Sie fühlte ich an das Eheversprechen gebunden und geliebt. Sich anderen Männern hinzugeben glich einem Verrat an diesem Versprechen. Ihre Augen ließen keinen Zweifel an ihren Gedanken aufkommen. Niemand näherte sich ihr. Nicht einmal ein Betrunkener, den der Alkohol mutig machte, versuchte sein Glück.

Eines Tages in St. Petersburg betrachtete sie gedankenverloren das Weinglas. Eine Frau stand unvermittelt neben ihr am Tresen. Mit verheulten Augen, voller Wut und Hass. Sie erzählte von einem untreuen, eifersüchtigen und prügelnden Ehemann. Claudias Interesse erwachte. Sie glaubte ihr. Warum auch nicht?

Sie mochte Katharina. Mehrfach trafen sie sich in Restaurants, schlenderten gemeinsam durch Parks oder besuchten Museen. Dann trafen sie sich täglich. Sie gaben sich verschiedenen internationalen Spezialitäten hin. Die Ähnlichkeit verblüffte andere Menschen, die glaubten, dass sie Schwestern waren, ein ums andere Mal. Stundenlang redete Katharina über ihren Mann, die Vergangenheit und ihre Ziele. Sie sprach einwandfrei deutsch, hatte in Deutschland studiert und ihr gewalttätiger Ehemann stammte aus Köln. Perfekt, zu perfekt, wie Claudia im Rückblick feststellen musste.

Eines Tages, in einem italienischen Restaurant, schüttete Claudia ihr Herz aus. Sie brauchte jemanden, dem sie sich anvertrauen konnte. Niemand, der ihr Vorwürfe machte, der Zweifel schürte oder besserwisserische Ratschläge gab. Mit jedem Gespräch besserte sich ihre Stimmung.

Claudia erzählte, von ihrem Leben, ihrem Beruf, von Klaus und schließlich auch von den Ereignissen, die zu seinem Tod führten. Das erpresste Vermögen verschwieg sie jedoch. Katharina hörte aufmerksam zu, nickte zwischendurch mit dem Kopf. Sie nahm Claudia in den Arm, wenn die Wucht der Erinnerung und Trauer die Tränen fließen ließ.

Claudia schilderte ihre Einsamkeit, ihre Liebe und ihre unbändigen Wut. Sprach von ihrem Hass und dem Wunsch auf Rache. Mit Katharina gab sie sich brutalen Fantasien hin, tötete in Gedanken täglich diesen Anatol auf unterschiedlichste Weise. Sie spielten verschiedene Pläne durch, wie man solche Wunschträume realisieren konnte. Die Fantasie ging mit ihnen durch. Zu Claudias Überraschung machten ihr die Gedankenspiele Spaß.

Sie genossen ›Saltimbocca alla romana‹. Katharinas Stimmung änderte sich.

»Was ist dein größter Wunsch?«

Claudia schaute Katharina leicht belustigt an, schob sich ein Stück Kalbsschnitzel in den Mund und lächelte.

»Das kannst du dir doch vorstellen, oder?«, gab Claudia verlegen schmunzelnd zurück.

Gedankenversunken schnitt sie ein weiteres Stück Kalbsschnitzel ab. Katharina blieb einen Augenblick still. Schweigend beobachtete sie die verlegene Claudia.

»Sag es«, entgegnete sie.

Claudia lachte und griff zum Glas. Sie schaute provozierend an die Decke und überlegte.

»Hm«, stieß sie geräuschvoll aus. »Gesundheit? Frieden auf Erden?«

Katharina zog die Stirn in Falten.

»Was ist das denn jetzt für ein Quatsch?«, fragte sie. »Ich meine es ernst.«

Claudias Lächeln erstarb.

»Ich wünsche mir, dass alle Arschlöcher sterben, die am Tod von Klaus mitgewirkt haben. Anatol möchte ich selbst erledigen.«

Sie erschrak über die deutlichen Worte, die da aus ihrem Mund flossen. Katharina suchte ihren Blick, schaute ihr lange und tief in die Augen.

»Was ist?«, fragte Claudia unsicher.

Katharina stellte das Glas ab, tupfte sich mit einer Serviette die Mundwinkel ab und beugte sich zu ihr hinüber.

»Ich kann dir diese Träume erfüllen, wie eine Wunschfee. Deine Wunschfee«, flüsterte sie. »Jeden einzelnen Wunsch.«

Eine angespannte Ruhe entstand zwischen den Frauen. Katharina lehnte sich in ihrem Stuhl zurück. Claudia saß einfach nur da, sagte nichts, ihr fehlten die Worte. Sie überlegte, wie sie Katharinas Aussagen zu interpretieren hatte.

»Ich verstehe nicht, was du meinst«, raunte sie schließlich zu Katharina hinüber.

Katharina schaute sich in dem kleinen Restaurant um. Niemand war in ihrer Nähe, niemand hörte zu. Sie ergriff Claudias Hand. »Oh doch«, antwortete sie. Leicht tätschelte sie Claudias Hand. »Oh doch.«

»Was willst du damit sagen?«, fragte Claudia erschrocken. »Kennst du die Leute, die Klaus' Tod zu verantworten haben?«

Sie strich eine Haarsträhne hinter ihr Ohr. Unsicher schaute sie sich damals um. Katharina griff zum Besteck und schnitt eine Scheibe Schinken ab.

»Was glaubst du?«

Ein unheilvolles Lächeln zeigte sich auf Katharinas Gesicht. Claudia tupfte ihren Mund ab. Die Stoffserviette landete auf ihrem Teller. Sie schüttelte den Kopf.

»Du kennst die Leute und willst sie umbringen?«

»Nein. Es ist doch dein Wunsch, nicht meiner.«

Katharina lachte, nickte aufmunternd.

›Sie kennt Anatol Parujew‹, schoss es Claudia durch den Kopf. ›Eine der größten Nummern in einer kriminellen Organisation.‹

»Wer bist du?«, fragte Claudia leise.

»Deine Wunschfee«, gab Katharina trocken zurück. »Nicht mehr und nicht weniger.«

Claudia überlegte. Ihre Gedanken rasten. Wer war diese Frau, die ihr so verdammt ähnlich sah? Wer?

»Lass den Scheiß, okay? Wer bist du?«, fragte sie deutlich rauer im Ton.

Katharina schob den Teller von sich, warf die Serviette daneben.

»Zu meiner Bekanntschaft gehören verschiedene Leute. Mit unvorstellbaren Kontakten und Beziehungen.«

»Und?«, fragte Claudia.

»Einer von meinen Bekannten hat eine Rechnung mit Anatol offen, die er gerne begleichen möchte. Anatol ist ein falscher Name. Der Freund wartet auf eine günstige Gelegenheit. Er braucht dabei etwas Hilfe.«

Katharina lächelte. Claudias Unsicherheit stieg.

»Ich kann doch niemanden töten oder den Auftrag dazu geben. Was glaubst du, wer ich bin?«, fragte Claudia entsetzt.

»Du sollst niemanden umbringen. Du musst auch keinen beauftragen. Und zu deiner Frage: Ich kenne dich genau, deine Vergangenheit, deine Gegenwart, dein gesamtes Leben. Du willst Anatol? Kein Problem. Wünsch es dir, dann reden wir weiter. Wenn nicht«, Katharina trank einen Schluck Wein, »dann stehe ich auf und gehe einfach. Wir werden uns nie wiedersehen. Versprochen.«

Claudias Herz raste. Unverhofft eröffnete das Schicksal eine Chance auf Rache. Doch Wunsch und Realität trennten Welten. Jetzt, wo sich eine anscheinend günstige Gelegenheit offenbarte, kamen die Zweifel, die Ängste und die Fragen. Konnte sie einen solchen Schritt gehen? Konnte sie einen Menschen in den Tod schicken, egal was er zuvor angerichtet hatte?

»Ich kann nicht«, sagte sie. Ein Hauch von Traurigkeit klang in ihrer Stimme mit. »Ich kann es einfach nicht, verstehst du?«

»Du willst diesen Arsch davonkommen lassen? Er hat dein Leben zerstört, deine Liebe und deine Zukunft. Soll ich dir sagen, was er die ganze Zeit macht? Er lacht sich schlapp über einen toten Bullen, einen Niemand, einen Mückenstich, der ihn kurzfristig abgelenkt hat. Glaubst du, er verschwendet auch nur einen Gedanken an Klaus' Tod? Einen einzigen Gedanken?«

Claudia schüttelte den Kopf, eine Träne floss über ihre Wange.

»Dein Geld wird dich nicht glücklich machen, niemals.«

Mit riesigen Augen schaute Claudia erschrocken hoch.

»Ja, ich weiß von dem Geld.«

Claudia wollte widersprechen. Doch Katharina fuhr unbeeindruckt fort. »Die Leere wird immer in deinem Herzen sein. Zeit deines Lebens wirst du dir wünschen, Klaus zu rächen. Ich«, sie klopfte mit dem Zeigefinger leise auf den Tisch, »biete dir hier und jetzt eine einmalige Gelegenheit. Du brauchst keinen einzigen Finger zu rühren.«

Claudias Lippen zuckten leicht. Verlegen schaute sie auf das Glas vor sich.

»Eine einmalige Chance, die sich nie wieder bieten wird. Verstehst du mich?«

Claudia räusperte sich und nickte.

»Nicht einen Finger, das kann ich dir versprechen.«

Claudia wischte sich die Träne aus dem Gesicht.

»Was muss ich denn machen?«, fragte sie ängstlich.

Katharina tätschelte wieder Claudias Hand.

»Ist das dein eigener Wunsch?«, erkundigte sich Katharina.

Claudia nickte zustimmend. »Ja«, hauchte sie. »Ja, das ist mein Wunsch.«

Katharina atmete hörbar aus. Claudia hatte zugestimmt. Der Plan konnte umgesetzt werden, ein fantastischer Plan, der nicht zu verhindern war.

»Nichts«, sagte Katharina schulterzuckend. »Du must nichts tun, gar nichts. Reise durch die Weltgeschichte, genieße den

Spaß, lerne Leute kennen, besuch die exklusivsten Hotels der Welt und erfreue dich an den Schönheiten der Länder.«

»Ich verstehe nicht«, sagte Claudia. »Ich denke, ich ...«

»Nein, du bist an der Ausführung nicht beteiligt. Alles ist vorbereitet. Die Sache wird erledigt. Deine Aufgabe besteht darin, Spuren zu hinterlassen, in Hotels, Restaurants oder Gott weiß wo. Mehr nicht. Bezahle mit deinen Kreditkarten, sorge dafür, dass du auf Überwachungsbildern erscheinst. Knüpfe Freundschaften. Bleib den Angestellten und Menschen in Erinnerung.«

Claudias Gedanken verwirrten sich in ihrem Kopf. Sie war durcheinander, traute sich aber auch nicht, weitere Fragen zu stellen.

Katharina erkannte ihr Problem.

»Mein Bekannter braucht eine Ablenkung. Etwas Täuschung, wie ein trojanisches Pferd. Sie werden dich verdächtigen und in Deutschland intensiv nach dir suchen. Viel zu spät erkennen sie, woher der Angriff kommt. Du genießt das Leben und niemand wird dich je damit in Verbindung bringen. Sollte dich die Polizei ins Visier nehmen, kannst du wasserdichte Alibis vorweisen. Du siehst, mein Bekannter hat an alles gedacht.«

Den restlichen Abend verbrachten sie schweigend. Katharina bezahlte die Rechnung. Sie setzte Claudia vor dem Hotel ab. Im Auto nahm Katharina Claudia in den Arm.

»Mach dir keine Sorgen. Du verschaffst ihm nur Zeit und eine günstige Gelegenheit. Verhindern kannst du es nicht, du änderst nur den zeitlichen Ablauf. Wir bleiben in Kontakt.«

Verstört verließ Claudia damals den Wagen. Katharina hielt Wort. Sie trafen sich noch mehrfach. Claudia sollte nur den Köder spielen, sollte die Polizei, hauptsächlich Laumann, und natürlich Anatol auf eine falsche Fährte führen. Dadurch verschaffte sie Katharinas Bekannten Zeit für die Realisierung des feststehenden Plans, der mit ihr oder ohne sie ausgeführt worden wäre. Sie beschleunigte lediglich das Vorhaben. Niemand konnte sie zur Verantwortung ziehen.

Das war der grobe Plan. Über die Einzelheiten ließen sie Claudia im Ungewissen. Der Feldzug gegen Anatol und die anderen schuldigen Gangster nahm seinen Anfang. Aber Claudia traf eine Entscheidung, die den Plan maßgeblich beeinflusste. Diese Entscheidung teilte sie Katharina eines Tages am Telefon mit. Unverhofft stand Katharina dann an einem Souvenirstand neben Claudia. Sie schaute Claudia verärgert an.

»Du bist dir absolut sicher? Du willst es wirklich tun?«, fragte sie.

»Ja«, antwortete Claudia trocken. »Hundertprozentig. Aber ich kann ihm nicht gegenüber stehen. Dafür fehlt mir der Mut. Das ist die einzige Voraussetzung.« Nach einer kurzen Pause fügte sie hinzu: »Unschuldige dürfen auch nicht zu Schaden kommen.«

»Bist du dazu fähig?«, fragte Katharina.

Claudia nickte nur. »Anatol stirbt durch mich. Egal wie, aber ich will seinen Tod herbeiführen.«

Zwei Tage später meldete sich Katharina wieder. Sie erzählte von dem Plan, der sich gut anhörte und noch besser anfühlte. Kein Unschuldiger würde zu Schaden kommen. Das klang hervorragend. Claudias Ungeduld wuchs.

»Ich möchte ihn treffen«, sagte Claudia beim letzten Gespräch, bevor die Umsetzung des Plans begann.

»Wen?«, fragte Katharina nur.

»Deinen Boss.«

»Unmöglich.«

»Nichts ist unmöglich«, entgegnete Claudia.

»Das schon.«

Claudia seufzte.

»Katharina, ich bin nicht blöde. Dein Boss hat ein Interesse, Anatol loszuwerden. Die Gründe interessieren mich überhaupt nicht. Aber ich kann es mir denken. Er braucht mich, um Zeit zu gewinnen und seine Absichten zu verstecken. Ich verschaffe ihm Sicherheit. Also sag mir jetzt nicht, was möglich oder unmöglich ist.«

Mehrfach hielt Katharina Predigten über Claudias absurde Idee. Das Treffen fand nie statt, aber es gab ein Telefonat mit jemandem, der sich Sokolow nannte. Der russische Akzent war unverkennbar.

»Was wollen Sie eigentlich?«, fragte Claudia den Mann.

»Können Sie mir einen Grund nennen, warum ich Ihnen das sagen sollte?«

Claudia hasste Gegenfragen.

»Sicher. Weil Sie mich brauchen, ganz einfach.«

»Ich gebe zu, ohne Sie wäre die Ausführung deutlich schwerer«, erhielt sie zur Antwort. »Doch ›brauchen‹ ist ein wenig zu stark. Auch ohne Ihre Mithilfe werde ich meinen Plan umsetzen, wenn auch vielleicht später. Sie scheinen mir eine ausgesprochen zielstrebige Frau zu sein. Darf ich Claudia zu Ihnen sagen?«

»Mir egal. Hauptsache, Sie nennen mir Ihre Gründe.«

»Noch einmal: Warum sollte ich meine Motive preisgeben?«

»Weil ich gerne überleben möchte. Nicht mehr und nicht weniger.«

Der Mann lachte. »Claudia, Claudia«, kicherte er in den Hörer, »wenn ich Sie tot wollte, lägen Sie bereits unter der Erde. Dessen können Sie sicher sein. Wirklich.«

Claudias Herz setzte einen Moment aus. Daran hatte sie nie zuvor gedacht. Sie beschäftigten nur Gedanken um die Zeit ›danach‹. Sie schluckte.

»Ich will Ihnen nichts antun. Ich wünsche Ihnen von Herzen alles Gute für die Zukunft. Aber gerade jetzt bräuchte ich Ihre Unterstützung. Da haben Sie einen wichtigen Punkt getroffen. Mit Ihrer Beteiligung wäre alles viel, viel einfacher.«

»Warum haben Sie mich überhaupt eingeweiht? Sie hätten mich doch beobachten und meine Unwissenheit nutzen können.«

Der Mann lachte. »Ich kann nicht riskieren, dass Sie spontan Heimweh bekommen und die Pläne durchkreuzen. Dann erkennt Anatol sofort, wer hinter den Ereignissen steckt. Das ist alles. Daher brauchte ich Gewissheit über Ihre Reisepläne.«

Claudia nickte.

»Sie müssen mich nicht fürchten«, fuhr der Mann fort. »Das Geld können Sie behalten. Es gehörte mir sowieso nicht. Machen Sie damit, was Sie wollen.«

»Das soll ich Ihnen glauben?«

»Noch einmal: Wir haben Ihnen bisher keinen Schaden zugefügt und wir wollen das auch künftig nicht. Wir fanden Sie und telefonieren jetzt miteinander. Damit habe ich doch ein wenig Vertrauen verdient, oder?«

Claudia glaubte diesen Ausführungen, musste ihnen glauben. Sie war schon zu weit gegangen, ein Rückzieher war unmöglich. Warum sollte sie auch? Ihre Rolle war es, an den schönsten Orten der Welt Urlaub zu machen. Dann sollte es eben so sein.

»Werden wir in Kontakt bleiben?«, fragte sie den Mann.

»Nein, nur noch ein einziges Telefonat. Wenn Sie Ihr Vorhaben einlösen müssen. Danach nie mehr wieder.«

Das Gespräch war beendet. Mehr würde sie nicht erfahren, das war klar. Claudia blieb nur noch, sich auf ihre Aufgabe vorzubereiten.

***

Der Fahrstuhl erreicht das Erdgeschoss. Ein Signalton kündigt die Ankunft an und holt Claudia aus den Erinnerungen zurück. Zielstrebig verlässt sie das Präsidium.

Die gläserne Sicherheitstür schwingt auf. Kühle Luft streift ihr Gesicht. Tief atmet sie mehrfach ein. Die Hände finden zielsicher die Fahrzeugschlüssel. Sie spaziert die Uhlandstraße hinunter, läuft die Schillerstraße entlang und erreicht ihr geparktes Fahrzeug auf der Goethestraße.

Für einen kurzen Moment legt sie ihren Kopf auf das Lenkrad und schließt die Augen. Sie zieht ein Telefon aus der Tasche. Das wahre Handy. Udo ließe sich die Hände für dieses Gerät abhacken. Es verschwindet im Handschuhfach. Was wird Udo denken? Was wird er machen, wenn er den Schwindel erkennt?

Claudia steuert den Wagen zur Alleestraße. Im hinteren Bereich des Parkhauses eines Supermarktes stellt sie das Fahrzeug ab. Sie entfernt die SIM-Karte aus dem Smartphone, bricht sie in der Mitte durch und hält die Bruchstücke in der Hand fest. Der Akku verschwindet in ihrer Jackentasche. Claudia lächelt und verlässt das Fahrzeug. Mit ihrem harten Schuhabsatz tritt sie auf das Display des Handys, das knirschend zerspringt. Die Einzelteile verteilt sie in verschiedene Mülleimer der Stadt. Die beiden Teile der SIM-Karte verschwinden in unterschiedliche Gullys.

Der Kaffee im Café ›Zeitlos‹ ist heiß und lecker. Sie lächelt. Der ersehnte Anfang. Sie kann die Vergangenheit begraben. Für Schuld hat sie keinen Platz vorgesehen. Endlich kann sie durchatmen. Sie ist von der Last der Schwermut befreit, auch wenn Anatols Tod ihren Klaus nicht zurückbringt. Erstmals seit langer Zeit ist sie wieder voller Hoffnung und Zuversicht.

Sie freut sich wieder auf das, was kommen wird.

Und sie macht wieder Pläne.

***

Laumann schaut Brandtner fragend an.

»Alle?«, fragt er Brandtner, der vor seinem Schreibtisch steht.

»Nein, natürlich nicht. Es fehlen noch zwei, drei Hotels. Aber wir müssen davon ausgehen, dass Claudia Schramm zu den Tatzeiten im Ausland war.« Brandtners Stimme ist leise und klingt resigniert. »Jetzt haben wir ein Problem.«

»Problem?«, fragt Laumann. »Wir können keinen Verdächtigen vorweisen und fangen wieder bei Null an. Du kannst mich gerne korrigieren, wenn ich mich irre.«

Brandtner schweigt.

»Und?«, fragt Laumann.

»Stimmt«, bestätigt Brandtner. »Was sollen wir jetzt machen?«

Laumann seufzt und reibt sich die Augen. Er verschränkt die Arme hinter dem Kopf. Seine Gedanken suchen einen Ansatzpunkt, finden jedoch nur gähnende Leere. Er lacht. Brandtner weiß nicht, wie er darauf reagieren soll.

»Warum lachst du?«, fragt er stattdessen einfach.

Laumanns Lachen wird lauter und herzhafter. Es stürzt Brandtner in völlige Ratlosigkeit. Laumann hält sich den Bauch, Tränen fließen über sein Gesicht. Das Lachen geht über in einen Hustenanfall.

»Weißt du, was saukomisch ist?«, fragt er Brandtner, der kopfschüttelnd im Büro steht. »Sie hat uns verarscht, voll verarscht.« Laumanns Gelächter ist verschwunden. »Sie steckt da mit drin, darauf gehe ich jede Wette ein. Aber nicht, wie wir alle denken. Sie hat die Morde nicht begangen. Aber sie weiß, wer es gewesen ist. Vermutlich hat sie nur falsche Spuren gelegt. Wir sollten sie jagen und ein Anderer zog derzeit ungestört die Strippen. Du wirst sehen, die haben uns reingelegt. Am Ende stehen wir wieder in einer Sackgasse.«

»Aber die Arbeiten an den Tatorten sind noch nicht abgeschlossen. Wir werden Spuren finden, das ist nur eine Frage der Zeit. Denk nur an das Blut im Hotel. Massenhaft liegt dort DNA herum, die wir nur einsammeln müssen. Die Fingerabdrücke können ausgewertet werden. Die Überwachungsbilder müssen wir auch noch sichten und abgleichen.«

Aber Brandtner kann die Skepsis nicht verbergen. Seine Stimme klingt zweifelnd. Der Verstand sucht nach Beruhigung, Trost und Hoffnung.

»Sicher, werden wir. Aber ich kann dir bereits jetzt die Ergebnisse voraussagen.«

Brandtner zieht die Augenbraue hoch.

»Nichts wird dabei rauskommen«, erklärt Laumann. »Wir werden keine Identifizierung aus den Datenabgleichen erhalten. Hundertprozentig.«

Brandtner nickt. Er hat gerade das blöde Gefühl, das ihm der Boden unter den Füßen weggezogen wird.

Hauptkommissar Müller klopft leise an die Bürotür.

»Was hast du für schlechte Neuigkeiten?«, fragt Laumann.

»Woher ...?« Doch Müller spricht nicht zu Ende. Er reicht einige Blätter an Laumann. »Die Auswertung von Claudia Schramms Handy.«

Laumann ignoriert die Zettel und legt sie auf den Schreibtisch.

»Und? Was hat die Sicherung ergeben? Irgendwelche verdächtigen Kontakte?«, fährt Brandtner dazwischen, der seine Neugier nicht mehr zügeln kann.

Müller schaut verschämt zu Boden.

»Ich habe alles gegeben, ehrlich«, beginnt er seine Hiobsbotschaft.

»Sag schon«, fordert ihn Laumann auf. »Ich kann deine Antwort erahnen.«

»Also, auf dem Handy ist nichts drauf. Absolut nichts«, murmelt Müller. »Das hab ich mehrfach überprüft.«

»Was heißt das genau?«, hakt Laumann nach.

»Nun, es ist ein nagelneues Gerät. Wie soeben aus der Verpackung genommen. Da ist nicht das Geringste zu sichern.«

»Aber irgendwelche Hinweise müssen da drauf sein«, wirft Brandtner ein.

»Nein. Keine Kontakte, keine Gespräche, keine Protokolle, nicht einmal What's App oder andere Programme. Wie soeben im Elektronikmarkt gekauft.«

»Und was ist mit der SIM-Karte?«, fragt Laumann.

»Das wirst du niemals glauben. Da ist keine drin. Wie ich sagte, frisch aus der Verpackung.«

»Das ist doch unmöglich.« Brandtner ist wütend.

Laumanns Telefon klingelt. ›Falke‹ ist im Display zu lesen.

»Was gibt's?«, fragt Laumann.

»Hast du es schon gehört?«

»Was?«

»Charatov ist tot.«

»Was? Wann?« Laumann drückt auf eine Taste. Falkes Stimme dröhnt laut aus dem Gerät.

»Seine Maschine ist abgestürzt. In den Alpen.«

»Wer hat die Auskünfte bestätigt?«

»Die Flugsicherung. Zuerst hatten sie ihn noch auf dem Schirm, dann änderte er die Flugroute und schaltete den Transponder aus. Ein oder zwei Minuten später gingen die Hinweise auf eine Katastrophe ein. Skifahrer beobachteten ein Flugzeug, dass ihren Angaben nach in der Luft explodierte. Der Absturz erfolgte am Arsch der Welt.«

»Aber es muss nicht Charatov sein, oder?«

»Es spricht vieles dafür. Einen Terrorakt können wir beruhigt ausschließen. Die hätten sich eine Linienmaschine geschnappt und nicht eine kleine Maschine im Nirgendwo. Der Hubschrauberpilot erkannte Fragmente der Flugzeugkennung. Sie weisen auf Charatov.«

»Also sind schon Leute vor Ort?«, fragte Brandtner.

»Der Hubschrauber setzte die Einsatzkräfte vor wenigen Minuten über der Absturzstelle ab. Sie waren verdammt schnell. Die Flugsicherung war ja auch alarmiert und hatte Charatovs Maschine besonders aufmerksam verfolgt. Zumindest bis das Signal verschwunden ist.«

»Halte uns auf dem Laufenden, okay?«

»Ja klar. Bis nachher.«

Das Gespräch wird unterbrochen. Laumann legt den Hörer auf. Brandtner schaut auf den lächelnden Laumann. Der ruft sich in Erinnerung, wie Claudia mit einer Freundin telefonierte. Hatte sie das Handy nach dem Gespräch noch in der Hand? Lag es auf dem Schreibtisch? Laumann kann diese Fragen nicht beantworten.

»Warum lächelst du wieder?«

»Es gibt nichts zu lachen. Wir sollten den Fall schließen.«

Brandtner und Müller schauen sich fragend an. Viele Ergebnisse stehen noch aus. Spuren müssen noch ausgewertet und mit verschiedenen polizeilichen Systemen abgeglichen werden. Das ist jetzt nicht der Zeitpunkt, um einfach aufzugeben.

»Das ist doch jetzt nicht dein Ernst. Es ist zu früh«, protestiert Brandtner.

»Für mich nicht«, antwortet Laumann. »Für mich nicht«, schiebt er noch einmal leise hinterher.

Mit der Hand wedelt er seine beiden Kollegen hinaus. Er braucht Ruhe. Brandtner und Müller verlassen das Büro. Die plötzliche Ruhe lässt Laumanns Herz langsamer schlagen. Es liegt jetzt klar vor seinen Augen, klar und deutlich. Er hat nur eine einzige Entscheidung zu treffen. Will er Claudia unter Druck setzen und jagen? Will er die Wahrheit?

Wenn ja, welche?

Laumann hat es verstanden. Die Wahrheit ist zerbrechlich, vergänglich und unterschiedlich auslegbar. Je nach Sicht. Man kann sie drehen und wenden wie man will, wie man es braucht. Doch er hat sich der Wahrheitsfindung, der Gerechtigkeit und dem Gesetz verschworen.

»Recht und Gesetz, pah«, speit er in den leeren Raum.

Recht hat nichts mit Gerechtigkeit zu tun, hatte es noch nie. Laumann macht sich nichts mehr vor. Was ist überhaupt gerecht? Ohne Zweifel hat Klaus Fehler gemacht, aber Claudia? Ihr wurde alles genommen, sie wurde aus ihrem sicheren Leben gerissen.

Zerstörte Hoffnung. Zerstörte Pläne. Zerstörte Zukunft.

Sie hat niemanden getötet. Sie kannte vermutlich den Plan und hat die Polizei absichtlich in die Irre geführt. Aber kann er ihr das vorwerfen? Beteiligung, Mittäterschaft, herzlose rechtliche Begriffe, die Claudias Handlungen nicht adäquat erfassen.

Laumann schiebt sich mit dem Stuhl vom Schreibtisch weg. Wie hätte er reagiert? Was hätte er getan, wenn er irgendjemanden für den Tod seiner Frau hätte verantwortlich machen können?

Die Frage kann er nicht beantworten, er möchte auch nicht urteilen. Er kann Claudia verstehen. Ihre Gedanken sind nachvollziehbar und genau genommen sind einige Gestalten aus dem Verkehr gezogen worden, um die sich die Polizei zukünftig nicht mehr kümmern muss.

Laumann schüttelt den Kopf. Er schämt sich seiner Denkweise. Das ist alles ganz falsch. Er ist Polizist und darf Selbstjustiz, in welcher Form auch immer, nicht gutheißen. ›Scheiß drauf‹, denkt er sich dann. ›Soll sich doch eine höhere Macht die Mühe machen, über Claudias Handeln zu urteilen.‹

Laumann verlässt sein Büro und klopft an Dresmers Tür. Bevor der Leiter der Kriminalpolizei reagieren kann, öffnet Laumann die Tür. Dresmer hat einen Telefonhörer in der Hand. Erstaunt starrt er den Ersten Kriminalhauptkommissar an.

Schweigend tritt Laumann vor. Aus seinem Mantel zieht er die Dienstwaffe und legt sie geräuschvoll auf den Tisch. Mit einer lässigen Handbewegung flattert Laumanns Dienstausweis hinterher.

»Was soll denn das wieder?«, fragt Dresmer.

»Das war's für mich. Endgültig.«

Laumann dreht sich um und geht zu Tür.

»Bleib stehen, verdammt noch mal«, schreit ihm Dresmer hinterher.

Doch Laumann hebt nur die Hand und winkt Dresmer zum Abschied zu. Er schließt die Tür und läuft die Treppe zum Haupteingang hinunter. Vor dem Gebäude steckt er sich eine Zigarette an. Geräuschvoll bläst er den Rauch in die Luft. Er schüttelt den Kopf und lacht. Verwundert schaut der Pförtner aus einem kleinen Fenster. Er sieht einen lachenden, rauchenden Laumann die Uhlandstraße hinuntergehen.

***

Laumann sehnt sich nach einem kühlen Bier. Er stellt den alten Opel auf die Auffahrt. Für einen Augenblick bleibt er im Auto sitzen. Lange Zeit hat er sich nicht mehr so frei gefühlt. Erleichtert. Es ist vorbei. Die Behörde wird dankbar zur Kenntnis nehmen, einen Querdenker endlich los zu sein.

Nächste Woche muss er noch einmal ins Präsidium und die Formalitäten erledigen. Natürlich kann er nicht einfach verschwinden. Aber das eben war ein denkwürdiges Statement, wichtig und endgültig. Unabänderlich. So viel steht für ihn fest.

Der kleine Vorgarten ist mit Unkraut übersät, der Rasen sprießt. Zu lange hat er sich seinen Verpflichtungen entzogen. Bald wird er viel Zeit im Garten verbringen können. Um das Haus wird er sich auch kümmern. Mit dem Schlüssel in der Hand steht er vor der Haustür. Aus dem Briefkasten schaut eine kleine Ecke eines Briefumschlages heraus. Laumann runzelt die Stirn, öffnet die Klappe und zieht den Umschlag hervor. Er dreht ihn in seiner Hand. Kein Absender. Mit schwarzem Stift hat jemand ›EKHK Laumann‹ darauf geschrieben.

Laumann schüttelt den Kopf. Den Brief legt er auf ein Sideboard im Flur. Den Mantel hängt er auf einen kleinen Haken. In der Küche zaubert er eine Flasche Bier aus dem Kühlschrank. Mit gierigen Schlucken trinkt er sie fast mit einem Zug leer. Und grunzt zufrieden. Nur mit Socken bekleidet schlendert er ins Wohnzimmer, nimmt die Fernbedienung in die Hand und setzt sich in den gemütlichen, alten Sessel. Das Bild flimmert auf seinem antiken Röhrenfernseher. Er kann sich mit so neumodischem Schnickschnack wie Flachbildschirmen nicht anfreunden.

Er sieht sowieso nicht gerne fern. Nachrichten okay, aber meistens berichten sie doch nur von Gewalt und Krieg. Sonst gibt es nichts Wichtiges in der Welt. Heute will er sich berieseln lassen, nicht mehr nachdenken müssen. Er reduziert die Lautstärke und lehnt sich im Sessel zurück. Für einen kurzen Moment schließt er die Augen. Die Worte aus dem Fernseher dringen nicht zu ihm vor.

Der Umschlag!

Wer sollte ihm schreiben?

Ohne Namen, anonym und unpersönlich?

›Leck mich doch‹, denkt er sich. Hartnäckig dringt das Kuvert immer wieder in seine Gedanken.

»Ja, ja. Schon gut.« Mühsam quält er sich aus dem Sessel. »Seit wann führe ich Selbstgespräche? Oder merke ich gar nicht, dass ich mit mir selbst spreche?«

Er nimmt den Briefumschlag in die Hand. Noch immer kein Absender darauf. Hätte ja sein können. Umständlich versucht er, eine Ecke aufzureißen, doch der Umschlag zerreißt in der Mitte. Eine DVD fällt auf das Laminat. Ungläubig starrt Laumann auf die glitzernde Scheibe. Sie ist mit ›Viel Vergnügen‹ beschriftet.

»Was ist das denn wieder für eine Scheiße?«, fragt er laut. »Wer zum Teufel ...?«

Laumann sucht die Fernbedienung des DVD-Players auf dem Tisch. Er kann sich nicht daran erinnern, dass er den Player überhaupt jemals benutzt hat. Seine Frau hat sich Filme geliehen, wenn er wieder das Böse auf den Straßen Bochums jagte. Den On/Off-Button findet er problemlos. Aber wie bekommt er die verdammte DVD in den Player? Fluchend drückt er einige Knöpfe auf der Fernbedienung, bis eine kleine Schublade surrend herausfährt.

»Geht doch.«

Gedanklich klopft er sich auf die Schulter. Wie wird die DVD eingelegt? Er schaut auf die silberne Scheibe. Die beschriftete Seite nach oben? Die Rückseite? Mit dem Zeigefinger tippt er gegen das Schubfach, das gehorsam und fast lautlos in das Gerät fährt. Knirschende und schabende Geräusche dringen an sein Ohr. Laumann steht kurz davor, voller Panik die DVD aus dem Player zu holen. Der Fernseher wird schwarz.

Er lässt sich in den Sitz plumpsen. Die Sesselbeine quietschen über den Boden. Gespannt starrt er auf den Bildschirm.

Das Bild flackert grünlich. Eine Landschaft ist durch einen Restlichtverstärker zu erkennen. Ein Feldweg, Bäume, ein Acker. Laumann stutzt. Er setzt sich auf die Kante des Sessels. Die Welt ist vergessen, der Film zieht ihn in seinen Bann.

Zwei Personen tauchen aus dem Nichts auf. Laumann fährt ein Schrecken durch den Körper. Schramm. Klaus Schramm und Laura Kampmann. Laumann rutscht noch näher an den Bildschirm. Das Video fesselt ihn.

Ein Mann taucht auf und ... und Nikolas, Wasilijs Lakai und Ziehsohn. Er dreht den Ton hoch, doch keine Geräusche dringen aus seinem Fernseher. Nikolas durchsucht Laura und Klaus. Er nimmt Klaus etwas weg, was wie eine Waffe aussieht.

›Klaus' Dienstwaffe‹, schießt es Laumann durch den Kopf.

Und dann ... erschießt Nikolas Laura Kampmann. Schüsse in den Kopf und in die Brust. Er wendet sich dem unbekannten

Mann zu, richtet auch diesen hin. Bei Klaus macht er halt. Nikolas schießt nicht. Im Gegenteil. Er wirft die Pistole Klaus zu, der wie gelähmt dasteht und Nikolas nachschaut, wie er zu dem Waldstück rennt. Klaus bückt sich, hebt die Waffe auf und rauft sich das Haar. Anschließend verschwindet er aus dem Bild.

Der Fernseher wird schwarz. Nichts passiert mehr. Mit offenem Mund starrt Laumann den Apparat an. Mit zittrigen Fingern sucht er fluchend den Rückspulknopf. Er schaut sich den Film noch einmal an, dann noch einmal und ein viertes Mal. Bei dieser letzten Wiederholung kniet er vor dem Fernseher. Mit seinen Fingerspitzen berührt er den Bildschirm. Er hört und spürt das elektrisierende Knistern.

Das Herz rast, die Finger sind feucht und sein Körper zittert.

»Verdammte Scheiße«, flucht er laut. Er zieht die DVD aus dem Player und starrt sie wie einen Beweis für außerirdisches Leben an. Mit der DVD in der Hand bleibt er lange Zeit sitzen.

Er kannte eine andere Version des Films. Dieses Video entstand aus einer abweichenden Perspektive. Die Bilder wirkten auch nicht abgehackt oder verwackelt. Der Streifen erschien echt und ungeschnitten, aus einem Guss, unbearbeitet.

Laumann schüttelt den Kopf und leert sein Bier. Er braucht dringend eine zweite Flasche. Die DVD fliegt auf den Tisch. Er wankt zum Kühlschrank. Vorsichtig beugt er sich nach hinten und schaut um die Ecke zum Wohnzimmertisch. Wie ein Mahnmal schimmert die DVD auf der Tischplatte.

›Was soll ich damit machen?‹, fragt er sich insgeheim. ›Soll ich sie Brandtner zeigen? Dresmer? Dem Staatsanwalt?‹

Die Zeit verrinnt, die Sekunden vergehen und eine Antwort fällt ihm nicht ein. Aber was soll die DVD ändern? Sie kann den Ruf von Klaus reinwaschen. Aber interessiert das noch? Klaus hat sich an einer Erpressung beteiligt oder war der Drahtzieher. Er war ein Krimineller aus den Reihen der Polizei.

Über die Geschichte wird nicht mehr berichtet.

Die Behörde wird die Sache nicht mehr aufkochen.

»Da beißt die Maus keinen Faden ab, Udo. Ob es dir passt oder nicht.« Laumann murmelt wieder leise vor sich hin, ohne dies selbst zu bemerken.

Die Medien würden den Film sicher begeistert aufnehmen und eine Schlammschlacht auslösen. Aber Klaus' Reputation ist für sie ohne Belang. Sie interessieren sich nur für die Vertuschung und die lebenden Verantwortlichen, stellen unangenehme Fragen, mit ihm und der Mordkommission als letztem Glied in der Kette. Was würde aus den Mitgliedern der Mordkommission werden, für die er sich verantwortlich fühlt?

Klaus' Ansehen spielt dabei keine Rolle. Überhaupt nicht.

Soll er das nach einem Jahr der Ruhe riskieren? Der Fall ist schließlich aus dem Fokus verschwunden.

»Was bleibt dir also, alter Mann?«, fragt er sich. Seine Vorgesetzten haben nicht auf ihn gehört, haben nie zuhören wollen, um dem Behördenimage keinen Schaden zuzufügen. Um jeden Preis. Und er? Er wäre nur der verbitterte, alte Pensionär, der die Behörde und die Polizei aus Frust in den Schmutz zieht.

Letztendlich ist nur von Bedeutung, dass er die Wahrheit kennt. Er kann Frieden finden und den Mist vergessen. Keiner wird sich mit ihm über die Wahrheit unterhalten wollen. Aber wer sollte das Gespräch mit einem verbitterten Ex-Kommissar auch suchen? Die Präsidentin? Dresmer?

»Vergiß die Scheiße einfach.«

Er schmeißt sich wieder in den Sessel, trinkt ein weiteres kühles Bier und genießt den langen, sehr langen Feierabend.

Das Telefon klingelt. Laumann zuckt zusammen. Mühsam öffnet er die Augen. Er war kurz eingenickt. Wie lange hat er geschlafen? Verwirrt sucht er die Uhr. Es ist dunkel geworden. Licht scheint aus der Küche ins Wohnzimmer. Umständlich greift er zum Apparat. Auf dem Display wird eine Handynummer angezeigt, die ihm nichts sagt.

»Ja«, bellt er in den Hörer. Er möchte vermeiden, dass der Anrufer seinen kurzen Schlaf um die doch frühe Uhrzeit bemerkt.

»Du bist ja schon zu Hause. Ich dachte, ich müsste mich mit dem Anrufbeantworter unterhalten.«

»Claudia?«, fragt Laumann leise.

Stille.

»Bist du es?«, fragt er noch einmal nach.

»Ja.«

»Bist du nicht auf dem Weg auf die Bahamas oder die Malediven?«

Laumann hört Claudias Lachen. Und ist erstaunt, in sich keinerlei Groll gegen Claudia zu spüren.

»Warum sollte ich?«, hakt Claudia nach.

Laumann überlegt eine Sekunde.

»Naja, das Geld will unter die Leute gebracht werden.«

»Welches Geld?« Die Frage kommt etwas zögerlich.

»Vielleicht so einige Millionen?«

»Dich kann ich einfach nicht abschütteln, oder?«

»Ich bin naiv oder blauäugig dir gegenüber. Aber ich bin sicher nicht blöde.«

»Das behauptet auch niemand.«

»Warum tust du dann so?«

Claudia schmerzt diese Frage. Sie wollte ihn nie für blöd verkaufen. Aber sie hat Laumann mit ihrem Verhalten verletzt, vielleicht auch gedemütigt. Sie schämt sich für ihre Beschimpfungen im Büro.

»Es tut mir einfach nur leid, so unendlich leid. Wirst du mir jemals verzeihen können?«

»Was soll ich dir verzeihen?«

Die Worte kommen härter, als er es beabsichtigt hatte.

»Dass ich dich hintergangen, belogen und deine Freundschaft ausgenutzt habe. Ich schäme mich dafür, was ich dir im

Büro an den Kopf warf. Niemals würde ich dir irgendeine Schuld geben oder dich zur Verantwortung ziehen. Ich ...«

Laumann hört ein leises Schluchzen.

»Ich möchte es wieder gutmachen, ehrlich. Trotz allem, egal was passiert ist, mir liegt viel an dir und deiner Freundschaft. Wirst du mir irgendwann eine zweite Chance geben können?«, fragt Claudia.

Er schließt die Augen und legt den Kopf in den Nacken. Warum soll er ihr nicht verzeihen? Die Behörde hat ihm deutlich übler mitgespielt. Claudia hat sich wie ein üblicher Beschuldigter verhalten. Also? ›Scheiß drauf!‹, denkt er.

»Hast du an etwas Bestimmtes gedacht? Hoffentlich nicht an die verdammte Kohle.«

»Nein, nein«, antwortet Claudia hastig. »Ich will dich auf keinen Fall bestechen.«

»Also hatte ich Recht.«

»Du bist eben ein Fuchs. Ich kann dir nichts vormachen.«

Laumann lacht kurz auf.

»Einige sehen das aber ganz anders.«

»Das sind nur Idioten. Die zählen nicht.«

»Wie willst du mich denn jetzt um Verzeihung bitten?«

»Ich dachte da an ein feudales Essen. Wein. Oder auch Bier, wenn es unbedingt sein muss.«

»Kannst du dich denn benehmen?«, fragt Laumann.

»Wie meinst du das?«

»Ich mache mir Sorgen um deinen Umgang. Deine Freunde, insbesondere die aus dem russischen Raum, gefallen mir nicht.«

Sekunden des Schweigens folgen. Laumann wartet gespannt auf eine Antwort.

»Ich habe keine russischen Freunde. Mit Sicherheit nicht.«

»Aber du weißt, was passiert ist?«

»Ehrlich?«

»Sicher, sonst würde ich nicht fragen.«

»Mit den Morden hatte ich niemals etwas zu tun. Die Antworten der Hotels liegen euch höchstwahrscheinlich vor.«

»Aber du wusstest, dass etwas passiert?«

»Ja. Ich war aber nie in den Ablauf eingeweiht.«

Laumann ist trotz der Antwort erleichtert. Claudia ist ehrlich, spielt keine Spielchen und führt ihn nicht an der Nase herum.

»Warum erzählst du mir das erst jetzt? Warum nicht früher? Warum nicht im Büro?«

»Das war dienstlich. Ich habe mich nicht getraut. In diesem Augenblick, jetzt, reden wir privat.«

»Je nachdem wie ich reagiere, kannst du die Sache noch abstreiten.«

Claudia schweigt.

»Hast du dich Sache mit Wasilij gehört?«, fragt Laumann weiter.

»Mit wem?«

»Wasilij Chara ... sorry, ich meinte Anatol. Hast du damit etwas zu tun?«

Claudia schweigt lange. Länger und länger.

»Keine Antwort ist auch eine Antwort. Sag nichts, ich muss es nicht wissen.«

Claudia setzt zu einer Erwiderung an, doch Laumann spricht einfach weiter.

»Wer soll dir einen Vorwurf machen? Vermutlich hätte ich an deiner Stelle auch so reagiert. Ich weiß es nicht. Ich bin froh, dass ich eine solche Entscheidung nicht treffen musste.«

Stille.

»Ich weiß, dass Klaus Laura und den Typen auf dem Feld nicht umgebracht hat«, sagt Laumann.

»Ich weiß es auch.«

»Seit wann?«

»Schon einige Monate, eine Freundin zeigte mir einen Film.«

Laumann runzelt die Stirn.

»Doch russische Freunde?«

Claudia lacht.

»Können wir uns auf einen osteuropäischen Bekannten einigen? Ich kenne ihn wirklich nicht, es gab nur zwei Telefonate. Aber ...«

Laumann nutzt die kurze Pause zwischen den Worten.

»Aber was?«, fragt er.

»Es gab eine Bedingung, die ich gestellt habe.«

»Welche?« Laumann platzt vor Neugierde.

»Du solltest die Aufnahme sehen.«

Laumann Herz pocht. Claudia steckt dahinter.

»Und was soll ich damit anfangen? Ich kann sie kaum verwenden.«

»Ich hab mir so etwas bereits gedacht. Ich wollte aber, dass du die Wahrheit über Klaus und die Morde auf dem Feld erfährst. Er war kein Mörder, egal, was er sonst angestellt hat.«

»Das wusste ich auch ohne DVD. Ich war mir da absolut sicher.«

»Ich wollte nur, dass du es auch siehst. Das bin ich dir schuldig. Und Klaus.«

›Kann ich wirklich vergessen und verzeihen?‹, fragt er sich innerlich. ›Kann ich meine Einstellung als Polizist und meine berufliche Denkweise einfach aus dem Fenster werfen?‹

Ein Glockenschlag unterbricht Laumanns Gedanken. ›Lass die Geschichte ruhen‹, hämmert es in seinem Kopf. Ihm fällt ein Zitat des mexikanischen Schriftstellers Doménico Cieri Estrada ein: ›*Hol die Vergangenheit nur zurück, wenn du auf ihr aufbauen willst.*‹

Will er sie zurückholen? Alles wieder aufkochen? Im Mittelpunkt von Intrigen und Schuldzuweisungen stehen? Nein. Auf keinen Fall. In diesem Moment wirft er seine Moral, sein Polizistendasein und seinen Eid aus dem Fenster.

›Scheiß drauf‹, sagt er sich.

»Was ist denn nun mit der Einladung zum Essen?«, fragt Laumann laut.

»In Bochum gibt es ein fantastisches Restaurant. Ist dir das ›Schreiner's‹ bekannt?«

»Ja, ich hörte davon.«

»Das Lokal gehört meinem Bekannten, Andreas, der bereits über die Stadtgrenzen hinaus berühmt ist. Er legt enormen Wert auf die Qualität und Regionalität der Speisen.«

In Claudias Stimme klingt Enthusiasmus mit.

»Ich habe es nie geschafft, dort einen Tisch zu reservieren.«

»Du wirst begeistert sein. Unschlagbar ist sein Sauerbraten. Wenn du noch immer darauf stehst, wirst du deinen Teller ablecken. Das Restaurant liegt an der Hattinger Straße, am Bergmannsheil.«

»Ich weiß. Wann?«

Laumann läuft das Wasser im Mund zusammen. Zu lange schon verzichtet er auf sein Lieblingsgericht.

»Wie wäre es mit Freitag? Gegen neunzehn Uhr?«

»Perfekt«, antwortet er.

Er hat eine Entscheidung getroffen, mit der er leben und sterben kann, ohne schlechtes Gewissen, ohne schlaflose Nächte. Laumann fühlt die wärmende Sonne in seinem Herzen.

»Freunde?«, fragt Claudia leise.

»Freunde!«, antwortet Laumann lächelnd.

***

›Für die aktuellen Themen des Tages gebe ich nun zu meinem Kollegen, Peter Sand.‹

›Guten Abend, meine Damen und Herren,

Costa Smeralda. Auf Sardinien kam es in der gestrigen Nacht zu einer der schwersten Explosionen nach Ende des 2. Weltkrieges. Die Feuerwehr fand in den Überresten eines Wohnhauses bisher dreizehn Tote. Dabei handelt es sich vermutlich um eine Gruppe russischer Großindustrieller. Die Ermittlungsbehörden gehen von einem Leck in den Gasleitungen aus, können aber einen gezielten Anschlag noch nicht ausschließen. Es entstand ein Sachschaden in Millionenhöhe.

Schweizer Alpen. Ein bisher nicht bestätigter Flugzeugabsturz stellt die Schweizerische Sicherheitsuntersuchungsstelle, SUST, noch immer vor Rätsel. Nach Zeugenaussagen explodierte eine Privatmaschine über einer abgelegenen Alpenregion in der Luft. Ungünstige Wetterbedingungen verhindern ein Vordringen der Rettungskräfte zur Unglücksstelle. Angaben zu Verletzten und Toten machte die Untersuchungsstelle nicht.

Zur Börse ...‹

Danksagung

Meiner geliebten Frau Andrea, der schärfsten Kritikerin, Lektorin und Motivatorin, möchte ich hier zuerst danken. Sie gab mir Inspiration und trieb mich immer weiter. Ihr Urteil und die Stunden gemeinsamer, intensiver Diskussionen und Überarbeitungen lassen mich glauben und hoffen, dass mir ein spannendes Buch gelungen ist. Ich werde dich immer lieben und bin glücklich, dein Ehemann zu sein.

Andreas Brandtner und Marina Heise von der Ganymed Edition bin ich für das Lektorat, die Ideen und Gespräche zutiefst dankbar. Auch meiner liebenswerten Freundin Maxi Loebel bin ich zu Dank verpflichtet. Mit ihrem Urteil als hervorragende Rechtsanwältin und ihren Hinweisen hat sie erheblich zur Entstehung des Buches beigetragen. Danke, dass du nie an meinen konfusen Ideen und Sätzen verzweifelt bist.

Und natürlich möchte ich den vielen Fans, Lesern und Freunden danken, die mehr von Laumann lesen wollten. Laumann hat euch so begeistert, dass ich die Fortsetzung schreiben musste. Die Posts auf meiner Fanpage bei Facebook, Eure Fragen, Anregungen per Mail, die Rezensionen im Netz und natürlich die Gespräche mit Euch waren der Motor, ›*Tod im Schatten*‹ zu schreiben. Auch zukünftig werde ich auf Eure Posts und Anfragen persönlich eingehen. Seht mir bitte nach, wenn ich gelegentlich etwas Zeit für eine Antwort brauche.

Allan Ballmann

Über den Autor

Allan Ballmann, geboren 1963 in Wattenscheid, ging nach dem Abitur an der Märkischen Schule zur Polizei und versah zunächst seinen Dienst in der Hundertschaft und im Streifendienst. Nach seinem Hochschulstudium wechselte er 1997 als Kriminalkommissar und Diplomverwaltungswirt zum Landeskriminalamt Düsseldorf. Seit Dezember 1998 bearbeitet der 2008 zum Kriminalhauptkommissar ernannte Ballmann beim Polizeipräsidium Bochum verschiedene Betrugsdelikte.

Mit ›*Tod im Schatten*‹ legt Allan Ballmann seinen zweiten Kriminal-Roman vor, den nicht zuletzt auszeichnet, wie authentisch hier Polizeiarbeit beschrieben wird. Allan Ballmanns Krimi-Debüt ›*Tod im Nichts*‹ erschien bei Ganymed 2017.

Das Programm der Ganymed Edition

AUDERY, Marie & Jean
–, Chloe – das Perlenspiel
BALLMANN, Tod im Nichts
–, Tod im Schatten
BECK, Eine Zitrone für Fabian
BODEM/KLOTH/MÜLLER, Worte und Bilder des Lebens
BRANDTNER, Doppelschwarzadler
–, Signatur des Menschlichen
–, 1689: Per Streitschrift gegen Ludwig XIV.
–, Der Mond, die Kometen und Du
–, Fadenriss
BOULÉ/BRANDTNER, Der liebe kleine Löwe
–, Von Pol zu Pol
CHAPPUZEAU, ›Sorglos habe ich gesammelt ...‹
DOMINIK, Die Macht der Drei
EHRHARD, Die Vereinbarung (Falkensteinkinder I)
ELFELD, Des Menschen bester Freund
HERRNLEBEN, DoppelDecker
–, PillePalle
HESSELMANN, Collagen – das Leben kleben
MARYANA, Das Lied der Papierblumen
MÜLLER, Die Reise zum leuchtenden Stern
SAMJATIN, Wir
SCHNELL, Wolff. Der Atlantis–Krieg
–, Die böse Lust
–, Krupp oder Wie man die Leute anspricht
SCHNITZLER, Erotische Novellen
WAGNER, Das fünfte Opfer
ZACKER, Korkesel & Sardinenblüte